新潮文庫

百万遍 古都恋情

上 巻

花村萬月著

新潮社版

8440

百万遍　古都恋情

上巻

1

奇妙な浮遊感がある。足許が覚束《おぼつか》ない。きちんと歩いているのだろうか。首を折って歩みを確認する。右、左、右、左——。脚は滞りなく動いていた。歩行に疑問をもったのは初めてであるような気がする。失笑が洩れた。だが納得できない。惟朔《いさく》は自分が自動的に作動する機械のような状態であることを嫌悪した。

ちいさく息をつき、立ちどまる。視線の先の時計を見あげる。国鉄の時計には種類があるのだろうか。形状や大きさは東京のものとまったく同じようだが、白いはずの文字盤がやたらと黄ばんでみえる。それとも当初から黄変した象牙のような色だったのだろうか。あるいはガラスが汚れているのか。見つめていると、午前八時三十四分を示していた黒い分針が瞬間的に三十五分に移動し、そこで無理やり停めさせられたかのように一瞬だけ不服そうに震えた。

京都駅は古びてくすみ、見通しが悪い。あちこちからなにやら水蒸気のようなものが立ち昇っているかのように感じられる。もちろん錯覚だ。幾度か瞬《まばた》きをして、さきほどの黄ばんだ時計と合わせて、自分の目玉が汚れて膜でも張っているのだろうか、と惟朔は疑ってかかったが、持続せず、すぐにどうでもよくなった。

深呼吸をすると、革靴のような匂いが胸に充ちた。鞣《なめ》された皮革と靴墨の匂いだ。悪い匂いではないが、その奥には幽《かす》かだが黴《かび》の香りもまざっている。あらためて周囲を見まわして、時間が黴びてしまったのだ、と惟朔は納得した。

朝のラッシュアワーなのだろうが、人の密度は低い。行きかう人々は年配が多く、歩みにせかせかしたところはみられない。その恰好《かっこう》も茶や褐色ばかりで全体的に地味だ。誰もが若干俯《うつむ》き加減で歩いているが、視線を感じると、挑みかかるような眼差しを返してくることがある。

空気は東京よりも数段冷たく、立ちどまっていると、とても十一月初旬とは思えぬ冷気が迫《せ》りあがってくる。かといって吐く息が白いわけでもない。それなのに腕に鳥肌がたっていた。銀河の車中で一睡もできなかったことを惟朔は自嘲気味に反芻《はんすう》した。肌が過敏なのは体調の問題であるようだ。

ゴミ箱の上にある鏡に顎《あご》を突きだすようにして顔を映す。頬がかさついて唇が皹割《ひびわ》れていた。白眼が充血している。目頭にたまっていた乳白色の目脂《めやに》を小指の先をつかってそっと刮《こそ》げおとす。糸を引いた目脂を鏡の下方隅になすりつけた。胸焼けがする。口の中が粘ついている。たぶん口臭がするのだろう。手を櫛《くし》のように使って髪を整えながら、ひどいものだと胸の裡《うち》で呟《つぶや》いた。

さて、どうしたものか。胸焼けはするが、空腹でもある。目の端で観光デパートと食堂の表示をとらえた。年季のはいった階段を踏みしめてあがっていくと、京人形や仏具を売る区画の奥から米の炊ける甘い匂いと湿気が押し寄せてきた。

お茶漬け、とんかつと大書された食堂は人でいっぱいだった。ホームが閑散としていたから意外だった。他には塔食堂という食堂街があるらしいが、メニューのお茶漬けに惹《ひ》かれた。さすが京都だと独白し、意味のない笑顔を泛《うか》べ、お茶漬けを頼んだ。

お茶漬けといえば、たとえばほぐした鮭の身がのっていて、山葵《わさび》がついていて、刻んだ海苔が散っていて、すまし汁に似ただし汁をかけて食べるものだと信じきっていた。ところが京都駅観光デパートの食堂のお茶漬けは大きめの土瓶に入ったお茶と幾種類かの漬け物、そして御飯だけだった。

惟朔はさりげなく周囲のテーブルを見まわした。お茶漬けを食べている人は、なんの疑問ももたぬ顔つきで漬け物をのせた御飯にお茶をかけて、勢いよく掻《か》っ込んでいる。

なるほど、お茶と漬け物で食うからお茶漬けである。妙な納得のしかたをしつつ、惟朔は周囲に倣《なら》って柴漬けをのせた米にぎこちない手つきで渋茶をかけた。淡泊というべきか、質素というべきか、味も素っ気もない朝食を終えた。本来ならば眠くなってもよさそうなものだが、まだ昂《たか》ぶりが抜けていない。旅立ちの昂奮が目的地に着いてもひたすら持続しているのである。

惟朔は手帳がわりのノートをひらき、はさんである幸子《さちこ》の写真を一瞥《いちべつ》した。控えめな頰笑みが胸に沁《し》みた。しかし、もはや罪悪感はない。京都という未知の土地にやってきて、幸子は過去の人、懐かしい人という分類に区分けされてしまったのである。

――七二年十一月二日、朝八時半、急行銀河、一睡もせずに京都着、やや寒い。さて、これからどうしよう。

そこまで書いて、読みなおして、苦笑いを泛べる。〈一睡もせずに〉と書いたが、正しくは〈一睡もできずに〉だろう。〈一睡もせずに〉では、自らの意志で起きていたようではないか。実際は旅立ちの緊張と不安と座り心地の悪い座席のせいで、まったく眠れなかったのである。

誰にも読ませるつもりのない日記のような文章であっても、惟朔は平然と嘘をつく。自分に嘘をつく。しかも次の瞬間には自分からその嘘にのって、あっさりだまされているのだから世話がない。

俺は自分の意志で一睡もしなかった。そう胸の裡で呟いて、傲岸《ごうがん》な顔をつくる。ノートに記した友人知人の連絡先を漠然と眺める。そのほとんどが東京および神奈川だが、同志社大学の二部に通っているという岩尾の友人の住所と電話番号も書かれていた。

「沖本博之《おきもとひろゆき》、上京《かみぎょう》区寺之内大宮東入《い》る、妙蓮寺《みょうれんじ》、阿曇方《あずみ》」

小声で読みあげて、思案する。いかに岩尾の友人とはいえ、いきなり連絡するのも憚《はばか》られる。付き合いがあるならともかく、会ったこともないのだから。タバコを取りだす。あいにく、残っていた最後の一本は、途中から折れ曲がっていた。惟朔はハイライトのパッケージを握りつぶした。

ノートをとじ、土瓶にのこったやたらと渋いお茶をすすっていると、隣の席で初老の背の低い男が妻らしい女性にむかって荒い声を投げかけているのがきこえた。最初のうちは奥さんを叱っているのかと思ったが、そうではなかった。

「京都いうのはほんまにケチでな、駅に看板もあらへんねん」

「合理的いうんやないの。誰が見たかて京都駅は京都駅やし」

「それが傲慢ちゅうんや。いつまでたっても都のつもりやからな。京都のやな、これからの発展を本気で考えるとな、誇りは胸の奥にしまいこんでやな。ええか」

「なにが」

「なにがやないやろ。ちゃんと聞け」

食堂をでて、階段をおりている最中に、柴漬けのなかにはいっていたものだろう、茗《みょう》荷《が》の癖のある、しかし爽やかな刺激が控えめに口中に滲《にじ》みだしてきた。

惟朔は舌先で茗荷の破片をさぐりだして、呑みこんだ。御飯の量がたっぷりだったので腹はいっぱいになったが、食事をしたという満足感には程遠い気分である。それでも腕の鳥肌は消えていて、どことなくゆったりとしてきた。

京都駅をでると否が応でも京都タワーが目にはいってくる。白いロウソクのかたちをした塔だ。頂点から三分の一ほどのところに赤い円盤が襟巻きのように巻きつき、引っついている。展望台だ。惟朔はちらりと見あげ、それから通りをはさんだローマ会館というパチンコ屋に視線を据えた。もちろんまだ開店時間ではない。

惟朔は回れ右をした。京都駅の駅舎を観察する。平べったい駅舎であるが、左側に取ってつけたような細長いビルが生えている。目で追って、上から窓を数えてみた。八階建てであるようだ。この八階建て部分が塔食堂ではないかと推理して、さらにじっくりと駅舎を観察する。

「ほんとだ。駅名の看板がない」

看板なしですましてしまう自信が惟朔には好ましく感じられた。なんとなく口許がほころんでしまう。漠然と自分も看板なしで通用するような存在になりたいと希《ねが》いつつ、ふたたび京都タワーを見あげる。

あまり評判がよくないらしい。だから見あげる眼差しには若干の軽蔑を込め、さらには眉を寄せて微妙な顰《しか》め顔をつくってみたが、正直なところはのぼってみたかった。高いところから周囲を睥睨《へいげい》してみたい。ちいさな葛藤がおきたが、タワーは不細工だと結論し、生粋《きっすい》の京都人のような冷笑を泛べて、黙殺した。

ともあれ京都に着いた。これから、どうしよう。なにをすればいいのか。無為をもてあまして腕組みをする。なぜ人は、このようなときにあえてもっともらしい顔をつくるのだろう。他人事のように自らを揶揄《やゆ》しつつ、ぼんやり駅周辺を眺める。

バスと市電の乗り場が京都タワー側とパチンコ屋側にそれぞれひとつずつあるようだ。摩滅して道路にめり込んだかのような線路が朝の日射しを跳ねかえす。その端に虹の七色を隠した銀色の反射が疲れ果てた惟朔の眼球に刺さる。

ゆるゆると市電がやってきた。レールをかむ鉄輪の軋《きし》み音は囂《かしま》しいが、動きは緩慢だ。下部が緑、上部がクリーム色、真ん中をくすんだ赤い線で塗りわけられていて、前のいちばん上に赤い字でワンマンカーとあり、その下に行き先、そして三つ並んだ運転席の窓の右下に⑥というプレートをつけている。

見つめていると京都駅とあった行き先が烏丸車庫に切り替わっていった。烏丸の読みがわからない。からすまるだろうか。からすまるだ。そんな具合に決めつけているうちに、じっとしていられなくなった。

亡き父とはよく都電に乗ったものだ。パンタグラフで爆《は》ぜる電気の青白い裂けめが脳裏をかすめる。放電の匂いはどこかきな臭く、しかも静的であるのに、強圧的だ。鼻の奥を密かに痙攣《けいれん》させていく。幼いころの遠い記憶だ。しかし、鮮烈だ。唐突に惟朔は市電乗り場に駆けた。

あせる必要はなかった。市電は乗客をおろしている。惟朔はひとりで照れ、含羞《はにか》んだ。市電は都電よりも全長が短く感じられた。都電のクリーム色の車体にくらべて京都の市電の車体は雑然とした色彩だ。運賃が四十円であることを確認して乗り込む。座席は臙《えん》脂色《じいろ》をしていてすりきれている。木の床は乾いていた。都電はワックスだろうか、油が染みていて、もっと油くささかった印象がある。

惟朔は中ほどに座って、ちいさく息をついた。頭上にさがる吊り広告を眺める。藤井大丸・晩秋のエレガンスとある。東京駅にある大丸とはべつなのだろうか。そんなことを思っていると、乗りこんできた乗客に視線を遮られた。

どんどん乗りこんでくる。すぐに満員になった。惟朔は老人が前に立たないように祈った。運転手が念仏を唱えるような調子で烏丸車庫行きであることを告げ、市電が走りはじめた。

からすましゃこう、と聴こえた。からすまるではなく、からすまであるらしい。烏丸は地名であるから、からすまであっても問題はない。しかし車庫は全国共通だろう。あくまでもしゃ、こでしゃ、こうではないはずだ。それとも京都では車庫をしゃ、こ、うと発音するのだろうか。

七条烏丸の駅で、運転手はななじょうからすまと発音した。烏丸はか、ら、す、ま、である。惟朔は断定し、組んでいた腕をといた。市電はときに線路内に入りこんだ車にむけて警笛を鳴らし、音ばかり派手にゆったりと走っていく。

満員の車内は人いきれがひどい。しかしその熱気が逆に惟朔を弛緩させていく。となりに座ったおばさんのウールの上着から樟脳《しょうのう》の香りが漂って、惟朔の鼻腔を思いのほか鋭く擽《くすぐ》る。

乗客の京言葉が耳に柔らかい。惟朔は旅愁を覚え、なぜか切なくなった。なぜ私はここにいるのだろう。そんな気取った気持ちがよく似合う。七条河原町、七条大橋、博物館三十三間堂前《さんじゅうさんげんどうまえ》、東山七条、馬町、五条坂、清水道、東山安井、祇園《ぎおん》、知恩院前と停留所名を耳にするだけでも旅情が湧きあがる。

市電の揺れにあわせ、そっと目を閉じた。眠りが訪れてもよさそうなものだが、静かに昂ぶっている。瞼《まぶた》の裏側に、先ほど車窓から見た祇園八坂《やさか》神社の朱色が浮かんできた。その朱色は、生まれ育った東京にも、逃げ出してきた神奈川県登戸《のぼりと》および向ヶ丘遊園にもなかった色彩だ。まったくちがう土地にやってきたことをあらためて実感させられ、惟朔の内側で京都という土地が特別な宝物のような輝きをもちはじめていた。

ほんの一瞬だけ眠ったのかもしれない。惟朔には眠ったという自覚はないが、唐突に我に返った。百万遍《ひゃくまんべん》という言葉に反応して、とじていた目をひらいた。

百万遍——。

記憶の底にのこっている。

地名だ。

岩尾から聞いた。京都大学のある場所、京大西寮のあるところ。

勢いこんで立ちあがり、満員の乗客を押しのけ、出口にむかう。

市電が軋み音をたてて停車した。

惟朔は熱気の中から吐きだされた。路上から一段高い市電の停車場に立ち、車の流れが途切れるのをぼんやりと待つ。

百万遍は東大路《ひがしおおじ》と今出川《いまでがわ》通が交差する、かなり大きな交差点だった。

まず目にはいってきたのは北西側にある真っ赤な建物だった。晴れわたった青空に全体を赤く塗られた細長いビルが悪目立ちしている。壁面にHALFという看板がかかっていた。惟朔は口の中でハーフ、と呟いた。ジーンズショップらしい。

ハーフの建物の左側には薬屋をはさんでタカラセンター、右側にはモナコ会館というパチンコ屋がある。ハーフのビルはパチンコ屋にはさまれている恰好だ。

信号に視線をやり、間合いを読んでハーフの建物のある側に駆けた。惟朔といっしょに降りた学生らしい幾人かも同じ側に駆けた。彼らはまっすぐモナコ会館に姿を消した。どうやら学生相手のパチンコ屋らしい。

惟朔は歩道にたたずんで、百万遍交差点を丹念に観察した。惟朔の立っているのは交差点の北西にあたる。その角には、年季のはいった茶色っぽい外観のレブン書房という本屋があった。

東大路を隔てて文具店や宝石屋に囲まれるようにして地味な郵便局があり、それらの建物の背後は緑が濃い。通称百万遍こと知恩寺だが、まだ惟朔は百万遍の謂《いわ》れを知らないし、そこに寺があることにさえ気づいていなかった。

ただ胸の裡で百万遍、百万遍、百万遍と繰り返しながら、その語感に不思議な親しみを覚えた。その謂れはわからなくとも、京都の地名が歴史を背負っていることは直感しているのである。

ともあれ百万遍というくらいである。無限に繰り返すことに意味があるのだ。だから繰り返した。なにも考えずに繰り返した。惟朔の胸の裡で百万遍という言葉は、黒人霊歌などによくみられるリフレインにごく近いものとして理解されていた。

祈りの本質が反復であることは、施設内で強制的に祈らされて、躯《からだ》で理解していた。無になるには、おなじ節回しを永遠に繰り返せばいいのである。信じる、信じないは問題ではない。意味も不要だ。わけもわからずにラテン語の祈りを繰り返しているうちに、ある瞬間にくらりときて、じわりと快感が迫りあがってくる。人間は快感をもたらすものにだけ夢中になる。その快感の中でもとりわけ反復が重要なのは性交と祈りだ。祈りは性を模倣したのかもしれない。祈りの本質は、間違いなく百万遍である。惟朔は無意識のうちにもそれを実感して、この交差点の名を深く脳裏に刻み込んだのだった。

やがて我を忘れて百万遍、百万遍と唱えている自分に気づいて、失笑気味に苦笑した。今出川通を隔てた向かいには銀行があり、南東側にあるのは京都大学の建物らしい。周囲を圧する高さの灰色をした建物をバックに、交差点にむけて学生運動のものと思われる立て看板が林立している。

四次防粉砕！という看板がとりわけ大きく、目立っていた。四次防の絡みだろうか、自衛隊・中曾根殺せ、などという物騒なものもあったが、社会情勢や政治的なことに疎《うと》い惟朔にはよく意味がわからない。

ハーフの赤い建物につられて交差点の北西角にやってきてしまったが、京都大学西寮を目指すには、交差点をわたって反対側に行かなければならないようだ。

銀行に興味はないから、まず郵便局側にわたって、それから京都大学側にわたった。学生らしい若者が行き来している。阿部のような悪い学生でないことが一目瞭然で、だから惟朔は逆に微妙に臆してしまい、それを悟られたくないから無表情をつくってガードレールに腰をおろした。

惟朔が抱いていた京都の若者の姿とは程遠い。意地悪く観察するつもりはないのだが、惟朔の規準からすると、イモと一言で切って棄《す》ててしまいたくなるような妙な恰好をしている。おそらくは地方から出てきたのだろう、男女を問わず垢抜けない学生ばかりだ。とりわけジーパンの裾の長さが寸足らずで気持ちが悪い。

惟朔は、じつは京都大学の程度がどのくらいのものであるかわかっていなかった。そもそも国公立と私立の区別さえついていないのだ。だから単純に田舎者ばかりの大学であると決めつけてしまった。

そんな中で、ときどき長髪をなびかせて颯爽《さっそう》と歩いていくヒッピー風の若者がいる。なかには髪を臀《しり》のあたりまで伸ばした男さえいる。インドのものと思われる民族衣装をさらりと着こなした女の子もいた。さすがに学生には見えない。

垢抜けない学生と時代の先端を感じさせる男女という両極の対比がおもしろく、惟朔はしばらく周辺の人々を観察した。しかし微妙に散漫になる瞬間がある。集中が途切れ、空白ができる。

夜行列車に揺られて一睡もしていない。さすがにそろそろ休みたい。

だが、慣れ親しんだ人に対しては図々しくふるまう惟朔であるが、見知らぬ人間には満足に声もかけられないようなところがある。

しかし迫りあがる疲労は自意識と羞恥を凌駕《りょうが》し、無感覚を用意してくれた。ほとんど意識せずに惟朔はガードレールから立ちあがっていた。

惟朔が近寄っていったのは、俯き加減で横断歩道をわたってきた、ヒッピー風の若者だった。群を抜いて薄汚れた雰囲気で、カーキ色をした大きな米軍の雑嚢《ざつのう》を肩から提げている。その雑嚢に括《くく》りつけてあるのは、同じくカーキ色をした毛布である。

「ちょっと、いいかな」

「なに」

男は長閑《のどか》な眼差しをむけてきた。首が傾《かし》いでいる。俯き加減で歩いていたというよりも首が曲がっているといったほうがいい。無精鬚《ぶしようひげ》が目立つ。

「西寮、京大西寮の場所。知らないかな」

「知らん」

「どーも」

惟朔が上目遣いで頭をさげると、男は破顔した。

「嘘だ」

「嘘」

「兄さん、極道して、逃げてきたのか」

「極道――」

「真顔になるな」

「はあ」

「あんた、西寮に世話になるのか」

「一泊百円ときいたから」

「布団は二百円だぞ、たしか」

「そうなんですか」

「俺は、おっかないから近づかん。だからほんとのとこは、よくわからん」

おっかない、とはどういうことだろうか。一泊百円という格安な宿泊料金の裏に、なにかあるのか。一瞬考えこんだが、どうでもよくなった。

それよりも男だ。瘦《や》せているが、細身のストレートのジーパンがよく似合っている。ひたすらベルボトムを穿き続けてきた惟朔であるが、ストレートも悪くないと思いをあらためさせられた。

ただし羽織っているマキシのコートもジーパンも啞然《あぜん》とするくらいに汚れている。髪は肩にかかるくらいだ。額の真ん中から分けた髪の奥で、人懐こそうな二重の瞳が笑っている。美男子であった。

「兄さん、ここは西寮の場所ちゃうで」

「ちがう」

「ああ。西寮は百万遍から下がったとこ」

「下がる」

「南に向かうちゅうこっちゃな。ちなみに上がるといえば北に向かう」

どうやら北上しすぎてしまったようだ。惟朔はやってきた方向に視線を据えた。

「反対側にわたって、下がっていく。すると東一条という電停があって、さらに下がる。つぎの近衛《このえ》通という電停を西に入ったとこだけど、そこでまた人に訊けばいい」

電停とは市電の停留所ということだろう。それは推測できたが、上がる下がる、西に入《い》るといった言葉がまわりくどく感じられ、理解しづらい。右折左折で道順を説明することに慣れているせいか、わかったような、わからないような、微妙なところである。

しかし惟朔は叮嚀《ていねい》に頭をさげた。

「おまえ、礼儀正しいな」

「ああ、仕込まれたんですよ」

惟朔は男の穿いているジーパンの腰のあたりに視線をやった。股上が浅く、骨盤の下方にかろうじて引っかかっているといった極端なローライズである。

「そのジーパンは」

「ああ、ハーフ。京都はこれだな。京都でジーパンといえばハーフ。勃起するとな」

「はあ」

「亀頭が飛びだしちまう。ビキニのパンツを穿いているみたいに、な」

「凄いな」

「ああ。だからへたに昂奮できん」

失笑しながら、惟朔は斜向《はすむ》かいのハーフのビルに視線をやった。東京ではお目にかかることのできなかったメーカーである。はじめは突拍子もなく感じられた真っ赤なビルであるが、ローライズであることと、脚に、とりわけ太腿《ふともも》にぴたりと密着するあたりのカッティングが抜群のセンスだ。畏敬の念というには大げさだが、京都に対する思いが新たになった。

「俺は寝袋《シュラフ》を買おうと思ってるんだけど」

雑嚢に括りつけられている軍用毛布を示して言うと、男は頷《うなず》き、首からさげているインドのものと思われる銅製の鈴を玩《もてあそ》びながら、応えた。

「もうそろそろ毛布一枚じゃ寒いからな。河原町今出川にあるジーパン屋に、米軍放出の寝袋があったぞ。ちょっと黴くさかったけどな、分厚くて抜群だった」

「河原町今出川」

「ああ。ここをひたすらまっすぐ行けば、辿り着く」

男は腕を大きく振りかぶって東大路と交差する今出川通を指し、付け加えた。

「ほんやらとかがあるちょっと手前だな」

「ほんやら」

「ほんやら洞っていう喫茶店だよ。ちょっと苦手な雰囲気なんで俺は行かないから、よくわからんけど、もともとは反戦運動家たちがつくったらしい。べ平連《へいれん》だっけ。ちがうか。とにかくベトナム戦争反対って」

「ふうん。つげ義春のマンガかと思っちゃった」

「ああ、あったな、そういえば」

「ほんやら洞のべんさん」

「そこからとったのかもしれないね」

柔らかく頷いて、男は軽く宙を見つめる。やはり柔らかい声で訊いてきた。

「おまえ、なんていうの」

「イサク」

「惟朔」

「うん」

「マンガみたいな名前だな」

「そうかな。よく言われるけどね」

「だろう。どう書く」

めずらしい名前のせいか、ときどきどういうふうに書くかを問われることがある。しかし、口で説明するのは難しい。惟朔は例のノートを取りだし、自分の名を書き記し、男に示した。

「惟朔か。難しいなあ。俺は簡単だよ。タロウ。カタカナでタロウ」

「タロウ」

「どうした」

「いや、俺の知っている人で、太郎っていう人がいて」

「なにしてる人だ」

「あ、いま、刑務所」

「ありゃ」

「殺人。喧嘩みたいなもんかな」

「いやだなあ。俺は喧嘩はしないのね。苦手だから」

惟朔は頰笑んだ。おなじ太郎でも、カタカナのタロウはとても柔和で、見るからに暴力とは無縁である。おそらくは暴力太郎とおなじ太郎なのだろう。カタカナのタロウは自分で自分に付けたニックネームのようなものだと惟朔は解釈した。

不思議なのは、これほど汚れ果てているのに、臭いが一切しないことだ。髪が北風にさらさら揺れているところをみると、着衣は汚くても、ちゃんと風呂に入っているのかもしれない。

「惟朔」

「なに」

「暇だから西寮までつれてってやるよ」

「ほんと」

「ああ。おまえ、年下だろ」

「たぶん。十七」

「十七。ガキじゃん。ませてるな」

「ませてるかな」

「十七で放浪なんてよ」

「そんな恰好いいもんじゃないけど」

ふたりは軀を触れあわせるようにして、ゆるゆると歩きはじめた。

「俺は十二月で二十歳になっちまう。やばいよなあ」

「なんで」

「いつまでもフーテンしてられっかよ」

「成人式とともにやめちゃうとか」

「いいな、それ。もう、飽きあきだぜ」

冗談めかした投げ遣りな口調だったが、その背後に微妙な本音が滲んでいた。惟朔は
タロウの横顔を見つめ、訊いた。

「どこから来たの」

「答えたくない」

「ふーん」

しばらくふたりは黙って歩いた。歩行にあわせてタロウの首からさがっているインドの鈴が、ごく幽かなこすれあうような金属音をたてている。日本の鈴のような音色とはまたちがって、くぐもった、控えめな囁《ささや》きのようだ。どこから来たのかという問いに対する答えのような音色である。

瓦が載っているせいで西洋館というには躊躇《ためら》いを覚える洋風の建物の軒下に、黄色いゴシック体で京大合唱団と大書されている。茶色く変色した大きな三角屋根の古い木造の建物には、白地に黒い明朝で京大交響楽団とレタリングされている。

へたくそな金管楽器の音が聴こえ、それにかぶさるようにチェロだろうか、バイオリンだろうか、ギイコギイコと派手な軋み音をたてはじめた。

惟朔は軽く天を仰ぎ、そして下をむいた。京大交響楽団は絶望的だ。俯き加減で苦笑していると、タロウが右を指し示した。

「ほら、西部講堂」

視線を投げて、惟朔は目を瞠《みは》った。同時に唖然とした。建物自体は奈良にある東大寺の大仏殿を思わせるかたちをしている。講堂とはいっても木造の瓦屋根、もちろんかなり巨大な建物だ。

ただ、その巨大かつ広大な屋根全体が鮮やかな空色に塗られているのだ。しかも屋根の上方左側に深紅の星が三つ並んで描かれ、その下には純白の雲が浮かび、右上は藍色に近い濃さの空を白雲がとりかこむという呆れた図柄なのである。

「まいったな」

「空よりも青いぞ。目に沁みるだろ」

「また、赤い星がきつい。空色とは補色とはいわないまでも、かなり近いから」

「補色って、なんだ」

「あ、混ぜると灰色になる色の組みあわせ。赤の補色は青緑だな。反対色みたいなものかな」

「惟朔は絵でも描くのか」

「ちょっとだけ」

惟朔は腕組みをして、西部講堂を見あげ続けている。京都にやってきたという実感が新たに襲ってきて、昴ぶりと同時に幸福の感情が湧きあがっていた。タロウがしたり顔で呟いた。

「カウンターカルチャー、ここに極まれりってとこだな」

「それは、なに」

「カウンターカルチャーか。直訳すると対抗文化ってとこかな。既成のさ、文化や体制に対する対抗文化だよ。ヒッピーのムーブメントや新左翼だな。西部講堂は、その象徴ってやつだ」

「ふうん」

惟朔にとってのカウンターカルチャーは、どちらかというとファッション的なものにすぎないので、ヒッピーはともかく、新左翼という言葉には微妙な距離と反感を覚えた。タロウの手前、薄笑いを泛べるのはこらえたが、どことなく釈然としない。

左翼というと、大学に行く金のある奴が角材を振りまわすというイメージがあって、高校中退の、しかも福祉施設出身の惟朔には、どちらかというと新左翼は、社会階級的に自分よりも上の立場の者が借り物の思想を纏《まと》っていい気になっている、と捉えてしまうようなところがあった。

タロウがタバコをねだった。京都駅の食堂で最後の一本が折れていて、パッケージごと握りつぶしてしまっていたので、惟朔は謝った。いつもだったら最後の一本がなくなった時点で即座にハイライトを買っているところだが、どういうわけか買いそびれて、いや忘れたままだった。

「寝不足でさ」

「ヒッチか」

「ああ、まあ」

寝不足で胸焼けがひどくて喫う気になれなかったといいたかったのだが、いきなりヒッチと返されて、とまどった。寝不足とヒッチがどうつながるのか判然としないまま、曖昧《あいまい》に頷いてしまった。放浪はヒッチハイクという思いこみが惟朔にもあるから、いまさら急行銀河に乗ってきたなどとは口が裂けても言えない。

「ヒッチはつらいよな」

「うん」

「俺は金があったら絶対にヒッチなんかしねえよ。運転手の嘘くさい自慢話に相槌《あいづち》を打って一晩中、なんて冗談じゃないって」

「だよね」

「さすがの俺もさ、ヒッチしたあとは胸焼けがひどくてタバコなんか喫う気になれないもんね。徹夜のなかでも最悪なのが長距離便のヒッチハイクだぜ。長距離便てやつは、どういうわけか東名の浜名湖で休むじゃないか。あそこの食堂で恩着せがましくハヤシライスを食わしてもらって」

「ハヤシライス」

「そうなんだよ。名物なのかな」

「へえ。知らなかった」

「トラック運転手は、必ずハヤシだぞ」

あまり深く突っこまれるとヒッチハイクをしたことがないのがばれてしまうから、惟朔はいい加減に笑い顔をつくってタロウをはぐらかした。

「ああ、気分が悪い。あのハヤシのゲップがよみがえってきちまったぜ。げろげろって感じでやたら酸っぱいわけよ」

タロウは西部講堂の敷地内に駐車している乗用車のボンネットの上に平然と腰をおろした。惟朔もその隣に浅く寄りかかるように臀をあずけた。

「ところでさ」

「なに」

「この西部講堂ってのは、いったいなにをするところなの」

「なんでも。なんでもありってやつ。最近はMOJO WESTってコンサートが気持ちいい」

「モージョ・ウェスト」

「村八分」

わけもわからぬまま頷きかえしていると、タロウがだらけた調子で口ずさんだ。

胸けられて　けられて胸

馬の骨　馬の骨
流れて流れて流されて馬の骨
赤ン坊　ほら馬の骨

きいろい　きいろい
河の底から生まれでた馬の骨
もまれてふまれて　もまれて馬の骨
骨の土

「それが村八分」

「そう。化粧してるのよ」

「男が」

「そう。山口冨士夫のギターは凄いぞ。眉もないけど。剃っちゃって」

「ひょっとしてロック」

「ひょっとしなくてもロック。ブルースっぽいかな。ストーンズなんかよりよっぽどましだぜ」

「へえ。ストーンズよりも」

ストーンズといえばローリング・ストーンズだろう。ずいぶんと大きくでたものだ。しかし村八分というグループ名は、図抜けている。いままでの日本のバンドにはなかった気配を惟朔も感じた。

「なんか変な詞だね。けられて胸の馬の骨、か。投げ出されちゃったみたいだ。日本語で唄ってるのか」

「まあな。チャーボーのボーカルがまた恰好よくてなあ」

「それが西部講堂でやるのか」

「そうだ。で、無茶苦茶やるのよ」

「無茶苦茶」

「客に喧嘩を売るのよ」

「まさか」

「ほんと。カメラマンの顔面を蹴ったり、アンプをひっくり返したり、客が気にくわないからって一曲だけでやめちゃったり」

「傍若無人《ぼうじゃくぶじん》」

「おまえ爺くさい言葉、知ってるな」

惟朔は控えめに笑った。タロウもあわせて笑ったが、いきなり笑いをおさめ、おもむろに言った。

「惟朔。どうしても西寮か」

「ああ、まあ。寝不足だから、ちょっと横になりたいし」

「俺な」

「うん」

「橋の下で寝てるんだぜ」

「橋の下」

驚いた。なにやら痛快でもある。タロウの顔を見直すようにして、あらためて問いかえした。

「橋の下」

「そう。出町《でまち》の橋の下。河川敷が公園みたいになってるからさ、ちょうどいいのよ」

「独りで」

「いや、六人くらいだな」

「六人もいるのか」

「一定してないけどな。小屋までいかないけど壁をつくってる奴もいる」

なんとなくタロウの着衣の汚れている理由がわかったような気がした。驚かされはしたが、いっそのこと潔《いさぎよ》い。惟朔は尋ねた。

「昼間でも横になれるかな」

「ああ、それは、ちょっと」

「だめか」

「うん。犬の散歩とかする人がいるからさ、じゃまになるじゃんか。河川敷をふさいじゃうとな。昼は壁も一応撤去するし、まあ、マナーだな」

「マナーか」

「笑うなよ」

「でも、おかしい」

「追い出されないためにも、気を遣ってるんだ」

「なるほど」

「眠いか」

「かなり」

「よし。西寮に行こう」

反動をつけてタロウが立ちあがった。ボンネットがへこんで、ボンと音をたてた。惟朔はあわててタロウと自家用車を交互に見た。タロウがつまらなさそうに呟いた。

「ボンて音がするからボンネット」

惟朔は雑に肩をすくめた。しばらく行ってから、おかしくなってきた。くくく、と忍び笑いをしていると、タロウが雑嚢を惟朔の背にぶつけてきた。惟朔が大げさによろけてみせると、小首をかしげて問いかけてきた。

「おまえ、手ぶら」

「ああ、そうだね」

「とんでもない奴だな」

「そうかな」

「ふつうはな、所帯道具一式をもって放浪するもんだぞ」

「まあ、おいおい揃えていくよ」

「おいおい、ね」

「そう。おいおい」

「おいおい」

「それってシャレですか」

「うるさいよ」

東一条電停前はとうに過ぎた。惟朔は近衛通電停の表示を一瞥して、目でタロウに訊いた。タロウは頷き、顎をしゃくった。

「近衛通、西入る、な」

「了解。惟朔、右折します」

とたんに静かになった。道幅の広い東大路とちがって近衛通はほとんど交通量がない。

右側は京大医学部とのことで茶褐色の煉瓦塀《れんがべい》が続き、左側は京大附属病院で白灰色の鉄格子が連続する。木の棒でもあったらカンカンカンと連続してこすりつけて歩きたくなるような整然とした格子である。

斜向かいに南部生協会館の建物のあるちいさな交差点を左に折れ、しばらく行く。いよいよ人影がなくなってきた。タロウが惟朔の反応を確かめるかのように顔を覗きこみながら、耳許で囁いてきた。

「これが、西寮」

開いた口がふさがらないとはこのことで、惟朔は口を半開きにしたままその場に立ちつくし、呆然とした。

腰に両手をやって軽く反り返り、遺跡でも見るような目つきで西寮に視線を据え、おもむろにタロウが尋ねてきた。

「どうだ」

問いかけられてもあまりのことに適当な言葉がみつからない。登戸の悠久寮も相当な建物だったが、それをはるかに凌駕している。タロウが屋根の下に眠らずに、あえて橋の下で寝ている理由がわかったような気がした。やや塞《ふさ》いだ、寒々とした気分を覚えた。

惟朔は、それを押しやるように投げた口調で呟いた。

「でかい物置かと思っちゃった」

「甘いね。ここはな、ゴミ箱だよ」

「ゴミ箱」

繰り返すと、タロウが顎をしゃくった。どうやら入り口はもう少し先らしい。惟朔は悄然《しょうぜん》としながら朽ちかけた板塀の脇をタロウに従った。

門になんらかの表示があるわけでもなく、崩れかけた疎《まば》らな庇《ひさし》の下に幾台か赤錆を浮かせた自転車が並んでいる。なかに入ってすぐ右手には黴に被われて黒ずんだコンクリート製の水道場があり、ふやけて腐りかけ、黄色く変色した米粒が散乱している。銅の地金が剝《む》きだしになった古くさい水道の蛇口から、水が不規則に滴《したた》り落ちていた。タロウが立ちどまるのにあわせて、惟朔は敷地内の泥の上に立ちつくした。

惟朔が小学校低学年のころに暮らしていた東京都昭島《あきしま》市は立川市に隣接して米軍立川基地をかかえていた。惟朔が住んでいた都営住宅のすぐ東側には基地の有刺鉄線が迫っていたし、西側には青梅《おうめ》線から分岐した基地への引き込み線が南北に走り、朝と夕に航空燃料を積んだ真っ黒いタンク車が、いがらっぽい煙を吐きだす蒸気機関車に引かれて基地の中に消えていったものだ。

もともとあのあたりは大正時代に所沢にあった陸軍飛行連隊が移転してきて軍都としての性格を強め、立川飛行機や昭和飛行機といった航空機産業の巨大工場が進出した。戦後は米軍に接収されて米軍立川基地となったわけだが、惟朔が小学生のときには東中《ひがしなか》神《がみ》駅周辺から西立川駅にかけて旧軍兵舎や戦前からの航空機産業関係の建物が残存し、林立していた。それらの建物のほとんどは木造で、荒れ放題に荒れていた。

その木造兵舎および工場関係の建物に住み着いていたのが戦時中に徴用されたと思われる在日韓国朝鮮人とその子弟たちだった。惟朔は土鳩をくれるという朝鮮人の友人に連れられて、この集落に足を踏み入れたのだが、歩くのも難儀するほどの泥道と、林立する木造建築の荒廃ぶりに、幼いながらに唖然としたものである。おそらくは建てられて最低でも三十年は経過していると思われる木造兵舎は壁面から腐りはじめて、大きく傾いでいた。

だが、あれらの兵舎の群れもこの京大西寮にくらべれば、まだ家としての体裁を保っていた。大学とはモダンな存在であるという思い込みがあって、だから惟朔は実際に目にした京大生の垢抜けない恰好になんともいえない違和感を覚えたのだが、西寮に至って幻想は完全に瓦解し、霧散した。垢抜けないとか泥臭いといった評価をはるかに超越した京都大学吉田西寮の佇《たたず》まいであった。

惟朔は息を詰めたまま、きつく腕組みをした。敷地には玄関口に至ると思われるあたりまで雨除けの屋根が連続して設《しつら》えてある。しかし屋根は朽ち果てて破れ放題で、その破れ穴から帯状の日射しが無数に洩れて地面に乱雑な模様を描いている。それは曇天の海などで雲間から海面に射す陽光を想わせる。旭日旗というのだろうか、太平洋戦争中の軍艦にはためいていた朝日の様を描いた旗が泛びもした。木洩れ日ならぬ屋根洩れ日だなどとこじつけ、失笑しかけて、我に返る。

得体の知れない落胆が這《は》いあがってきた。それでも気を取り直して観察をつづける。木洩れ日の揺れる地面はコンクリートで固められているのだが、長い年月のあいだに無数の足裏に踏みつけられ、こすられたあげくに摩耗しきって黒ずみ、つるつるに輝いている。先ほど西部講堂でタロウから村八分のことを聞いたときにでてきたローリング・ストーンズの由来、転石苔《てんせきこけ》を纏わずなる諺《ことわざ》が掠《かす》め、惟朔は顔をしかめた。

脳裏で俯瞰《ふかん》気味に西寮の全体的な構造を推測してみる。それはカタカナのコの字を逆にして、その中心にちいさな広場、あるいは中庭とでもいうべき空間を設えた木造家屋であるようだ。建築規模はかなりのものだが、荒廃が進んで崩れかけているせいか全体的に凋《しぼ》んで見える。タロウが言うにはコの字の背面には若干の距離をおいて、ちょうど川端《かわばた》通を隔てて南北に鴨川《かもがわ》が流れていると考えればいいとのことだった。

見あげれば寮の本体である建物自体も屋根瓦が落ちているところが目につく。トタン板で応急処置を施したまま忘れ去られ、そのトタン板自体が年月のうちに錆びて腐食し、大穴があき、いまでは雨漏り自体が放置され、無視されているのではないかと思わせる。もちろんペンペン草など生やして実に風流なものである。

「黙っちゃったな」

「ははは」

力なく空疎な笑いをかえすと、タロウはにやりとして迫った。

「素敵だろう」

「素敵すぎますよ」

「奴ら、喧嘩ばかりしてるから、窓ガラスがないじゃんか」

「喧嘩」

「そう。暴力集団の巣だな」

「暴力集団」

タロウの言葉を真に受けた惟朔は、苦笑いのかたちに顔を歪めた。なぜか、どこに行っても暴力集団に縁がある。なにか悪いものにでも取り憑かれているのだろうか。

「あそこなんかガラスどころか、板壁自体が落っこちて、内側の泥が見えるぜ」

「泥」

「おい」

「なに」

「鸚鵡《おうむ》かよ、おまえは」

「俺のリフレインには失望と絶望の深さが滲んでいると思ってください」

「小生意気な。ぶっとばすぞ」

「ぶっとばして、これが夢であるってことをわからせてくださいよ」

「ところが、夢じゃないんだよねー」

「俺、タロウさんのとこに行こうかな」

「あきまへんがな」

「急に関西弁かよ」

「あかん、あかん、阿寒湖のマリモ」

「だいじょうぶかな」

「だから、あかん」

「だってこんなんだったら橋の下のほうがよっぽどましだよ」

「まあな。ゆえに橋の下ハウスは、いまや満員御礼、いっぱいなんだわ。キミはしばらくここで修業して、空きができたら引っ越してきなさい」

どうもタロウは面白がっているようだ。この途轍《とてつ》もない規模の廃屋というべきか廃墟に惟朔を送りこんで、その後の報告でもさせたいような様子である。

「こうしているのもなんだから、そろそろ極左暴力団の巣に突入するか」

「極左暴力団」

それはどのような暴力団なのだろうか。タロウの口調から若干の政治色を嗅ぎとりはしたが、惟朔の少ない政治的な知識では判然としない。先に玄関口に入っていったタロウの耳許に顔をよせ、そっと訊いた。

「それって、ひょっとして、過激派ってやつですか」

「ひょっとしなくても、過激派。ボリシェヴィキってやつだよ。しかもな」

「しかも」

「終わっちゃったボリシェヴィキだ」

「終わっちゃったのか」

「そう。だからこそ質《たち》が悪いってぇわけだわな」

ボリシェヴィキという言葉は当然のこととして、タロウの言うことにはよくわからないところが多々ある。惟朔は小首をかしげた。玄関は日射しが入らないのだろう、じわりと湿って、肌が引き締まった。タロウは頓着せずに入ってすぐのところにある受付の小窓にむけて敬礼するかのように片手をあげ、土足のまま踵《かかと》を踏みならして一段高い廊下にあがりこんでいった。

一応は学校などにある渡り板が敷き詰めてあり、壁面には扉のほとんどが取れてしまっているとはいえ靴やサンダルの入った下駄箱が設えてあるのだから、いかになんでも土足はまずいだろう。やきもきしながら惟朔は受付の中を覗きこむ。

中から灰色の作業服を着た初老の男が惟朔を一瞥してきた。惟朔が頭をさげると、いきなり大欠伸《おおあくび》をした。演技ではない本物の欠伸だった。大学の職員だろうか。管理をまかされていると思われる。ななめ後ろにはV字型の室内アンテナがのったちいさな白黒テレビがあり、コメディアンらしき男が通行人にマイクを突きだして、相手が答える前にいきなり大笑いをした。おっちゃんおもろいな、そんなことを言って、コメディアンはおっちゃんの頭を叩く。叩かれたおっちゃんが、間が悪いのがわいの取り柄やとぎこちなくウインクをし、いかにも得意そうに破顔する。寮の管理人らしき男はテレビに視線をもどして、惟朔を完全に無視している。

素早く思案した。失礼な管理人である。管理もへったくれもないようである。しかし、ここで暮らすとなれば先々のこともある。体裁を取り繕っておくことも大切だ。とりあえず靴は脱いでおこう。バスケットシューズの踵を踏みつける。脱ぎ棄てようとする。紐をといていないのでうまくいかない。焦っているうちにバランスをくずした。踏鞴《たたら》を踏みかけている惟朔に、タロウのいらついた声が刺さる。

「なにやってんだよ、おまえは」

「靴」

「まったく変なとこに律儀《りちぎ》だな。無意味なこと、するんじゃねえよ」

「無意味」

「そうだよ」

タロウは米軍のものと思われる革の軍靴を履いている。それで廊下を踏みならし、下方の捲《めく》れあがった合板の引き戸の前に立つ。廊下はひんやりとして、綺麗であるとは言いがたいにしても、建物の外観からすればずいぶんましに感じられた。外のコンクリートと同様に足裏で磨きあげられたのだろう。壁面に積みあげられた新聞といっしょに週刊プレイボーイや平凡パンチといった雑誌があった。腰をかがめてページを繰ると、グラビアのヌード写真のところだけやぶかれていて、なくなっていた。

「惟朔、代われ」

「あかないんですか」

「あかん」

「どれ」

力加減のせいだろうか。ドアは間抜けな響きをたててカラカラとひらいていった。これのどこに苦労したのだろうか。横目でタロウを見ると、横柄に頷きかえして惟朔の脇をすりぬけ、室内に入っていった。とたんに中から怒鳴り声がとどいた。

「てめえ、土足厳禁といっただろうが」

「パイプさん。裸足厳禁にしたほうが現状にあってるって」

「うるせえ。破れても腐っても屋根の下。ここは屋内なんだよ」

恐るおそる覗きこむと、左の眉毛の上に派手な裂傷の痕《あと》がある二十代後半と思われる男がタロウを指さして、どこかわざとらしい、しかもけたたましく仰々しい憤りの声をあげていた。パイプという愛称がついているらしい。

「まったくモラルというものがないのか、貴様という奴は。うるせえ、うるせえ、口答えするんじゃねえよ。あれこれ小賢しいことを吐《ぬ》かすなら、いまいちど道徳律というものを叩き込んでやろうか」

このわざとらしさ、不自然さはいったいどこからくるものなのだろう。なんとも奇妙な気分に惟朔はとらわれた。タロウはパイプを無視して腰をかがめた。藍色をした寝袋の中に下半身だけを入れて横たわり、天井にむけてタバコをくゆらしている、痩せ細った黄色い顔色をした男に愛想のよい声をかける。

「ニコ中さん、こんちは」

「タロウ君、カンパしたまえ」

「カンパカンニン」

「ふん。キミはタバコの一本もカンパできんのかね」

「無い袖は振れぬってやつ」

「貧乏はやだね。これだけで革命の資格があるわい」

室内には奥のほうにあと二人ばかり残っている。彼らはこの部屋の主と思われるパイプたちと関わりをもちたくないのだろう、ちらりと惟朔を見て、曖昧に顔をそむけ、万年床の上に拡げた書物に視線を落とした。その膝が微《かす》かに揺れている。貧乏揺すりだ。

タロウと二コ中は他愛のない言葉をやりとりし、屈託なく笑う。パイプがいきなりタロウの肩に手をかけた。

「こら、タロウ。てめえ、俺を無視するんじゃねえよ。粛清するぞ」

「やめてくれよ、パイプさん。口先だけでも口ばしってるとさ、いずれ、ほんとうにやっちゃうんだよ。俺にはわかってる。言葉ってのはさ、実に厄介者なんだよ。口ばしってるうちに、やっちゃうんだ」

「けっ。厄介者はてめえだ、河原者め」

河原者とは、どういう意味だろうか。文字通り河原で野宿をしているから河原者なのだろうか。しかし惟朔はパイプの口調に抜きがたい嫌らしさを覚えていた。言葉の芯になにやら不純なものが含まれているとでもいおうか。偏見がある。すべてを微妙に見下している気配がある。

しかもタロウ相手にあれこれ居丈高にふるまってはいるが、その真の標的は見知らぬ惟朔であることが簡単に見て取れた。端《はな》から相手を威圧してしまおうという策謀が見え隠れする横柄な態度といい、生真面目そうなくせに悪ぶっているようなところといい、あまり信用できない気がする。立派なのは左眉の上の傷痕だけだ。

「黙るな、タロウ。なんとか言え、無産者以下」

タロウは心底から辟易《へきえき》した顔つきでパイプから顔をそむけ、惟朔のほうをむいた。その目の奥や頰には幽かな怒りと諦めの気配があった。

だが、じつは先ほどから惟朔にとってどちらが優位に立つかといった対人関係に類することはもはや雑事に過ぎなくなっていた。そんなことよりも室内の惨状に目を奪われて、ふたたび開いた口がふさがらなくなっていたのだ。

二十畳ほどあるだろうか、大広間といっていい。大まかな畳の数くらいすぐに勘定できそうなものではあるが、雑然と布団が敷き詰めてあるのと、不規則にゴミの山ができあがっているのとで、おおよその見積もりも難しい。

「ほんとうにゴミ箱だ」

唖然として口ばしると、タロウが肩に手をおいた。

「言ったとおりだろう」

「すげえや、これは」

「この臭いがないぶん、まだ河原のほうがましだぜ。そう思うだろ」

「うん。信じられない。生ゴミまで棄ててやがる」

「もうな、掃除しようがないんだ」

「なんで」

「生ゴミのせいでさ、畳が腐って床まで穴があいてるわけだ」

「というと、ゴミの山の下は、地面ということか」

「そういうこと。程度の差はあるけど、腐って床が抜けてるんだ」

「夏じゃなくてよかった」

「甘いよ。無防備に寝てると、顔の上を蛆虫《うじむし》に這われるぞ」

「蛆虫——」

「脅しじゃない。事実だ。あれは咬《か》む。ちくりと咬みやがる。ねとねと移動しながら、気まぐれに咬むんだよ」

怖いもの見たさもあって惟朔は万年床の隅を伝い、室内のほぼ中心に聳《そび》える、もっとも立派な高さ一メートル強のゴミの山のところに行って腰をかがめた。頂点にあるのはインスタントラーメンのものだろうか、まだ濡れて輝く縮れた麺である。おそらく飲み残した汁ごと棄てたので、その下の紙類が茶色く染まっていて、そこで吸収しきれなかったぶんは畳にまで拡がっている。もっとも大量に棄てられている鼻紙の類のほとんどは黄変しているが、それが洟《はな》をかんだものであるという確証はない。もちろん赤黒く血が染みているようなものもあるにはあるが、中には別の体液が染みこんでいるものもあるかもしれない。触れないほうが身のためだ。惟朔は親指と中指の先で山の中腹からはみだしているグラビアのヌードをそっと摘みあげ、引き抜いた。見覚えのある、真っ赤なリンゴで股間を隠した、やたらと乳房の大きな八重歯の目立つ女の子のヌードだったが、彼女の含羞《はにか》みに気をとられた瞬間に山の一角がくずれ、いつのものかはっきりしない青黴を生やしたミカンの皮をはじめとする得体の知れない諸々の埋蔵物が姿をあらわした。腐敗臭が一段と強烈になって、蒸れた熱が発散され、頬をくすぐる。惟朔の目は一瞬、立ち昇った陽炎《かげろう》を捉えたが、それはさすがに錯覚であるようだった。やっちまったよ、やめとけ、雪崩《なだれ》を誘発するぞ、などという重複したどこか無責任な声を背後に聴きながら、惟朔は遺跡発掘にいそしんだ。大量の喫殻《すいがら》は吸湿して真っ茶色に変色している。ニコチンの臭いがきつく、目に沁みる。ゴキブリの卵だろう、喫殻と同じような茶褐色をした鞘が大量に出現したが、おぞましいことにすべて孵《かえ》って殻だけになっていた。茶殻は乾いてぱりぱりに見える。こんなになってもお茶の清々しい匂いがするのだから、奇妙な感動さえ覚えた。集めて湯を注げば、もう一杯くらい飲めそうだ。ふと目についたノートの切れ端にはシャープペンシルで書いたと思われる、やたらといじけたちいさく拙《つたな》い字で――明日という字は明るい日と書くとはいうけれど、若いは苦しいに似ている――とあった。ブルーブラックのインキの色もアカデミックに、なにやら幾重にもかさなった数式が書かれたものもあった。ただしその大部分はインキの色を凌駕する黴に被われはじめていた。片方だけの分厚い靴下にも派手に黴が生えている。もちろん黄変したブリーフもある。凝視すれば縮れた体毛の類も見分けられた。カップ酒の容器が目立つのは、手頃に酔えるからであろうか。容器の中に残った日本酒にはあわぶくのような形状をして肥大した青黴が生えていて、惟朔の脳裏をペニシリンという単語がかすめていった。パイナップルの缶詰の空缶には赤茶色の蟻《あり》が三列縦隊くらいで群がって行ったり来たりしていて忙しい。角の丸い長方形をしたイワシ蒲焼きの缶詰に残った汁の中にはほんとうに蛆が湧いていた。思わず背後を振りかえり、タロウに目で訴えたが、いい加減にしろと手招きをするだけで、タロウは惟朔がなにを発見したかを理解していないようだった。蛆はまだごくちいさなものだが、相当数が密集して薄黄色の軀に粘液をまとわりつかせて浮いたり沈んだりして蠢《うごめ》いている。気が向けば缶から離れてお散歩だ。さすがに蛆の汁からは常軌を逸した腐敗臭が立ち昇ってきて、嫌な唾が湧きあがってきた。やらなくてもよいことをしてしまったという反省と同時に、若いは苦しいに似ているの紙片をそっと缶詰の上にかぶせて蛆虫を隠した。もうやめたほうがいい、と思いはするのだが、とまらない。破滅への道を一直線、などと陳腐なヒロイズムさえ覚えてさらに発掘をつづける。それでも自分で鏡を見ながら散髪したのだろうか、思いのほか真っ直ぐで艶《つや》やかな頭髪の黒々とした塊があらわれたあたりで、惟朔は心底から胸苦しくなってきて発掘をやめた。吐息を洩らし、得体のしれない粘液で汚れた指先をジーパンの太腿にこすりつけかけて、あわてて離す。どのような顔をつくっていいかわからないので、とりあえず笑いながらタロウたちのところに戻ると、いきなりパイプが惟朔の頭を加減せずに平手で叩いた。

「てめえ、よけいなことしやがって。山がくずれたじゃねえか」

「すみません」

「くせえんだよ。どう処置するんだ」

「すみません」

「なんだよ、その目つきは」

「すみません」

「反抗か」

「すみません」

「造反有理《ぞうはんゆうり》か、この野郎」

「すみません」

「ふざけるなよ、その目つき」

「すみません」

「口だけだろ、すみません」

「すみません」

惟朔の口許には薄笑いが泛んでいた。それに気付いたパイプは、息巻いたわりに急に弱気なものを目の奥に滲ませてしまい、図に乗った惟朔が顔をわずかによせて覗きこむと、曖昧に横をむいてしまった。タロウが取りなした。

「惟朔。ちゃんと謝れ」

「はい。すみませんでした」

「パイプさん。まだガキなんだ。許してやってくれよ」

「歳は関係ねえよ、歳は」

「十七なんだからさ。高校にも行ってねえんだよ」

「十七」

「ここにやってきた最年少じゃないか。しかも手ぶらで京都まできやがった。ねえ、パイプさん。なにも、持ってないんだよ、この小僧は」

パイプは腕組みをして惟朔に向き直った。

「おい」

「はい」

「自己紹介しろ」

「はあ。べつに紹介するほどのことも」

「いいから、しろ」

「吉川《よしかわ》惟朔、十七歳、東京は小石川に生まれました。昭和三十年です」

「学歴」

「ええ、学歴ですか。ないですよ」

「言え。申告しろ」

「はーい。申告します。学校にはほとんど行ってません。家が貧乏だったのと、悪さがたたって、小学校の途中で児童相談所に送られて、それきりです」

「どういうことだ」

「ええと、あまり言いたくないけど、児童相談所から悪ガキをいれておく児童福祉施設に抛《ほう》りこまれて、そこで育ちました」

「感化院か」

「まあ、そんなもんですか。まわりの奴らは久里浜《くりはま》少年院予備校とか吐かしてました。断じて少年院ではないんですけど。で、そこを十五で出て、高校ぐらい出ておかないとってオフクロに泣きつかれたので一応は高校にも入りましたけど、喧嘩で退学処分になりました。以上、現在に至る」

「それでも高校には行ったのか」

「うーん」

「なんだ」

「三日坊主っていうじゃないですか。俺の場合はほんとうに正味三日でした。身体検査しか記憶にありません」

「勉強は面白くなかったか」

「わかりません。ただ、久里浜少年院予備校でしょう。みんなから煙たがられて」

「そうか。いわばプロレタリアか。美少年プロレタリアだ」

惟朔は小首をかしげ、タロウに訊いた。

「なんですか。プロレタリア」

「ああ、なんていうのかな、無産階級か。さっき俺が言われただろう。無産者以下って。すなわち賃金労働者だな」

よく意味がわからぬままに、タロウにかえす。

「俺は、あんまり働かないですよ。働くのは大嫌いです」

「そうか。じゃ、プロレタリアじゃねえな。ただのフーテンだ。俺とおなじく無産者以下だ」

「おっと、ヒッピーと言ってほしいな」

「図々しいの。おまえはフーテン。プロレタリア以下」

するとパイプがタロウを軽蔑しきった眼差しで一瞥して、言い放ったのである。

「アホ。プロレタリアってえのは古代ローマにおいては最下層市民のことだ。アホ。聞きかじりでものを言うな。言語はその源流にまで踏み込んで、はじめて発せられるものと心得よ。ドアホウめ」

アホを連発するパイプにむけてタロウはこれ見よがしな舌打ちをかえし、おまけに欠伸をしてみせた。パイプの眉間に縦皺が刻まれていく。喧嘩になったら、タロウの味方をするつもりで、惟朔はいつでもパイプの睾丸《こうがん》を潰せるように、立ち位置を変えた。

張りつめた気配を察したのだろう、寝袋に下半身だけ入れて横たわっていたニコ中が大儀そうに上体を起こして、煙をたなびかせながら間延びした声で呟いた。

「いいじゃないか。美少年プロレタリアで。なあ、惟朔。問題ないよね」

「あ、問題ありません。いや、美少年というのは無理があるかな」

「おまえ、けっこう可愛いもの」

「そうですか」

「愛おしい」

「ちょい、気持ち悪いですけど」

「うふふ。アヌス、舐《な》めてやろうか」

「なんですか、アヌス」

「肛門」

「って、尻の穴」

「そう」

「正気かよ」

「正気も正気。少年愛の美学だよ」

「少年愛——。それがケツの穴」

「そう。足穂《たるほ》曰《いわ》く、膣《ちつ》は行き止まりのどん詰まりであるが、肛門は大きく開かれた口につながって天に至る、だっけ。そんな感じだったかな。俺もいい加減だなあ。引用さえ満足にできぬ」

「なんですか、タルホって」

「小説家。稲垣足穂って小説家だよ。ちゃんと読んどらんから偉そうには言えんが、足穂は常々、ボクの読者は五十人でよいと仰有《おつしゃ》っているそうだ。瞠目《どうもく》すべし、だな」

「惟朔、舐められるなよ」

この場合、文字通り尻の穴を舐められるなというふうにとればいいのか。それとも軽く扱われるといった意味でのなめるととればいいのか。タロウは両方の意味で言ったのだろうと解釈し、尻を押さえて身をよじってみせると、パイプがおもむろに言った。

「なめるっていうのはな、もともとは無礼の動詞化なんだ」

「無礼の動詞化」

「無礼をなめと読んだんだ。で、なめる」

「うーん、わけがわかんない」

するとタロウが茶化す。

「中卒だもの」

とたんにパイプが怒鳴りつける。

「貴様は差別する気か」

鬱陶《うっとう》しい。正義の味方は死ね。しかし自分の学歴が原因である。惟朔は投げ遣りに取りなした。

「まあ、いいじゃないですか。俺はたしかに中卒だし、人生なめられっぱなしだし」

するとパイプは惟朔を見据え、それからタロウに人差し指を突きつけ、真顔で諭したのである。

「いかに愚鈍な貴様でも、さすがに俺がこの少年をプロレタリアと標榜《ひょうぼう》したわけがわかっただろう。革命はな、こういう最末端からはじまるべきなんだ」

タロウは鼻で笑い、深い溜息をつき、次の瞬間、唐突にその目に憤懣《ふんまん》の光をあらわにした。血の気が引いて、危うい顔色である。しかし気を取り直したのだろう、パイプを無視し、強張《こわば》った頰をゆるめてニコ中に頭をさげた。

「惟朔だけど、ヒッチで不眠不休ってやつ。すまないけれど、寝場所をアレしてやってくれませんか」

「ああ、そうなの。俺のシュラフで寝ればいい。いっしょに、ね」

「それは、まずいでしょう。惟朔の尻が裂けちゃう」

言うだけいうと、タロウは惟朔の肩をぽんと叩いて出ていった。惟朔はその背にむけて感謝をこめて一礼した。なにやら全身から力が抜けていく。これで眠れる。惟朔は期待をこめてニコ中を見やった。しかしニコ中はシケモクをくゆらすばかりで、寝袋から出ようとしない。

「おい」

「——はい」

パイプが顎をしゃくった。ついてこいということらしい。惟朔は思案したが、逆らうわけにもいかない。パイプに従ってだらけた足取りで大広間をでた。パイプというくらいだから、パイプでも喫うのだろうか。ニコ中にパイプ。どっちもニコチンとタールの塊で煙突みたいな男たちか。そんなことを思いながら廊下を行くパイプを追いかけていく。

「あ」

「どうした」

振りかえったパイプに、惟朔は顔の前で大げさに手をふり、愛想笑いをかえす。パイプは惟朔をぎろりと睨みつけ、しかしなにも言わずにふたたび床を踏み抜く勢いで歩きはじめた。

パイプの背が曲がっている。

S字に歪曲している。背骨自体が曲がっているのだろう。尋常な曲がりではない。それはどこか畸形《きけい》じみてはいるが、生まれつきでないことはなんとなく察知できた。悪い姿勢をとりつづけたあげくに歪み、ひん曲がってしまったのだろう。なんとなく机にむかって受験勉強に必死になっているまだ学生時代のパイプの姿が脳裏に泛んだ。惟朔はパイプの傍らに小走りに駆けた。

「あの」

「なに」

「パイプさんは京大ですか」

京都大学の学生か、もしくは卒業生かと尋ねたのだが、パイプは答えなかった。口をきつく結んで真正面を見据えている。ただ眉の上の傷痕が、血の色に染まっていった。惟朔は上目遣いで傷痕の変化を観察し、少々息苦しさを覚えた。どうやらしてはいけない質問をしてしまったようだ。

パイプは奥まった部屋の前で立ちどまり、ふっと息を吐くと、とんでもない勢いで扉をひらいた。六畳ほどの部屋で、二段式のベッドが据えてあり、机の上には大量の書籍が散乱していた。ちらりと見やると、頭のふたつある赤ん坊の写真が見えた。あわてて視線をはずすと、錯覚だったように思えてきた。椅子の背もたれに腹をあてがってもたれかかっている寮生らしい男が醒めた一瞥を投げてよこした。パイプがひとこと、言う。

「布団」

すると背もたれをキコキコいわせて学生は頷いた。

「勝手にもってって」
「おまえが運べ」
「なぜ」
「いいから」
「いやや」
「いやか」
「絶対に」
「なぜ敵対する」
「そんな気はない」
「だが煙たいのだろう」
「当たり前やろ」
「どうしてほしい」
「死ね、と言うたら」
「おまえを殺す」
「それだけは勘弁や」
「嘲笑が気に喰わないんだ」
「嗤《わら》うつもりはないけど」

「布団を運べ」

「いやや、言うたやろ」

「わかった」

この二人はどのような関係なのか。一歩引いて見守っていると、憮然とした顔つきでパイプは惟朔に向き直り、またもや顎をしゃくった。タロウも顎をしゃくるようなところがあったが、パイプのしゃくり方はまるで奴隷に対するもののようだ。最低限の言葉を発するのも面倒だといったふうな、なんとも横柄かつ投げ遣りなもので、しゃくられたほうはあまりいい気分がしない。

しかも、この場合、なんで顎をしゃくられたのか判然としないのである。とりあえずこの部屋から退出するのだろうと判断し、机上の書物に素早く視線を投げる。

やはり頭がふたつ、だ。頭ふたつの赤ん坊は、それぞれが目をとじていた。白黒の写真であるということだけでなく、とじられた目蓋《まぶた》の力のなさ、そして弛緩した笑顔じみた表情の醸《かも》す弱々しさから双頭の赤ん坊に生命の気配はみられない。その脇の藍色をした分厚い書籍の表紙には〈周産期の看護・先天異常とその介護〉とあった。

廊下にもどると、踵で踏み抜く勢いでパイプはさらに奥まった突きあたりに行った。惟朔はだらけ気味な足取りでついていき、パイプの指示を待つ。

「ここにあるから、見繕え」

「はい」

曇りガラスの嵌《はま》ったガラス戸をひらくと、右に敷布団、左に掛布団が山積みになっていた。かなり古いもので、顔をそむけたくなるほどに垢臭く黴臭いが、贅沢をいっていられる身分ではない。面倒なのでいちばん上にある敷布団と掛布団を引っぱりだし、かさねて肩に担ぎあげた。

パイプはわずかに腰をかがめると、旅館の仲居のような手つきでしずしずとガラス戸をしめた。戸が外れやすいのかもしれない。またパイプは、ほんとうは細かい性格なのだろう。そんなことを思うのと同時に、布団部屋の仕切戸がガラス戸であることに微妙な違和感を覚えつつ、布団を手に入れたことでいつのまにやら気が大きくなった惟朔は、派手に床を踏みならし大部屋にもどった。

惟朔を制して先に大部屋にはいったパイプが、足で雑に敷かれてある布団を掻きわけ、移動させた。またもや顎をしゃくる。それから目で示す。ここに敷け、ということだ。いままでこの場所に眠っていた者はどうなるのだろう。もどってきて喧嘩にでもなったらいやだ。

そんなことを思いつつも、パイプの指示した場所がゴミの山からもっとも離れている特等席なので、惟朔はいそいそと床をとった。疲労しきっているので、絞れば水が滴り落ちそうに湿った布団であっても気にならない。着衣のまま靴下も脱がずに軀を滑りこませ、しかし垢で汚れた掛布団が顎に触れないように気を配り、両腕を頭の下で組んで枕にし、目でパイプを追い、礼を言った。

「ありがとうございました」

「うん。眠れや」

「はい」

「飯を食いにいくときは、適当に起こすぞ」

「あ、お願いします」

そこにふわりとニコ中が割り込んできた。

「惟朔君はバイトをする気があるかな」

「どんなバイトですか」

「美少年プロレタリアートにぴったりのバイトだよ」

「お尻をアレする、なんていうのは、ごめんですよ」

「ふふふ。だいじょうぶ。単純な肉体労働だから」

「でも、売春みたいのだって肉体労働じゃないですか」

「ああ、惟朔君は悧発《りはつ》だねえ。じつに悧発だよ。感心させられるね」

なんだかお爺さんみたいな喋り方だ。老人にあやされている。惟朔は天井を見あげてちいさく頰笑んだ。

「バイト先は鍋釜の会社だよ」

「鍋釜って、オカマですか」

「いや、いや。本物のお釜だな」

「へえ。本物」

「そう。本物。電子ジャーというのかしら」

電子ジャーが何であるのかはよくわからないが、そんなことよりもニコ中の柔らかな語り口が惟朔の緊張をほぐし、弛緩させていった。

「なぜオカマっていうか知っているかな」

「いえ。なんか謂れがあるんですか」

「あるんだな。大東亜戦争が終わってね」

「大東亜戦争」

「どうしたの」

「いえ、俺の親父がいつも大東亜戦争って言ってました」

「うん。その大東亜戦争が終わってね、大阪は釜ヶ崎というところに、女装した売春夫が出現したんだね」

「釜ヶ崎」

「そう。もう、わかっただろう」

「わかりました。釜ヶ崎で、オカマ」

「そうなんだ」

頷くと、ニコ中は、どこから調達してきたのか大きなクリスタルの灰皿の中のシケモクを、ゆったりとした手つきであさった。悲しそうな顔で首を左右にふる。

「ああ、さすがの僕もフィルターは喫えないよね」

「ごめんなさい。タバコをもってなくて」

「うん。これからはよろしく頼むよ」

「頼まれるのも、なんだけど」

柔らかく、いや気弱に、しかも虚ろに笑っているニコ中からパイプに視線をうつす。パイプは自分の布団の上に胡座《あぐら》をかき、不服そうな顔つきで惟朔を見返してきた。惟朔が目で礼を言うと、横柄に頷きかえしてきた。惟朔が視線をはずさずにいると、パイプは大きく深呼吸をするかのように胸を上下させ、先ほどとは打って変わって真摯《しんし》な眼差しであらためて頷きかえしてきた。

繊細だからよい人というわけでもないが、パイプはとても繊細なのだろう。繊細な者が肝心のところで雑というか、大雑把になってしまうこともなんとなく理解している惟朔である。気を配りすぎて、抜け落ちてしまうことが多々あるのだ。しかも虚勢を張らなければ生きていけないから、よけいに気がまわらなくなってしまう。肩に力がはいっているとろくなことがない。

そんなことを思っているうちに、じわりと眠りが触手をのばしてきた。パイプとニコ中がなにやら小声で語りあっている。ニコ中は笑い声をあげるが、パイプはあくまでも生真面目な調子をくずさない。白い光が目蓋をいたぶる。誰か頭上の蛍光灯を消してくれないか。

＊

揺り起こされた。

ただし揺らしているのは手ではなく、足である。惟朔は頬骨のあたりを押す足指の股からと思われる臭いに閉口しながら、ちいさく呻《うめ》いた。焦点の定まらぬ目で足の持ち主を見ると、唇の端にタバコをくわえたニコ中だった。

「おぱよう」

「ああ、おはようございます」

「どういたしまして。おぱおぱよう」

惟朔は失笑した。起きあがり、掌の下のほうで目をぐりぐりとこすった。熟睡したという気分には程遠い。気懈《けだる》く、どこか放心状態だ。うつらうつらしているせいで過剰に感じられたのかもしれないが、とにかく人の出入りが多かった。頭上で誰かが惟朔を指してあれこれ喋ったりしていたこともあった。いきなりフォークギターを掻きならす音が聴こえたりもした。しかし癇癪《かんしゃく》をおこすわけにもいかず、ひたすら湿った布団の中で凝固していたというのが本当のところだ。

「えーとパイプさんは」

「おるよ。起こしとけと言って、どこかへいってしまったけどね」

「何時頃ですか」

「時計してるじゃない」

「ああ、これはいざというときの」

「質屋か」

「まあ、そんなとこですけど」

「質屋も困るんじゃないかな」

「パラショックですよ」

ちらりと文字盤に目をやる。午後三時をすこしまわっていた。目を凝らして時間を読みとる。三時十二分だった。だが腕時計はしていても、時間を確認するという習慣がない。ステンレスの腕飾りにすぎないのである。だから認識した時刻はすぐに脳裏から消え去っていき、若干の違和感だけが残った。あらためて文字盤を確認する気にもなれない。部屋が北向きのせいか、西日が射し込むこともなく、室内は冷えびえとしていた。ニコ中が惟朔の腕をとった。

「京都市役所前だったかなあ。ヘリコプターから落とした時計だよね」

「そうなんです。地上三十メートルから落とされたシチズンの腕時計パラショックは、それでも淡々と時を刻んだという」

「惟朔君はシチズンの回し者か」

「ふふふ。どうしても欲《ほ》しくて万引きしたんです」

「ああ、中学生くらいのときには僕もそういった物がやたらと欲しかった記憶がある。シチズンかセイコーの時計、セーラーかパイロットの万年筆、オリンパス・ペンかリコー・オートハーフといった固定焦点式のカメラ。三種の神器はそんなところかね」

ずらずらと並べあげるニコ中である。ほんとうに欲しかったのだろう。いかにも物欲と無縁そうな顔つきなので意外だ。

「俺はリコー・オートハーフをもってましたよ。京都の修学旅行にもってきたら、なくなっちゃったけど」

「なくなった」

「誰かに盗まれたんだと思います」

「誰かって」

「同級生」

「ああ」

「固定焦点式ってなんですか」

「焦点が固定されてるカメラ」

「そのまんまじゃないですか」

「ああ、そうか。そうだね。そのまんまだ。固定焦点式っていうのはね、距離調節機構のないカメラのことだよ。スナップ目的でね、だいたい二メートルから先のものが鮮明に写るようになっている。焦点距離の短いレンズほど被写界深度が深くなるという性質を応用したものだね」

惟朔はニコ中の博識に敬愛の念を抱いた。被写界深度云々は理解できないが、大まかなところは納得した。

「道理で近くのものが撮れないわけだ。俺は虫とかを撮りたくてずいぶん頑張ったんですよ」

「ああ、接写は無理だね」

惟朔は自分の腕に巻かれた三種の神器のうちのひとつに視線を落とした。

「ほんと、あれこれ、気が狂いそうになるほど慾しかったんですけど」

視線を落としているにもかかわらず、時刻が読めない。読む気がないのか、読みたくもないのか。

「いまでは、すっかり熱も冷めちゃって鬱陶しいだけです」

「じゃ、僕におくれ」

「はい」

惟朔がベルトのロックをはずしてさしだすと、とたんにニコ中は戸惑い顔をみせ、首を左右にふった。

「やはり遠慮しておこう。僕も腕時計は鬱陶しいや」

「ですよね」

「ああ。〈イージー・ライダー〉は駄作で、じつに眠たい映画だったけれど、時計を棄てるところだけは正しいね」

惟朔は小首をかしげた。名画座で観たが、時計を棄てる場面は覚えていない。たしかに退屈な映画であったから、眠っていたのかもしれない。

「思い入れがあったから、凄く頑張って観たつもりなんですけど、だめでした。よくわかんなかった。俺だったら〈イージー・ライダー〉を撃っちゃうほうが好きだな。あんな奴ら、バズーカ砲で木っ端微塵《みじん》ですよ」

それは惟朔の本音であった。奇を衒《てら》った言葉ではないことに気付いたのだろう、ニコ中はふたたび戸惑いをみせたが、すぐに表情を変え、ほぼ根元まで喫いつくしたタバコを愛おしそうに見やり、新しいタバコに火を移した。

「ニューシネマというやつは、結局はせんずりだね。〈夕陽に向って走れ〉というのを観たときには、さすがに温厚なこの僕も殺意を覚えたもの」

「それなりに面白いのもあったような気がするけど。〈ソルジャー・ブルー〉は、血まみれでよかったな」

「それは映画としてよかったのではなくて、血がよかったんでしょう」

「そうなのかな」

「そうだと思うな」

惟朔は〈ソルジャー・ブルー〉の他に好ましい映画になにがあるか、黙考した。思いはまとまらず、ひょっとしたら〈ソルジャー・ブルー〉はニューシネマの範疇《はんちゅう》には入らないのかもしれないといったことが頭を掠めた。それはともかく、日本の映画だが〈闇の中の魑魅魍魎《ちみもうりょう》〉という、絵金《えきん》こと幕末の絵師金蔵《きんぞう》を描いた、やはり血まみれの映画に昂奮したことに思い至った。

「言いたくないけど、俺は血が好きです。血を見るのが好きです」

「うん。大衆の好む表現は、本でも映画でも殺人がいちばんだからね」

「大衆」

「惟朔君は大衆じゃないのかな」

「よくわかりませんけど」

「不服そうだ」

「なんか、やだな」

「そういう年頃だ。自分を特別扱いしたいんだ」

「勘弁してください。なんだか顔が赤くなってきた」

「ああ、顔が赤くなるなら、だいじょうぶ。映画の話をしよう」

「大衆は殺人が好きなんですか」

「好きでしょう。死と性ですか」

「死ぬことと生きること」

「まあ、そうとも言えるけれど、死ぬこととやること、ですか」

「やることというと、おまんこですか」

「こらこら。ま、ここは関西だからかまわないですけどね」

「たしかに人の死なない映画って、ないですね」

「そうだろう」

「たしかに色っぽい場面のない映画も、ないですし」

大人びた調子を意識して頷く。しかしニコ中は反応してくれず、焦点のあわぬ眼差しで呟いた。

「ニューシネマは、あまり色っぽくないでしょう」

「そうかな」

「僕は、そう思うな。それと独りよがりが目立つので」

「新しい感性なんじゃないですか」

「玉石混淆《ぎょくせきこんこう》だけど、感性とかいっているようじゃあねえ」

「感性はまずいですか」

「惟朔君。これからの人生、あれこれ言い訳をしなければならないことがままあるだろうけどね、どんなに追いつめられたときであっても、自分がなにかやらかしたことの言い訳に、感性という言葉だけはもちだしてはいけないよ」

「なぜですか」

「うん。感性というのはね、馬鹿者の、最後の言い訳なんだ」

「わかりました。感性は馬鹿者の言い訳。胸に刻み込んでおきます」

「うん。よろぴい」

ニコ中は一呼吸おいて付け加えた。

「うまくいったときは、感性のおかげにしておけばいい。曖昧模糊として解説不能、角が立たないからね」

無駄話のおかげで、どうやら目も覚めてきた。いま大広間に残っているのは惟朔とニコ中、そして朝方にもいた二人連れの片割れだった。奥のほうでなにやら熱心に書物に視線を落としていたが、惟朔とニコ中が映画の話をはじめると、本をとじて、こっちのほうをちらちらと気にしていた。惟朔は立ちあがった。

「朝もちょっと気になったんですけど、どんな本を読んでいるんですか」

「ああ、これ」

男は照れたような顔つきで分厚い本を差しだしてきた。〈背教者ユリアヌス〉という題名で、著者は辻邦生《くにお》とある。なんとなくキリスト教が関係しているのだろうという推理がはたらいて、惟朔は強い興味をもった。男の傍らに膝をつく。

「出たばっかだけど、これは、ちょっと凄い本だよ」

「どんな内容なんですか」

「ローマ皇帝ユリアヌスの話」

それでは答えになっていないだろう。固定焦点は焦点が固定されているというのと大差ない。しかし、しつこく質問するのも憚られる。しかも本を手わたされた瞬間にパイプがもどってきてしまった。惟朔は彼に愛想笑いをむけて一礼し、ニコ中やパイプのところにもどった。

「どこへ行ってたんですか」

「排便」

「あ」

惟朔は下腹を押さえた。なにやら固く突っぱってはいるが、便意はない。すっきりした顔でパイプが訊いてきた。

「おまえは、いいのか」

「毎日朝一で出るんですけど、なんかし忘れちゃったら、だめですね」

「ふん。ま、いいか」

「はい。明日は出るでしょう」

「いまから飯を食うから、押し出されるかもしれんぞ」

「惟朔君。僕は出ないんだよね。なかなか出ない。難物です」

「ニコ中はニコチンが軀にまわってるから、糞をするとヤニが出る」

「凄い話です」

「いや、惟朔君。それはほんとうのことなんだよ。ケツの穴からヤニが出るってね」

「虚言じゃない。ほんとうにニコ中の糞はヤニ臭いんだ」

「嗅いだことがあるんですか」

「ニコ中は、ヤニ臭い糞をするのが得意でならんのだ。たまに出ても、それが水洗だったりすると、呼びにきやがる。いずれ惟朔も嗅がされるぞ」

惟朔は真っ黄色な顔をしたニコ中を一瞥して、苦笑した。どうもニコ中に関わっているのは肛門関係の話題ばかりである。思い切って尋ねてみる。

「ニコ中さんは、ホモなんですか」

惟朔の脳裏には、みなもと太郎が少年マガジンに連載していた〈ホモホモセブン〉というマンガがあった。

「ああ、僕は真性のホモですよ」

すると横からパイプが舌打ちをした。

「ホモが看護婦を犯しに、夜ごと出陣するかよ」

「看護婦さんを犯しちゃうんですか」

「人聞きの悪いことを言わないでほしいね。あくまでも和姦です。惟朔君も付き合いなさい」

「ぜひ」

「うん。キミは見込みがあるね」

「褒められたんですか」

「そうだよ。こういうときに遠慮するような輩《やから》こそが性犯罪者なんだ」

「はあ。で、ホモなんですか」

「だから真性のホモだっていってるでしょうが」

「うーん」

「惟朔。真に受けるんじゃねえ。こいつは、ただの女好きだ。ホモは擬態だ」

ホモという言葉を気安く安易に口にしながらも、同性愛にはまったく現実味を覚えたことがない。ギャグマンガとはいえ〈ホモホモセブン〉になんとなく禁忌の匂いを嗅いで惹かれはするのだが、惟朔には途轍もなく遠いことだった。そのことを呟くと、パイプがとりあえず行こうと促した。

惟朔が思っていたとおり、パイプは惟朔と同様に玄関口にしゃがみこんで靴ひもに手をかけた。ニコ中は玄関先に転がっている歯のちびた下駄を履いて、先に外に出ていった。惟朔と並んで丹念に靴ひもを締めながらパイプが言った。

「あいつが履いてる下駄だけど、他人《ひと》のだ」

「やっぱり」

「奴は、自分の履き物なんて、ねえんじゃねえかな。もったことがないはずだ」

「うらやましいなあ」

「しかし惟朔も律儀だな」

「本音を言うと、嫌なんだけど」

「ああ。わかる。俺も自分が鬱陶しい」

「でも結ばずにはいられないんですよね」

「そのとおり。左右、きっちり、均等に結ばなければ、居たたまれねえ」

外ではニコ中が長閑な顔つきで煙を吐いていた。惟朔は頭をさげて一本もらった。ピースだった。フィルターのないタバコは苦手だが、ニコ中の手前、当然のような顔をつくってくわえた。案の定、喫う前からタバコの葉が口の中に紛れこんできた。

ひょいとニコ中が顔をよせてきた。惟朔はニコ中がくわえたタバコから火をもらった。間近に薄汚れたニコ中の顔が接近したことよりも、ニコ中の口が、あるいは無精鬚が、あるいは顔全体が、その肌が尋常でなくヤニ臭いことに驚愕した。絶対に強烈な口臭の持ち主であるが、毛穴から発散されるヤニの匂いがすべてを凌駕し、覆い尽くしてしまっているのだ。

「俺の親父もけっこう喫うほうで、なんかオレンジ色の箱、ええと光でしたか」

「ああ、光か。いいタバコだよ、あれは。光にくらべればピースなんて空気だ。残念ながらおいそれと手に入らないのが問題だがね。そういえば清滝《きよたき》にある清滝記念館とかいう民芸館でバットを大量にストックしてあるらしいので、出かけてみようかと」

惟朔は咳払いして割り込んだ。

「親父は、その喫殻を集めておいてですね、幾日か水に溶かして、ニコチンの染みでた茶色い液をつくって蟻の巣に流しこんでたんですけど」

「おお、大殺戮《だいさつりく》だね」

「まったくです。で、ニコ中さんからは、あのニコチン液の匂いがします」

「ふむ」

満更でもないといった表情でニコチン中毒という綽名《あだな》をもつこの貧相な男は、柔らかく頬笑んだのだった。

「どうです、この指」

ニコ中はタバコをもちかえると、いままでタバコを保持していた親指と中指を惟朔の眼前に突きだしてきた。

「なんですか、これ」

「タバコをいつもこの二本でもっているせいでしょうねえ、ペン胼胝《だこ》ならぬモク胼胝ができているというわけだね」

照れと自慢がいっしょになった不思議な笑顔のニコ中である。胼胝ができるのも凄まじいが、惟朔はその二本の指先にあらわれた色彩に啞然とさせられていた。

「色が——」

「ニコチンやタールは指を黄色く染めるみたいだねえ。茶色くなってもよさそうなものだが、山吹色だねえ。ああ風流だ。我ながら風流だ。風流ここに極まれり、か」

あくまでものんびりとした口調のニコ中であるが、惟朔は唐突に不安を覚えた。山吹色といえばいえないこともないが、もっと濁った色彩である。母方の叔父が肝臓を悪くして入院し、見舞いに行かされたことがある。叔父さんはニコ中とおなじ肌の色をしていた。惟朔は首の後ろに手をやり、うろ覚えの言葉を手繰《たぐ》った。

「黄疸《おうだん》というんだっけ」

「ああ、ニコ中は黄疸だよ」

「そうかなあ。黄疸は胆汁の色だからねえ。これはあくまでも体内にとりいれたニコチンの色彩でしょう」

一日に何本くらい喫うのかという質問自体が虚しい。徹底したチェーンスモーカーである。絶対にニコ中は一日に幾本喫うかなどということを気にかけないのだ。中毒者は本数など意に介さない。途切れぬことだけを希《ねが》っている。ゆえに追及は無駄である。日に四箱は喫うね、などと得意がっている者は、所詮は小物である。一日にハイライトを二箱くらいで得意がっていた自分が恥ずかしい。どうやら人は空気を吸わなくとも生きていけるらしい。惟朔は感動に近い気持ちをこめてニコ中を見つめなおし、ちらりと傍らのパイプを見た。

パイプという綽名が付いているわりに、タバコをあまり喫わないようだ。もちろんパイプを持ち歩いているわけでもない。禁煙しているのだろうか。好奇心を刺激されたが、よけいなことを尋ねて癇癪をおこされてもたまらない。沈黙しておこうという保身がはたらいた。

それよりもニコ中はゆっくりと燻《くゆ》らせているようで、じつはかなり速いペースで喫っているのである。惟朔はついついニコ中のペースに誘われてピースを喫いつづけ、口の中がすっかりいがらっぽくなってしまった。いま唾を吐いたら、茶色いのではないか。

しかしニコ中はもつのも難儀するほどに短くなったピースをまだ棄てようとはしない。目を細めて愛おしげに喫口に接吻をしているのだ。ニコ中よりも先に棄てることがなんとなくためらわれて、惟朔は指先の熱さをこらえてピースを喫うふりをしながら、もう二度とニコ中さんからはタバコをもらわないと決心し、ニコ中の指にモク胼胝ができている理由を悟った。

あれは、正確には胼胝というよりも、短くなったタバコの熱に耐えているうちに皮膚が厚くなってしまったのだ。いわば火傷《やけど》の変形かもしれない。毎日、毎時、毎分、毎秒、じわじわと限界まで短くなったタバコで指先を灼《や》いていき、そのあげくに胼胝状に皮膚が盛りあがってしまったのだ。

だらだらとした足取りで鞠小路《まりこうじ》を上がっていき、まだ打ち放しで剝きだしのコンクリートも真新しい南部生協会館にはいる。会館内には建材の匂いがまだ濃厚に残っていた。生協がどのようなものであるかを理解していない惟朔であったが、中にはいってみれば徹底的に清潔でモダンな内装の食堂にすぎない。肩透かしだった。純白の割烹着を着たおばちゃんたちがてきぱきと動いていて、目に心地よい。

「なにが美味いですか」

「安心しろ。美味いものなんて、ない」

「断言ですか」

「ああ、惟朔君。パイプさんの言うとおりだとすぐに納得するよ」

「じゃあ、なんで」

「何故と尋ねるか。答えよう。安価であるからだ」

「はあ」

「ふふふ。うどんが三十円だからね」

即座に納得した。有り難いことである。食事の目的は、とりあえずは生存である。パイプは思い詰めた眼差しで、ニコ中はゆるみきった顔つきで、惟朔は物珍しさにきょろきょろしながら、曇りひとつないステンレスのカウンター上を流れ作業でできあがっていくうどんを見守った。

おばちゃんがうどんの丼を差しだしてくれた。惟朔は愛嬌たっぷりに頬笑んで頭をさげた。するとおばちゃんは素早く刻んだ揚げを足してくれたのである。パイプがそれに気付いて自分の丼も差しだしたが、おばちゃんは平然とそれを無視した。

テーブルについて、パイプはうどんを啜《すす》りながらいつまでもおばちゃんのほうを睨みつけている。どうしたのかというニコ中の質問に惟朔が答えると、破顔して言った。

「美少年プロレタリアートにかなうはずもありません」

「けっ。粛清するぞ」

二人の遣り取りを聞き流して、箸を使っているうちに、だんだん惟朔は落ち込んでいった。うどんが不味いのである。腰がなく、小麦粉でつくられているというよりも、なんらかの増量剤の混入を疑いたくなるような歯応えだ。せめて汁が美味ければ気持ちの切り替えもきくのだが、薄いのは色だけで、やたらと塩辛い。アルミの容器に入った七味を自棄《やけ》気味にふりかけていると、それをニコ中が見咎《みとが》めた。

「どうしたの」

「いくら三十円でも、俺は、これは、ちょっと食いたくないです」

「贅沢な美少年プロレタリアだなあ」

「だって、これはないですよ」

惟朔は薄黄色をしたプラスチックの丼をプラスチックの箸でこつこつ叩いて、吐き棄てた。

「こんな不味いうどんを食ったのは、初めてだ」

「言わんとすることはわかるがな、京都のうどんなんてこんなもんだ」

「いいかい、惟朔君。ほんとうに困ったときに三十円で腹がふくらむことの有り難さというものに涙するときがくるよ」

「いや、きませんね」

「贅沢を言うな。だいたいだな、このあたりの生協で会員証だなんだってうるさいことをいわないのは、ここだけなんだからな」

「こんなうどんを食うために会員になるんですか」

「いや、まあ、なんというかな。てめえ、揚げ足をとるんじゃねえよ」

「うーん。惟朔君はすっかり不機嫌になってしまいましたね」

とたんに我に返った。惟朔はニコ中とパイプの二人の先輩に、とことん甘えていたのである。まだ疲労や精神的な緊張が抜けていないということもあるが、いつの間にか二人を兄のように感じて、我儘《わがまま》を口ばしっていたのだ。惟朔は姿勢を正し、二人にむけて頭をさげた。

「すみません。意外とお坊ちゃんだったりしてな」

「けっ。意外とお坊ちゃんだったりしてな」

「こんなお坊ちゃんもないって。僕は惟朔君の素直さが好ましい。それに、たしかにこのうどんはひどい。常軌を逸している。三十円という値段に目がくらんで、僕は事の本質を見誤っていたようだ。いいかい。これは無料ではない。三十円という値段が付いているのだもの。味を評価されてしかるべきだ」

「甘いよ、ニコ中。俺が言いたいのは、そういう問題じゃないんだ。安直に謝るような奴が裏切るんだってことよ」

「図に乗りましたと頭をさげることが悪いのか。ほんとうにおまえは惟朔君が裏切ると思うのか。そもそも裏切りとはなんのことだ」

抑えた声でニコ中が問いかえすと、パイプは気まずそうに横をむいた。惟朔はニコ中とパイプの顔を交互に見て、申し訳なさにうなだれた。たかがうどんである。黙って啜りあげてゲップをすればよかっただけのことだ。なぜ、その味についてを口にしてしまったのか。

「ほんとうにすみませんでした。女々しかったです」

「けっ。それは女に失礼だって」

「ああ、僕もそう思いますね。女々しい女って見たことがない」

「雄々しい男を見たことがないのと同様に、な」

惟朔は上目遣いで頭をさげ、ふたたびニコ中とパイプの顔を見較べた。この遣り取りでニコ中とパイプの関係は巧みに修復されていた。ゴミだらけの京大西寮で暮らすうらぶれた二人であるが、孤独ではない。密かな羨望が迫りあがる。惟朔は自分に友人といえる相手が存在しないことに気付かされ、じわりと気持ちが沈んでいくのを感じた。

「ねえ、惟朔君」

「はい」

「僕には尋ねたいことがあるんだ」

「なんですか」

惟朔が構えると、ニコ中は身をのりだしてきた。

「先ほどの続きだよ。同性愛について、キミはどう思う」

「どう思うって、よくわかんないですよ」

「許容できるとか、絶対にいやだとか、まあまあかなとか、なんらかの感想があってもよさそうなものじゃないですか」

「正直にいうと、いままで考えたことがなかったです」

「同性愛の気はないということか」

するとパイプが真顔で割り込んできた。

「俺はな、あるんだよ。一度だけ」

「相手はニコ中さんですか」

「アホ。こんなのと何ができるってんだよ。惟朔。てめえ、こいつで立つか」

「いえ。立ちません。絶対に」

「おいおい、キミたち、言いたい放題ではないか」

ニコ中の渋面を見つめてパイプと惟朔は同時に笑い声をあげていた。惟朔は屈託が霧散していくのを感じて、過剰に笑った。パイプはすぐに笑いをおさめ、ひそひそ声で告白しはじめた。

「中学のときだ。中二だ。俺は丹後の宮津なんだが、そこの中学に新任がやってきて、詳細は省くが、あるとき俺の陰茎を口に含みやがった」

「へえ。丹後の宮津ですか。丹後半島。たしか天橋立があるところですよね。一応京都府だったんじゃないかな。それなのに、なんで標準語で喋るんですか」

惟朔の問いかけに、パイプとニコ中はかなり派手な肩透かしを喰らったようだ。パイプは口を半開きにしたまま、言葉を喪《うしな》い、ニコ中はわざとらしい咳払いをしてから惟朔を窘《たしな》めた。

「あのね、パイプは陰茎を口に含まれたんだよ。陰茎を」

「ああ、そうですね」

「そうですねって、陰茎。なんだかわかってるの、陰茎」

「ちんちんでしょ」

そう切り返すと、ニコ中は処置なしだといった顔で頭を掻いた。いつの間にやらその口にはピースがくわえられていて、ゆらゆらと煙が立ち昇っている。

微妙な間があって、眼前で弱々しい湯気をあげているうどんの丼に視線がいった。あらためて自分の我儘が心底から恥ずかしくなった。惟朔は丼に手をのばした。残っているうどんを勢いよく啜りあげた。うどんはふやけてしまったのか頼りなく千切れ、箸を受け付けない。だから汁といっしょに嚙まずにあまさず飲み干した。七味唐辛子を入れすぎたせいで、咳き込みそうになった。

「惟朔なあ。俺の初体験はな、男性教師の口だぞ」

「はあ」

「それがまた気持ちがよくてなあ。その教師がだな、俺にむけてさりげなく目配せをするわけだ。また、してあげる、ってな」

「うぁあ」

「もう必死だったな。そいつに取り込まれないために、奥歯を嚙みしめて、そっちを見ないようにして」

「とんでもない災難でしたねえ」

などと他人事の感想をかえした惟朔であったが、ふと気付いた。

「あ」

「どうした」

「俺もホモでした」

「なに」

「間違いなくホモでした」

「声がでけえよ」

「おっとっと」

「で、惟朔君はなにをした」

「興味ありますか」

「ある、ある」

「俺、悪ガキを抛りこむ施設に入れられてたんですよ。それは話しましたよね」

「ああ、きいた。感化院だ。少年院か」

感化院でもないし、少年院でもない。しかし訂正するのも面倒だ。

「中三の秋でした」

「まだ、たいしてたっていねえじゃねえか」

「フロイト流の無意識の隠蔽《いんぺい》が働いているんでしょうね」

「なんですか。無意識の隠蔽」

「いいから。先を続けて」

「はあ。俺と赤沢君は体育館で文化祭の出し物に使う張りぼてをつくらされていたんですよ。もう真夜中といっていい時刻でした」

「赤沢君というのはホモ相手だね」

「そうなんです。で、俺はホモったこと自体を忘れちゃいましたけど、噂では赤沢君は本物になっちゃったとのことです。新宿のスナックで働いているのかな」

体育館には二人きりで、大道具をつくるのにいい加減飽き果ててきた惟朔と赤沢はプロレスの技のかけあいをはじめたのである。惟朔にとっては単なる退屈しのぎで、どちらかというと弱々しい赤沢にあれこれ技をかけていじめていたのだが、ある瞬間、気付いた。赤沢は惟朔の繰り出す技を避けようとせず、それどころか自分から積極的に技をかけられて躯を、具体的には股間をことさらこすりつけてくるのだ。

「俺は赤沢に刺激されてたんですよ」

「そう、言い切れるの」

「いまなら、言い切れますね。なんか自分で気付かないうちに蜘蛛《くも》の糸に引っかかったみたいな感じです。で、もう、息が苦しくて苦しくて、呼吸困難みたいな感じで、つまった息をしながら――」

後にも先にもあれほど昂奮したことは、ない。それなのに、きれいに忘れている。不思議といえば不思議だ。

「認めたくないですけどね、濡れぬれでしたよ。もう限界まで勃起してカチカチで、なんか股間から滲んじゃってブリーフが冷たくなってたもんな」

赤沢は手指を用いて惟朔を直接に刺激するようなことはしなかった。あくまでも偶然を装って惟朔の核心に迫ってきたのである。あのときの隔靴《かっか》掻痒感《そうようかん》は、いま思い返しても目眩《めくるめ》く快感で、男女を問わず性において、いかに巧みに焦らすことが肝要であるかという、ある奥義のようなものを赤沢の手管から学んだような気さえする。

「なんだよ、おまえは。そこまでやっときながら、とぼけやがって」

「いや、とぼけるつもりなんてまったくないですって」

「まあ、いいから。で、その先はどうなったの」

惟朔はちらとニコ中の顔を窺った。

「あの、ですね」

煮え切らない惟朔に、パイプが苛だってテーブルを叩いた。

「もったいつけるな。言え」

「はい。赤沢を殴りました」

「殴った」

「はい。俺もだんだん調子に乗って、赤沢に言ったんですよ。――キスしちゃうぞ」

「おお、リードしはじめたわけじゃないですか」

「リードしたかどうかはともかく、誘導っていうんですか。俺は完全に赤沢に乗せられてました」

「うん。絡めとられるところだったんだ」

「ところが、ですね」

「うん。どうした」

「キスしちゃうと迫って、口の中をツバキでいっぱいにしながら顔を近づけたわけです。

ところが赤沢の野郎、鼻の下や顎のところに産毛みたいな無精鬚が生えてやがるんです。まばらでやたらと薄かったけど、間違いなく無精鬚。とたんに、すうっと引いていっちゃった」

「いいなあ、産毛みたいな無精鬚か」

「そうなんですよ。俺は狼狽《うろた》えちゃいましたよ。すっげー狼狽えた。で、赤沢の上に馬乗りになったまま、この変態野郎とか怒鳴りつけて、殴りました」

「加減せず、か」

「しませんでしたね。ただし後ろめたくて一発殴っただけで、とたんに醒めちゃいましたけど。でも翌朝、見事なアオタンになってました。で、赤沢が怨めしそうな目つきで俺を見るんですよ。クラスのみんなは惟朔が赤沢と喧嘩して、一方的に殴ったって言ってました。女を殴ったって。まあ、そういう扱いをされてた奴なんですけど。まあ、なんといいますか、その」

惟朔は苦笑いにまぎらわして、ちいさく溜息をついた。あのときの強烈な快感、いや快感一歩手前の炸裂しそうな焦れったさ、キスをすると迫ったときに口中にあふれかえった唾液、そして我に返って赤沢を殴ったあとに訪れた圧倒的な虚脱感がよみがえってきて、惟朔は凝固して、丼の底に残った唐辛子の赤い破片を凝視した。

あのとき赤沢の鼻の下や顎で丸まっていた細く頼りない産毛じみた無精鬚の薄青い影

に気付かなかったら、惟朔はどうなっていただろうか。

それはそれで、新たな、愉しく烈しい目の眩むような同性愛の日々がはじまっていたのだろうか。おそらくは、そうだろう。行為は即座にエスカレートして、プロレスごっこといった擬態を振り棄て、率直な性交にまで至っていたのではないか。

「意識の隠蔽、でしたっけ」

「ああ。惟朔君は、なかったことにしたいんだよ」

「そうかもしれません。あのときのワクワクドキドキって普通じゃなかったですからね。クラクラしちゃうぜ」

無精髭といえば、ニコ中も相当のものである。そのまばらな無精髭にかこまれた唇をすぼめて、ニコ中は呟いたのである。

「まいったな。同性愛の経験がないのは僕だけじゃないか。ああ、うらやましい」

惟朔とパイプは顔を見合わせた。うらやましがられるような体験でもないのだ。危うさばかりが先に立ち、実際には身が引けてしまう。同性と肌を合わせるということに対して強烈な規制が働くのだ。

「ねえ、パイプさん」

「なんだ」

「俺たち、たぶん、いや絶対にホモらないですよね」

「ああ。そのとおりだ。絶対にないと断言できる」

「そうですかねえ。いちど踏み外したんだ。幾度でも踏み外せるでしょう。いくらでも踏み外せるでしょう」

「わかってねえなあ」ニコ中は。俺たちの経験はな、事故みてえなもんなんだよ。望んでしたことじゃない。出会い頭の交通事故なんだよ」

惟朔は深く頷いた。パイプのいうとおり、あくまでも交通事故のようなものなのだ。同性であっても肌を合わせれば気持ちがよいということは、実際の経験から充分に理解しているが、だからこそ避けるのだ。簡単に踏み外せる。踏み外せば、もどれなくなる。絶対にあともどりできない。踏み外したとたんに俺はホモだと即座に居直ることができる。居直って、薄笑いを泛べて邁進《まいしん》する。それくらいに強烈な体験だったのだ。

ニコ中は不服そうに、黄ばんでいるくせに紫色がかっている荒れ果てた唇を尖《とが》らせている。そんな中、祈るように手を組んだパイプがちいさな溜息をついたのを惟朔は見逃さなかった。

パイプが惟朔の視線に気付き、見つめかえしてきた。この瞬間、惟朔とパイプはニコ中の立ち入れない強固な心のつながりを得たのだった。それは逆説的に精神的な同性愛とでもいうべきものかもしれない。

そんな惟朔とパイプの気配を察したのだろうか、ニコ中がパイプの左眉の上に刻まれた裂傷の痕を示して、いきなり言ったのだ。

「交通事故ね。その額の天下御免の向こう傷みたいなものだ」

ニコ中らしくない拗《す》ねた、じつに意地の悪い口調だった。しかしパイプの傷に密かな興味を抱いていた惟朔は反射的に訊いてしまった。

「それって交通事故の傷なんですか」

「そうなんだよ。軽トラックに撥《は》ねられたんだよね。なあ、パイプ」

「なんだ、そうなんですか。軽トラですか。俺はまた、過激派の喧嘩じゃねえ、闘争っていうんですか、その名誉の負傷かと勝手に思ってましたけど」

そこに蕩《とろ》けるような笑顔でニコ中が割り込んできた。

「いけないよ。惟朔君。このことは、寮のみんなに言ってはいけないよ」

「内緒ですか」

「内緒も内緒。パイプにとってこの傷は天下御免の向こう傷、核兵器並みの武器ですからね。だいたい軽トラックに当てられたなんて恰好悪い」

そこでようやく惟朔はパイプの顔色に気付いた。パイプの顔からは完全に血の気が失せていた。一瞬のうちに惟朔の肌が収縮した。しかしニコ中は揶揄の眼差しをくずさず、その瞳に露骨な嗤いを滲ませてパイプを見やっているのである。

思いもかけぬニコ中の底意地の悪さであった。どう対処したらいいのだろうか。居たたまれなくなって惟朔は立ちあがり、セルフサービスの冷水を充たしたコップをもって席にもどった。パイプの頰が赤らんでいた。血の色がもどったというよりも、取り返しのつかない羞恥に身悶えしているかのようなパイプの姿である。

惟朔が冷水のコップをさしだすと、パイプはコップを引き寄せ、凝視した。コップのなかのちいさな波紋を見据えている。惟朔が飲み干すと、とたんにパイプも飲み干した。冷えた水が食道を伝いおりていく。それがなんとも心地よい。

きっとパイプの食道も同じような快感を得ているだろう。そんな思いをこめた視線を投げると、パイプはちらと惟朔のほうを見やって、唇の端を歪めた。照れた気配といっしょに傲岸不遜な気概とでもいうべきものがもどってきていた。もちろんそれは空元気に近いものだ。

パイプとニコ中、年長のふたりであるが、意外と単純である。どちらかというとうらぶれた男たちを惟朔は愛嬌をまぶした視線で見つめた。とりあえずこの二人に気に入られておけば西寮における生活が楽になるという計算である。

「おい、惟朔。いくぞ」

パイプが声をかけてきた。ニコ中を完全に無視していた。惟朔はパイプとニコ中を交互に見やった。ここは調停役を買って出ておくことにする。

「さ、ニコ中さん、いきましょう」

この一言でパイプとニコ中と惟朔のトライアングルがうまい具合に補修された。いくら偉そうにいっても人は独りでは生きていけぬものよ、などと小生意気な思いを抱いて胸の裡でほくそえむ惟朔であった。

それにしても、である。パイプの額の傷が軽トラックに撥ねられてできたものであるとは思いもよらなかった。過激派同士のいわゆる内ゲバ、その名誉の負傷であると信じこんでいたから、意外さもひとしおだ。

おそらくこの事実を知っているのはニコ中だけなのだろう。だからパイプは最後の最後でニコ中には頭があがらない。もちろん惟朔もそれを知ったわけではあるが、だからといってパイプを追いつめれば、窮鼠《きゅうそ》猫を嚙むといったことにならぬともかぎらない。

ニコ中の言う天下御免の向こう傷の扱いは慎重にしなければならない。パイプの背を見つめながら、惟朔はひとりで頷いた。寮に転がり込んでいる連中は、パイプの向こう傷に一目置いているはずだから、まだまだ利用価値はある。

そんな嫌らしい計算をしながら心密かに得意がっていると、パイプとニコ中が立ちどまった。酒屋の前である。そういえばバイトの金が入ったと他人事のように呟きながらニコ中がタバコを買いこんだ。缶ピースだった。四缶買ったから二百本だが、どれくらいもつのだろうか。そんなことを思いながら、惟朔もハイライトを買った。

パイプがニコ中に金を貸せとせがんだ。ニコ中は缶ピースをよれよれのジャケットに押し込んで派手にふくらませると、道すがら封を切った箱入りのほうのピースを取りだして一本くわえ、火をつけた。札はわたさずにジーパンのポケットをあさり、綿埃《わたぼこり》にまみれた散銭《ばらせん》を手わたした。

パイプが焦り気味に硬貨を自販機に投入する。一瞬の間をおいて、ごとんと鈍い音がした。しゃがみこんだパイプが嬉しそうな顔つきでカップ酒を取りだした。

ニコ中が手をのばし、パイプの手からカップ酒を奪った。不服そうなパイプを無視してキャップを引っぱり、一口飲んで、惟朔に手わたしてくれた。呆気にとられつつも惟朔は愛想で一口呑み、ニコ中にそれをもどすと、先ほどよりもさらに焦った手つきでパイプが手をのばした。

パイプは七分ほど残ったカップ酒を一息に飲み干して、これでは足りぬから、さらに金を貸せとニコ中にねだる。ニコ中は湿った舌打ちをしてパイプにしわくちゃの千円札をわたした。パイプはそれを握りしめるようにして酒屋のなかに消えた。

「なかで飲んでいるんだよ」

ニコ中が呟いた。ちいさく溜息をつくと、酒屋の前に座りこむ。惟朔もニコ中に倣って歩道に、じかに座りこんだ。さすがにこの時期、敷石は冷たく、座って心地がよいものではない。

それでも立てた膝に顎をのせて道行く人をぼんやり眺めていると、肩から力が抜けてくる。通行人がニコ中と惟朔を見ないようにしているのがおかしくて、惟朔は頬笑んだ。それからあまりにも切実なパイプの様子を反芻し、尋ねた。

「パイプさんはアル中気味なんですか」

「どうなんでしょうね。まあ、いずれは」

「アル中」

「そうだね」

しばらくあいだをおいて、ニコ中が呟く。

「強くはないんだよね。パイプは、酒が強いわけではない」

「でも、好きなんだ」

「まあ、そういうことだけど、弱いからこそ危ないんだ」

なんとなく、そうだろうな、とは思う。しかし酒にだらしのないパイプの姿に、惟朔はなんとなく憧れのような気持ちを抱いてもいた。自暴自棄や堕落、あるいは破滅に一抹の美を見いだしてしまう年頃であり、時代であった。

「惟朔君は、どうなの」

ニコ中がくいと盃を呷《あお》る手つきをした。惟朔は照れて答える。

「酒ですか。あまり強くないです。はじめてビヤホールでビールを大ジョッキっていうんですか。いちばん大きなジョッキで飲んだときは、あとで気持ちが悪くなりました」

「吐いた」

「吐きはしませんけど、ちょっと頭が痛かった。それよりも酔っ払ったら暑苦しくて、まいりましたよ。暑いときはビールとか言われて飲んだんですけど、よけいに暑くなった。あ、そうだ」

「なんですか」

「収容されていた施設で、よくワインを盗み飲みしてました」

「ワインときたか」

「キリスト教の施設だったんで、前の晩にミサの準備をさせられるわけです。で、ワインはキリストの血なんですけど」

「血を飲んじゃった」

「はい。癖になりますね、酒は」

「そうだよね。夜になると唾が湧く」

「俺は、そこまでは」

のんびりと、長閑に言葉の遣り取りをしていると、おおきにという大声を背に、なにやら勢いこんでパイプが酒屋から飛びだしてきた。

「仕上げ、仕上げ」

そんなことを口ばしりながら、惟朔の傍らにしゃがみこみ、手にしたカップ酒をくいくい飲み干す。惟朔は日本酒の甘く酸っぱい匂いを幽かに嗅いだ。

「なかで飲んできたんでしょう」

「まあな」

「それなのにワンカップですか」

「まあな」

「酔っぱらいは独りにされるのを嫌うからねえ」

ニコ中が揶揄する口調で言うと、パイプは機嫌よく頷いた。もう酔っているようだ。そんなパイプを横目で窺っていると、すこしだけ羨ましい。惟朔は一口含んだだけであるから酔うには程遠く、しかし胃のあたりがほんの少しだけ温かくなっているような気もするのである。

「よし、惟朔。ニコ中が大蔵省だ。今夜は豪勢にいこう」

「ああ、いいですねえ」

「なにを言ってるのかね、キミたちは。この金はですね、九条《くじょう》の町工場の鍍金《めっき》の硫酸の刺激に耐えてオカマを弄《いら》ってどうにか稼いだ金だよ」

「苦労話は聞きたくないね。だいたいなにを言ってんのかまったくわからねえや。さあ、いくぞ」

「どこへ、いくんですか」

「とりあえずジャズでも聴くか」

するとと逆らっていたわりにニコ中は自ら店を指定したのだった。

「ならば〈blue note〉がいい」

「よし。目指せ蛸薬師《たこやくし》」

ブルーノートは店名だろう。では、たこやくし、とは何か。地名か。よくわからぬままにパイプとニコ中のあとを追うようにして惟朔は百万遍から2番の市電に乗りこんだのだった。

市電は河原町今出川でたいして減速もせずにガラガラと軋み音をたてて左折した。右側の窓から出町輸入食品と書かれた看板と、その店舗に人が群れているのが見えた。緑色をしたコーヒー豆の大きな缶が山積みだ。たしかタロウが米軍放出の寝袋がおいてあると言っていたジーパン屋があるのは、この河原町今出川ではなかったか。

寝袋が欲しい。寝袋さえあれば、好きな場所で眠れる。橋の下でも、公園でも、どこでも眠れる。惟朔は落ち着かぬ気分で遠ざかる河原町今出川の交差点を見送った。

府立病院前、荒神口《こうじんぐち》、河原町丸太町、河原町二条と惟朔は気を張って、地名と場所を覚える努力をした。

河原町丸太町を下がったあたりだろうか、ワタナベ楽器という楽器店が目についた。

店外にはマーシャルの三段積みのギターアンプが無造作に置いてあった。売り物というよりも実際に使われているものらしい。あるいは修理に持ち込まれたものかもしれない。

本物を見るのは初めてのことである。クリームやツェッペリンのステージ写真で見るよりも華奢《きゃしゃ》に感じられたが、それでもスピーカーボックス二段とアンプヘッドを重ねて惟朔の背丈を超えるだろう。間近に顔をよせてその匂いを嗅いでみたいような気分である。

マーシャルのアンプに使われているセレッションというメーカーのスピーカーは、どちらかというと繊細で軟弱で、けれどパワーをかけていくと綺麗に音が歪んでいくという。セレッションは簡単に破損してしまうので金に余裕がないとマーシャルは使えない、などと訳知り顔に言った知り合いがいた。

けれど同じセレッションを使っているフェンダーのツインリバーブなどでは破損するという話はきいたことがない。マーシャルは当然のこととして、フェンダーも高価であるから実際に触ったことがある者は少ない。だから噂ばかりが一人歩きしているのだ。

ともあれ京都は日本の音楽シーンの中心であると喧伝されているが、店頭に無造作に置かれたマーシャルの三段積みでその証拠をいきなり突きつけられたようなものだ。惟朔ひとりだったら河原町丸太町で下車していたかもしれない。

車窓右に見えるのは京都市役所、左は京都ホテルだとニコ中が教えてくれた。このあたりまでくると車の数も増え、かなり賑やかになってきた。河原町の三条から四条あたりが京都でいちばんの繁華街であることは、修学旅行にきているのでわかっている。

パイプに促され、河原町三条でおりた。電停の向かいにあるジーパン屋が目についた。三信衣料とある。米軍放出のコートなど、かなりの品揃えだ。三信衣料の上の窓には一心堂画廊とある。寝袋もだがこれからの季節を考えるとコートも欲しい。ここはあらめて訪れなければと周囲の景色を記憶に刻む。道の反対側にある志津屋というのはパン屋だろうか、その彼方に見えるスカラ座という看板は東宝の映画館らしい。

「おい、わたるぞ」

ふたたびパイプに促されて、車の途切れた河原町通を小走りにわたった。ガードを乗り越えると、ちょうど三信衣料の前である。惟朔は米軍放出のカーキ色をしたよれよれのコートから幽かに漂う黴臭い香りを胸に充たした。

「ここは同志社の奴らが多いんだ」

ニコ中が示した六曜社という喫茶店からは腹にこたえるような強いコーヒーの香りが流れてきていた。木肌を生かした外装の奥の店内は、電球の黄色い光で充たされて黄金色に輝いている。どうということもない喫茶店だが、東京にはない不思議な雰囲気がある。ここも、いつかひとりで来ようときめた惟朔であった。

周囲に目を奪われながらニコ中とパイプのあとを追っているうちに、いつの間にやら左に折れていた。京都風にいうなら、東入るといったところだろうか。狭く雑然とした路地に入りこんでいた。すこしだけ東京は渋谷の百軒店《だな》に似た気配がしないでもないが、坂があるわけでもないし、似ているのは雑然としているところだけだと思い直した。

雑居ビルの狭く暗い入り口を一列になって奥まで進むと、ドアをとおして低音楽器の振動が伝わってきた。若干の緊張とともにカウンターの隅にむかう。いちばん端っこに陣取ったパイプが勝手に三人分のコーヒーを注文した。真ん中がニコ中で、最後に席に着いた惟朔がその隣である。

酒を飲まないのかと惟朔は怪訝《けげん》な眼差しをむけたが、パイプは頭の後ろで手を組むと、軀の右側を壁面にもたせかけ、幸福そうに目をとじた。とたんに妙に幼い表情になった。軽トラックにつけられた傷痕が不似合いで痛々しい。惟朔はしばらくパイプを横目で窺って、酔いを愉しんでいるのかもしれないと思いなおす。

ピースに火をつけたニコ中が惟朔の耳許にぴったり口を押し当てて、耳の穴に煙を吹き込まんばかりにして講釈をはじめた。

「ここのスピーカーはタンノイっていうんだけどね、ジムランとちがって刺さらないでしょう」

ニコ中の無精鬚が耳朶《みみたぶ》を擽ってかなり不気味だ。しかもオーディオの知識は皆無に等しい。どうです、と念を押されても、はあ、と答えるしかない惟朔である。しかしニコ中は頓着せずにつづける。

「しかもね、アンプはマッキントッシュだしね。抑制という言葉は、こういう組みあわせにこそ用いるべきだね」

抑制というが、滑らかなテナー・サキソフォンの精一杯の高音が鼓膜を斬り裂くように突き刺さるのである。するとジムランとやらはもっと突き刺さるのだろうか。

「品というものかな。品がいい音だろう。抑制のたまものさ」

「そういうものですか」

「まあね。品のないオーディオというものもたしかに存在するんだよ。で、このあたりはパイプとも意見の一致をみたわけだ。唯一無二」

「ふーん。ということは、ニコ中さんお薦めの京都のジャズ喫茶は、ここ〈blue note〉がいちばんということですか」

「まあね。ほら、お姉さんも綺麗でしょう」

「ああ、ええ、いいですね」

素早く一瞥して、しかし、ちゃんと顔を確認できなかったので、とりあえず大げさに頷いて同意すると、ニコ中はくぐもった含み笑いを洩らしたのである。

「ぐふふ」

惟朔はあらためてニコ中の顔を見直した。ホモのふりをした女好きだ。しかも煙突のように煙を棚引かせている。誘われるように惟朔もハイライトをくわえた。くわえタバコのままニコ中が目を細め、恍惚とした表情で言った。

「しかしパーカーには凄まじいものがあるよね」

「パーカーって、チャーリー・パーカーですか」

「それ以外に誰がいる」

「そうか。そうですね」

そこで、さりげなくパーカーのなんというレコードがかかっているのかを確認した。アルバムタイトルは〈NIGHT DREAMER〉で、演奏者は〈WAYNE SHORTER〉とある。施設内ではローマ字で書かれた祈りや聖歌などをいつもラテン語読みで歌わされたり祈らされていた習慣から、はじめはジャケットの英字をワイン・ショルテルと読んで、ウエイン・ショーターと脳裏で組み立てなおして、どこがチャーリー・パーカーなのかと啞然とした。

しかしニコ中は委細かまわず貧乏揺すりのように膝を揺らせてリズムをとり、しかもカウンター内の女性に、ときどき物欲しそうな眼差しを投げかけている。惟朔は気を取り直して、目の前におかれたコーヒーを神妙な顔をして啜った。お世辞にもうまいとはいえない。ミルクと砂糖を大量にいれてコーヒー牛乳に変えてしまう。

惟朔はカウンターに頰杖をついて、ひとつの結論をだした。

――なにはともあれ、この人たちの言うことを真に受けてはいけない。

パイプまで含めるのはやりすぎかもしれないが、軽トラの傷で過激派のふりをしていたるのだから五十歩百歩である。そう決めつけたとたんに頬笑みが泛んだ。

視線を感じた。

カウンター内の女性だった。

思い出し笑いをしていると勘違いをされたかもしれない。惟朔はあわてて笑みを引っこめた。

すると彼女が唇の端だけでさりげなく笑いかけてきた。秘密めかしているわりに、どこか子供に向けるような、どうとでもとれる笑顔だった。

しかしニコ中のいうとおり大人びた、しかもさらっとした気配の美女なので、惟朔は緊張してどぎまぎしてしまった。登戸近辺ではまずみることのできぬインテリジェンスあふれる女性である。

しばらく様子を窺って、そっと盗み見た。すると彼女は保母さんのような顔をして惟朔にむかってさりげなく頷き、そしてふたたび頬笑んでくれた。惟朔も控えめな笑顔をかえした。

けれど笑みがいったりきたりしただけで、なにかが起きたわけでもない。なにかが起きる予感がするわけでもない。胸が高鳴らないといったら嘘になるが、さりとて積極的にどうこうしようという気にもなれない。

惟朔は知的な女を前にして臆してしまっていたのだ。しかし、それを素直に認めるには自意識がじゃまをする。そこで、さりげない顔をつくって音楽に集中した。

こうしてカウンターに頬杖をついていると昨日まで東京にいたことが幻のように感じられる。しかも、いま、こうしていること自体にも現実感がない。自宅やアパートの部屋では絶対に不可能な大音量で、ショーターは叮嚀かつ繊細なフレーズを重ねている。ウエイン・ショーターは阿部の部屋にあったマイルス・デイビスの〈ビッチェズ・ブリュー〉で馴染みだ。どちらかといえばキーにではなく進行に対して反応しているようだから、旋法、いわゆるモードで吹くプレイヤーだろう。

そんな具合にどちらかというと知識で音楽を分析して愉しむのもジャズならではのよろこびで、惟朔は傍らでせわしなく煙を吐きだしているニコ中からも、知的美人からも解放されていき、自分自身に深く沈みこんでいったのであった。

ショーターが静まり、一瞬の空白があり、耳障りな引っかくような音とともに新しいレコードがかかった。

フェンダーのエレクトリックピアノだと思う。ただ、鐘を打っているような不規則な倍音を含んでいる音色からすると、プログレッシブロックなどと呼ばれるジャンルのロックグループが得意がって用いるリングモジュレーターといった電子機器を取り付けているようだ。しかし加減が見事でちゃんとした楽器の音に聴こえる。

惟朔はスツールの上で上体を反り返らせ、首をねじ曲げてすばやく演奏者とアルバムタイトルを確認した。チック・コリア〈リターン・トゥ・フォーエヴァー〉とあった。水面を斬り裂くように抜けていく海鳥の姿を配したジャケットは、そのぶれの巧みさと灰色がかった青に統一された色調で絵画的にも優れて感じられる。

「また、マイルスかよ」

「なに」

「あ、なんでもありません」

言葉を交わしたくなかったので惟朔はとぼけ、ニコ中のほうを見ないようにして両手で顔を覆い、頬杖をつきなおした。目の前の灰皿でハイライトが灰となっていくのを漠然と眺める。控えめに煙をあげていたハイライトは、やがてフィルターの焦げる匂いをたてながら灰皿のなかに転がった。

先ほどのウエイン・ショーターといい、いまかかっているチック・コリアといい、この店でかかるレコードはマイルス・デイビスの薫陶を受けたミュージシャンばかりである。これでジョン・マクラフリンでもかかればマイルス・ファミリーだぜ、などと思いながら音楽につつみこまれていく。

ピアノの音が澄んだ水音を想わせるだけでなく、透明な声の女性ボーカルがそこに絡み、しかもフルートやサックスといった旋律を司る楽器のトーンも録音に気を配っているせいでことのほか透明で、しかもラテンの香りのするパーカッションもシンバルを主体に叩きすぎないようにコントロールされていてとても聴きやすい音だ。徹底して透明であることに拘《こだわ》っているのである。これほどまでにくっきりと意図されたわかりやすい音もめずらしい。ただベーシストの伎倆《ぎりょう》が尋常ではない。エレクトリックベースなのだが、途轍もなく精緻なドライブ感だ。だからイージーリスニングに堕落することなく、ベースラインの醸し出す心地よい波に顎の先を持ちあげられてしまうかのような抗《あらが》いがたい不能感さえ加わってきて、惟朔は音楽のなかに深く取りこまれていった。

＊

揺り起こされた。

あわてて顔をあげると、よだれが滴り落ちた。惟朔は手の甲で口を拭いながら、目を瞠った。

フリーライフイズパラダイスオールトゥゲザーという歌声が頭の中で廻っていて、ところがスピーカーからはちょうどその歌詞の部分が降ってくるのである。想念と実際の音が寸分違わずに同調、あるいは共振している。驚愕に呼吸が荒くなっていた。もちろん錯覚であるが、唐突に目覚めさせられた惟朔には、まだ現実を認識することができていない。

「鼾《いびき》がうるさいのでね」

「鼾――」

とたんに羞恥に軀《からだ》が熱くなる。恐るおそる訊く。

「かいてましたか」

「ちょっと看過できぬほどに、ね」

意識を喪っていたといっていい。熟睡とはちがう。より深く、しかも圧倒的に静的だった。それこそ死んでいたようなものだ。

急行銀河の車中では一睡もできなかった。西寮では横にはなれたが、寝た気がしなかった。なんだか京都にきてはじめて眠れたような気がする。

惟朔は自身の抱えていた緊張や不安を明確に意識できぬまま、相当に疲労していたことを否応なしに悟らされた。

チック・コリアの〈リターン・トゥ・フォーエヴァー〉はA面が終わり、次のレコードがかかった。だが、もうそのレコードがなんであるかを確認する気もおきなかった。ただ睡眠の深さに比例するかのようにじわりと力が湧きあがってくるのを感じていた。

鼾をかいたことと、よだれをたらしてしまったことは恥ずかしいが、昂然と顔をあげる。ワインのボトルを手にしたカウンター内の女性が、笑いを圧《お》しころしているのがわかった。ひょっとしたら顔に痕でもついているのかもしれない。惟朔は開き直って彼女の顔を見つめた。

コーヒー代はニコ中が払ってくれた。外にでると、薄暗くなっていた。河原町通にもどって、三人はだらだらと下っていく。通行人たちがさりげなく避けるのがおもしろくて、惟朔はことさら横柄な態度でタバコを吹かして歩く。

四条河原町の交差点に至った。交差点の上には市電の送電線が東西南北、蜘蛛の巣状に張り巡らされ、そのせいでやたらと空が低いかのような錯覚がおきる。市電がパンタグラフから控えめに火花を散らした。電気の青い匂いが鼻腔《びこう》に充ちる。低い空に閉塞感もあるが、それ以上に胸苦しいまでの旅情を覚える惟朔であった。

酔ったパイプが交差点のガードレールに腰をあずけた。惟朔もニコ中もパイプをかこむようにしてガードレールに座りこんだ。横目でちらりとパイプを窺う。真っ赤な顔をして唇には投げ遣りな薄笑いが泛んでいる。なるほど、ニコ中の言うとおりパイプはあまり酒が強くないようだ。でも、大好きなのだ。惟朔はそんなパイプを好もしく感じた。

「惟朔君。いま、何時」

「ええと」

腕時計を読むのが面倒なので、ニコ中の眼前に腕を突きだした。

「五時をまわっちまってるじゃないか」

「なにかあったんですか」

「まあね。バイトだよ、バイト」

「ああ、なんか言ってましたね。九条の町工場とか」

「五時から十時までで時給四百四十円。どうかな」

五かける四百四十は二千二百だ。五時間で二千二百円なら悪くない。三十円の生協のうどんなら七十杯以上食べられる。一日三食うどんですませば、二十日以上生きられる。

そんな非現実的な計算をして、惟朔は快活に笑った。

「ああ、いいですね。けっこう、いい」

「惟朔君もくるか」

「お願いします。でも、今日はもう無理みたいですけど」

「うん。しかたがない。飲むか」

「あ、いいですね。ニコ中さんの奢りですよね」

「なにを言っておるのかね、キミは」

するといままで顎をだして黙りこくっていたパイプがニコ中の奢り、ニコ中の奢りと俯き加減で繰り返しはじめた。惟朔は調子に乗って頷いて、おどけて頭をさげる。

「ごっちゃんです」

ニコ中は新しいピースをくわえると、とぼけた顔をして四条通をいく市電に視線を投げた。交差点には人いきれと車の排気ガスの匂いと電気の香りと、そして血の味じみた鉄錆の匂いがごちゃまぜになって、少々肌寒い北風が抜けていく。遠ざかっていく市電に視線をやったまま、ニコ中が呟いた。

「なあ、パイプよ」

「なんだよ」

「すこしは働けよ」

「あん」

「だからな、働け」

「うるせえな。わかってるよ」

「いつまでも支えきれんぞ」

「わかってるってば。うるせえな」

「明日は惟朔君と俺と、おまえ。いっしょにバイトだ。三人でバイトだ。いいな」

「わかっとる言うてるやろが。なんやねん、おまえは」

「人に絡む前に自己批判しろよ。能書きばかりたれて不細工だとは思わんか」

「誰が能書きたれたいうねん」

「美少年プロレタリアとかなんとか吐かしてたじゃないか」

「それは惟朔のことをおちょくっただけや」

「なあ、パイプ。おまえ、プロレタリアにもなれないじゃないか」

「うるせえな、てめえ。相も変わらず説教臭い。いつも年寄り臭え。死ね」

するとガードレールから柔らかく立ちあがって、ニコ中は頬笑んだ。

「長生きする気は、ないよ」

パイプは真っ赤な顔に怯《ひる》みのいろを泛べて俯いた。惟朔は神妙な顔をして遣り取りに耳を澄ましていた。とても口をだせる雰囲気ではない。しかしニコ中に諭されるくらいである。パイプは相当な駄目男なのだろう。けれど惟朔はパイプにいままでよりもさらに好感をもっていた。長生きする気はないと笑うニコ中に尊敬の念を抱いていた。

ニコ中はほぼ根元まで喫いおえたピースをじっと見つめ、おもむろに声をあげた。

「さあ、飲みにいきますか」

＊

四条通からどこか北の方角に潜りこんだような気がするのだが、方角の感覚をなくしてしまった惟朔にはそこがどのあたりなのかを特定することはできない。北の方角というのも、そう感じるというだけで、なんらかの裏付けがあるわけではない。デパートの大丸があったようだが、その大丸からさらにかなり歩いたので、完全に地理感覚が喪われてしまった。

古く薄汚い飲み屋だった。

裸電球の下にうらぶれた男たちが軀を寄せあうようにして熟柿《じゅくし》臭い息を吐いて、あれやこれや偉そうに議論し、愚痴をたれ、泣き言と繰り言を重ねあげ、高笑いをし、皮肉を言い、憎まれ口で応え、まわらぬ呂律《ろれつ》で天下国家を論じあげる。

やがてほんとうに涙を流す男があらわれ、店の外に引っぱりだされて殴られていた。それでも殴り殴られしてふたたび舞いもどり、男たちは肩を組んで無意味に乾杯の大声を張りあげる。

店のなかにいるかぎり、裸電球は男たちに分け隔てなく黄金色の光を投げかける。光だけ黄金色のせまい空間に裸の王様たちが群れ集う。

王様たちは申し合わせたように無彩色を纏い、みな一様に汚れた茶色い歯をして、しかも絶望的なまでに卑屈な言葉の奴隷であったが、アルコールを燃やさなければ満足に言葉も発することさえできぬ卑屈さに気付かぬ間抜けの群れでもあった。

惟朔はこの泥船を心のどこかで疎ましく遠ざけながらも、愛おしく、好ましく、しかも切なく感じていた。人はこうして青い言葉を吐き続け、ゆるゆるだらだらじわじわ溶けていくのだろうか、などという感慨をもったりもした。

パイプが酔っ払い独特の、下から睨《ね》めつけるような視線で見つめている。惟朔も多少は顔を赤くするほうであるが、パイプは魚肉ソーセージのセロファンをとおして覗いたかのような極端に真っ赤な顔をして、切れぎれな息を吐きながら、じっと惟朔に視線を据えている。

「どうかしましたか」

愛想よく問いかけると、パイプは拗ねた眼差しでふんと横をむく。酔いがまわっているせいで、相手をするのが面倒だ。惟朔は愛想笑いを引っこめてカウンターのなかの中年女にお代わりを頼んだ。

「あかんよ、調子に乗ったら」

「なんのことですか」

「これな、口当たりはええけどな、とことんまわるで。悪酔いするで」

「売り物をけなすんですか」

「ちゃう。あんた、いかにも飲み慣れてへんやんか。幾つ」

「ええと手と足あわせて、ちゃんと二十本。まだ詰めたことはございません」

「あほ。そないなこと言うてるかい。歳を訊いてるんや」

「歳ですか。十七歳。花も恥じらう十七歳でーす」

「未成年やないか」

「まあね。由緒正しい未成年、先祖代々未成年です」

「未成年にはきつい言うてるんよ」

「俺より酔っ払ってる人なんて、いくらでもいるじゃないですか」

「だからな、これ以上店ん中で吐かれたらかなわんちゅうだけや。トイレ詰まらせやがって。掃除するのはうちやんか」

「じゃ、メロン、お代わり」

コップを突きだすと、中年女は眉間に縦皺を刻み、それでも惟朔の手からコップを奪い取り、まず焼酎をつぐ。惟朔は酔っ払いならではの卑しさで、女の手許を凝視する。けちけちせずに焼酎がたっぷり注がれたのを見てとって、この女は俺に気があるんじゃないかなどと勝手な妄想をふくらます。女は投げ遣りな手つきで焼酎をメロンシロップで割る。軽くバースプーンで掻きまぜると、緑色をした不可解な、しかし愛おしい液体ができあがる。惟朔はそれを押し戴くようにして受けとった。はじめのうちはちびちびと舐め、女が他の客に気をとられて視線を外したとたんにぐいぐいと飲む。女が顔をもどし、コップに残ったメロン色の液体が七割方減っていることに舌打ちをする。

「ありゃりゃ、睨まれちゃった。お姐さんに睨まれちゃったよ」

するとパイプが露骨に嫉妬の眼差しをむけてきたのである。惟朔は口をすぼめ、さしあたり、とぼけることにする。左に座ったニコ中がくわえタバコをわずかに揺らせながら先ほどからおなじ節回しで歌い続けている。壊れたレコードだ。

ちんころかんころ学校さぼってイノダに行けば、
イノダのお姉ちゃんが横目で睨む。

やりたいな、やりたいな——

そこで頭のちんころかんころにもどって、おなじ節を繰り返すのである。惟朔はニコ中を正統派の酔っ払い、パイプを面倒な酔っ払いと分類して、さて自分はどのような酔っ払いであろうかと思案する。

「ふん。俺は未熟な酔っ払いですか」

それから急におかしくなって、デコラ張りのカウンターの印刷木目を睨みつけ、くぐもった声で笑いだす。

この店には惟朔を子供扱いする中年女のほかに、おそらくは六十歳をこえていると思われる和服姿の女がいる。ひょっとしたら中年女のお母さんかもしれない。その和服姿のほうはカウンター内の奥まったところに座ってひたすら文庫本を読み耽っている。本と顔が呆れるくらい離れているのは、老眼のせいだろう。

しばらく思いに沈んでいるうちに、尿意を覚えた。我慢しきれないほどであるが、面倒だ。惟朔は首を左右にふり、カウンターに手をついて立ちあがり、だらけた足取りで男たちの背を押しのけ、トイレにむかった。勢いよくトイレのドアをあけると、赤茶色をした吸盤を手にした中年女が目を剝き、大げさに顔を顰めた。

「ありゃ。掃除中ですか」

「あんたはだいじょうぶなんか」

「あ、だいじょうぶです。小便ですよ」

「もどすなら、もどしちゃったほうが楽やと思うけどな」

「もったいないです」

「うん。そうやね。けど、ほどほどにせんとあかんよ」

カウンター内からかける声とはまったくちがう、しっとりとした声だった。惟朔はじっと見つめ、そっと軀をあずけた。その首筋に頰ずりをする。酔った勢いだ、と自分の行動を分析し、どこかで得意がってじっとしていると、女が惟朔の腰に腕をまわした。微妙なところが擦れあい、惟朔は全体重をあずけるようにして甘えかかった。やがて、臀《しり》を吸盤でぽこんと叩かれた。

「あんた、おしっこやろ」

「ああ、そうだ、忘れてた」

女は惟朔を押しもどすと、トイレから出ていった。惟朔は酔眼を見ひらいて放尿した。中途半端に勃起していて、そのせいで床を汚した。汚えな、と他人事のように呟いて、雑にしまった。ジッパーを引きあげ、壁に寄りかかり、じっとしている。誰かが派手にもどしたようだが、酔いのせいで嗅覚が完全に麻痺している。惟朔は便器にむけて唾を吐き、トイレから出た。

女はカウンター内で里芋を煮たものをつまんでいた。惟朔が視線を投げると、黙って里芋を突きだした。里芋には褐色の皮がついたままだった。皮ごとは食えない。惟朔がわずかに顔をそむけると、女は里芋の後ろをきゅっと押した。

すると中身がつるりと抜けだして、うまい具合に惟朔の口のなかに滑りこんだ。惟朔は女の手にのこった皮を見つめ、自分の口のなかの粘りを舌先で確認した。

満面の笑みでそれを咀嚼《そしやく》して、惟朔は身悶えしたくなるような性慾を覚えた。しかもその慾望は、酔いのせいで軀の反応のほうはいまひとつで、それゆえよけいに狂おしく気持ちを掻き乱す。

パイプが喰いいるように見つめているが、まったく気にならない。ざまあみろと胸の裡で呟きはしたが、とりわけ得意な気分でもない。惟朔は自分の慾望に沈みこんで、息を荒らげながらタバコの焦げ痕だらけのカウンターに上体をあずけた。その背にそっとニコ中の手が触れた。

「さあ、潮時だね」

その一言で、すっと醒めた。惟朔は顔をあげた。

「はい。そろそろ」

「うん。いい気持ちだろう」

「とても」

「よし、よし。飲ませ甲斐があるというものだ」

ニコ中が代金を支払って、その脇でパイプが女になにやら言葉をかけている。惟朔はすこし引いたところで、黙って見つめていた。女はいちども惟朔のほうを見ようとはしなかった。

誰が停めたのかよくわからないまま、惟朔はタクシーに押しこまれた。酒を飲んでタクシーでもどる。なんとも贅沢だと笑みがこぼれた。助手席に座ったニコ中が、酒場とおなじように、ちんころかんころ学校さぼって、と繰り返し繰り返し口ずさんでいる。隣のパイプがじっと惟朔を睨んでいる。しばらく惟朔はとぼけていたが、なんとなく癇にさわって、逆に睨みかえした。

「なんですか」

「なんでもない」

「ふーん」

「おい」

「はい」

「毬江《まりえ》となに、してた」

「誰ですか、まりえ」

「うるせえ。なにしてたか言うてみい」

「邪推っていうんですか」

「なに。貴様。邪推やいうのか」

すると助手席からニコ中が声をかけてきた。

「パイプも慾しいなら慾しいとちゃんと態度表明をしないとね」

「慾しい」

「だろう。慾しいんだろう、毬江」

淡々とした、しかしまったく臆することのない率直なニコ中の言葉に、パイプは黙りこんだ。酔いの荒い息ばかりが惟朔の耳にとどく。タクシーは深夜の通りを、制限速度をはるかに超えた速度で突き抜けていく。

惟朔には、ここがどのあたりなのかまったく見当がつかない。夜に染まってしまえば、景色なんてどこだってみんな同じようなものだ、などと酔いの勢いにまかせて悪ぶり、ふてみるのだが、こんどは隣のパイプのせわしない息が気になってしかたがない。

あの中年女は〈まりえ〉というらしい。どのような字を充《あ》てるのだろう。いまごろになって〈まりえ〉が惟朔の腰に腕をまわしてきた瞬間がよみがえってきた。惟朔が甘えかかったとはいえ、あの一瞬にみせた〈まりえ〉の積極にこめられた力は、真っ直ぐで、しかも卑猥だった。お互いの核心が擦れあったのだが、それはもちろん性の動作を模した際どいものであった。

ああいうときに、ある程度年齢のいった女は、どのような気持ちでいるのだろう。まずは好意があるだろう。嫌だと思っていたら、ああいうふうには絶対に触れあわない。それは男女を問わず、当たり前のことだ。

しかし惟朔は小学生のころから年長の女に性的な悪戯《いたずら》を受けてきた過去があり、そして女といえども弱者に対しては積極的に、あるいは図々しく大胆に、しかも不純に、自らの欲望に忠実にふるまうことを熟知している。女にも男と同様に抑えがたい欲求がある。そう、理解している。

もちろん〈まりえ〉は決して惟朔に対して悪意をもってふるまったわけではないが、あの動作に至った背後には、やはり惟朔が年下であることが大きく作用しているだろう。無意識のうちにも、どこかで惟朔を軽んじる気持ちがあるようだ。しかも直感的に、この子ならだいじょうぶ、などと異性に思わせ、引き込む要素が惟朔にはあるのだ。

しかし、そのおかげで性的な接触がわりと簡単にできてしまうようなところもある。いままでも惟朔は十七歳という年齢にしては異性に対して幻想を抱いていないこと、そして逆に異性から微妙に付けこまれやすいことなどから、同年代の若者とは比較にならないぬくらいの性的体験を重ねてきている。

俺は軽く扱われているのだが――。

そのあたりは、自尊心と実利面を勘案すると、じつに難しいところだ。おもしろくないと幽かに苛立ついっぽうで、〈まりえ〉だって酔っ払っていただろうしな、などと相手の言い訳までも用意して、結局はよしとしてしまう自分の卑しさと抑えがたい慾望が不細工にも感じられる。

よほどパイプの耳許に顔をよせて囁いてやりたかった。――俺は〈まりえ〉と、あそことあそこを擦りつけあったんだぜ。

もちろん、黙って窓の外を眺めている。張りの失せた二の腕だからこそ匂い立つ色香というものがあるのだ。それは美しかった女の残滓《ざんし》ならではの、危うい深みだ。〈まりえ〉は惟朔を撥ねかえすことなく、ずぶずぶとその肉のなかに取りこんでしまうだろう。大きく崩れているわけではないが、張りつめたものはない。そんな肉体の醸しだす安らぎの奥には、強烈な慾望の焔《ほのお》が燃え盛っているような気がする。

あれこれ思い巡らすときは痩せた女が好みだ。乳房もこぶりなほうがいい。ところが、実際に痩せた女と対すると、不可解な慾求不満を覚えて終わることが多い。心の奥底の願望と、うわっつらの好みの乖離《かいり》に、密かな戸惑いを覚える惟朔であった。

女を熟した果物に喩える場合がある。いままで、そういった喩えをどこか軽んじていた惟朔であるが、やはり熟しきった肉体の放つ香りというものは、青い果実とは比較にならぬ強烈な吸引力があるようだ。よけいな想念にとらわれぬ率直な蠅ならば、間違いなく熟しきった肌に群れ、密着するだろう。

すこしばかり朦朧《もうろう》としているうちに、タクシーは西寮に着いた。惟朔も若干、足許が覚束ないのだが、先を行くパイプときたら大きく蛇行している。ニコ中は酔っていても煙突で、夜風に煙を棚引かせている。閉じた受付の奥から微かに洩れ聴こえるのは深夜放送だろうか。

「胸けられて馬の骨、赤ン坊、ほら馬の骨、馬の骨、馬の骨、馬の骨」

無意識のうちにタロウが歌ってくれた村八分の曲の歌詞を、口のなかで呟いていた。しかも次に気付いたときには、ちゃっかりと自分の布団のなかに潜りこんで腹這いになり、ハイライトをくわえていた。

「惟朔君。寝タバコは注意しないとね」

「ですよね。ですよね。馬の骨」

「そう。馬の骨。ところでね」

「はい」

「もう、ひとつ、注意しないといけないことがある」

「なんですか」

「寝込むなよ。まだ、寝込むなよ」

「なんですかぁ」

惟朔がおどけると、薄闇のなか、畳のうえに直接寝転がっているパイプをニコ中が目で示した。寝袋のまま惟朔の布団のところにまで這ってきて、そっと耳打ちをする。

「いいかい、惟朔君。まずタバコを消そう」

「消せっていうなら、消しますけどね」

「よし。パイプが寝息を、鼾をたてはじめたら、はじめてキミも眠ってよろしい」

「なんでですか」

「おいおい、わかる」

「おいおい、おいおい」

「しっ」

「うるさいですよねえ」

「そう。うるさい。パイプが」

ニコ中がそこまで言ったときだ。転がっていたパイプがむくりと起きあがった。同時にニコ中は素早く寝袋から抜けだした。どうやらジッパーを完全に引きあげずに構えていたようなのだが、普段のおっとりとした動きからすると、別人のようだった。酔っている惟朔は枕で首を支えて、それを他人事のように眺めている。

立ちあがったパイプは、その場で軀を左右に、かつ不規則に揺らせている。いかにも酔っ払いといった動きだ。やがて腰を折った。前屈した。思いのほか柔らかく、腰から下がきれいに折れ曲がり、指先が畳について軽く反っていた。その姿勢でなにやら敷布団をまくりあげ、やがて癇癪をおこしたのか、反動をつけて上体を起こすと、ちいさく呻いて足で布団を蹴りあげ、めくりあげた。

室内の空気が揺れて、惟朔はすこしだけ肌を緊張させながら、埃をたてるんじゃねえよと胸の裡で悪態をついた。そんな惟朔を誰かが引っぱる。面倒くささに顔を顰めてその方向を見やると、ニコ中だった。

「なんですか」

ニコ中は答えず、ただ黙って惟朔の手を引っぱる。

「やめろよな、やめてくださいってば、もうホモなんだから」

冗談めかして言って、そのまま眠ってしまおうとしたときだ。有無を言わさぬ強さで腕を引かれて、惟朔は瞬間的に腹を立て、跳ね起きた。

そしてニコ中の切迫した顔に気付いた。それどころか部屋に寝ていたはずのほとんどの者が布団や寝袋から抜けだして、ある者は跳躍するように、ある者は四つん這いのまま出口にむけて殺到していた。取り残された惟朔がとりあえず曖昧な笑みを泛《うか》べた瞬間だ。

おおおおおおおおおおおおおおお

パイプが吼《ほ》えた。

空気が斬れた。

パイプは吼えつづけ、上体をとんでもない勢いで前後左右に揺らした。

影が暴れている。

大暴れだ。

床を踏み抜かんばかりに爆《は》ぜている。

まだ酔眼朦朧としていた惟朔であったが、その瞬間に、なぜパイプがパイプと呼ばれるのかを悟った。

その手には、鉄パイプが握られていた。どうやら布団の下に隠してあったらしい。長さは五十センチほどで、水道配管に用いられる亜鉛管ではないか。ただし刀でいう把《つか》の部分には滑り止めだろう、丹念にビニールテープが巻かれていた。

なぜ、そのように細かいところまで観察できたかというと、惟朔は逃げ遅れ、追いつめられてしまったからである。

パイプは惟朔の眼前で大きく鉄パイプを振りかぶり、目を剝いている。惟朔の背後には裏庭に面した冷たい窓ガラスしかなく、震えが伝わってガラスがきしきしかたかた忙《せわ》しない音をたてている。

「パイプさん」

「うるせえ」

「やめてくださいよ」

「やめろ――。貴様、誰に言うとるんや」

「いや、すみません」

「安易に謝るんやない、ドアホ」

「はい。すみません」

「だから、謝るな、言うたやろが」

恐怖に竦《すく》んでいるくせに酔いのせいでどこか集中に欠ける惟朔は、ちいさく舌打ちをした。

「まったく、なんで、酔っ払うと関西弁にもどるんだよ」

「ああ、なんぞ言うたか、小僧」

「あ、すみません」

「謝るな、言うたやろが」

「どうすればいいんだよ、たちの悪い酔っ払いだなあ」

「なんやて。誰が酔っ払いや」

「てめえだ、酔っ払い」

勢いで、売り言葉に買い言葉といった調子で返した瞬間だ。惟朔の頭頂部ぎりぎりのところで窓ガラスが爆ぜた。

鼓膜に空気を切り裂いた鉄パイプの音が妙に生々しく残った。

かろうじて首を縮め、難を逃れた惟朔であった。

そのまま垂直から斜め横に薙《な》ぎ払われた鉄パイプは窓の桟《さん》を幾つか破壊し、それでもそれらが抵抗になってくれたのだろう、惟朔の頭を直撃することはなかった。

ただ、頭髪に無数のガラス片が突き立っている。その尖りと冷たさが地肌に伝わって、命の危険を感じた惟朔は、恐怖からくる震えを武者震いに変え、畳を蹴りあげるようにしてパイプの胸元に飛び込んでいった。

「莫迦《ばか》。莫迦なことをするんじゃない、惟朔よ、逃げろ。逃げなさい。こっち、こっちだよ、こっち」

そんなニコ中の声を彼方できいて、しかし惟朔はパイプを押し倒し、鉄パイプに手をかけ、パイプの首に鉄パイプをねじ込むように押しつけていた。手だけでなく、膝まで使った。そのまま力をこめていたら、パイプの喉を潰していたことだろう。

「いいから、逃げなさい！」

とてもニコ中とは思えない大声だった。そこで惟朔は我に返り、弾かれたように背後に反り返り、反転すると畳の上を、寝乱れた布団の上を這いずりまわって、ゴミの山を幾つか崩壊させながらニコ中の声のするほうに逃げたのだった。

腰の立たない惟朔を、ニコ中が抱きあげてくれた。そのままニコ中に引きずられて、惟朔は廊下にまで運ばれた。

吐き気がした。

伏せったまま床に直接唾を吐き、意地になって吐き気を抑えこんだ。ぎゅっと胃のあたりに圧迫をくわえる。腰が抜けてしまった自分が許せない。吐いたら負けであるような気がしたのである。

雄叫びが聴こえつづけていた。ガラスの割れる音、壁の壊れる音、衝撃音に軋み音、畳を踏みならす音、それになにやら犬の遠吠えじみた吼え声が重なって、惟朔は廊下に胡座をかいたまま、すっかり非現実感に取りこまれてしまっていた。

「しかし、今夜は特別に凄まじいなあ」

他人事のような科白《せりふ》は、ニコ中である。

パイプは、

うぉおおおおおおおお——

と、永遠に息が続くかのように吼えつづけている。その吼え声の合間に、鉄パイプを振りまわす音がびゅんびゅん伝わって、惟朔はあらためて背中に冷たい汗が流れていくのを感じたのだった。それでも柱を伝ってどうにか起きあがる。

そこで廊下の電気がついた。黄色い光が眼球の芯に沁みた。寮生である京大生たちも辟易した顔で廊下にでてきた。パイプの吼え声と破壊の衝撃音に重なって、またかよ、といった声があちこちから聞こえた。月一の定例行事だぜ、などという声にかぶさって複雑な笑い声も聞こえた。

昼に布団をもらいにいったときの京大生の態度の理由がなんとなくわかったような気がした。大学とは無関係であると思われるくせに、寮に主のような顔をして居座ったパイプの酒乱に彼らは悩まされているのだ。この酒に酔ったパイプの暴力と、その額に刻まれた傷の正体を知らぬ学生たちは、対処に困り、途方に暮れているのだ。

無視できなくなったのだろう、パジャマ姿の管理人もやってきて、泣き顔のような笑いを泛べて投げ遣りに壁に寄りかかり、腕組みをした。京大生も一泊百円のフーテンたちも皆がなんとかしろといった眼差しを管理人に注ぐが、鎮まるまでは手をだせないと独り言のような口調で呟き、とぼける。

惟朔は強烈な喉の渇きに顔を顰め、しかしこの場から離れて水を飲みにいく気にもなれず、傍らのニコ中に声をかけた。

「あれって、酒乱ていうやつですよね」

「まあね。典型的な酒乱だね」

「たまんないですよ。正気じゃない。鉄パイプですよ」

「そうなんだ。黒田清隆だね」

「誰ですか、それは」

「明治時代の総理大臣だよ」

「その人がどうかしたんですか」

「酒乱でね、奥さんを日本刀で斬り殺した」

「え——」

「病的酩酊《めいてい》というやつだね。新撰組の芹沢鴨《せりざわかも》も酔っ払って前からきた相撲取りを斬り殺している。パイプが刀をもっていなくてよかったよね」

一息に酔いが醒めていった。刀でなく鉄パイプでよかったと慰められても、納得できない。惟朔は喉を鳴らしてから、訴えた。

「俺、鉄パイプで頭をかち割られるとこだったんですよ」

「だから逃げろって言ったじゃないか」

「酒乱なら酒乱て、最初から教えといてくださいよ。まったく死ぬとこだった」

「だってパイプって綽名じゃない。わかるものとばかり思っていたよ」

わかるはずがない。啞然としてニコ中の顔を見つめた。するとニコ中はぎこちなく頬を歪めてウインクを返してきたのである。その口にはいつの間にやらピースがくわえられていて、煙が立ち昇っていた。

惟朔は頭を抱えたくなった。ニコ中にパイプでは、刻みタバコを喫うのが好きなのかと勘違いするばかりだ。

それでもかろうじて助かった。

パイプはまだ大部屋の中で吼え、暴れまわっている。

惟朔は目頭を揉んだ。

安堵《あんど》の溜息が洩れた。

急に発汗した。

全身が重くなった。

とりわけ脹脛《ふくらはぎ》が硬く痼《しこ》ってしまい、身動きがとれない。肩も重く、なにやら首筋から肩口にかけて奇妙な異物感がある。

冷え込む夜にあんなのやられたらたまらんよなあ、と誰かがぼやく声がとどいた。とたんに憤懣やるかたない気分が迫りあがってきた。まったくだとぎこちなく頷いた。あれは狂気の一形態だ。放置しておけば、いずれ怪我人がでるだろうし、死者がでる可能性だってある。そんな暗澹《あんたん》とした気分で俯きかけたときだ。ニコ中が長閑な眼差しで惟朔の顔を見つめた。

「あれ」

怪訝そうな声をあげ、首をのばして惟朔の真正面に立つ。

「まちがいない。血がでてますね。惟朔君。血がでてますよ」

「血」

「ええ。ありゃ、これは、かなりの出血だ」

「ほんとうですか」

「ほんと、ほんと。だいじょうぶかな。眩暈《めまい》とかしないか」

「しませんけど、でも」

「でも」

「はい。凄く不安になってきた。俺、頭を割られちゃったんだろうか」

そっと指先でさぐった。髪と髪のあいだに無数のガラス片がはまりこんでいるのがわかった。ほとんどは頭髪のあいだにはさまっているといった按排《あんばい》だが、そのうちのいくらかが頭皮に刺さっているのだろう。

力をこめては、まずい。出血はガラス片で切れたのだ。惟朔は思案し、頭を前に突きだすと大きく左右にふった。とたんに酔いがぶりかえしたが、それでも頭から無数の銀色が飛び去っていくのがわかった。

「ガラスかい」

「そうみたいです」

「触ると刺さっちゃうな。よし、水で流そうか」

「はい」

「じゃ、いこう」

ニコ中に背を押されて、その場を動きかけたが、急に胸の奥から迫りあがってくるものがあり、惟朔は納得できずに、ニコ中から離れ、そっと大部屋の入り口に立った。パイプは相も変わらず鉄パイプを振りまわして深夜の独り踊りをつづけている。なんだか粘つく夜が軀中にまとわりついてしまっていて、それを刮《こそ》げおとそうと悪あがきをしているような姿だ。諦めの悪い奴だ。惟朔は醒めた眼差しでパイプの姿を見つめた。

そして息を呑んだ。

泣いていた。

パイプが泣いていた。

鉄パイプを振りまわして、顔中をくしゃくしゃにして泣いていた。

涙と鼻水とよだれが一緒くたになって、パイプの頭の動きにあわせて弧を描いて飛び去っていく。

うぉおおおおおおおお——

雄叫びは、じつは泣き声だった。

惟朔はパイプの鬱屈も挫折も何もかも、一切知らないといっていい。それなのにパイプの悲しみが直截《ちょくさい》に惟朔の胸に突き刺さって、惟朔の心を切り裂いた。頭からの出血が目に流れこんだ。それをきっかけに、思わず落涙してしまった。哀切が乗り移って、貰い泣きした。なにが悲しいのかは、わからない。具体性のかけらもない。けれど、だからこそ悲しみは純粋で、まじりけなしに惟朔を打った。茫然と立ちつくしてパイプを凝視していると、その動きが唐突にとまった。

パイプが惟朔を見つめ返してきた。

惟朔はどうしていいかわからず、ただ首を縦にふった。頷いた。

パイプの頰が銀色に光っている。

中学生のときに新任の男性教師に陰茎を含まれて、そのまま為す術《すべ》なく身をまかせてしまった弱い男の涙である。

軽トラックに当てられた傷を闘争における名誉の負傷にすりかえて、精一杯の虚勢を張っている男の涙である。

酒場の中年女〈まりえ〉が好きでたまらないくせに、満足に告白もできずに、ニコ中に欲しいなら欲しいと言えと揶揄される男の涙である。

見つめあう。

パイプが足を引きずるようにして惟朔のところに近づいてきた。

下から覗きこむようにして惟朔の顔を睨めまわす。それから鼻と鼻が触れあわんばかりに顔を近づけて、吐きだすように言った。

「てめえ」

惟朔は震えた泣き声で、一言、はいと返事をした。パイプはふたたび声をあげた。

「てめえ」

「はい」

「てめえ——」

「はい」

「てめえな」

「もう、いいでしょう」

そっと手を差しだした。すると、パイプは怯み、俯き、掠れ声で言った。

「てめえ」

惟朔の指先をかすめて畳の上に鉄パイプが落ちた。亜鉛管ならではの、金属質ではあるが、どこかとぼけた音がした。惟朔は涙の最後の一滴を搾《しぼ》りだし、顔をあげた。いつの間にやらニコ中が傍らにやってきていて、そっと鉄パイプをひろいあげた。それから惟朔の肩に手をかけてきた。

「さあ、流しにいこう」

惟朔は黙ってニコ中と肩を並べ、寮からでた。外の水道の蛇口をひねって迸《ほとばし》る水の中に頭を突っこもうとした瞬間だ。雨粒が落ちてきた。惟朔は天を仰いで、訊いた。

「何時ごろでしょう」

「時計をもってるのは、惟朔君だよ」

「ああ、そうだった」

呟いただけで、惟朔は時計を見はしなかった。迸る蛇口の下に勢いよく頭を突っこむ。

2

「革マルだか中核だかしらねえけどよ、図に乗るんやないで」

そんな棄て台詞とともに、眠るパイプを蹴って出ていく男がいた。

「夜に挑んだ革命の闘士だってさ。恰好いいねえ。どうだい、あんた、虚空《こくう》を打ち据えられたかい」

相撲の蹲踞《そんきょ》のような体勢で、そんな皮肉を呟き、掛布団を剝《は》いで、眠るパイプの頭を小突いて出ていった男もいた。

でていく者もあれば、新しく転がり込んでくる者もあり、大部屋の人数はたいした変化もなく、惟朔は以前からここに居着いているような顔をしてパイプの隣に座り、大部屋から去っていく者が眠るパイプに過剰な暴力を加えないか、さりげなく見張っていた。もちろん多少の蹴りや罵倒くらいは黙認だ。惟朔だってパイプの顔面を蹴りあげて、その歯をへし折ってやりたいような気分だ。

大部屋は日本全国から流れこんできた放浪する若者の坩堝《るつぼ》で、学生運動とは無縁な、いや学生でさえない惟朔のような、どこにも、なににも属することのできぬ瘦せた一匹狼も多く、結果的に革命を免罪符に酒乱を正当化しているようなところのあるパイプに対して、嫌悪と苛立ちしか感じられない者がかなりの割合を占めていた。もちろんあそこまで暴れれば、いかに酔っ払いに甘いところがあるとはいえ、皆の目が険しくなるのは当然だ。ガラス片と破壊された建材、そして大量のゴミが散乱する大部屋であるが、昨夜は後片付けが面倒なので、ようやく勢いの衰えたパイプを布団蒸しにしてから、そのまま眠った。吹き込む北風に加えて、雨まで降り込んできたが、雨に濡れそうな者は場所を移動して、黙って眠った。

横着であるがゆえに細かいことを気にかけないのではない。細かくちまちましているからこそ、逆に虚勢を張ってルーズにふるまうような若者ばかりである。繊細と脆弱《ぜいじゃく》は紙一重で、ひとりの理不尽な狼藉《ろうぜき》によって崩壊した部屋に眠らねばならなかったことに傷ついている者ばかりであった。

しかもパイプは二日酔いに倒れて、頭から布団をかぶっているのである。あそこまでやってしまえば皆に顔向けできぬし、照れ隠しに寝たふりをしているのだろうと惟朔は深読みをしたが、どうやらほんとうに身動きできないらしい。弱いなら飲まなければいいとも思うが、弱いからこそ飲まれてしまうのだろうと思いなおす。ともあれ酒の強さと酒乱にはなんら相関関係がないことを知った惟朔であった。

「俺は、酒乱というのは大酒飲みのことだと思ってたわけですよ」

言いながら外に視線を投げる。雨は降り続いている。割れた窓には応急処置で厚手の建材用ビニールが張られている。ハウス栽培というのだろうか、とにかく季節はずれのトマトやキュウリをつくるときに温室に用いるビニールとのことで、管理人がパイプの酒乱にあわせて以前から用意していたというのだから、苦笑するしかない。

「酒乱か。酒量は関係ないでしょう」

「そうみたいですね」

まだピースのストックはあるのだが、ニコ中は大部屋の住人の灰皿から集めたシケモクを選びだし、目を細めて火をつける。

「酒量でいったら、惟朔君のほうが多かったかもしれないね。毬江ではかなりのピッチだった」

「メロンは甘いジュースみたいだし、なによりも毬江さんがいい女じゃないですか。色っぽいすよね。舞いあがっちゃって、とまんなくなっちゃいました」

「あれは淫乱《いんらん》多情です。誰にでも色目を遣いやがる。しかもインテリだから始末に負えんのだな」

〈まりえ〉が毬江であり、そのまま酒場の店名でもあることを、いまは知っている惟朔であった。ニコ中も惟朔もまだ昨日の酒が残っていて、後頭部が重い。ときどき思い出したように眉を寄せ、拳骨《げんこつ》で頭と首のつなぎめあたりを雑に叩いて、申し合わせたように息をつく。

缶ビールでも買ってきて迎え酒といきたいところだが、外が雨なので億劫《おっくう》だ。ふたりは一升瓶にくんできた水をときどきがぶ飲みしてごまかしていた。ニコ中が一升瓶の水をそっとパイプに差しだしてやったのだが、パイプは眠ったふりをつづけて、頑《かたく》なにそれを拒否した。

ビールや日本酒などではなく焼酎のメロンシロップ割りだからまだこの程度ですんでいるのだろうが、空元気で会話を交わすくらいで、積極的に動く気にはなれない。寝ているパイプの傍らで、だらけた姿勢でタバコをふかすばかりである。

「インテリっていうのは頭のいい女のひとのことですか」

「いや、ちがう。そんな単純じゃない。インテリゲンチア。インテリゲンチアの略。ロシア語だね」

「インテリゲンチア。きいたことがあるような」

「知的階級とでもいうのかな。でも、それではインテリにこめられたニュアンスを説明できはしないな。だいたい言葉の定義に関しては、パイプがうるさいんだけどね、この状態だから」

「ほんとに、くたばってるのかな」

「どうでしょう。くたばってると思うよ。もっとも、くたばってるのは気持ちだろうけれど」

「気持ちですか。贅沢なもんですね。じつに優雅だ。うらやましい」

「そこいらへんがインテリゲンチアの特徴でもあるんだけどね」

「こんなのもインテリゲンチアなんですか」

「ははは。こんなのときたか。言いたい放題だね。だが、惟朔君の言わんとしていることは、よーくわかる。わかりますとも」

気懈く面倒だから、ふたりはパイプのほうを見もしない。揶揄《やゆ》するだけして、会話をもどす。

「毬江さんはインテリゲンチアなんですね」

「かなりの、ね」

「うーん。いろいろ習いたい」

「そうです。いろいろ、です」

「いろいろは何色かな」

「ピンク」

「そのまんまじゃないですか」

「インテリの美女ってのは、きますね。ぐいぐいくる」

「それでパイプもね」

そこで、ようやく、胎児のように身を縮めて布団にくるまっているパイプの姿を一瞥する。絶対にパイプと毬江は無理だ。そんな気がする。

「罪つくりってやつですか。毬江さんの存在は、罪つくりだ」

「惟朔君はいろいろな言葉を知ってるね」

「あ、なんか嫌み」

「ふふふ。わかりますか」

「わかりますよ」

気を取り直して、惟朔はつづける。

「ま、いいか。ところで毬江さんに関してですけどね、俺はこう思うわけですよ」

「どう思うんですか」

「その、インテリでしょ」

「ええ」

「だから自分を正当化するのがうまい」

「ああ、いいとこを突いてるね。ど真ん中だよ」

「インテリっていったって、結局はやることがそっくりで、やることはやるし」

少々図に乗っているな、と思いつつ、口がとまらない。

「なんなんでしょうね。みんな、おなじに見えるけど」

「おなじに見えるけど、個々の場合があるわけで、個別の事情があって、個別の情事があって、それがドラマというものなんだ」

「ドラマ」

「そう。恋愛は、まあ一括りにできるでしょう。けれど恋愛をしている当人たちにとっては大事《おおごと》だ」

「俺は恋愛なんてしたことないから」

「惟朔君くらいだと、まだわかんない年頃かもしれないね」

「じゃあ、ニコ中さんは恋愛したことがあるんですか」

「失礼だな、キミは」

「すみません」

「ないよ。ありません」

「やっぱ」

「性欲がないわけじゃないんだけどね。悲しいかな、散発的でねえ」

「三年おきとか」

「しまいに怒るよ」

ここで言葉が途切れた。冷たい雨のそぼ降る昼下がり、ニコ中の口や鼻から流れる煙も湿ってみえる。惟朔はそっと頭皮に手をのばす。頭の傷をさぐる。なにやら指先でころころ砂粒のようなものを探り当て、そのまま指先を押しつけた。中指の先についてきたのは、固まった血だった。黒く、固い。爪で押して、割る。中心部にはわずかに血の色がのこっていた。瘡蓋《かさぶた》になりかかっていたのかもしれない。惟朔は欠伸《あくび》を洩らし、瘡蓋になりかけの血の塊を弾いた。

欠伸のせいで涙目になりながら、何気なく眠るパイプを見つめた。そして、気付いた。パイプの敷布団の足許、左端にちいさなほつれがある。惟朔は上体をねじ曲げ、そのほつれを指先でさぐった。

「ニコ中さん。これだ」

「どれ」

「これ。うまい具合に穴、あいてますよ」

微妙にのこされた布団の穴と、その先にできた空間をさらに指先でたどり、さぐっていくと、ちょうどパイプ一本分ばかりの中綿がなくなっていた。亜鉛パイプに押しやられたのだろう。ニコ中が感慨深げに呟く。

「そうか。そこだったのか」

「まちがいない。ちょうどパイプ一本分ですもんね」

「しかし酒乱は酒乱で、いろいろ工夫するもんだなあ」

ぼやくような調子のニコ中の揶揄する声だった。とたんにパイプが微かに動いたのを惟朔は見逃さなかった。起きているなら、起きているで、かまわない。ことさら大きな声でニコ中に言う。

「酒乱の工夫というけれど、こんな具合に穴をあけて隠すってのは、素面《しらふ》のときじゃないんですか」

「それはそうだけど、たぶん、常時、アルコールの支配下にあるんだよ」

「飲んでないときも」

「そう。パイプの人生のすべては、酔って暴れる瞬間に捧げられている」

「そんなアホな」

「まったくだ。アホらしい」

「ニコ中さんの言うとおりだとすると、パイプさんは確信犯というやつになっちゃうじゃないですか」

「パイプにとっては、これが政治的な闘争なのかもしれないよ」

惟朔はわざとらしく肩をすくめてやる。

「そこまでいくと、もう、ほとんど言葉の遊びじゃないですか」

「まったくだ。でも、人間の正当化、正当化する人間、正確には追いつめられて正当化する人間を舐めちゃいけないよ」

「そんなもんですか」

ニコ中は深く二度、頷いた。機微に通じているというのだろうか。そんな顔つきだが、なんだかひどく老人じみていた。惟朔は腕組みをした。パイプが亜鉛管、いわゆる鉄パイプを隠していた穴に視線を据える。

パイプはいったいどこで亜鉛管に滑りどめのテープを巻いたのだろう。あるいは、いつごろ敷布団の隅を裂き、そこに鉄パイプを押しこんだのだろうか。

それらのすべてが秘密裏に行われたわけだが、それを為しているときのパイプの姿こそがほんとうの孤独ではないか。やっていることはほとんど犯罪者に近い。あまりに無意味で正当化は難しい。酒を飲んでいるからということと、鉄パイプという学生運動の神器によってパイプはかろうじてその存在を保っている。

「惟朔君。なにを思う」

「わかりません。わかりませんけど、こんな目に遭いながらも、なぜかパイプさんを糾弾する気にはなれないですね」

寮生活二日目で、早くも糾弾なる言葉を遣うようになった惟朔であった。

「ああ、そうなんだ。なぜだろう。糾弾は酷であるような気がするのは」

「とにかく胸を打たれちゃったから、始末に負えません」

「そうか。惟朔君はパイプの傍若無人に胸打たれたか」

「胸けられて馬の骨、ですよ」

惟朔は苦く笑う。なんとも寒々とした笑いだと自分で怖くなる。組んだ腕に力をこめ、身を縮める。ニコ中を見ないようにして、呟く。

「恰好よすぎるって笑われるかもしれないですけど、パイプさんは、まるで夜に戦いを挑んでいたみたいです。なんか夜がまとわりついてましたからね、パイプさんの全身に」

「なるほど。正当防衛なのかな」

「それは、ちょっと」

「ふむ。じゃあ、夜に対するテロル」

「よく意味がわかんないけど、夜に対するテロルってのは、恰好いいですね。気に入りました」

「うん。じゃ、総括だ。パイプの行為は、夜に対するテロルであった。以上」

「異議なーし」

だらけた声で応じると、ニコ中がくすくす笑った。悪戯っぽい声で言う。

「次はパイプ君には、闘争用パイプの本流である四本つなぎ、三・二メートルの鉄パイプを用意していただこうか」

「そんなもん、この布団のどこに隠すんですか」

「そこいらへんは、やっぱ精神力でしょう。竹竿にランクダウンしないことを祈っておりますわ」

惟朔とニコ中は顔を見合わせて、圧しころした笑い声をあげる。無意味で空疎で空々しい笑いだった。笑っているうちに、居たたまれなくなってきた。唐突にニコ中が笑いをおさめた。

「さてと、二日酔いはどうですか」

「ああ、まあ、水のラッパ飲みのおかげで」

「よし。僕もけっこうもどってきたぞ」

「ニコチン注入のおかげでしょう。さすがのニコ中さんも寝てるあいだは喫えねえもん」

「まったくだね。なんとか寝てるあいだも喫う方策って、ないもんかね」

「真顔にならないでくださいよ」

惟朔は大きく伸びをした。二日酔いの重さがとれれば、そのかわりに空腹が伸《の》してくる。いい加減にパイプも寝たふりをやめればいい。もう、開き直って起きてしまえばいい。

「ねえ、惟朔君。〈死の家の記録〉って読んだことがありますか」

「ないです。なんですか、それ。ナチスの収容所の話ですか」

「いや、収容所は収容所でもシベリアで、ドストエフスキーの体験だけど。シベリアはオムスクってところの監獄だね」

「名前くらいは知ってるけど、ドストエフスキーってのは監獄に入れられてたんですか」

「ああ。死刑判決を受けてね、銃殺直前に恩赦、で、監獄へ」

「へえ。凄え。死刑判決」

「まったくです。もっとも僕は読んでないんだけどね」

「やけに詳しいじゃないですか」

「それは喋りたがりがいっぱいいるからね。教えたがりか」

「ああ、鬱陶《うっとう》しいですよね」

「まあね。とりわけ、こいつだね」

ニコ中が指さしたのは、相も変わらず寝たふりをつづけるパイプであった。惟朔は控えめに頷いた。しかし、抑えきれずに、言ってしまった。

「やっぱ、こいつですか」

「そう。こいつ」

いまごろになって憎しみが内向していることに気付かされ、惟朔は狼狽《ろうばい》しかけていた。そんな惟朔の気配を察したのだろう、ニコ中がそっと肩に手をまわしてきた。

「昨日、言っただろう。五時から十時までで時給四百四十円也」

「あ、そういえば」

「連れていってやる」

「お願いします」

「よし。死の家に耐えるために、とりあえずは腹ごしらえだ」

ニコ中は立ちあがった。しばらくパイプを見おろすと、いきなり蹴りあげた。

「ほら、起きなさい。バイトにいくぞ」

「いいんじゃないですか。寝かしとけば」

「いや。抛っておいたら、やられちゃいますよ。僕たちがいないと」

頑なに眠ったふりをしているパイプを見おろして、ニコ中は断言したのであった。

一分弱ほど見おろしていただろうか。けれどパイプは凝固したまま起きあがろうとしない。惟朔はサッカーボールを蹴るような体勢をとり、ニコ中に目で訊いた。もちろん本気で蹴る気はない。ニコ中はタバコの煙まじりの溜息を洩らすと、首を左右にふった。

「いいんですか、起こさなくて」

「いいよ、もう」

「でも」

「このパイプという男はね、ほんとうになにをやらせてもだめなんだ。どういう具合でこんな不細工な生き物が出現しちまったんだろうなあ」

パイプは寝ているふりをしているだけである。言い過ぎだと感じ、惟朔は軽く肩をすくめた。ニコ中はかまわず続けた。

「このクズは、ベルトコンベアの流れ作業といった単純労働さえできないんだ」

「そんなの、俺だってやりたくないですよ」

「やりたくないのと、できないのとではちがうよ」

「流れ作業でしょう。できない奴なんていないはずです。仕事ができない奴のために流れ作業ができたんじゃないですか」

「ところがね、いるんだ。できない奴が」

それは堪《こら》え性がないということだろうか。いまひとつニコ中の言っていることの意味が把握できない。たとえばコンベアの前に立ってインパクトドライバーをもち、流れてきた製品にあてがうことくらい、誰であってもできる。保持する力さえあれば、幼稚園の子供にだってできる作業だ。

パイプは顔を胸のほうにねじ曲げて、極端に顎を引いた体勢で左肩を下にして横たわったまま、動かない。いや、胸だけが不規則に上下している。あきらかに激情に囚《とら》われて、しかしそれを必死で抑えこんでいるのが見てとれた。

「行くよ、惟朔君」

「はあ」

上目遣いで曖昧な返事をかえし、しかし仕方なくニコ中に従って大部屋からでた惟朔であった。外は雨である。ニコ中は平然と下駄箱にさがっている蝙蝠傘《こうもりがさ》を手にとった。傘はまだ濡れそぼって黒々艶々している。

「いいんですか」

「傘は天下のまわりものという諺を御存知かな」

「いえ、御存知じゃありません」

失笑まじりにかえすと、ニコ中は真顔で囁いた。

「この傘は、雨がやんだら適当な場所に放置しておきます。で、次に雨が降ったときに、見つけた誰かが使う。どうです。なにか問題があるかな」

「いえ。ございません」

「よろぴい」

ニコチン臭く垢臭いニコ中と相合い傘で、雨の中に踏みだした。氷雨である。吐く息が幽かに白い。バイトは五時からだという。まだ時間があるので腹ごしらえをすることにした。金を持っていないわけではない。ジーパンのポケットに裸のまま突っこんだ六万少々の現金がある。指先で湿った札をたしかめ、惟朔はさりげなく言った。

「昨日はお世話になりましたから、今日は俺がメシを奢ります」

「おお、じつによい心がけじゃ、そのように気配りして生きておるならば、いつかきっと報われるであろう」

なんだか長老と接しているような気分である。ニコ中という男は、いったい幾つなのだろうか。惟朔の視線に気付いたニコ中が抑えた声で言った。

「ところで惟朔君。キミは性慾のほうは、どうかな」

「いきなり、なんですか」

「もやもやはありますか」

「なきにしもあらず」

「よろぴい。いずれ近いうちに按排してあげよう」

「按排って、世話してくれるんですか、女」

「ま、そういうことだ」

「だいじょうぶかなあ。老婆を押しつけられたりして」

「なんで、そんなことを思う」

年寄りじみているからだとも言えず、惟朔は曖昧に笑ってごまかし、小声で生協のうどんはやめましょうと付け加えた。近衛通にも東大路にもでず、京大附属病院の脇道を下がる。裏道ばかりを選んで疏水《そすい》をわたった。雨の中を寄り添って、てくてくと一キロほども歩いただろうか。バスケットシューズが濡れて、足指が冷たい。

ニコ中がつれていってくれたのは大学関係の施設ではなく、東山仁王門にある街中の食堂だった。持ち帰りのいなり寿司や赤飯、おはぎなどを店頭のガラスケースの中に並べて売っている。東京のいなり寿司とはかたちがちがう。惟朔は興味をもって覗きこんだ。どうやら油揚げを三角形に切って、そこに飯を詰めこんでいるようだ。惟朔は杵《きね》が交差している商標らしきものを見あげて尋ねた。

「力餅って、なんですか」

「最初は日清戦争の勝利を祝って餅を売ってたんだそうだ」

「日清戦争というと明治」

「そういうことだね」

「そんな古い時代からやってるんですか」

「本店は寺町通の六角を下がったところにあるらしいが、チェーン店のはしりみたいなものだね」

「というと力餅食堂は、ここだけじゃないんですか」

「そういうこと」

妙なことに詳しいニコ中である。藍色の暖簾《のれん》をくぐって店内にはいると、ふわりと暖かい。中途半端な時刻なので客はニコ中と惟朔だけだ。ニコ中が玉子丼を頼んだので、惟朔もそれにのった。ふたりで向かいあって座っている。ニコ中がタバコを燻らせている。いつも顔の周辺に靄《もや》がかかっていて、ほんとうの顔がわからない。そんなことを思ってニコ中を見やる。雨音がよけいに静けさを強調する。やがて置き去りにしてきたパイプのことが気になってきた。

「だいじょうぶでしょうか」

「好かれない奴だからねえ」

「リンチにあったら、どうしよう」

「ま、いいんじゃないですか」

「まずいですよ。かなり憎まれている」

「突っ張ってるのが悪いんです」

「いまごろ、寝たふりをしていたことを後悔しているだろうな」

惟朔が独白の口調で呟くと、ニコ中は薄笑いを泛べた。

「取りかこまれて、泣いてわびをいれてるんじゃないかな」

「泣く」

「そうです。あいつは簡単に泣く」

「まさか」

「ほんとうです。泣くんですよ。泣いて、あやまる。パクられたときなんて、取調室での無様な有様が、なぜか外にまで洩れ伝わってきてしまいましたからね。床に額をすりつけて、大泣きです。堪忍、堪忍、おっちゃん堪忍してください、てなもんだ」

「パクられたとは」

「一応は学生運動の闘士だったんでね」

「おっちゃんて、誰ですか」

「刑事」

「大人が泣くなんて」

「あいつの人生は、裏切りの連続で、まるで人を裏切るために生まれてきたような人生なんです」

「たとえば」

身をのりだして訊くと、ニコ中は首を左右にふって黙りこんだ。周期的に煙を吐きだす機械になってしまった。視線を合わせようとしない。あきらかに喋りすぎたことを後悔している。惟朔をはぐらかすその眼差しには、もうなにも喋らないという決意がみえた。好奇心が消えたわけではないが、人は人という割り切りもある。

薄いお茶を啜って無為な時間を潰していると、無愛想なおばちゃんが朱塗りの盆に玉子丼をふたつのせて運んできた。まず山椒の匂いを嗅いだ。東京の玉子丼は醤油味で玉葱の上に軽く溶いた半熟状の卵がのり、三つ葉が散っているといったものだが、京都の玉子丼は溶き卵本来の淡い薄黄色をしている。箸を挿しいれてスクランブルエッグ状をしている卵をさぐる。青い長葱の葉が多少見え隠れする程度で、御飯に染みている汁は透明だ。惟朔は箸先で青い葱をつまみあげた。

「葱の青いとこがはいってますけど」

「九条葱《くじょうねぎ》でしょう」

関東では根元に深く土寄せをして白葱に育てるが、関西では土寄せをせずに青い部分を食用にするというニコ中の蘊蓄《うんちく》とともに、京野菜という言葉をはじめて耳にした惟朔であった。昆布のだしのきいた玉子丼を掻っ込んで、一息ついて嘆息する。

「こりゃ、うめえ」

「美味しいですか」

「ちょっと塩辛いけど、美味しいです」

一呼吸おいて付け加える。

「生協のうどんもですけど、けっこう塩辛いですね。イメージと違う」

「京都だってどこだって一般庶民の食うものは、つまり汗を流す労働者諸君の口にするものは、塩辛いんですよ。たぶん色が薄いだけで東京よりも塩気が強いでしょうね。京料理が薄味とか吐かして悦にいってるのは懐石なんかをちまちま食う余所者《よそもの》のブルジョアの阿呆です」

なんとも大げさであるが同意しておく。惟朔は雑に頷きかえし、玉子丼を食べ終えた。ニコ中はまだ半分ほどしか食べていない。しかもテーブルに肘《ひじ》をついてタバコを喫いはじめた。

「今日、これから強制労働に従事するところは九条です。だから九条葱をば食べて、気合いをばいれましょうね」

なにを言っているのか理解できないが、惟朔はふたたび愛想よく頷いた。ニコ中は満足げに煙を吐いた。もうこれ以上食べないのかと思って見守っていると、喫いながら箸を使い、ゆるゆると玉子丼をたいらげていくのである。タバコをおかずに飯を食う男をはじめて目の当たりにして、惟朔は呆れるよりも尊敬に近い気持ちを抱いた。

東山仁王門電停から⑯系統の市電に乗った。雨脚はすこし弱まり、惟朔は窓に額をあてるようにして微妙に歪む窓外を眺めた。次の電停、東山三条でおりると、〈カルコ〉というジャズ喫茶があるという。

「ここは大きな音でジャズがかかるという店ではなくて、ゆったりのんびりできます。またお姉さんがじつに美人で、独特の雰囲気があります。〈blue note〉とはちがった良さがあるので、いちど訪ねなさい」

お姉さんが美人ならば訪れなければならないだろう。惟朔は上目遣いで笑いかえした。

しばらく沈黙が続いた。市電は雨のせいでいつもより控えめに軋《きし》んでいるが、相変わらず野放図に揺れる。やがてニコ中は火のついていないピースを口の端に咥《くわ》え、小刻みに貧乏揺すりをはじめた。踵《かかと》が濡れた床を打つ。湿った音が連続して他の乗客の視線までもが集中した。うるさく癇に障るが、切迫した気配に声もかけられない。

あまりに烈しく際限のない貧乏揺すりである。こらえきれずに惟朔は心配そうな視線を投げかけた。ニコ中は引《ひ》き攣《つ》れ気味な歪んだ笑顔をかえしてきた。ところが無理やり笑ったせいでタバコが床に落ちた。普段のニコ中からは思いもつかぬ勢いで拾いあげ、中途半端に濡れたピースをふたたび咥えた。油脂だろうか、泥だろうか、付着した汚れが唇に移ったが、ニコ中は虚ろな眼差しのまま貧乏揺すりを続けている。そんなニコ中の姿を見守っているうちに、タバコをやめようかと真剣に考えこむ惟朔であった。

京都駅から市電で百万遍に向かうときは東山七条から左に折れて北上していった。だから東山七条電停までは漠然とした記憶があったが、そこから先は未知である。今熊野《いまぐまの》で市電は東海道本線を巨大な陸橋で越えた。そのあたりから周囲の気配にあきらかな違和感を覚えた。さらに泉涌寺道《せんにゅうじみち》、東福寺ときて、微妙に景色がくすんできたような印象をもった。先ほどわたった川は鴨川だろうか。流れが澱《よど》んで見えたのは降る雨のせいだけではない。

「なんとなく京都らしくないですね」

何気なく洩らした一言だった。やっとタバコをしまい、貧乏揺すりを抑えこんだニコ中が、惟朔の顔を覗きこんで頷いた。どことなく皮肉の気配がにじんだ眼差しで問いかけてきた。

「京都らしいって、どういうことだろう」

「ええと、神社や寺があって」

「神社や寺なら、このあたりでもいくらでもありますよ」

「そうですよね。電停の名前も泉涌寺道、東福寺と続いたし」

「じゃあ、なにが違うんだろう」

「難しいけど、このあたりは東京でいうと赤羽とかそっちの方みたいです」

「赤羽というところは、こんな感じなんですか」

「はい。こう細々とした町工場がいっぱいあって、鮮やかな色はあまりなくて、世界が灰色がかっていて、工員の着ている作業服も灰色か紺色で、食堂といえば定食をだすちいさな中華料理屋が多くて、ラーメンは替え玉がきくような、そんなところです」

ニコ中はちいさく吹き出した。ラーメンの替え玉ですか、と口のなかで呟く。惟朔の肩に手をかける。ここで降りるという。九条河原町だった。

電停に降り立ったとたんにニコ中がパイプ印のマッチを擦った。氷雨のなかを流れていく煙を見やって、惟朔はちいさく安堵した。ニコ中の指先の震えがとまったからである。相合い傘で路地をいく。もはや京都の面影はどこにもない。

「ここいらは工場地帯ですか」

「そう。中小企業というか、家内工業みたいなのがひしめいているんです」

「まったく方向がわかりません」

「竹田街道の方向にむかってるんだ」

そう言われても、なにがなんだかわからない。不安げにあたりを見まわしながら歩く惟朔に、ニコ中が皮肉な視線を投げかける。惟朔にしてみれば、なぜニコ中が皮肉な眼差しをするのかがよくわからない。

ともあれ観光都市である京都からは思いもつかない鼠色の沈んだ景色が連続する。都市計画といったものとも無縁なのだろう、道には計画性のかけらもなく、拡がって、窄《すぼ》まって、曲がって、歪んで、迷路じみている。なによりも道路の舗装が雑で、あちこちに水たまりができていた。

びっしりと密集した建物は継ぎ接ぎのお粗末なスレート葺きか錆びて穴のあきかけた

トタン板丸出しばかりで、黒灰色をした塀ばかりが高く、部外者の視線を頑なに遮っていたくせに、いきなり崩れ落ちて、すべてをあけすけにさらしている。大きくはないが派手に煙を吐きだしている煙突が林立しているかと思えば、土管が適当に投げ出されたまま雑草の生い茂る空き地が唐突にあらわれる。

アセチレン溶接の焔があたりを青く染めあげ、照り映える。木製の電柱には質屋の案内が貼り付けられていて、道路拡張で出現した不自然な広場には荷台の歪んだナンバーのないダンプが放置されている。

裏路地には生ゴミが散乱していて雨が降っているにもかかわらず、幽かな腐敗臭を嗅いだ。濡れて倍くらいにふくらんだ実話週刊誌を惟朔はほとんど無意識のうちに蹴った。週刊誌は雨水で道路に張り付いていて、ふたつに千切れた。

さらに先には、つぶれた練炭の灰が雨に流れだして、黒光りする路上に白く濁った模様を描いている。ニコ中と惟朔はそれを蛇行するように避けて歩く。

痩せて肋《あばら》の浮いた野良犬が体毛から雨を滴らせてニコ中と惟朔をちらちらと窺い、野良猫は材木の陰で軀を丸めて惟朔の呼びかけを無視する。

各種故紙高価買入という赤い文字が突出して目立ち、通り抜けできませんの立て看板が雨に濡れている。先の道路は冠水していて、惟朔はそこを跳びこしたが、ニコ中は平然と雨水を蹴立てた。

コンクリで固められた水路には首を針金でつながれた三匹のネズミの屍骸《しがい》が浮き、泡ぶくが不規則に爆ぜる。その水路を隔てた鉄工所の軒先に下がる正社員募集の表示に目を凝らすと、高給優遇経験年齢不問勧進橋《かんじんばし》下がる鎌田染工業とだけあり、どのような仕事なのかといったことは一切書かれていない。

塀の隙間から覗ける銀色の巨大なタンクには、ゴシックで大書された苛性ソーダの表示があり、その下には油性マーカーで、触れたらあかん手が溶けるで、と戯《おど》けた文字で書かれ、さらに神社の鳥居に小便無用と別の筆跡で付け加えられている。

京都市の広報板には黒い黴《かび》がまだらに浮きあがり、自衛官募集のポスターが剝がれかかって、自動小銃を構えて伏せている自衛官が不規則に揺れていた。

緋色《ひいろ》の錆止め塗料を塗られた鉄扉が軋んで開き、老いた工員が旋盤で削った鉄屑《てつくず》を空色をした樹脂製の籠に充たして運びだした。螺旋《らせん》状に丸まった鉄屑は熱で変色して青く底光りしている。

印刷工場の倉庫からは、ラジオの歌謡曲が常軌を逸した音量で流れてくる。フォークリフトのフォークの上に座ってさぼっている作業員と目があった。ときに工場廃液らしい刺激臭が立ち昇り、鉄と鉄が火花を散らし、一瞬だけ人影が露わになり、金属の焦げる匂いが鼻腔に充ちる。

大きめの工場の敷地には、体裁を繕うかのように糸杉が並んで植えられているが、その先端が申し合わせたように茶色く枯れはじめている。あたりは種々の機械のあげる騒音に覆い尽くされているが、うるさいと感じるよりもうらぶれた気配を強調するばかりだ。惟朔はそっとニコ中の横顔を窺った。ニコ中はとぼけている。惟朔は観光客の知らない京都の奥の奥に入りこんでいた。

壁に貼られた公明党議員のポスターにはなんまんだぶと落書きがされ、共産党のポスターは中途半端に剝がされていた。さらに行くと、ありとあらゆる政党のポスターが貼られて収拾がつかない状態になっていた。

角を右に折れると個人宅で、濡れた表札には李と一文字だけあり、真新しい軽自動車が停めてあった。ほんのりと車体が熱をもっているようだから、車庫に入れたばかりなのだろう。

その傍らには見るからに手製の棚が設えてあり、手入れのゆきとどいた盆栽が並び、南天の赤い実が雨を滴らせて項垂《うなだ》れていた。さらにその傍らに寄りかからせてある自転車のサドルにはビニール袋がかぶせてある。

男同士の相合い傘であるから、剝きだしの肩がすっかり濡れてしまっていた。いいかげん懈さを覚えた惟朔は傘をもつ手を変えたかったが、そうもいかず、黙って耐えた。

突きあたりにあらわれたブロック塀は苔で覆われていて、濡れそぼった苔は蛍光色じみた緑色に輝いている。九条河原町に降り立ってから、惟朔が唯一目にした鮮やかな色彩だった。

「ここが僕たちの職場だよ」

ニコ中の言葉に、惟朔は濡れて判読しづらい木の看板に顔を近づけた。上手いのか下手なのかわからない墨文字だ。惟朔は南京金属と誤読して、あらためて京南金属と書かれていることを確認した。

「けいなんきんぞく、ですか」

「そう」

「なんきんきんぞく、って読んじゃいましたよ」

「ま、どっちでもいいでしょう。いまはZ印の電子ジャーの中身をつくってる。ずいぶん売れているみたいでね、やたらと景気がよくて、二十四時間操業してるんだ」

鉄骨スレート葺きの、あたりでは抽《ぬき》んでて大きな工場だが、老朽化が進んでいることは一目瞭然だ。建物の中に入ると、極端に天井の高い二階建てであることがわかった。

惟朔はニコ中に促されてプレスの音が間遠に響く工場脇の鉄階段をのぼった。事務所でアルバイトの登録をするという。

観光京都という先入観があったから九条周辺の光景には驚かされたが、神奈川県二子《ふたこ》新地前《しんちまえ》のタカヤマ精機という町工場に施設の友人であった山さんを訪ねたこともあるし、現場に至ればごく自然に馴染んでしまう惟朔であった。ニコ中が立ちどまった。先にはいれと惟朔を前にだした。

事務の女子社員に淡い期待をもっていた惟朔であるが、なかを一瞥して気持ちを切り替えた。白々とした蛍光灯の光の下で算盤をはじいているのは四十、いや五十年輩の猫背のおばさんだけだった。タイムレコーダーを横目で見る。四時五十分をまわったところだ。五時から作業開始とすれば、あまり悠長に構えてもいられないだろう。

惟朔たちよりも先に受付をすませたアルバイトの若者が雑に一礼すると脇をすり抜けていった。人事の係長らしい中年男が惟朔を見あげ、いきなりボールペンの先で額のあたりを指し示した。

「キミ、若いやろ」

「いえ、二十ですが」

年齢制限でもあるのかと惟朔は構え、嘘をついた。係長はボールペンで惟朔を指し示したまま頓着せずに数字を並べあげた。

「五時から十時までが時給四百四十円や。けどな、十時から翌朝八時まで頑張ると、その間の時給は五百円になる。合計七千二百円。取っ払い。どうや」

惟朔は指を折って勘定した。なんと十五時間労働である。戸惑っていると、係長はボールペンを小刻みにふって返答を促した。気が短そうだ。惟朔は時間稼ぎにスチールデスクに視線をおとした。右顧左眄《うこさべん》するな、という自筆と思われるスローガンがデスク上におかれたガラスのなかにおさまっていたが、惟朔には読めなかったし、意味もわからない。漠然と佇《たたず》んでいると、係長は顔をあげて蕩けそうな声で言った。

「頑張るキミには福利厚生もあるで」

「福利厚生」

惟朔が繰り返すと、係長は得意げに頷いてみせた。

「牛乳と菓子パン。早いもん勝ちやけど菓子パンは好きなんが選べるしな。それに休憩が全部で一時間。十時から三十分、午前三時から三十分。パンと牛乳は十時の休憩のときにやるわ。うちのええとこはな、休憩時間も時給は払ってあげられるちうこっちゃ。どや。この気《き》っ風《ぷ》のよさ」

どや、と迫られても、牛乳と菓子パンが福利厚生では失笑するしかないし、まだ気持ちの準備ができない。十五時間労働はあんまりだと思う一方で、合計で七千二百円になる時給は魅力だ。惟朔はニコ中の顔を窺った。ニコ中が口を開く前に係長が言った。

「あんたは、要らん」

いきなりである。惟朔はニコ中と係長の顔を交互に見た。係長はボールペンでニコ中を指し示し、惟朔に言った。

「こいつは、あかん。こないだ、もう二度とくるな、言うたったんや」

惟朔からニコ中に視線をうつす。ボールペンを指揮棒のように振りまわす。

「せやけど懲《こ》りんやっちゃな、おまえも。あかん、言うたやろ。ええか。おまえを雇うアホは、この日本にはおらん。すくなくとも関西にはおらんで」

ニコ中に代わって惟朔が訊いた。

「なぜですか」

「さぼり癖がひどすぎる」

「そんなさぼる人じゃないですけど」

「ふん。このクズはな、暇さえあると、いや暇があろうがなかろうが、四六時中、隠れてタバコ、喫っとる」

それは仕方がないと口ばしりかけたが、結局は口を噤《つぐ》んだ。ニコチン中毒であるなどとあかしてしまえばよけいに立場が悪くなるだけだ。

ニコ中は俯《うつむ》いて口をすぼめ、泣きそうな顔をしている。顎には梅干しの種のような皺ができていて、悲しそうな猿に見えた。どうにかしなければ。惟朔は声をあげようとした。痰《たん》が絡んだ。咳払いをした。係長に詰めよった。

「俺が監督します。だから、なんとかお願いします」

言ってから、目上の者に監督するという言い種《ぐさ》はないと反省し、素早くニコ中の顔色を窺った。ところがニコ中は縋《すが》りつくような眼差しを惟朔にむけたのだった。

「あかんちゅうたら、あかん。このアホは節操がない。どこでも隠れて喫いよるさかいにな。うちでタバコが喫えるのは休憩室だけなんや。引火物も扱こうてるで、万が一、火でもでたら、誰が責任をもつねん」

「ニコ中さん。我慢できますよね」

すると係長が聞き咎《とが》めた。

「ニコ中」

「あ」

「ニコ中、か。ええお名前や」

しまった、と惟朔は顔を顰《しか》めた。ニコ中が雇ってもらえないなら、自分もここを立ち去ろうと肚《はら》を決めた。

「しゃーない。わかった。二人とも朝八時までな」

係長がボールペンをつきだした。気持ちが変化した理由がわからず、惟朔は小首をかしげた。就業簿の今日の日付のところにサインをしろと係長が迫る。惟朔はボールペンを受けとって自分はサインせずにニコ中にわたした。サインさえしてしまえば、こっちのものだと考えたのだ。震える手でサインするニコ中にむかって係長が釘をさした。

「おまえ、現場の責任者にきつう言うとくからな。隠れて喫うてるとこ見つけたら、その時点で即退場やで。給料も払わんぞ」

「もう、喫いません。喫いませんから。よろしくお願いします」

「ふん。喫いませんからすいません、か。吉本並みやな」

サインをしながら惟朔が愛想笑いをかえすと、係長は思いのほか好意的な眼差しをかえしてきた。惟朔は係長にボールペンをもどしながら、ニコ中に笑いかける。どうやらニコ中もパイプも世の中ではまったく通用しないタイプで、威張れるのは京大西寮のなかだけらしい。

鉄階段をおりて、現場にむかう。事務所は来訪者がある手前、それなりに体裁をかまっていたが、工場内は唖然とするくらいに薄汚かった。

見渡すと、十数台のメカニカルプレスや油圧プレス、さらにホーニング盤、タレット旋盤といった工作機器が並び、いちばん奥に白っぽい緑色に塗られた自動旋盤が設置されているが、紛然としていて規則性が全くない。なし崩しに機械が増えていってしまったという印象だ。

それらの外枠を囲むようにコンベアが設置されていて、大まかな形状に成形された製品が流れていき、場合によってはスピニングにかけられ、さらにはパートと思われるおばちゃんらの手で付属するパーツなどが取り付けられ、検品にまわるという寸法だ。

床は機械油が層をなして黒く沈みこみ、一歩踏み出すと、ねっとり粘った。滑るのではないかと身構えていたので、軽い肩透かしの気分だが、油脂があふれているにもかかわらず滑らないということは、いかに工場内に金属粉などを主体とした埃が多いかということである。

だが、なによりも惟朔が呆れたのは工場内に剝きだしで設置されたトイレであった。

いや、トイレの定義が、便器があって大小の用が足せる場所であるとするならば、これはトイレではない。立ち小便のためのただの小便場である。

なにしろ工場入り口の右側のコンクリート壁面下部にドリルであけたかのような歪んだ穴が穿《うが》ってあり、そこに直接、用を足すようになっているのだ。

穴は三箇所に雑然と穿たれていて、周辺は床も含めて跳ねた尿で黒く汚れている。しかもその中心部は尿の成分が薄黄色に堆積しているのだ。おそらく尿が石化している。鼻に刺さる小便臭のせいで、そこが小用を足す場所であることがわかったともいえる。

呆気にとられて小便場を見つめていると、五時を知らせるチャイムが鳴り、メカニカルプレスにとりついていた工員たちがぞろぞろと動きはじめた。先を争って小便場にむかう一団があり、並んで放尿をしはじめた。穿たれた穴はあくまでも三箇所であるが、七人ばかり並んでいる。工場と小便場には隔壁に類するものは一切ない。工員たちは皆、申し合わせたように口を半開きにして、虚脱の表情だ。惟朔は口をすぼめて大量の小便がコンクリの壁を叩く音を聴いた。

「はい。バイトは整列」

間の抜けた声を聴いた。おおかた班長といった立場だろう、まだ若さの残る男が惟朔たちを呼び寄せた。

「正社員は休憩でもコンベアはまわすから、あんたらは即座に作業にかかる。ええな。まず、おまえ」

くいっと中指で手招きして、配置を決めていく。ニコ中に対しては、なぜおまえがここにいるのかという眼差しで一瞥したが、それでも経験者ということでなにやら作業が指示された。アルバイトは十五名といったところで、手持ちぶさたをもてあましていると最後のほうになって惟朔が呼び寄せられた。

「自分、はじめてやろ」

「はい」

「じゃ、検査な」

「検査ですか」

「そう。検査。検品。ええか、これ。これもってラインのいちばん最後にいけ」

手渡されたのはバネ秤《ばかり》というのだろうか、長さ三十センチほどの金属の筒にバネが仕込まれていて、先端にフックがあり、そのフックに物を引っかけて重量を量るようにできている秤である。惟朔はフックに指をかけて引っぱりながら何気なく目盛りを読んだ。七キロまで量れるようだ。

「おばちゃん、手順教えたって」

班長は大声で指示し、あっさり踵《きびす》を返してしまった。惟朔はコンベアのいちばん最後に行き、でっぷりと太ったおばちゃんに頭をさげた。

「どんどん流れてくるで」

「はあ」

「これ、こうして、ここに引っかける」

「あ、これですか」

「そう。で、思い切り引く。ちゃんと七キロの荷重をかけるんやで。ジャキーンてな。手ェ抜くと、すぐにクレームがくるさかいに、手ェも気ィも抜いたらあかん。ちゃんと引っぱったら、ここに重ねていく」

「これになんの意味があるんですか」

「意味ときたか。リベット止めやろ」

「あ、はい」

「不完全に止まってると、外れるやんか」

「あ、なるほど。七キロの力で引っぱるわけですもんね」

「うーん、ボクはお利口やね。あたりまえのことやけど、外れたやつは不良や。どっかにのけとくんやで。じゃ、気張りぃや」

肩をぐるぐるまわしながら、おばちゃんは大儀そうに離れていってしまった。惟朔はおばちゃんの鼻の下に立派な髭《ひげ》が生えていたことを思い返しながら、バネ秤を警棒のようにもって気を抜いて佇んでいた。

やがてコンベア上を白けた色をしたアルミニウム製と思われる底の深い鍋状の製品が流れてきた。彼方のメカニカルプレスで成形されたものがホーニングや簡単な研磨を受けたりしながら工場内をほぼ一周し、惟朔のところに辿《たど》り着くのである。いまはプレスが止まっているので、途中にストックされた製品を班長が気まぐれな手つきでコンベアの上に載せている。

その鍋が電気釜の中身であることは、惟朔にも察しがついた。鍋底には縦横五センチほどの、ほぼ正方形をした脚付きの部品が極小のリベットで四箇所、留められている。その部品の用途は判然としないが、バネ秤のフックを隙間に引っかける。あとは引っぱるだけである。

ジャッキーン。

バネ秤のバネが伸びきってストッパーにあたり、威勢のよい金属音が響いた。班長は片手を作業ズボンのポケットに突っこんで、じつに投げ遣りな仕事ぶりである。だから電気釜の中身は規則正しく送られてくるわけではなく、しかも間遠である。ぽかりと不規則に間があいてしまい、しかし会話を交わす相手もなく、無聊《ぶりよう》をもてあまして漠然と黒いコンベアを眺めやる。

「こんな作業で時給四百四十円かよ」

呟いて、はしゃいだ声をつくって付け加える。

「十時以降は五百円だもんね、恐るべし」

楽なのはいいが、時間がたって眠くならないかが心配であった。なにしろ徹夜作業である。十五時間労働である。その間、ひたすらバネ秤を引くというのも人をバカにした作業だ。惟朔は早くも欠伸を洩らした。目尻ににじんだ涙を小指の先でこする。まだ始めたばかりだというのに、爪先から倦怠《けんたい》が這い昇る。

三十分ほどたった。休憩を終えた社員たちが残業に対する呪いの言葉を吐きながら、現場にもどってきた。班長は持ち場を担当の工員にかわり、最奥にある自動旋盤にとりついた。白っぽい緑色をした巨大な塊の自動旋盤がこの工場で最も高価な機械であることは惟朔にも見てとれた。班長はなにをつくるのだろうか。俺も、もう少し創造的な仕事をしたいものだ。そんなことを思っているうちに、ラインが常態に復した。工場は轟音を取りもどし、熱気が充ち、軋みがあふれ、金属の灼ける匂いが鼻腔に刺さり、その隙間に電気の香りが紛れこんで、ふと追憶に似た奇妙な懐かしさに取り込まれ、しかし手を休めるわけにはいかない。電気釜の中身はみっしりと重なりあうようにして整列し、間断なく流れてきて、ああモダン・タイムスだと自嘲気味に笑ってみるが、バネ秤を引く腕が小刻みに痙攣《けいれん》しはじめ、唾が嫌らしく粘りだすころには、笑顔など泛べている余地がなくなって、口が閉じなくなっていた。

ジャッキーン。ジャッキーン。ジャッキーン。ジャッキーン。ジャッキーン。ジャッキーン。ジャッキーン。ジャッキーン。ジャッキーン。ジャッキーン。ジャッキーン。

ジャッキーン――。

惟朔は目眩く永遠のなかに在《あ》った。胸の裡でかろうじてインフェルノと呟く。その間もひたすらバネ秤を引き続ける。神は信じていないが、キリスト教カトリックの洗礼を受けている惟朔である。ここが紛うかたなき地獄であることを悟っていた。ちゃちではある。けれどちゃちだから居たたまれなさが増幅されるのだ。しかも、なによりも地獄が恐ろしいのは、罰責《ばつせき》が永劫《えいごう》に続くからだ。永遠ほど嫌らしく不気味なものはない。たかだか七キログラム、されど七キログラム、永遠の七キログラム。惟朔は筋肉が強張り、神経がささくれだって用を為さなくなった右腕を見限って、左腕にバネ秤を持ち替えた。ところが左腕はたいして時間もたたぬうちにだらしなく音をあげて、ひとまわり腫れあがった右手にバネ秤をもどすしかなかった。惟朔は十五時間の永遠を想って、打ちひしがれていた。顔が歪んでいた。けれどそれは笑顔にごく近い歪みで、彼方から様子を窺ったニコ中は、惟朔にむけて愛想よく頷きかえしただけであった。

どれくらいの時間がたっただろうか。検品を終えた製品が惟朔の立っている場所にまで充ちてきて、身動きがとれなくなってきた。不良品がないわけではない。けれどリベットが剝がれてだらしなく捲れあがるのは千個に一個といったところだろう。金属鋲《びよう》で留めているのである。バネ秤で引っぱって外れるようなものがたくさん出現するはずもない。惟朔は千個に一個のクズのために全精力を傾注させられて、荷重七キログラムのバネ秤を引く。

「おーい、あの、すいません、おーい」

我ながら間抜けでみじめな声だと自嘲しつつ、ようやく自動旋盤から離れた班長を呼んだ。なぜか班長は惟朔の声に気付くと、目を剝いた。

「なに、してるんや」

「え」

「おまえ、ずっと引いとったんか」

「はあ」

「アホ」

「と言われても」

「おばちゃんはどないした」

「知りません」

「おばちゃん連合、いちどもきぃひんやったか」

「きません」

班長は腕時計を一瞥した。

「おまえ、アホ、もう九時十五分になるで」

「四時間以上引いてるのかよ、クソ」

茫然と啞然の入り交じった雑な口調で嘆くと、もう少し引いていろと言い残して班長が消えた。惟朔は検品の責務を放棄した。フックをかけはするが、バネ秤を最後まで引くことはない。ジャキ、でお終いである。ふてくされた顔でそれを五分ほども続けていると、班長が三人のおばちゃんを連れてラインにもどってきた。

「あら、堪忍え」

「エラいねえ、ボク」

「そこまで頑張れるんやから、将来、ええことあるで」

おばちゃんたちは惟朔に露骨な愛想笑いを浴びせかけ、しかも口々に小馬鹿にした調子で言い、その手にしたバネ秤で電気釜の中身を引っぱりはじめた。惟朔はバネ秤を投げ棄てて班長に迫った。

「どういうことですか」

「どうもこうもあるかい。このババアども、自分に全部押しつけて、ずっとさぼっとったんや」

「だって、その、四時間以上ですよ」

するとおばちゃんたちは口を揃えて居直ったのである。

「そやし、あやまっとるやんか」

「そや。あやまっとるやんか。ごちゃごちゃ言わんとき」

「いやや。四時間なんて、大げさやわ。あんたら、悪意を感じるで」

班長は床に唾を吐いたが、惟朔は泣き笑いの顔で細く頼りない息を吐くばかりである。おばちゃんたちの作業は、呆れるほどの手抜きで、バネ秤の音は、ジャ、としか聴こえない。三人がかりで無駄話をしながら、それぞれがせいぜい五百グラム程度の荷重しかかけていないのだ。

十時十五分前になった。おばちゃんたちは揃ってバネ秤で肩を叩きはじめた。なにをさぼってやがる、と惟朔は険しい眼差しをつくって睨みつける。惟朔の視線に気付いたおばちゃんたちは、とたんに口々に姦《かしま》しい声をあげる。

「あら、いやや。ちょいとボク、うちに気ぃあるんか」

「いい男やわ。きりっとした目つきがたまらんわぁ」

「ねえ、兄ちゃん、ええ感じ」

「膣の先が疼《うず》くわぁ」

「子宮の奥やろ」

「うちはな、膣の先やねん。膣先が疼く」

「それって入り口ちゅうことやろ」

「そうや。どっちかいうたら、おそその奥より外側や。あんたら、ほんまのとこ、どうやねん」

「森藤さんも露骨なんやから。なんやったら、この子、借りてけば」

「ほんで兄ちゃん、朝までやんの」

「朝までて、ボク、あれのことやないで。仕事や、仕事。作業や、作業」

憤りは尋常ではない。けれど悲しいことに作業をする手は止まらない。おばちゃんたちがさぼっているので、手を休めればライン上を流れる製品が床に落下してしまって収拾がつかなくなることもあるが、そうでなくても性格的なもので、律儀に秤を引っぱり続けるだろう。

「怖いなあ、兄ちゃん」

「目つきわる。三白眼や。あれこれ繕うても育ちは隠せへんわ」

「ボクな、それはないやろ。朝までやんのかって訊いとるだけやんか」

「——やりますけど」

「そうか。気張りいや。うちらは、時間や」

「時間て、まだ十時前じゃないですか」

「いややな、兄ちゃん。あたいらレディーやで。いろいろあるやんか」

「身支度、身支度」

「男とな、女は根本的に違うんや。覚えときや。根本的」

「うーん、メンスがきついわ。わからんやろな、女のつらさ」

「兄ちゃん、女は労《いたわ》ってあげな、あかんよ。男は優しさや」

「ふふふ、兄ちゃんは優しさやのうてな、ザーメンの濃さやて言うてはったで。な、兄ちゃん。ほな、さいなら」

相手が男だったら殴りかかっていた。惟朔はかろうじておばちゃんたちを見ないようにして、奥歯を嚙みしめ、作業を続行した。

「兄ちゃん、兄ちゃん」

まだいたのか。無視する。

「兄ちゃんてば。とんがってんといて。アドバイスしたるさかいに、ちょっと聞きぃな」

惟朔は無視しきれずに、声だけかえす。

「なんですか」

「ちっとは瞬《まばた》きせえや」

「そないに目ぇ、剝いとったら、疲れるやろが。ちっちゃい目ん玉、床に落とすで」

「目ん玉ならええけどな、きんたま、どこかに忘れてきたんやないのか。くっさーいきんたま」

嘲《あざけ》りの口調で言うと、おばちゃんたちはバネ秤を惟朔が傍らに積みあげた検査済みのお釜のなかに抛りこんだ。嫌がらせである。バネ秤をいれられたおかげで、惟朔は新たな場所をつくって、検査したお釜を腰をかがめて積みあげていかなければならない。

ゆるみ、たるんだ軀を揺すりゆすりしながら、おばちゃんたちが消えた。作業の手を休めるわけにはいかないから、怒りも持続しない。苛立ちに諦めがまざる。足許からしんしん冷えるのがたまらない。バネ秤を引きながら、登戸の阿部のところで拾い読みしたカミュの不条理という言葉を反芻《はんすう》した。いまの情況にもっとも似合うのは、理不尽という言葉であると結論した。だからといって不条理も理不尽も解決するわけではない。

あと十分、あと五分、あと三分、あと一分——。

十時を報せるチャイムが鳴り、ラインが停止したとたんに惟朔はバネ秤を投げだし、無になって駆けた。あの工場入り口右側、コンクリート壁面下部に穿たれた歪んだ穴にむかって放尿し、胴震いし、虚脱した。その姿は五時のチャイムと同時に駆け寄った工員たちとなんら変わるところがない。

小便をして雫《しずく》を切り、息をついた。饐《す》えた尿と、尿の固化した堆積物の匂いが鼻に刺さる。奇妙なもので、その腐りかけのハムのような匂いを感じたとたんに、内側で甦るものがあった。コンベアの無機よりも、汚物の匂いか。

その場から無意識のうちに数歩さがり、さらに脇によける。小便の匂いと微妙な熱から離れたくないのである。順番を待っていた正社員と思われる男が軽く前傾して派手に放尿の音をたてはじめた。ぢんぢんと痺《しび》れる眼球を、惟朔は陰茎を触ったばかりの手で指圧した。男はまだ小便をしている。派手な水音が続く。

指圧する手を止めた。

何気なく見た。

男の右手親指と人差指が途中からない。

錯覚ではなかった。男は黒ずんだ陰茎を左手だけで扱い、右手はだらりと脇にさげている。

惟朔は悟った。見せつけているのだ。妙に白い引き攣れの目立つ、欠損した指の残滓を、惟朔にあえて見せている。指の切断面はゆで卵のような楕円である。

「なんや、兄ちゃん」

「はあ」

「ちんちん見たいんか」

惟朔は素早く思案した。見てはいけないものを見てしまったとき、あるいは見せられたときに、もっともまずい反応の仕方は、それに触れずにごまかすことだ。

「ちんちんもぶっとくて凄いですけど、その指も」

「凄いか」

「はい」

左手だけで器用に陰茎をしまいながら、男は惟朔の顔に視線を据えた。

「どう、凄い」

「小指ならともかく、親指と人差指だから」

「哀れなもんやろ」

「哀れって感じはしませんけど」

「ふん。ま、名誉の負傷やからな」

背後で小刻みに足踏みをしながら小便の順番を待っている者がいるにもかかわらず、男は場所を譲らずに平然と喋っている。だが文句を言う者はいない。背後の男たちは、奇妙な、迎合の笑いを泛べるのみである。惟朔が目で背後で待つ男たちを示すと、男は鷹揚《おうよう》に頷き、その場を離れた。

「おまえ、バイトやろ」

「はい。今日からです」

「すこいツラしとる」

「すこい、とは」

「自分、出身はどこや」

「東京です」

とたんに男の顔に投げだすような軽蔑がはしった。

「すこいは、狡《ずる》い」

「はあ」

「狡いだけでなくてな、素早いんや、すこいちゅうのは」

惟朔は破顔した。

「アホ。褒めたわけちゃうぞ」

「はい」

ほんとうにすこいなら、おばちゃんたちにいいようにあしらわれるわけがない。すこいのではなく、間抜けなのだ、と自嘲した。男に促されて、小便場から離れた。歩きながら左手で、無意識のうちに痺れる右手全体を上から下にむかって圧迫していた。

「新入りは、なにした」

「作業ですか。検査、検品ていうんですか」

「やわなやっちゃな」

「パートのおばちゃんたちがさぼりやがったので。五時から九時過ぎまで一人でした」

すると男は盛りあがった肩を揺らせて笑いだした。あわせて惟朔も苦笑した。すると男は唐突に笑いをおさめ、いきなり惟朔の右腕を摑《つか》んだ。

「なんですか」

「三里。腕三里。どうだ」

惟朔は答える前に天を仰いで口を半開きにし、身をよじって恍惚の吐息をついていた。

「なんや、艶色っぽい声だして」

「たまりません」

「そうやろ。ツボの王様や」

快感である。射精の快感などとはまた違って、ぢりぢりじわりと沁みいる。痛みにごく近いのだが、指圧された部分から波状に痺れが疾《はし》っていき、その拡散の心地よさに思わず切ない呻きが洩れてしまう。三里に力を加えられるたびに中指が意思と無関係に上に反り返る。他人の指のようでふしぎだ。

「ババアども、とことん根性悪《こんじょわる》やからな。けどな、舐められたおまえも悪い」

言いながら男は惟朔の右腕全体を左手だけで器用にマッサージしてくれ、その合間に伊勢《いせ》と名乗った。惟朔は若干思案して苗字ではなく名を口にした。吉川と名乗っても名を知れば皆、惟朔と呼んでくるからだ。

揉まれる惟朔をニコ中が見守っていたが、伊勢が眼付けすると、臆した顔つきで逃げだした。そんなニコ中の姿を眼の端で捉えて、惟朔は失笑した。プロレタリアなどと大仰なことを口ばしって高みから見おろすわりに、実際にプロレタリアに向かいあえばおろおろするばかりである。

おそらくニコ中やパイプにとってプロレタリアというのは、まさにカタカナで書きあらわされるべきもので、こうして指のない工員を前にすれば狼狽し、どう対処していいかわからなくなってしまうのだ。あるいは本物のプロレタリアには口喧嘩が通用しないことを直観的に悟って、逃げるにしくはないと姿をくらましてしまう。

「惟朔。はよパンと牛乳、取ってこい。こすい奴がどさくさで二個三個取りよるから、はよせんとなくなるぞ」

「あ、いいですよ。俺は伊勢さんといいます」

真顔で取りいる惟朔である。しかし伊勢が顎をしゃくったので、軽く一礼してその場を離れ、ニコ中が立ち去ったほうに小走りに駆けた。控え室のテーブルの上に牛乳箱とパン箱が並べてあったが、メロンパンばかりが四つ残っているだけで惟朔は舌打ちをした。牛乳とパンをもってもどると案の定、同じところに伊勢が立っていた。

「よし。惟朔。パンと牛乳はポッケに入れとけ。三時の休憩のときに、みんなに見せびらかして食うたらええ。ちょいと出よう」

休憩は三十分間にすぎない。しかし惟朔は黙っていた。伊勢はアルバイトを統括している班長を指のない手で雑に手招きし、飯を食いにいくと告げた。ガキも連れてくと付け加える。

「ええけど伊勢さん、バイトに酒飲ませんといてや」

抜け目なく、あえて行ってきていいでしょうかと班長に尋ねる惟朔であった。班長はおばちゃん連中にひどいめにあったことを知っているから、ニヤリと笑って、惟朔の肩を叩いた。

吐く息が白いことを意識しながら連れていかれたのは工場から五分ほどのところにあるお好み焼き屋だった。傘の雫を雑に振り落とし、軋む引き戸を伊勢が足も使って雑にひらく。とたんに熱と油脂の香りがじわりと惟朔にぶつかってきた。肌がゆるみ、心が溶けていく。

ちいさくて、汚くて、しかも薄暗い。油煙が室内全体にこびりついて脂色《やにいろ》に変色している。壁面にはそれが樹液のように垂れさがっているところもある。換気扇など真っ黒の油脂と埃をまとい、原型を喪っている。

頭上から弱々しい光を投げる裸電球のもとで、地元の男女が黒光りする鉄板の上で爆ぜる音をたてているお好み焼きを黙って見つめていた。鉄板は男女の席の他にはもうひとつしかない。あとは店のおばちゃんが奥で焼くようだ。惟朔は伊勢に教わった三里のツボをぐりぐりと押しながら、泡立ち爆ぜるソースの焦げた香りに気も狂わんばかりの食欲を覚えた。

「ここな、わしの好い場や」

「すいば」

男は繰り返す惟朔を無視して、がなり声をあげた。

「おばちゃん。スジふたつや。あとビールもな」

顔だけむけて、問いかけてくる。

「惟朔、スジでええやろ」

スジがなんであるかわからないが、惟朔は大きく頷いた。伊勢は思いついたように焼きそばも頼んだ。それから腰をかがめ、軀をよじって器用に左手で鉄板のガスに点火する。たいがいの道具が右利き用にできているのだろうと納得した。店のおばちゃんが勝手に火をいじるなと叱ったが、伊勢は無視して言う。

「ここんちはな、辛ソースがあるんや」

「辛いソースですか」

「そや。辛ソース。最近は妙に甘くなっちまってあかん。お好み焼きときたら辛ソースやろ」

口にしたこともないくせに惟朔は大げさに同意する。伊勢は嬉しそうに付け加えた。

「それにな、油かすな。もう、たまらんわ」

油の搾り滓かなにかだろうか。惟朔は天かすのようなものを思い浮かべたが、天かすはお好み焼きに必須ではないか。惟朔の育った都下昭島の駄菓子屋の奥の文字焼き《もんじゃやき》屋のお好み焼きには、揚げ玉が散っていたような記憶がある。しかし惟朔は、それには触れずに文字焼きのことを口にした。

「東京の田舎では、駄菓子屋の奥の鉄板で、おばちゃんが醬油味のする種《たね》でいろはを書いてくれるんですよ。俺は鉄人の顔とか描いてましたけど」

ビールが運ばれてきた。惟朔は遠慮なく注いでもらい、喉を鳴らした。ぬるかったが、それでも沁みた。伊勢も喉仏をぐりぐりさせて飲み干した。こんどは惟朔が注いでやった。さらに自分のコップにも注ぐ。伊勢が泡を舐めなめしながら言った。

「東京の田舎って、どこや」

「昭島っていうんですけど」

「知らんわ」

「川岸からでっかい鯨の化石が出てくるようなとこですよ」

「鯨の化石やて」

「はい。貝の化石とかなら、俺も見つけました」

「辺鄙《へんぴ》なとこなんやな」

「かなり。原っぱばかりです」

米軍基地のことを口にすると、話が複雑になっていくので黙っておくことにした。伊勢が甲斐甲斐しい手つきで鉄板に油を塗っていく。左手だけで何不自由なくこなせてしまうのだ。惟朔は鉄板のうえで熱せられて控えめに小躍りする油の様子を見つめながら、尋ねた。

「伊勢さんは左利きですか」

「アホ吐《ぬ》かせ、右や」

「でも、器用ですね」

「必要は発明の母。違うか」

「ちょっと違うんじゃないですか。でも、言いたいことはわかりますけど」

「訊かへんのか」

「なにを、ですか」

「わしの指」

「名誉の負傷と言ってたけど」

「ああ。仕事でつぶしたんや」

「つぶした——」

伊勢は笑った。寂しいようでもあり、投げ遣りでもあり、諦めきって俯いているようでもある、そんな笑いだった。惟朔は小声で訊いた。

「プレスとか、ですか」

「そう。まだ安全装置が不完全な時代や。残業残業で疲れ果ててたんやろな。前後のことは覚えとらん。気がついたら右手から親指と人差指が消えとって、わしは尻餅をついて血を啜っとった。けど、あふれる血は際限なくて、ほんま、噎《む》せそうやった。で、駆けつけた奴がプレスをとめたら金型のあいだからノシイカみたいにぺらぺらになった指が出てきよったわ」

自嘲気味な笑いのまま、伊勢は惟朔の顔を見つめ、眉根を寄せた。

「なんや、おまえ。ひょっとして涙ぐんでるのか」

「まさか」

「ふん。妙な奴っちゃ」

惟朔は瞳を潤ませてしまったことに羞恥を覚え、削り節や青海苔の入ったステンレスの容器に視線をやった。削り節、青海苔、相互に侵略しあって、なかばまぜこぜになって茶色と緑のグラデーションができている。その雑さ加減が心地よい。円筒形をしたプラスチックの容器に紅ショウガが山盛りだ。赤に黒。小蠅がたかっている。軽くつついたが、寒いのだろう、動きが鈍い。その指を刷毛《はけ》が突っこまれているソースのなかに挿しいれる。粘りはない。そっと舐めてみる。はじめは甘く感じられたが、なるほど、しばらくしたらひりひり熱くなってきた。これを加減せずに大量にかけたら、凄いことになりそうだ。おばちゃんが大儀そうに傷とへこみの目立つアルマイトのカップを二個、運んできた。伊勢が顎をしゃくる。

「ええか。人生は刺激や。まず、その紅ショウガを加減せずにぶち込む。それから、とことん混ぜる。いいな」

「はい」

紅ショウガの酢の匂いに唾が湧く。ちょっとやりすぎかとも思ったが、いわれたとおりに加減せずにぶち込む。ひん曲がった匙《さじ》を突き立てるようにして、お好み焼きの種を混ぜる。キャベツのあいだに垣間見える艶やかで半透明をした褐色がどうやらスジらしい。伊勢のぶんも混ぜて、尋ねる。

「スジって、なんのスジですか」

「牛スジや。アキレス腱かどこかやろか。東京にはあらへんか」

「はい。うちなんてすき焼きだって豚肉だったし」

「肉いうたら牛やろ、牛」

「贅沢ですよ」

「贅沢もなにも関西は肉いうたら牛なんや。で、魚は河豚《ふぐ》。わしはそれ以外、食わへん。覚えとけ」

河豚はどうかと思ったが惟朔は頷き、伊勢の指図に従ってお好み焼きを手早く鉄板に落とした。熱せられすぎて油膜が切れた鉄板のうえでお好み焼きの種が身悶えをする。一息に焼ける匂いが立ち昇り、食慾を刺激する。伊勢が軀を折り曲げて火加減をするのを見やりながら、素早くコテを使う。かたちを整えていく。コテと鉄板がぶつかり、こすれあう金属音が心地よい。

惟朔はことさら力をこめてコテを使い、音をたてた。けれど鉄板が熱いせいか、金属音はあくまでも控えめで、それが逆に静けさを強調する。焦げる香りだけがどんどん増していく。酸っぱく、甘く、苦く、香ばしく、しかも刺さる。匂いの坩堝だ。

背後でいきなり女が男を罵倒した。伊勢と惟朔は顔を見合わせる。ほぼ同時に肩をすくめる。不実を詰《なじ》る甲高い声はやまない。男が泣き声で女の機嫌をとりはじめた。そこに店のおばちゃんがバサバサと新聞をめくるわざとらしい音がかぶさった。静穏だった匂いの帝国は、騒乱状態だ。伊勢が残存しているほうの人差指を耳の穴に挿しいれ、掻きまわすようにしながら顔を顰め、コテを扱う手つきがいいと褒める。小学校のころから学校に行かずにこんなことばかりしていたと惟朔は苦笑をかえす。男女の鉄板のうえのお好み焼きは炭化しはじめているようだ。

＊

たいした酔いではないが、ビールを飲んでしまったのだ。これから翌朝八時までバネ秤を引くことを思うと、このまま逃亡してしまいたい。お好み焼きの店をでたとたんに惟朔は溜息がとまらなくなった。

「なんや」

「工場にもどったら、俺は朝までバネ秤を引くんですよね」

「そやな」

「なんとかなりませんかね」

伊勢は工場内でけっこう威張っているようである。権力もありそうだ。だから縋る眼差しをむける。しかし伊勢は冷たく首を左右にふった。

「仕事いうもんはな、仕える事と書いて仕事や。お仕えする事が仕事。おまえは死ぬまでぎちぎちバネ引いて、汗にまみれ、涙にまみれて朽ち果てていくんや」

仕える事と書いて仕事——。こういう具合にしたり顔で諭されるのが惟朔は大嫌いだ。バネ秤を機械的に引き続けることが、お仕えする事であり、仕事なのか。お仕えするならば、もう少しましなものにお仕えしたい。まさか伊勢の口からこんな科白が飛びだすとは思っていなかったから、どうしても眼差しが険しくなる。伊勢は惟朔の視線を受けて、瘤《こぶ》のように盛りあがった肩を揺らせて笑いだした。

「真顔になるんやないて。これから先はコンベヤは動かん」

コンベアではなく、コンベヤと聞こえた。惟朔は素早く合わせて言った。

「コンベヤ、動かないんですか」

「動かん。動かしたくても人がたらん。朝までは雑用や。やることはいろいろあるけど、ま、適当に手ぇ抜けるやろ」

「伊勢さんは、これからなんの作業をするんですか」

「アホ。わしのような熟練工が朝までちまちま働くかい。今日はもうあがりや。おまえを京南に送りとどけて帰って糞して寝る」

言葉どおり伊勢は惟朔を班長のところまで連れていくと、惟朔の礼の言葉を背に、あっさりと立ち去ってしまった。

「おまえ、飲んだやろ」

「すこしだけ。おっかなくて断りきれなかったんですよ」

頰を程よい色に染めて平然と嘘をつく惟朔である。班長は伊勢の立ち去ったほうを一《いち》瞥《べつ》して舌打ちする。

「しょうもない。伊勢さん、ぜんぜんノルマこなせてへんのに帰ってもうたわ」

けっきょくは自分がやらなくてはならないと愚痴を言い、惟朔の目の色を窺うようにして呟く。

「京南ちゅう会社はプレスで指、落とした奴が威張りくさってやがるわけやけど、伊勢さんは二本まとめてやから王様や。けど、それこそがガンなんや。悪しき伝統ちゅうやっちゃ。指は指。仕事は仕事。なし崩しはあかんて。そう思わんか」

「そうですね」

短く同意して、声を抑えて尋ねる。

「ほかにも指を落としちゃった人がいるんですか」

「ああ。おるよ。ついこのあいだまでの機械は異物が入っても、委細かまわず、ぐわっしゃん——。ときどき思い出したように、指つぶしよる。いまは安全装置が働くようになったから、よほど運が悪ないかぎり、まあ、けど、その、安全ちゅうても所詮は後付やからなあ。微妙なもんやけど」

口ぶりからすると、いまでも指を落としている者がいそうな感じがした。班長はさりげなく周囲を窺うと、惟朔の耳許に顔を近づけて囁いた。

「会社が会社やから傷害保険とかにはいっとらんのやね。そやから見舞金は微々たるもんで、かわりに、指を落とした者には、終身雇用を保障するいうわけやけど」

「凄い話ですね」

「まあな。しかも終身雇用とかいうても、指をつぶした奴が勝手に信じこんどるちゅうことだけで、明文化されたもんやない。わかるか、明文化」

「なんとなく。とにかく終身雇用が保障されてるわけじゃない」

班長は頷くと、思案顔になった。

「おまえ、遅れてもどったから、鍍金しか残っとらんわ」

「ときん」

「ああ。検品に鍍金。運の悪いやっちゃ。仕方がない。辛抱しいや。途中で適当に救いだしてやるさかい」

訳のわからぬままに、ときん、ときん、と胸の裡で繰り返して行くうちに、歩の駒がひっくりかえるところが脳裏をかすめ、施設に収容されていたときに将棋が流行ったこと、そのときに惟朔も駒の動かし方を覚えたが、あまりに弱いので、誰も相手にしてくれなくなってしまったことなどが、懐かしく思い出された。

「と金《きん》、と金、ときたもんだ」

惟朔の将棋は、徹底した思考放棄から成り立っていた。手を読むなどということとは完全に無縁であって、目先の気分でいい加減に駒を動かすのみだった。

それでも初めのうちは、なにも考えていない惟朔に翻弄される友人もいるにはいた。けれなまじ定跡《じょうせき》や戦法を知っているからこそ、惟朔のでたらめに攪乱《かくらん》されたのである。けれど、やがて惟朔がほんとうに何も考えていないことが周知の事実となり、将棋に入れ込んでいる友人たちから邪慳《じゃけん》に追い払われるようになった。

もともとが付き合いから駒の動かし方を覚えたにすぎぬから、べつに相手をしてくれなくても困らなかったが、莫迦扱いされるのは少々こたえた。

それならばせめて定跡などを覚える努力をすればいいのだが、将棋に限らず、どうも決まり切った筋道を覚えることに抵抗を感じるのである。

正しい筋道を嫌い、厭《いと》う因果な性格が根底にあるということだが、自尊心との兼ねあいもあって、道を外れていくことに得意になっているようなところもあった。でたらめに駒を動かしたのに、なんとなく勝ってしまったことが幾度かあったことも惟朔を増長させていた。

なによりも父親から英才教育を受けはしたが、学校教育とはほとんど無縁に育ってしまったことが、このように極端な惟朔の性向をつくりあげたのだろう。惟朔の成長には、いつだって筋道というものが欠けていた。流れと隔たった場所で、まったく別のことに夢中になっていた。

「と金、と金、と金、と金、と金」

いったん工場から出て、首を竦めて濡れそぼったコンクリのうえを行く。泥濘《ぬかるみ》がひどいのだろう。人がすれちがえる程度の幅でコンクリートを固めた通路が設えてあるのだ。雨は多少小降りになったが、降り続いている。コップに三杯ほどのビールだが、おかげで腹のあたりが温かい。気持ちも鷹揚になっているというか、かなりルーズな状態だ。モルタル塗りの罅割《ひびわ》れた古い別棟の前に立つ。普段だったら多少は気後れし、緊張するのだが、仄《ほの》かな酔いのおかげで惟朔は平然とドアをあけた。

酔いが吹きとんだ。

室内で働いている老人から、寒いからはやくドアを閉めろと叱られた。

惟朔は躊躇《ためら》った。

換気しなくていいのだろうか。

なにしろ目をあけていられないのである。涙があふれ、ちいさく咳き込む。

「大袈裟な兄ちゃんや」

嘲笑する老人たちだが、その目頭には分厚く黄褐色をした目脂がこびりついていて、白眼が真っ赤に充血している。惟朔は眼をしばたたきながら、どうにか室内中央に据えてあるコンクリート製らしい棺桶状の黒ずんだ水槽に視線をむけた。

「なんですか、これは」

「もともとは鍍金槽や」

「ときんそう」

「メッキや、メッキ」

どうやらときんとはメッキのことらしい。もともとは、ということだから、いまはメッキに使われているわけではないようだ。惟朔は鍍金槽に充たされている透明な黄金色の液体を、顔を顰めながら一瞥した。

「いまは、なにに使ってるんですか」

「質問の多い兄ちゃんやな。いまは洗浄用の酸がはいっとる。金属洗浄用な。見とれ」

ひとりの老人が汚れた菱形の金属片を手にとった。その真ん中にあいている穴に鈎《かぎ》を引っかけ、鍍金槽のなかの液体に半分だけ浸ける。

とたんに白煙があがり、しかし老人は動じることなく鈎棒を保持して金属片を見守る。十数秒といったところだろうか。金属片を液体から引きあげると、浸かっていた部分だけが地金の青褪《あおざ》めた輝きを露わにして、頭上の蛍光灯の白けた光を鋭く反射した。

「抛っとくとこんどは酸によって錆びるさかい、製品は即座に洗浄にまわすわけや」

洗浄された金属片を目の高さにまであげて自らの顔を映し、得意そうに講釈する老人である。惟朔は溜息を呑みこみ、にじんでしまった涙を指先でこすり、ふたたびちいさく呟き込んだ。

バネ秤を用いた原始的な検品といい、プレスなどで指をつぶした者が威張っていることといい、この酸の地獄といい、途轍《とてつ》もない職場である。高給に誘われてしまったが、うまい話には裏があるのだ。とにかく今日はついていない。こんなことならメロンパンを食べて、定時に仕事にもどればよかったと密かに伊勢を恨む始末である。

それにしても信じがたいのは、ここで作業をしているのが全員、六十歳を超えていると思われる老人たちであることだった。本来ならば仕事のない老人たちに仕事を与えてやっているといえば聞こえはいいが、仕事を選択できる立場にある者であったら絶対に従事することなどないであろう酸を扱う過酷な作業に、行き場のない老人たちをあてがっているのだ。

「京南金属、大したもんだよ」

老人たちに聞こえぬように精一杯の皮肉を呟いたが、しかし他人事ではない。惟朔もこの木造モルタルの鍍金槽のある部屋でなんらかの作業に従事させられるわけである。鍍金槽に充たされた黄金色をした液体には硫酸のような強烈な刺激がある。軀は大丈夫なのだろうか。充血し、目脂にまみれた老人たちの目、そして土気色に沈み、しかも干《ひ》涸《か》らびた肌を目の当たりにすれば健康によいわけがないことは一目瞭然である。

爺さんみたいになりたくない。

それが惟朔の本音である。しかしなにもせずにここから抜け出せるとも思えない。班長は途中で適当に救いだしてやると言っていたが、そういう口約束が守られた例《ため》しがないことを惟朔は過去の経験から悲しいくらいに悟っていた。

けっきょく惟朔はローターと呼ばれる曲線で構成された正三角形のかたちをした部品を鍍金槽まで運ぶという単純な力仕事を命じられた。ローターの入った青いプラ籠はかなりの重さだ。雑に持ちあげると腰を悪くするおそれがある。

「兄ちゃん、目方、なんぼや」

「五十六キロです」

「やせっぽちやもんな」

「たくさん食うんですけどね」

「自分の体重と同じくらいの物を持ちあげにゃあかんのやから、難儀なこっちゃ」

惟朔が収容されていた施設では水曜と土曜が作業の日で、授業はなく、木工所か農場で肉体労働に従事させられていた。自分で持ちあげることは無理だが、肩に載せてもらうならば自身の体重の三倍くらいまでは運ぶことができることがわかっていたし、自分の体重と同程度までなら、腰よりも脚を使うことによって運びあげることができるということも実際の作業で体得していた。

あてがわれた分厚い革の安全手袋をはめてしゃがみこみ、プラ籠にとりついた。できうるかぎり腰を曲げぬように気を配る。重い。さすがに重い。だが、流れ作業ではない。それだけで気が楽だ。老人たちの仕事ぶりも遅々としたもので、煽《あお》られることもない。プラ籠を台車に載せて鍍金槽脇まで運び、台車を停めておくためのロックをかけて、ふたたび踏ん張ってプラ籠を降ろす。休み休みしていても文句を言う者はいないから、酸のガスで呼吸が苦しいことを除けば、悪くない作業内容だ。

「このローターというのは、なんに使うんですか」

「さあな。自動車部品らしいで。わしらはおむすび言うとる」

なるほど巨大な、錆の浮いたおむすびである。おむすびはその中心にひらいた穴に棒を差しこまれて、そっと酸のなかに浸けこまれる。その作業に従事する老人たちは腰を引いて顔をそむけ、けれど目だけは製品をきっちり見据えている。

頃合いをみておむすびを揺する。立ち昇る白煙が増す。さらに頃合いをみて、そろそろと引きあげる。鍍金槽から十数メートルほど離れたところにある洗い場に運んでいく。棒を差しこまれたままのおにぎりが洗浄台に架けられ、そこに控えている老婆たちが手にした青いビニールホースで製品に水を浴びせかける。

冷水に赤くふやけ、血のにじんだ老婆の指先を盗み見る。老婆たちはそれがガス除けにでもなると信じこんでいるのだろう、申し合わせたように風邪のときにするガーゼのマスクをしている。垢じみたマスク越しに交わされるお喋りは不明瞭にくぐもって、下卑た笑い声をより下品に感じさせる。

老人ホームかよ——。

胸の裡で呟いて、しかし暗澹とした気分になる惟朔であった。老人たちは幾時間働いているのだろう。老人たちは惟朔と同様に朝八時までこの酸の地獄で働くのだろうか。人生という言葉に実感をもたぬ惟朔であるが、それでも心の奥底でちいさく呻吟《しんぎん》した。人生とは、なにか。自分もこの老人たちのように陽の当たらぬ場所でおにぎりを酸に浸して目脂にまみれ、ときに咳き込み、そして死んでいくのだろうか。

もし、そうだとすれば、人の一生など、虫の一生となんら変わりないではないか。虫のもたぬ自尊心があるぶんだけ惨めさが増すではないか。バネ秤を引いたせいで芯に痛みの残る右腕をごまかし、ごまかししながらプラ籠を運び、完全に人生を諦めてしまったせいだろう、思いのほか気のいい老人たちと無駄話を交わす。

戦争中に中国女を犯したという老人が、「中国女には毛がないと言い張り、それはおまえが犯した女がたまたまそうであっただけで、俺が満州で抱いた女はおおむね毛深かったという毛の濃さ論争がはじまった。

凄いなあ、と惟朔は単純に感心した。老人たちの心には、犯された女に対する思いが一切欠けているのだ。

言い争いはどんどんエスカレートしていって、おまえは女の腹を裂いたことがあるのかといった血腥《ちなまぐさ》い自慢話にまで発展していってしまった。

ここまでくると、どこまでが事実なのか判然としなくなってくる。ただ腹を裂いて、そこに陰茎を挿しいれてみたことがあると言い張る老人の、女の腹のなかから大便の臭いがして難儀したというあたりには、ひょっとしたら――、というリアリティーを感じさせられた。

施設から高校に通っていた惟朔が、ときどき手伝っていた農場で、豚などを解体するときに、たしかに腸を傷つけてしまうと強烈な便臭が立ち昇ることがあった。

目脂だらけの目をして鍍金槽に向きあう老人たちは、惟朔など及びもつかぬ凄絶な人生を送ってきているらしい。

けれど、そのゴールがこの酸のプールであるとしたら、なんとも傷ましい。惨めだ。納得できない。それともこれは中国女を犯し、裂いた報いなのか。だが、当人たちが報いであるということを自覚していないのだから、罰が罰として機能していない。犯され、裂かれた女がいちばん哀れだ。

だが会ったこともない女に感情移入をすることもできない。

そんなことを漠然と思っていたときだ。洗い場の老婆がネズミ取りをもって鍍金槽に近づいた。鼻白んでしまうほどの媚《こ》びが老婆の目にあった。

ネズミ取りを受けとった老人の目に冥《くら》いよろこびが拡がった。その黄色く光る眼差しには覚えがある。学習院こと阿部の部屋に居候していた太郎が、そこの大家のおばさんを犯したときの目の色だ。

針金細工のネズミ取りのなかで、痩せたドブネズミは半狂乱だ。歯を剝いてあたりかまわず嚙み散らす。門歯というのだろうか、伸びた前歯が金属にぶつかり、こすれる音が姦しい。

老人はごくさりげなく、ひょいとネズミ取りの扉をひらいた。

ドブネズミはここぞとばかり跳びだした。ほぼ直線的に酸のプールに跳躍である。

惟朔は目を見ひらいた。

ネズミは黄金色の液体のなかで反転し、そのままわずかばかりの煙をあげて原型を喪った。同時に、いっせいに酸の液体のうえに体毛が散った。紙の上においた砂鉄を、下から磁石で動かすのに似て、ある規則性が見てとれた。その毛もじっと見守っているうちに消滅した。

「どや、兄ちゃん」

「凄いもんですねえ」

「ふふふ。ネズミだけやないで。人間かてな」

「人間」

「そう。憎たらしい奴がいたら、わしに相談してや」

「まさか」

ネズミをもってきたお婆さんがマスクをずらし、背伸びをするようにして、惟朔を諭した。

「なに言うてんの。同僚やないか」

＊

途中で適当に救いだしてやるという約束は忘れ去られ、惟朔は朝の八時まで鍍金槽のある別棟で作業に従事した。肺の奥、肺胞というのだろうか、鋭い痛みがある。もちろん喉もしわがれ、ニコ中から目脂を指摘された。呆れるほどに糸を引く目脂を、他人事のように眺めているとニコ中に促された。

人事の係長から取っ払いの日給を受けとった。金に困ったらいつでも来いと言われた。惟朔は愛想笑いをかえして、プレハブの事務所の鉄階段をおりた。

十一月四日、雨はあがったが、濃い霧に包まれた京の街だった。なかば朦朧としながら惟朔とニコ中は京大西寮にもどった。パイプの姿はなかった。その布団も消えていた。ニコ中と惟朔はそのことには一切触れずに眠りについた。

3

熟睡した。京都にやってきて、はじめて死体のように眠った。意識を喪っていたといっていい。目覚めて、息をしていることに現実感をもてない。それでも夢を見たような気もする。だが判然とせず、脳裏の幽かな色彩を手繰っているうちに記憶は霧散し、完全な灰色になった。

鍍金槽に充たされていた強酸性の液体を吸った後遺症だろう、欠伸をすると肺胞に若干の痛みがあるが、よく寝たので気分は悪くない。惟朔は頬に押し当てられているニコ中の足を邪慳にはらった。

「いい加減にしてくださいよ、足で揺り起こすのは」

「ふふふ。おぱようございまぴ」

「はい。おはようございました」

「お、かえしましたね。当たり前すぎていまいちだけど」

「そうかもしれませんけど、意地でもぱぴぷぺぽだけは遣いたくないですね」

なんとも他愛のない遣り取りである。ニコ中の足指の股にたまった垢の臭いには閉口するが、気持ちは和やかだ。いま何時だろうと呟《つぶや》くと、新入りだろう、いままでパイプが布団を敷いていたところに寝袋を拡げている男が愛想のよい声で教えてくれた。

「もうじき四時になります」

「四時って夕方の四時ですよね。ああ、よく寝た、寝過ぎた」

言わずもがなのことを口ばしって、伸びをする。

「あ、僕、長瀬と申します。神奈川は横須賀からまいりました。しばらくここにお世話になるつもりです。よろしくお願いします」

あきらかに年上と思われる男に過剰なくらいに叮嚀に挨拶をされて、すこしだけ緊張して惟朔は頭をさげた。

「横須賀ですか」

「はい。横須賀というとドブ板ですかとか言われるんですけれどね、そっちのほうはよく知らないんですよ。横須賀といっても生まれも育ちも久里浜というところです」

「久里浜」

「御存知ですか」

惟朔が収容されていた福祉施設は久里浜少年院予備校などと呼ばれていた。実際には赤城、喜連川《きつれがわ》、八街《やちまた》、多摩、小田原と関東一円の少年院に満遍なく送られ、収容されているのだが、なぜか久里浜の名前だけが一人歩きしているようなところがある。ともあれ先輩や同級生の幾人かがいま現在もこの少年院に収容されているはずだ。しかし惟朔は、さりげなくとぼけた。

「島村ジョーが抛《ほう》りこまれていたところですよね」

惟朔の心のどこかに、もう過去と訣別したいという思いがあり、石森章太郎の人気マンガの主人公に話をすりかえたのだ。また、数ある少年院のなかで久里浜の名だけが一人歩きしているのは、このマンガで取りあげられたせいではないかという実感もあった。

長瀬は破顔した。

「サイボーグ009ですね。じつは僕は少年院や刑務所のある長瀬という地名と苗字が一緒なんですよ。どうやら僕の先祖は長瀬で漁師でもしていたんでしょうけど」

長閑《のどか》な口調の長瀬に、そつなく笑顔をかえし、相槌を打つ。せっかく京都という土地にやってきたのである。誰も惟朔の過去など知らないのだ。だからこそ島村ジョーという名前をだしたのだが、隠蔽する心と裏腹に、口が勝手に動きだしてしまった。

「じつは俺、久里浜少年院に慰問に行ったことがあるんですよ」

「あ、そうなんですか」

「中学のときですけど、宗教劇を見せにいきました」

それは事実であった。〈マルコ漁師〉という劇で、惟朔はなんと主人公を誘惑する悪魔の役であった。いまでも『我は富だ、よろこびだ』という科白を覚えている。少年院には種々の宗教団体が微妙に食い込んでいて慰問や身の上相談のようなことをしているのだ。長瀬は宗教劇ときいて、怪訝な顔をしている。惟朔は釈明するような口調で言った。

「ちょっとキリスト教に関係のある学校にいたので」

「僕たちは横須賀刑務所と込みで、なんとなくビビって近寄らなかったんですけど、おっかなくなかったですか」

「いや、べつに。みんなおとなしいもんでした。借りてきた猫っていうのかな。竹刀《しない》をもった教官が睨みをきかせているし。ただ、久里浜駅に迎えにきていた車がトラックで、その横っ腹に久里浜少年院ってでっかく書いてあったんですよ。まさか、それに乗せられるとは思ってもいなかったから、恥ずかしかった」

劇の最中に、どうせおまえらもここに抛り込まれるんだからよお——というヤジが投げかけられ、それどころか舞台上から惟朔が収容されていた施設の二級上の先輩の顔が見分けられもした。

院生たちは印刷、木工、経理事務、溶接、園芸といった実習に就かされていたが、惟朔が抛り込まれていた施設にも木工場と農場があって、そのあたりは妙な馴染みを覚えた記憶がある。

「うまくすれば単独室でのうのうとやってけるらしいですけど、内省の時間がかったるいらしいですね。毎日必ず一時間、原稿用紙に反省文を書かされるそうですよ。幾ら反省しろって迫られても、毎日だと書くことがなくなっちゃうみたいですね」

「詳しいですねえ」

「いや、噂話みたいなもんですけど」

あわてて誤魔化すと、絶妙のタイミングで肩を叩かれた。振りむくとちょうど顔の位置にニコ中の足裏があった。そこにぺたりと頰を押しつけてしまい、さすがに惟朔は憤りの声をあげた。

「まったく子供じゃないんですから。なんですか、その恰好」

「苦しい体位です」

「ヨガじゃないんだから、はやく足をおろしなさいってば」

長瀬が苦笑している。惟朔も苦笑をかえした。新しいタバコに火をつけながら、ニコ中が真顔で訊いた。

「僕の足は臭いですか」

「尋常でなく」

「お、尋常ときましたか」

「常軌を逸して」

「ふん。そこいらあたりで惟朔君の語彙《ごい》はお終いでしょうが」

そのとおりだった。ニコ中は惟朔の顔を覗きこんで、呟いた。

「貧困なるボキャブラリー、すなわち貧困なる脳味噌です」

「あれこれ並べあげられるほうがいいんですか」

「いや、並べあげたとたんに小賢しい莫迦という王冠をかぶせられます」

「じゃ、どうすればいいんですか」

「質問に答えなさい」

「質問。なんだっけ」

「足。臭いかどうか」

「そんなの、訊くまでもないでしょう」

「つまり臭い」

「だから尋常でなくって言ったでしょう」

「あ、そうか。そうですよね」

惟朔は肩をすくめた。その瞬間に、見知らぬ土地で徹底した孤独に覆われて俯き、項垂れている自分の姿が見えた。鬱陶《うっとう》しさに顔を顰めながらも、ニコ中に感謝した。こうして無駄口を叩いてふざけあう相手がいる。年長の者から可愛がってもらえる。

「よし。風呂にいきましょう。惟朔君、付き合いなさい」

「あ、いいですね。風呂。でも手拭いがねえや。石鹸もねえし」

「現地調達。まかせなさい。長瀬君だっけ、キミもどうかなニューヨーク」

「ニューヨークだって、長瀬さん」

「いや、ユニークな方です」

「アホって言っていいんですよ」

後頭部を派手にはたかれた。それを潮《しお》に立ちあがった。銭湯に行くものとばかり思っていた。ところがニコ中に連れていかれたのは京大附属病院の構内だった。大きな鉄筋の建物の中をあがったりおりたりして、最終的には地下においていったようだ。

そこは銭湯ほどの規模ではないが、いちどに五人ほどが入れる浴槽のある純白のタイル張りの風呂だった。真新しく清潔で、湯があふれている。惟朔と長瀬が感嘆していると、ちょっと待っていなさいと呟いてニコ中が脱衣場から出ていった。もどったときには三人分のタオルと石鹼、シャンプーにリンスまであった。

「どこからもってきたんですか」

「うふふ。看護婦さんの風呂場から」

「うわー、俺のタオル、ピンクですよ」

「ま、いいから、いいから」

長瀬が年長者らしい顔つきで尋ねる。

「問題にならないんですか」

「問題なし。僕なんか白鷺寮に呼ばれるくらいだし」

「しらさぎりょう。なんですか、それ」

「看護婦の寮ですよ」

惟朔は甘い香りのするタオルで口と鼻を覆って、身悶えしてみせた。

「なんでニコ中さんが看護婦の寮に」

「夜這いですか」

長瀬と惟朔が同時に声をあげた。

「夜這い」

しっ、とニコ中が人差指をたてる。そのあと、にひひひ、と奇妙な笑い声をあげた。

「京南金属に出向くときに少し話したでしょうが」

「そうだっけ」

「そうですね。性慾はどうかって訊いて、近いうちに按排してあげると」

そういえば雨の路上をいきながら、そんな会話を交わしたような気もする。惟朔は息で湿ったタオルを口から離し、何気なく一瞥して声をあげた。

「陰毛」

こんどはニコ中と長瀬が同時に声をあげる番だ。二人は揃って、陰毛、と繰り返した。惟朔はピンクのタオルの繊維に閉じこめられている陰毛をふたりの眼前にさしだす。長瀬は顔を寄せただけだが、ニコ中は震える指先で引っぱりだすように抓《つま》みあげた。緊張してますねと冷やかすと、これはニコチン中毒のせいです、と真顔で応えた。それからニコ中は眼のところまで近づけて、矯《た》めつ眇《すが》めつ、吟味をはじめた。

「さすが、女の陰毛。細い。嫋《たお》やかというのですかな。けれどかなり縮れておりますですなあ」

「なんで評論家の口調かな」

「僕は陰毛評論に命かけてんです」

「いつから」

「いまから。で」

「はい」

「陰毛沢東と呼んでください。造反有理のぞりぞり有理」

ぞりぞりとは毛を剃る音だろうか。無意味だ。じつに、くだらない。けれど女の体毛を前に、胸躍る。三人で額を突きあわせて抑えた笑い声をあげた。ニコ中の黄ばんだ指に抓まれて、その鼻息で揺れる頼りなげな毛を凝視する。惟朔が尋ねる。

「どうすんですか、それ」

するとニコ中は、ぽいと口に抛り込んだのである。蟀谷《こめかみ》がせわしなく動く。どうやら奥歯で嚙んでいるようである。

「かえせというなら、ほら」

口のなかから出てきたのは、寸断された陰毛だ。惟朔は肩をすくめてジーパンを脱ぎ、ポケットに京南金属の日当も含んだ七万あまり、全財産が入っていることに気付き、とたんになんとなく落ち着かなくなった。横目でニコ中を窺うと、まだ口を動かしている。どうやら陰毛を食べてしまったようだ。

女の軀《からだ》に唇を這わせていて、まぎれこむことがある。かなり苛立たしいものだ。しかし自ら口にする者もいるのだ。声をあげずに失笑し、全裸になった。

惟朔も長瀬も痩せてはいるが年齢なりの裸体である。だが、ニコ中の軀は干物じみていた。そのくせ腹部だけがぽこんと飛びだしているのである。もちろん余計なことは言わずに、風呂場になだれこんだ。

湯の中でほぼ同時に、あー、うー、と呻きに似た声をあげ、手を組んで反り返り、伸びをすると、しばらく身動きもせずに口許まで沈みこんだ。鼓動が烈しくなったころ、ほぼ同時に湯槽からでて、申し合わせたように軀を洗う。浴場内の湿気のせいだろうか、肺胞の痛みも霧散していた。深呼吸をしても苦しくない。

大きく息を吸って、惟朔は気付いた。隣に座ったニコ中の軀からタバコの脂の匂いがする。どうやら本当に毛穴からニコチンやタールが滲みだしているようだ。

「冗談抜きで凄え」

思わず独白すると、ニコ中が怪訝そうに顔をむけた。黄色く変色しているニコ中の軀を見やりながら、惟朔は曖昧《あいまい》に笑ってごまかした。やがてニコ中の軀の匂いは石鹸の香りにまぎれてわからなくなった。惟朔はシャンプーに手をのばす。

「エメロン、貸してください」

「惟朔君は、伸ばすのか」

「できたら腰まで。でも、ちょっと枝毛っていうんですか、でてきてますね。毛が真っ二つに裂けていきやがる」

他人のシャンプーであるから遠慮せず、派手に泡だてながら答えると、ニコ中がいきなり頭頂部をむけてきた。

「どうです」

「ありゃ」

「濡れると目立ちますか」

「なんというか、カッパですね」

「言い過ぎです」

「いや、言い過ぎっていうのは、たとえばエロガッパとか言ったときのことです」

「おお、少年よ。なんともかんとも吐《ぬ》かしまくってくれるじゃないか」

「ああ、そうだ。もう少し伸ばして、うまくまとめて早野凡平のナポレオンの帽子みたいにしてごまかしちゃったらどうです」

「まったく口のへらないガキだ。これはね、タバコのせいです」

「タバコを喫いすぎると」

「そうです。抜けちゃうんです」

長瀬は会話に加わらず、黙って、しかしどこかニヤニヤしながら背にまわしたタオルを左右に引っぱっている。長瀬の背にまとわりつく貧弱な泡を一瞥してから、惟朔はあらためて干涸らびて黄色く変色したニコ中の軀を見つめた。

「しかしニコ中さんは、いったい幾つなんですか」

「ノーコメント」

「歳くらい教えてくれたっていいじゃないですか」

「それになんの意味があります」

「なんのって」

「年齢を知って、序列の強化ですか」

「序列とは」

「大嫌いなんですよ。年長風を吹かすのは」

惟朔はなんとなく神妙な顔をつくって頷いた。頭を二度洗いして、リンスを薄めて髪をひたす。甘いが、どこか石油臭い香りにつつまれて、ちいさく吐息をつく。清潔なことは気持ちがよい。けれど、病院の医師のための風呂は、街中の銭湯とちがって妙にしらじらとしている。綺麗すぎてあからさま、輪郭がくっきりしすぎているとでもいえばいいのだろうか。だから、どことなく臀《しり》が落ち着かない。

そんな惟朔の気持ちが呼び込んだのだろうか、脱衣場がにぎやかになった。そっと振りむく。七三にわけた髪の男たちだ。申し合わせたように白衣を脱いでいく。ネクタイを叩きつけるように脱衣籠に抛り込む。この風呂の本来の使用者である医師たちだろう。

「インターンですよ、インターン」

「なんですか、インターン」

「実習生。見習いってやつですか」

長瀬が咳払いをして割り込んだ。

「そのインターン制度ですけれど、六八年に廃止されました。闘争の結果ですよ」

闘争とは学園闘争のことだろうか。そういったことに詳しいはずのニコ中がそれを知らないというのも奇妙なものだ。惟朔は素早くニコ中を盗み見た。濡れた髪が顔を隠していて、表情はわからなかった。

そこに前を隠した医師たち三人が、爪先立つようにして入ってきた。惟朔たちが派手に湯を流しているからタイルは温まっている。それに気付くと、またもや申し合わせたように爪先立つのをやめ、湯槽の前に一列に並んで桶にくんだ湯で股間をじゃばじゃば流す。さりげなく様子を窺っていると、真ん中の男が振り返った。

「放浪は愉しいかい」

いきなり問いかけられた。難しい。難しすぎる質問である。愉しいけれども、しんどいところもある、というのが正直なところだろう。もちろん気負いもあるから、つらいとか不安があるといったことは口にしたくない。惟朔は答えに詰まったが、長瀬が医師らに満面の笑みをむけた。医師たちは当然ながら惟朔よりは年上であるが、長瀬とは大差ないような感じである。

「自由というのもこれでなかなかしんどいものです」

そつなく長瀬が答えると、医師はみじかく二度頷き、湯槽に軀を沈めた。細く長い溜息が洩れ聴こえた。惟朔やニコ中が湯の中であげる呻きとはちがって、深い疲労がにじんでいた。

ニコ中は黙りこくっている。惟朔はざっと軀を流すと、出ましょうと声をかけた。固く絞ったピンクのタオルで軀を拭いていく。股間を拭きながら、このタオルの持ち主の看護婦も股間を拭いたはずだから、間接キッスならぬ——などと妄想をふくらませていると、ニコ中のしわがれ声の耳打ちが惟朔を現実に引きもどした。

「すまんが、これ、置いてきてくれないか」

「えー、俺が、ですか」

「頼むよ。いちばん惟朔君がすばしっこそうだし」

「どこですか」

「出て、左。突き当たったらまた左。表示があるからわかるよ。適当に抛り込んでくればいいからね」

惟朔はタオルやシャンプーを押しつけられて、ニコ中にむけて露骨な渋面をつくって脱衣場をあとにした。べつに忍び足でなくともいいのだが、軀を縮めるようにして足音をさせぬように気を配る。

女子の風呂場には曇りガラスにトイレの表示と同様の赤いマークが記されていた。なんというセンスだと呆れながら、そっとドアをひらく。

白い裸体が眼に刺さった。湯気の彼方に滑らかな背が見えた。濡れた首筋が細くて、眩《まぶ》しい。惟朔は素早く軀を引っこめて、ドアの隙間から手だけなかに差しいれ、きれいに揃えられたスリッパの脇にタオルやシャンプーなどを安置すると、反転して駆けだした。

＊

厚く垂れこめていた雲も、夜半には吹きとばされてしまい、星が瞬きはじめた。久々の入浴で磨きあげた肌に、北風が刺さる。ニコ中と惟朔は軀をくっつけるようにして西寮をあとにした。

長瀬は鷹揚な笑みを泛《うか》べながら、僕は遠慮しておきますと断った。惟朔もそれが正しいと思ったが、奇妙に思い詰めた表情のニコ中を独りにすることはできない。パイプといい、ニコ中といい、まったく手のかかる先輩たちだ。

「ほんとうに、だいじょうぶなんですか」

「疑うのかな」

「いや、相手がOKならいいですけど、強姦とかで訴えられちゃったら、どうするんですか」

「日本の伝統、夜這い。この伝習を若き惟朔君に伝えるために、いざ行かんの境地です。

どうです。ときめきませんか」

「まあ、なんといいますか、今夜みたいな北風の晩は、同じ抱くなら、俺はお布団のなかで自分の膝を抱いてるほうが」

「情けない。キミは日本男児たる陰茎の張りをもたぬのか」

「なんですか、それ」

「ま、いい。息むと出ちゃうし」

「下痢ですか」

「なにを言うんですか。ザーメンですよ、ザーメン」

「それはちゃんと勃起する人の言う科白でしょう」

「また、失礼だな、キミは」

「ああ、すいませんね。なにしろ慣れないもんで」

どうしても投げ遣りになってしまう惟朔である。正直なところ、面倒だ。夜這いといわれても具体性があるわけでもなく、なにもしないうちから徒労感がある。ニコ中が妙に意固地なのも気に食わない。晴れ渡ったせいだろうか、十一月初旬だというのに吐く息が白い。

パイプはどうしているのだろうか。

いままでパイプが布団を敷いていたところには、長瀬が年季のはいった藍色の寝袋を拡げている。風呂からもどって、缶ビールを飲みながら雑談をした。長瀬の飲みかけていたビールの缶にニコ中が勘違いをしてタバコの灰を落としてしまったが、怒りだすこともなく、淡々としていた。本人は曖昧にごまかすのだが、長瀬はどうやら私大の医学生であるようだ。

人格的にもバランスが取れていて、ニコ中やパイプのように、あるいは惟朔のように大きく踏み外すこともない。会話にも態度にも抑制があって、礼を尽くすことで巧みに距離をとっているともいえるが、大人である。聞きかじりの言葉が惟朔の脳裏を駆けめぐる。主体的であるというのか。アイデンティティーが確立されているというのだろうか。べったりとした関係をつくりあげることは難しいが、いざというときには頼りになりそうな気がする。

惟朔はニコ中を愛おしく思う一方で、なんともいえない鬱陶しさを感じはじめていた。他人と適当な距離をとることのできる長瀬が好ましい。深く付き合えばお互いが傷つくに決まっているではないか。それは異性との関係だけでなく、同性においてもだ。そんな小生意気な感慨をもちながら、なかば諦めまじりにニコ中に従う。

「京大病院のほうじゃないんですか」

「西寮のさらに西側だよ」

「へえ。てっきり病院のほうかと思った」

呟いて、なんとなく唇を舐める。意味のない言葉の遣り取りだと思う。ニコ中が惟朔の顔を見つめた。惟朔が見つめかえすと、ちいさく咳払いをした。言葉を発するのを待ったが、ニコ中はなにも口にしなかった。

白鷺寮の玄関には光があふれていた。看護婦には勤務のシフトがあり、また緊急時の応援などのこともあり、朝まで明りが消されることはないという。もちろん寮の玄関から堂々と入っていくわけにもいかない。さすがに惟朔も緊張してきた。ニコ中の頬も強張っている。

建物の裏側にまわった。灰白色のボイラーシェルの傍らに立つ。灼けた匂いのする熱気と湿気に一瞬、肌がゆるんだが、ニコ中が湯気の洩れる窓にとりついたとたんにふたたび緊張がもどった。惟朔は声をころして失笑した。これは夜這いというよりも、覗きなのではないか。囁き声で問いかける。

「風呂場ですか」

「そう」

「やたら風呂が多いんだな」

「なにか言いましたか」

「京大病院のほうの女風呂は、なんなんですか」

「あれは寮にもどれない看護婦が勤務の合間にはいるんだよ」

「看護婦さんて、けっこう大変なんだな」

「そう。白衣の天使は大忙し。さあ惟朔君も覗きなさい」

「はい」

覗きなさいと言われて、はいと返事をするのも奇妙なものだ。惟朔は腰をかがめてニコ中の脇腹のあたりに顔をもぐりこませた。浴室内では二十前後の女の子がふたり、なにやら言葉を交わしながら髪を整えている。濡れた髪が思いのほか艶やかで、きれいにうねっていた。温まっているせいだろう、肌が赤らんでいる。腰つきのしっかりしたほうの女の子が立ちあがった。濡れて黒々とたれさがる陰毛に圧倒された。ふと気付くと、ニコ中が自慰をはじめていた。呆気にとられつつ、これで終わって帰れるならば、そのほうがいいと思いなおした。

惟朔もしばらく自らに触れていない。さすがに尾骶骨から脊椎のあたりにまで突き抜けていくかのような強烈な慾求が迫りあがってきたが、それを必死で抑えこんだ。

腰つきのしっかりした女の子が出ていってしまうと、もうひとりのほうも手早く髪をまとめ、立ちあがった。会話を交わしていたときの愛想のよさとは裏腹な醒めた顔つきで浴場から出ていく。惟朔の脳裏で白い臀の残像が揺れた。ニコ中は中途半端に抛りだされて握りしめたままでいる。

「なんだ、役に立つんじゃないですか」

「僕は盗み見たほうがね」

「なぜ」

「なぜって、その、うまく言えないけど」

「残念でしたね。風呂場の電気、消えちゃいましたよ。帰りましょう」

「なにを言ってるんだ。さあ、忍び込むぞ」

「本気ですか」

「冗談で来たと思ってるのか」

ひそひそ声で遣り取りをしながら、いよいよ抜き差しならないところにまできてしまったと肚を括った。促されて、さらに北側に移動した。先ほどの慾求の名残で、惟朔はまだ硬直させていた。だから歩きづらいことこの上ない。

とある窓の脇に立ったニコ中は、かるく握り拳をつくると、カーテンのおりた曇りガラスを控えめに叩いた。イチ、ニイ、サン、イチ、ニイ、というリズムである。テイク・ファイブかよ——と惟朔は胸の裡で呟いた。ニコ中は五拍子を三回繰り返した。応えはないが、静まりかえった気配のなかに、引き攣れるように張りつめたものが漂っている。

惟朔は意識的に呼吸を整え、肩から力を抜く努力をした。いつでも逃げ出せるようにという心配りである。いざとなったらニコ中を棄《す》てておいて逃げるつもりだ。

部屋の木の窓枠は白いペンキで重ね塗りされていて、幽かだが溶剤の匂いがする。足許の、なかば腐って枯れたカンナの花をほとんど無意識のうちに踏んだ。ゆっくり窓がひらき、黄色いカーテンが吸いだされるように夜風にあおられた。ニコ中と惟朔は間髪を容れずに窓から室内に忍び込んだ。窓を開けた女は三十年輩で、頬に無数に穿《うが》たれたあばたが夜目にも痛々しい。パジャマを着ているが、丸太のような体格をしている。

あまりに彼女の印象が強烈だったので気付くのが遅れたが、部屋の中には左右の壁に沿うかたちでベッドがふたつ置かれていて、その一方には躯に毛布を巻きつけるようにして上体を起こした女がいた。整った顔つきであるといっていいだろう。年齢はわからない。若くも、老けてもみえる。丸太女が爪先立って天井の二股ソケットに手をのばし、ちいさいほうの電球をつけながら言った。

「遅かったやんか」

「一直線にやってきたさ」

思わず惟朔は顔をほころばせた。風呂場を覗いて自慰に耽ったくせに、ニコ中は丸太女に逢いたくて仕方がなかったといった切実な表情をしてみせたのだ。そんな惟朔の笑顔を躯に毛布を巻きつけた女がじっと見つめていた。惟朔と視線が絡むと横をむき、咎めるような口調でニコ中に言った。

「うち、この子か」

「悪くないだろう」

「なんか冴えへんわ。うち、長髪嫌いや言うたやんか」

「贅沢言ったらいけないよ。正真正銘の十七歳、童貞なんだから」

面倒だから、とりあえずは童貞らしくふるまっておこうと決めた。なんとなく俯いてみる。

「十七か。おいで、僕」

子供扱いはおもしろくない。女の顔を見ないようにして命じられるがままにベッドに腰をおろした。ただし微妙に距離をとって惟朔なりの意思表示をした。女子寮で使われているベッドはどうやら病棟のものと同じであるらしい。使い古したものがまわってきているのだ。塗装が剝げて、酸っぱいような錆の匂いがする。

この女のものだろうか、入り口脇の本棚には文庫本がぎっしりと詰まっていて、ちいさな机のうえの青い一輪挿しの野菊がなんだか健気だ。調度のすべてが古びてはいるが、掃除は行き届いていて清潔だ。さすがに看護婦だ。

向かいのベッドではニコ中が丸太女にのしかかられて接吻されていた。プロレスでいうフォール負けしそうな体勢のニコ中である。ちゅうちゅうと烈しく吸う音が姦《かしま》しい。よくもあんなに脂臭《やにくさ》いニコ中に口づけできるものだ。

ともあれ、やたらと展開がはやい。すべては既定のことであるがごとく手順よく進み、当初の緊張はきれいに消えた。もったいつけずに最初から話がついていると言ってくれさえすれば、よけいな心配をしないですんだのだ。

丸太女はニコ中の彼女なのだ。そして惟朔はニコ中がこの部屋で安上がりに放埓《ほうらつ》放恣《ほうし》を愉しむために必要だったのだ。つまり、丸太女と同室の女の口封じに用意したエキストラのようなものだ。

枯れ木のようなニコ中は奇妙に白い肉に覆いつくされて、その姿が不明瞭になってしまったかのような錯覚がおきた。丸太女は胴だけでなくニコ中の四肢に自分の手足をぴたりと合わせ、重ねているのである。

「凄え。悶絶肉団子」

口のなかで呟くと、背後から女の忍び笑いがとどいた。そっと振りかえると、睨みかえされた。けれどその目の色に棘々《とげとげ》しいものはない。惟朔は女の洗い髪の匂いを嗅いで、頭上の二十ワットの電球に視線を据えた。微妙に朧《おぼろ》で、程よい明るさだ。丸太女とニコ中の姿が、まるで寺山修司の映画の一場面のように泥臭く、しかも幻想的だ。

「なあ」

「はい」

「キッスしたことは、あるん」

「まあ、なんとか」

女の顔を見ずに答えると、女が軀を近づける気配がした。

「ふうん。あるんか」

首筋に息がかかった。惟朔は擽《くすぐ》られたような羞恥と昂ぶりに、ぎこちなく呟いた。

「ちょっとだけ」

親指と人差指でごくわずかの隙間をつくって示す。なんだか懐かしい。惟朔は小学校五年のときに紡績工場の女子寮に遊びにいっていて、女工たちから性的な行為を強《し》いられた過去がある。紡績工場の女子寮も、看護婦の寮もおなじだ。男にも抑えがたい慾望があるように、女にも強烈な慾求がある。羞恥と昂ぶりを抑えこんで、醒めきった顔をつくって女を見つめる。女が顔を近づけて迫る。

「なあ」

「はい」

「ちょっとって、どれくらいや」

「だから、このくらい。一センチくらい」

「なんやねん、一センチ」

「淡いっていうのかな。淡いもんです」

「舌、はいったか」

「ああ、まあ」

「舌、吸うたか」

「そりゃあ、吸いますよ」

「唾は」

「大好きです。ごくごく飲む」

「牛乳ちゃうわ」

「でも、吸い尽くしたくなる」

「キッスはええなあ」

「いいですね」

「ほっぺにしてあげよか」

「お願いします」

「変に礼儀正しいんやな」

「上っ面だけです」

「それは感じとるわ」

含み笑いと同時に、頬にかるく唇が押し当てられた。すぐにかさかさと移動した。荒れているのが不思議なような、哀れなような、切ない気分だ。

唇が重なった。舌先で押しこむように唾液を入れてきた。躊躇わずに啜って、口中にたまった唾をそっともどしてやると歯と歯がぶつかり、女の喉がぎこちない音をたてた。しばらく舌を絡ませあった。

先に顔を離したのは女のほうだった。震える息を吐くと、いつのまにやら全裸になってpettingに耽っているニコ中と丸太女に視線を投げ、呟いた。

「あのふたり、相思相愛なんやて」

「そうなんですか」

「なんや、違ういうんか」

「まあ、なんというか、そうなんでしょうけど」

「煮え切らへんな」

「ま、とにかく凄い光景ですね」

「あんた、好いた子がおるんか」

「いません」

「東京か」

「はい」

「東京はうどんの汁が真っ黒や」

「そうみたいですね」

「なんでも塩辛ろうてあかんわ」

「そうみたいですね」

「投げた会話したらあかん」

「投げてるつもりはないけど」

「そういうとこが東京もんや」

惟朔は肩をすくめた。ゴムの匂いがした。裸に剝かれたニコ中に丸太女が避妊具をつけているのだった。惟朔と女は黙ってそれを見守った。女は惟朔の背にさりげなく、しかしきつく乳房を押しつけている。惟朔は床に棄てられた避妊具の包装を一瞥した。

やがてベッドがギシギシと軋みだし、下になっているニコ中が苦しげな呻きをあげはじめ、その口を丸太女が押さえこむ。まるで男女の立場が逆転しているかのような光景だ。惟朔は女の体温と幽かな腋臭《わきが》、そして思いのほか量感のある乳房の圧迫に強烈に発情していたが、ニコ中の前で性交に及ぶことには強い抵抗感があった。

「あんた、足先とか寒ないか」

「あ、ちょっと」

「おいで。毛布かけたげる」

惟朔と女は並んでベッドに座り、壁に背をあずけた。すぐに女の手がのびてきて、惟朔を解放した。女も惟朔も眼前の狂態を他人事のように眺めている。

「うちは基礎体温、はかっとるさかい」

「どういうこと」

「直接でええよ。うち、あんなゴム臭いの大嫌いや」

「俺も大嫌いだ」

「あんた、童貞ちゃうかったん」

「あ、そうか」

女が含み笑いを洩らした。惟朔は女に顔を寄せ、耳朶を咬むようにして、触ってもいいかと訊いた。女は黙って頷いた。接吻しながら、毛布の下で、お互いに手指のみでさぐりあった。女はときに率直な指示をだし、惟朔がそれに従って力を加減すると、十分間ほどのうちに幾度も痙攣し、きつく収縮させた。過敏なので強い力は不要だ。女の指示も、それに尽きる。惟朔は支配慾に囚われて、自分をころして奉仕に徹した。

＊

あたりがすっかり明るくなってから解放された。はいったときと同様に窓からでていくニコ中と惟朔であった。よく晴れ渡って、透明な日射しが網膜に刺さる。目をあけていられないくらいだ。看護婦寮の敷地から抜け出すと、ニコ中が口をひらいた。

「世間様は日曜日、か」

「皆様、まだお休みになってますよ」

「さすがに惟朔君は元気だ。とても僕にはあれだけはこなせない。小百合さんも大満足でしょう」

「でも、目がしょぼしょぼして、すごく憮いです」

「それは荒淫の罰です。もう、眠ってしまいたいですか」

「あ、だいじょうぶですよ。ただ、女の匂いはもう」

惟朔は眉間に縦皺を刻んで、顔の前で手を左右にふる。

「生意気な。女の匂いときたか」

「小百合さん、腋窩《わきのした》がすこしだけ臭うんですよ。そんな悪い匂いじゃないんだけど」

「ふむ」

「で、下のほうも同じような匂いがするわけです。程よい香りです。無味無臭よりはよほど印象に残りますね」

「言ってくれるなあ。この勝負、僕の負けです」

「勝負なら、俺の負けですよ。俺には」

とても丸太女は無理ですと言いそうになって、語尾を曖昧に濁す。ニコ中が次の言葉を促したが、惟朔は肩をすくめてごまかした。しつこく追及してこないところがニコ中のよいところだ。

「小百合さんは惟朔君に首っ丈《たけ》ってやつだ」

ニコ中と惟朔は西寮にはもどらず、川端通を横断して、鴨川の河原にでた。川面《かわも》では水鳥たちが気ままに身を翻《ひるがえ》している。対岸は緑地帯で公園になっているのだが、惟朔たちのいるほうはおおむねコンクリートで固められていた。

「ひとつだけ気になってることがあるんですけど」

「なんだい」

「その、小百合さんはパイプさんと関係があったんですか」

「まあね。惟朔君とパイプは兄弟だ」

「やっぱりそうか」

「ふふふ。嘘です、嘘です。連れ込みホテル代もバカにならないから美晴《みはる》と相談したら、美晴が同室の小百合さんに話をつけたというわけで」

惟朔は丸太女が美晴という名であることをいまごろになって知った。

何気なくニコ中の視線を追った。

対岸で犬の散歩をしている女の子だった。

高校生くらいだろうか、潑剌《はつらつ》として曇りがない。そのまっすぐな髪が陽光を撥ねかえして爆ぜるような銀色に輝き、揺れる。背が高い。脚が長い。犬に引かれて身悶えするように蛇行し、水たまりを飛んだ。こざっぱりしたジャケットの下から普段着というようには躊躇いを覚えそうな丈の短い純白のブラウスが覗けた。洗いざらしのストレートのジーパンの足許は真新しいバスケットシューズだ。青い空の拡がる晩秋の朝によく映える、そんな綺麗で伸びやかな女の子だった。

見守っていると、しゃがみこんで犬の首輪から引き綱をはずした。ちょうど惟朔たちに背をむけたので着衣がまくれあがり、ローライズのジーパンから白い臀がなかば剝きだしになった。黒い下着を穿いていた。意外だった。違和感がよけいに性的な気配を強める。日本犬の雑種と思われる、ややクリーム色がかった白い犬が女の子の足許で跳ねまわり、周囲を複雑な楕円を描いて駆けまわる。彼女は犬の名を呼んでいるようだが、その声まではとどかない。

俺には関係のない眺めで、世界だ。俺があの子と関係をもつときは、まさに強引に関係をもつときだ。惟朔は醒めた目つきを注いだまま、女の子を陵辱《りょうじょく》する夢想をした。女という性に対しては、ほとんど暴力的な空想をもつことのない惟朔であるが、彼女の姿に対しては破壊衝動にちかい慾求をもった。

さらに強姦妄想に付きものの、途中から女の子が協力的になるという調子のよい光景を思い描いていたとき、我に返ったような顔つきでニコ中が訊いてきた。

「いま、何時ですか」

「ええと七時十五分ですね」

「じゃ、コーヒーでも飲みにいきますか」

こんな時間に開いている店があるのだろうか。惟朔とニコ中は肩を寄せあって鴨川の河原をゆるゆると南下していく。年上の女に惹《ひ》かれがちな惟朔であるが、めずらしくおなじくらいの年頃の女の子に憧憬と強烈な性的な欲求を覚え、その姿を反芻した。

「なかなか綺麗な女の子でしたね」

「なにが、ですか」

「対岸の女の子。犬と遊んでた」

「ああ、僕は目が悪いから」

「よく見えなかったですか」

「ええ。残念ながら」

嘘だと直感したが、もちろん黙っていた。かわりにちいさく溜息をついた。

「俺、ちょっと惚れちゃいましたよ」

「犬の女の子ですか」

「はい。惚れちゃったというか、やっちゃいたいというか」

「さすが若人。あれだけこなしたというのに元気ですね」

揶揄する口調のニコ中に頬笑みかえしておいて、言った。

「黒いパンティだった」

そう呟いたとたんに、ニコ中の気配に微妙な変化があった。けれど言葉は発せられず、惟朔もよけいなことは言わない。丸太町橋の下を抜けてしばらくいくと、河川敷の公園は終わる。ニコ中が投げだすように言う。

「ここいらは血まみれなんですよね」

「血まみれ」

意外な言葉だったので、繰り返した。ニコ中は大きく頷いた。なぜか唇の端に笑いが泛んでいる。

「むかしは広かったんですね、河原。もっと流れがうねっていて、こんな真っ直ぐに成形された川じゃなかったんですよ」

「どうりで。川岸はコンクリばかりですもんね」

「鴨の河原は処刑場でね、晒《さら》された生首がずらり」

「ほんとうですか」

「嘘なんか言ってどうするんですか。そういう場所だったんですよ。承久の乱といった合戦なんかもあって」

「なんですか。じょうきゅうの乱」

「後鳥羽上皇が鎌倉幕府を討とうとして挙兵したんですけどね、負けちゃったんです。いわゆる内乱ですか」

「上皇ってなんですか」

「なんにも知らないんですね」

「言葉は知ってますよ。意味がわかんないんです」

「天皇の位を譲位したあとは上皇になるんです」

「はい。わかりました。社長が会長になるみたいなもんですね」

「そういうこと。ま、このあたりは手っ取り早く死体を埋めたところなんですね」

「凄え。さすが京都」

「そうですね。良くも悪くも歴史の重みがちがうということです。ちなみに平家物語で白河法皇が、鴨川の水と双六《すごろく》の賽《さい》、それに山法師だけは私の思い通りにならない──みたいなことを言ってるんですよ」

　そこまで言って、くいと惟朔の顔を覗きこむ。

「訊かれる前に言っときますけど、山法師というのは比叡山は延暦寺の僧兵のことですからね」

「へい」

「僧兵にかけましたか」

「へい」

「くどい」

「わはは。なんで鴨川の水が思い通りになんないんですか」

「うねってる川ってのは、洪水がひどいんですよ。河岸工事でこうやってかためちゃってからは、洪水なんて思い及びもつかないだろうけれど」

惟朔はあらためて鴨川の川面を見直した。朝日に照り映え、さらさらと長閑でゆるやかで、とても洪水をおこすような川にはみえないが、うねる流れと迸《ほとばし》る血を想像すると、不思議に昂ぶってきた。

同時に天皇と幕府が戦うということに奇妙なものを感じた。惟朔は象徴天皇しか知らないからである。

昔の天皇は武力をもっていたのだろうか。そして鎌倉時代の天皇は、返り討ちにあうような存在だったのだろうか。それとも譲位とはいえ天皇ではなくなると、本質的な力を喪ってしまうのだろうか。

疑問は尽きない。承久の乱や上皇という言葉は中学の歴史の授業で習ったのだろう、なんとなく憶えてはいるのだ。

だが、ニコ中の説明だけではいまひとつ細部が摑めない。しかし寝不足のせいか物事を突き詰める気力がなく、あえて尋ねかえす気にもなれない。

「しかしニコ中さんは物知りですね。なんか長老みたい」

「なんですか、長老というのは。失礼な」

「ごめんなさい」

顔だけ神妙に、胸の裡で舌をだしながらあやまる惟朔である。

京都にきてから、よく歩くようになった。川面に視線を遊ばせながらそんな感慨をもった。さすがに西寮から九条の京南金属まで歩けと迫られれば考えこむが、その気になれば四条くらいまでなら歩けてしまうこぢんまりとしたところが京都の魅力だ。

対岸にホテルフジタがみえた。二条だ。さらに御池《おいけ》大橋の下を抜け、三条大橋の手前で三条通にあがり、鴨川を渡って河原町三条方向にしばらくいく。

静かで長閑な河川敷からいきなり人通りの多い繁華街にあがったせいで奇妙に浮ついた気分の惟朔である。こういった変化は京都でなくては味わえないものだ。

目的の小川珈琲は三条と木屋町《きやまち》通の交差点に面していた。朝七時半から開いているとのことで、開店したばかりであるが、店内は八割方客で埋まっていた。芳香充ちるなか、ニコ中と惟朔は向かいあって座り、コーヒーを啜った。自分が呼吸をしていることにあらためて気付いた、そんな気分だ。肩や首に微妙にのしかかっていた錘《おもり》がきれいに霧散している。

「しかしニコ中さんは喫茶店なんかに詳しいですねえ」

「それは、すなわち遊んでばかりいるということですね」

まるで他人事のように言い、ピースの臀をテーブルに軽くとんとんと叩きつけ、葉を密にしていく。その仕種《しぐさ》はまるで職人仕事を思わせる。

じっと見守って、頃合いをみて惟朔がパイプ印のマッチを擦ってやると、一礼して深々と喫い、目を細めていとおしげに鼻から煙を燻《くゆ》らせる。

幸福な人の顔を目の当たりにするのは心地よい。惟朔も自分のハイライトに火をつけ、肺の奥の奥にまでニコチンを送りこんだ。睡眠不足もあるのだろうが、とたんに世界がきゅっと締まったような感じがした。

惟朔はもっとたくさんの喫茶店を知りたいと思った。神奈川は登戸や向ヶ丘遊園をふらついていたときには、そういう慾求はなかった。喫茶店は単なる職場にすぎなかった。やはり客の身分のほうがいい。それに京都の喫茶店には、ほかの土地にはない独特の気配がある。これも歴史なのだろう。茶を飲む、ということ自体が歴史なのだ。

そんな若干、大げさな物思いに耽っていると、ニコ中が言った。

「僕はね、デブが好きなんですよ」

いきなりだったので、対応が遅れた。

「デブ。なんのことですか」

「女の体型」

ようやく白鷺寮の美晴とつながって、しかし惟朔はどのような顔をつくっていいかわからず、とりあえずは真顔で応えておくことにした。

「そうですか。俺は、どっちかというと痩せ形が好きですけど、でも、じっさいに付き合っちゃうと、どうでもよくなっちゃうようなところはありますね」

ニコ中に微妙に迎合していた。惟朔の女の子の好みはごく限られていて、そうでない場合はほとんど奉仕の精神で無理をしているような状態だ。惟朔は灰皿にハイライトを押しつけた。その手の動きを見つめるようにしてニコ中が言った。

「僕はね、あくまでもふくよかな女が好きなんだ」

意地になっているかのような口調だが、当人がふくよかな女が好きならば逆らう理由はない。惟朔は自分の趣味に干渉されることを極度に嫌ういっぽうで、他人の趣味に干渉することも大嫌いだ。だから深く頷きかえしておいた。ところがニコ中が絡んできたのである。

「なんか、おざなりだなあ」

「おざなり。なんのことですか」

「態度のことです」

「そう言われても」

「惟朔君は、僕の女の趣味をバカにしていませんか」

「まさか。正直に言うとですね、我関せず、ってとこですか」

「でも、嗤《わら》っているでしょう」

惟朔は手にしたコーヒーカップを中空でとめたまま、途方に暮れた。せっかく抜けていた肩に力がはいって、緊張が迫《せ》りあがってきた。なにかニコ中の気に障ることでも口ばしったのだろうかと記憶を手繰った。しかし思い当たる節はない。

ニコ中はじっと見つめている。手にしたタバコが小刻みにふるえている。いつもどおりであるともいえるし、ふるえがひどくなっているようにも感じられる。惟朔は皿のうえにそっとカップをもどした。

「ニコ中さん。俺はひとの女のことなんか、興味がないんですよ」

「どういうことですか」

「だから、自分がものにできる女以外のことなんか、どうでもいいんです」

「だからといって、惟朔君に僕の女の趣味をバカにする権利はないだろう」

「いつ、バカにしましたか。俺、なにか言いましたか」

「ああ、まあ」

「まあ、って、なんなんですか。煮え切らねえな。はっきりしてくださいよ。言いたいことがあるなら言ってください」

だんだん腹立たしくなってきた。小川珈琲のコーヒーは金を払う価値があるだけの味だし、出入りのはげしい早朝の店内の活気も気分がよいし、建物が西向きなので朝の光が微妙に和らいでいることも心地よい。いったいニコ中はなにが言いたいのか。

しかし惟朔がすこし強く迫ったとたんに、ニコ中は口を噤《つぐ》んで視線を合わそうとしなくなってしまった。

いきなり犬と遊ぶ女の子の姿が脳裏に泛びあがった。普遍性というのも大げさだが、あの子の姿はどこの国の人間が見ても、どんな年齢の者が見ても、ある美しさを感じるのではないか。

露わになった白い臀。

そして黒い下着。

その違和には、いまだって胸が軋む。あれほど性的な光景もない。しかも対岸にあって彼女には手をだすこともできない。

惟朔が見つめていたのではない。ニコ中が見つめていたのだ。惟朔はその視線を追ったにすぎない。ニコ中がほんとうに欲しているのは美晴ではなくて、あの女の子のような存在なのではないか。

けれど手が届かぬと諦めて、逆に誰もが手を触れようとしない存在に絡めとられて、奇妙に倒錯した快感を覚えている。

明確な言葉にはできないが、惟朔にもそういったところがないとはいえない。慾するものを諦めきったとたんに、人は往々にして逆方向に突っ走りだすものだ。ほとんどの暴走は、手に入れられぬことからきている。

——なかなか綺麗な女の子でしたね。

——黒いパンティだった。

そういったことを惟朔がわざわざ指摘するまでもなく、ニコ中はすべてを見取っていたのだ。目が悪いなどといいながら、すべてを凝視し、そして惟朔以上に心を昂ぶらせていたのではないか。

そうであるとするならば、惟朔は余計なことを口ばしってしまったことになる。だからこそニコ中は急に河原を示して、ここいらは血まみれ——などと言いだしたのだ。あのとき、ニコ中の心のなかでなにかが毳立《けばだ》ち、ささくれだったのだ。

そこに思い至ったとたんに、あのときのニコ中の唇の端に泛んでいた不可解な笑いが甦ってきた。ニコ中は唇の端を歪めるようにして笑ったのだが、笑いはまさに歪みであった。

惟朔は気を取り直してコーヒーを口に含んだ。心地よい朝はどこかに消えてしまって、口のなかのコーヒーはただの苦い汁に変わり果てていた。

＊

とりあえず金に不自由しているわけではない。しかし惟朔は、できることなら雑魚寝の境遇から抜けだしたいと考えた。孤独でないということは、孤独になれないということでもある。贅沢なもので京都という街に慣れてきて、惟朔は独りになれる時間を欲しはじめていた。

しかし、京都にきて驚愕したのが部屋を借りるときの敷金礼金の異様なまでの高額さだった。下手をすると家賃の一年分くらいが敷金礼金で消えてしまう。すなわち常軌を逸した、徹底した売り手市場であったのだ。

そこで毎日、京南金属にアルバイトにでることにした。係長も伊勢も班長も惟朔を可愛がってくれて、三人とも申し合わせたように冗談とも本気ともつかぬ調子で正社員にしてやるなどと言いだすほどだった。

しかし夕方五時から翌朝八時までという極端な夜間長時間重労働を毎日こなす者など惟朔以外に誰もいなかった。十五時間という拘束は、はなから日銭目当てのその日かぎりのアルバイトにむけてのもので、それを毎晩こなす者など想定していなかったのだ。だから係長が惟朔の軀を心配して言葉をかけてきた六日めの午前三時の休憩時間中、惟朔は積みあげられた段ボールの陰で唐突に嘔吐した。十時の休憩のときに食べた焼きそばパンの焼きそばの細片が胃液と混じって酸っぱくなった牛乳とともにコンクリートのうえに散った。

「ありゃりゃ」

肩で息をしながら、失笑した。履いているのは借り物の作業靴である。さりげなく嘔吐物を靴底でこそげるようにして潰した段ボールの隙間に押しこみ、焼きそばはともかく牛乳というものは吸収されづらいのだろうか、などと他人事のように思う。

胃に若干の痛みを覚えたが、それよりも歯が胃液でそそけたようになってしまい、気持ちが悪くてしかたがない。だが従業員用の薄汚い便所はいやだ。来客用の便所までいって口をゆすぎ、顔を洗った。鏡に映った顔はひどいものだった。惟朔は両手で左右の頬をはさんで嘆息した。

「瘦せたなあ」

呟いて、なぜ吐きもどしたのかと考えこんだ。考えるまでもない。京南での過酷な十五時間労働に耐え、西寮にもどると睡眠もそこそこにニコ中や長瀬たちとつるんで遊びまわっている。当然ながら睡眠不足であり、過労である。しかもコーヒーなどには金を遣うくせに、生協の素うどんばかり食べているのだから過酷な労働に耐えられるはずもない。

「俺、バカみてえ」

あらためて鏡に視線をやる。光が乏しいにもかかわらず、瞳孔が縮んでいる。白眼が黄色っぽいのは照明のせいだけではない。なにやら凶悪な気配だ。

そのくせ京大附属病院の風呂に毎日はいっているから髪はさらさらで、肌にくすみはみられない。眼の下の隈《くま》も青々と、衛生的にやつれている。まるで歌舞伎の女形《おやま》のようである。

なんとなく惟朔は自分の顔に放火魔じみたものを見いだした。惟朔にとって放火魔は、なんといってもその動機が理解できないことにおいて清潔な、繊細な、しかも無意味な犯罪者といった位置づけである。

「人相悪いぞ、惟朔君。極めつきの人相の悪さだ」

ふっ、と息を吐き、上目遣いで鏡を睨みつける。放火は性に合わない。理解を超えている。やはり直接、面と向かって、ぶつけるべき相手に、ぶつけるべき拳を用いる。

こういうときに俺を怒らせるとあぶない。気弱な俺はどこかに消えていて、相手が息をしなくなるまで——。

固めた拳を鏡にむけて突きだした。

寸止めするつもりだった。

ぴしっと罅《ひび》がはいっていた。

惟朔は無表情なままだが、鏡のなかの惟朔の顔は複雑に歪んだ。中指の甲側の根元、鏡にあたった部分がちいさく裂けていた。ちゅうちゅうと吸って、そのまま便所をあとにした。

淡々と作業をするつもりだったが、早出してきた係長に廊下でつかまった。いつもどおりの軽口を叩いたが、係長は惟朔の変化を見逃さなかった。問いつめられた惟朔は正直に吐きもどしたことを告げた。

「すまん。俺がとめな、あかんかったんや」

「いえ。俺の都合で働いてたわけですから」

「今日はもうええ。事務所で休んどけ」

惟朔の肩に手をおいて、付け加える。

「ちゃんと日当は払ろたる」

＊

たいして休んだわけではないが、うとうとした。バネ秤を引く夢を見てうなされた。あたりが薄明るくなってきたころ、惟朔は係長から帰れといわれた。もう市電の始発が走っているからだ。

これが最後の日給になるのだろうか。もちろんなんの未練もない。給与の封筒を手荒くふたつに折り、ジーパンの臀ポケットに押しこむ。朝日がきついので俯き加減だ。京南金属の敷地から路上にでたとたんに古新聞を踏んだ。何気なく見おろして、黒いレイバンのサングラスをかけたかのようなパンダの顔と対面した。

惟朔は腰をかがめて新聞を拾いあげた。十一月六日付の朝日で、上野動物園のパンダ初公開の記事だった。

「2時間並んで見物50秒。お客は絶えずせかされる。カメラを構えようとすると、係員が肩をたたいて、『止らないで、止らないで』。長さ二十五メートルのオリをひと回りするのに、四十一五十秒。動き回るパンダがオリの岩かげに隠れていても、それでおしまい——」

放心したような口調で声にだして読み、そのまま凝固した。幸子がパンダを観にいこうと言いだして、その十一月五日という日付を折り込みチラシの裏にメモした瞬間に、惟朔のなかで、なにかが崩れたのだ。

もし東京から逃げだしていなければ、急行銀河に乗っていなければ、惟朔は幸子といっしょに二時間並んで見物五十秒の人混みのなかにいたかもしれないのだ。惟朔はその場に立ちつくした。

十一月五日は夜這いをかけて、そのまま一睡もせずにニコ中と三条の小川珈琲まで歩いていき、コーヒーを飲んだ。幸子のことなど、ましてパンダのことなど、これっぽっちも思い出さなかった。

惟朔は表情をなくして歩きはじめた。歩きながら手にしていた新聞を無意識のうちに引き千切っていた。千切られた新聞は北風に煽られ、惟朔の手から飛び去っていった。

今朝もよく晴れている。空を仰ぐと、眼球の芯が錯乱して平衡感覚が喪われた。

「なんだ、ちょうど一週間、日曜日じゃねえか」

呟いて、直後、鋭く喉が鳴った。鴨川の河川敷で犬の散歩をしていた女の子の姿がくっきりと泛びあがっていた。

ジーパンのなかで陰茎が鈍く痛む。勃起した方向に無理があるのだ。惟朔は腹をへこませて手を挿しいれ、位置を修正した。自分でも呆れるくらいの硬直ぶりだった。

待ち伏せをすることにした。今朝も彼女が愛犬の散歩にでる保証はなにもないが、対岸に渡ってベンチに座ってぼんやり鴨川の流れを見守ろう。

だいじょうぶ。

絶対に、あの女は、あらわれる。

得体のしれない確信と慾望に突き動かされて、惟朔は22番の市電に乗った。車中ではきつく腕組みをして、ずっと目をとじていた。瞼の裏側の惟朔と女は全裸で、ベッドのうえで向かいあっている。まだ幼さの残る乳房を見つめながら惟朔はちくちくと皮肉なことばかり口ばしり、彼女の嫌がることばかりを強いる。女の涙が陰茎を濡らす。そんな妄想をあたためて、血まみれと呟いたときのニコ中のように唇を歪める。

いちどだけ目をひらいた。北上していた市電が百万遍で西に進路を変えたとき、時刻を確認したのだ。六時半をすこしまわったところだった。

惟朔はさらに唇を歪めた。嘔吐したおかげで京南金属から早く立ち去ることができた。彼女を目撃した日からちょうど一週間。日曜日。晴天。散歩日和。しかも時間はぴたり。自分には味方をしてくれるなにかが取り憑いている。そんな奇妙な確信をもった。

加茂大橋で下車するまで、陰茎は硬直しっぱなしだった。

ところが鴨川の河川敷に降り立ったとたんに、川風に醒まされたのか、呆気にとられるくらい素早くしぼんでいった。

取り憑いていた何ものかは去っていき、惟朔は思いのほか明澄な気分のなかにあった。淡々とした足取りで河川敷を下り、ちょうど先週、ニコ中と惟朔が立っていたあたりを見わたせる場所まで行った。

ベンチに座る。踵《かかと》をベンチにのせて、膝を抱えた。一週間前よりもさらに気温が下がっているのだろう、川面からは控えめだが靄《もや》がたなびいていた。まだ、すこし早い。市電のなかでの硬直は消え失せて、いっしょに昂ぶりや緊張までもがどこかにいってしまい、欠伸《あくび》が洩れた。小指の先で目尻に滲んだ涙をこする。

「おい」

「はい」

警戒している。犬も白い牙をみせて低く唸《うな》っている。惟朔は片足だけ地面におろし、こんどは掌で涙をこすった。

「一週間前も散歩してただろう」

「はあ」

「向かいから、向こう岸から見てた」

「どちらさんでしょうか」

「どちらさんて、あちらさん。京大の西寮にいる」

対岸を指差して言ってから、あわてて否定する。

「でも学生じゃないよ。京大生じゃない。行くところがないから学生寮に世話になってるだけ」

「放浪ですか。ヒッピーていうんですか。京都は最近、多い、いうてますけど」

女は愛犬を栖に当然のことながら、さぐる眼差しだ。惟朔は肩をすくめ、腰をかがめて前傾し、唸っている犬に下方から手をのばした。施設の農場で犬の扱いには慣れている。上から見おろしさえしなければ、つまり視線をおなじ位置にもっていきさえすれば、犬はたいてい警戒をといて懐いてくるものだ。それが通用しないのは虐待されている犬だが、その心配はないだろう。案の定、小首をかしげた後、惟朔の掌をぺろぺろ舐めはじめた。尻尾が勢いよく振られている。

「ふしぎ」

「なにが」

「ゴンちゃん、誰にも懐かへんのに」

「ふうん」

惟朔は嬉しくなった。けれど、ふと気付いた。先週、平気で首輪から引き綱をはずして自由に駆けまわらせていたではないか。誰にも懐かぬ犬を放つわけがない。引き綱をはずすためにしゃがんだせいで下着が見えたのだから、まちがいない。どうやら好意をもたれているようだ。ならば率直にいこう。

「おまえ、綺麗だね」

「えっ」

「すごく綺麗。先週、対岸から見てたんだ。偶然だけど。で、胸がギュッと縮こまっちゃった。毎晩夢に見る。たまらないよ。いい加減にしてくれ」

最後を凄んだ口調で言い、すり寄ってくる犬を軽く押さえつける。犬の軀に体臭がまったくないことを確認する。白い体毛にも曇りがない。きちっと洗われて手入れされているのだ。押さえれば、待つことができるし、躾《しつけ》も行き届いている。

彼女は戸惑っている。

けれど頬が染まっているのは川面を疾《はし》る寒風のせいだけではない。

「このあたり、いいとこだな」

彼女は頷いた。惟朔は犬の鼻の頭を突きながら、たたみかける。

「ゴンちゃんにとっても、いい環境だ」

「うち、雨の日以外は毎朝、ゴンちゃんと散歩してるねん」

「なんだ、一週間、またなくてもよかったのか」

彼女は控えめに頬笑んだ。

「河川敷だけやなくて、御所にいく日もあるけど」

それには応えず、いきなり尋ねる。

「おまえ、幾つ」

「――十七やけど」

「俺とおなじじゃん」

「嘘」

「嘘じゃない」

「大人びてはるなあ」

「そうかな。じゃあ、身長は幾つ」

「――七十」

「百七十か」

「繰りかえさんといて」

いきなり名前を訊けば警戒されるが、まずは犬を手なずけ、こうして年齢や身長といった外堀から埋めていけば相手をどんどん裸にしていくことができる。惟朔はゴンちゃんとやらを抱きこんで、その頭を撫でながら頰笑んだ。

「恥ずかしがることないよ。すらっとしてすごく恰好いい。でも」

「でも」

「うん。俺より高いのかな」

「いやや わ」

「高校に入ったとき、身体検査をしたけど、俺さ、一メートル七十ちょっとあるつもりだったんだ。でも、六十九センチだった」

「うちがみたところ、いまやったら絶対百七十以上あると思う」

「どうでもいいや。俺、東京でモデルの女の子と付き合ってたんだ。ａｎ・ａｎとかのモデルなんだけど」

幸子を念頭に、平然と嘘をつく惟朔であった。実際にａｎ・ａｎのグラビアを前にしても、あの幸子にそっくりなモデルを指して、平然とこの子と付き合っていたと口ばしるだろう。女の子はほんとうかといった眼差しを注いできたが、惟朔はかまわず続ける。

「その子も背が高かった。俺よりも、高かった」

「モデルやもんね」

「そういうことじゃなくて、俺、背の高い女の子に弱いんだ。好きなんだよ」

挑むような眼差しを意識して、じっと見あげる。女の子は視線をそらさずに真っ直ぐ見つめかえしてきた。人間たちの駆け引きに無関心なゴンちゃんは後脚で首のあたりを掻いている。

「名前は」

「鏡子。高橋鏡子」

「京都で京子」

「ちがう。鏡の子」

「俺は惟朔」

鏡子はいさくと呟いて、小首をかしげた。惟朔は鏡子に隣に座るように促し、地面に指を立て、名前を書いた。鏡子は惟朔の隣に浅く腰かけて、地面の文字を覗きこんでいる。不明瞭な線ではあるが、なんとなく読みとったようだ。

「萩原朔太郎の朔の字ね」

それから、控えめな声で諳誦《あんしよう》した。

おるがんをお弾きなさい　女のひとよ
あなたは黒い着物をきて
おるがんの前に坐《すわ》りなさい

あなたの指はおるがんを這《は》ふのです
かるく　やさしく　しめやかに　雪のふつてゐる音のやうに
おるがんをお弾きなさい　女のひとよ。

詩を諳誦する女など、初めてである。惟朔は痛みに似た胸苦しさを覚えた。同時に深く満足した。姿かたちだけでなく頭もよい。そして、感受性も。

空とぼけた顔をしてお座りをしていたゴンちゃんは、惟朔の憧憬の心に反応したのだろう、まず惟朔の顔を凝視してから、鏡子に視線を投げ、それからふたりの顔を交互に見較べた。

鏡子は地面の文字に視線を据えて呟いた。

「難しい名前やな」

「まあな。親父が小説家だったから」

鏡子の顔が輝いた。

「ほんま。どんな小説」

「いや、売れない小説家。けっきょく本は一冊もだせなかった」

「厳しい道やもんね」

惟朔は答えず、おとなしくお座りをしているゴンちゃんの鼻先に足を突きだした。ゴンちゃんはさっそく惟朔のバスケットシューズの先に牙をたてる。もちろん本気ではなく、惟朔の顔色を窺いながらの甘嚙みだ。

「ゴンは日本犬か」

「そうや。紀州犬」

「雑種じゃないのか」

「あ、けっこう貴重な犬やねん。父が幾度も三重の猟師さんのとこまで足を運んで手に入れてくれはってん。ゴンちゃんはカモシカ猟が得意なシカ犬」

「お見それしました。ゴンは俺なんかよりもずっと値段が高いんだな」

すると鏡子がたしなめる口調で言った。

「犬は犬やと思うけど」

惟朔は深い溜息をついた。なにごとかと鏡子が顔をよせてくる。惟朔は鏡子の頰のあたりをちらっと見て、正面をむく。独白するように言う。

「目鼻立ちの綺麗な女なんて、いくらでもいるじゃないか」

「そうやろか」

「そう。でもさ、鏡子みたいに顔全体の骨格まで綺麗な女って、まずいない」

「変な褒め方や」

「変か」

「かなり」

もちろん鏡子は満更でもなさそうだ。

「鏡子は高校生だろ」

「そうやけど」

怪訝そうに尋ねてくる。

「惟朔君も高校生やないの」

「馘《くび》になった」

「退学」

「そう」

「なんで」

「暴力行為」

鏡子が凝視してきた。自分の世界には存在しない生き物を見るような目つきだ。

「ケンカしはったん」

「言いたくない」

「堪忍え」

「べつに怒ってない」

惟朔は大きく欠伸をした。実際に京南金属で徹夜したので演技ではないが、鏡子に見せつける意図もあった。俺はおまえを前にしてまったく緊張していないし、べつにどうということもないんだという突っ張り気味の意思表示である。ところが鏡子は惟朔から蔑《ないがし》ろにされたとは感じていないらしい。柔らかく頬笑んだのである。

「ごめんな。俺、アルバイトで徹夜だったんだ」

「アルバイト」

「そう。鉄工所。九条。最悪。十五時間拘束だぜ。それを六日間連続。ところが今朝方、ゲロ吐いちゃったよ」

「え——」

「だから、もどしちゃった」

「だいじょうぶなん」

「まあね。さすがに疲労してたみたい。でもゲロといっしょに恥ずかしい気持ちも消えちゃって、こうして鏡子を待ち伏せだ」

鏡子は眉間に縦皺を刻んだ。半分苦笑しているような大人っぽい表情である。その思いもしなかった色香に惟朔はさりげなく視線をそらした。

胸は高鳴っているが、手持ちぶさたでもある。川面を眺めやりながら何気なく首筋を揉んでいると、誘われるように手をのばしてきた。冷たい指先だった。おそらくは父親の肩を揉んだりしているのだろう、慣れた手つきだ。

「うちは、アルバイトしたことないねん」

「やればいいじゃないか」

「あかん。父も母も許してくれはらへん」

「ま、俺だってやりたくはないけど、生きていかなくちゃならないじゃないか」

「自活してはんの」

「当たり前だろ。十七にもなって親の臑《すね》なんか齧《かじ》ってられるかよ」

「なあ、横、むいて」

「こうか」

「うん」

惟朔がベンチに横座りすると、鏡子はベンチの上に跪《ひざまず》いて、惟朔の肩を揉みはじめた。べつに肩が凝っているわけではないが、しばらく身をまかせた。鏡子は惟朔の肩を揉んでくれてはいるが、軀が触れぬように気を配って距離を保っている。

「なあ、どっか凝ってるとこ、ある」

「ああ、腕三里」

「それって、どこ」

惟朔は腕まくりをして、以前、伊勢に揉んでもらった部分を示した。

「けっこう太いねんなあ、骨」

「そうかな」

鏡子は頷きながら、力不足を補うつもりだろう両手指を重ねて腕三里のツボを指圧してきた。勘所を摑むのがうまい。惟朔は思わず呻いた。

「痛いん」

「気持ちいいの」

「なんか切ない顔したはる」

戸惑ったような、困ったような顔つきの鏡子である。惟朔は調子に乗って性的な表情を意識して呻いてみせた。河川敷をいく人々がふたりに遠慮のない、あるいはさりげない視線をむける。しかし鏡子は気にせずに軽く息みながら惟朔の腕の指圧を続けた。

「ああ、ありがとう。もういいよ」

鏡子はそっと手を離した。惟朔は鏡子の指があたって微妙に赤くなった腕三里に視線をおとした。そんな惟朔にむけて鏡子がそっと囁いた。

「中指のとこ、傷ある」

「ああ、鏡を殴った」

「鏡。なんで」

「割りたくなった。鏡子を、割りたく、なった」

思い入れをこめて囁くと、鏡子のちいさな喉仏が幽かに上下するのがわかった。鏡子は惟朔の手の傷から顔をそむけると、おどおどとした口調で訊いてきた。

「服とか、あらへんの」

「服――」

「そう。ジャケットとかコートとか」

「着の身着のままで、急に思いたって急行銀河に乗ったんだ」

鏡子の口が、銀河と動いた。その瞳には憧れめいたものが思いのほか切迫した様子で泛んでいた。

「これから寒なるよ。京都は比叡《ひえ》颪《おろし》がきついねん」

惟朔は雑に肩をすくめる。

「俺、金ないし」

またもや平然と嘘をつく。心の底にブルジョワの娘にはいくら嘘をついてもいいのだ、といった居直りがあった。西寮で聞きかじった階級闘争といったことを自分に都合のよいように解釈しているのである。

惟朔は膝に手をついて立ちあがった。老人臭い仕種は計算の上である。まだベンチに腰をおろしている鏡子を見おろして、いままでの会話のなかでも最も柔らかい調子で声をかける。

「ごめんね。待ち伏せして、いきなり声をかけるなんて失礼なことをして。でも、そうせずにはいられなかったんだ。わかるだろう」

わかるだろうと問いかけて、そこで一拍おいて自ら頷いてみせるのが惟朔のすれたところである。鏡子は誘いこまれるように頷いていた。惟朔は鏡子が頷いたのを見とどけて、さらに念を押すようにもういちど頷いてみせた。鏡子は催眠術にかかったかのように頷きかえす。

「じゃあ、俺はいくよ」

それは鏡子が予測もしていなかった言葉であった。惟朔はあっさりと背をむけ、しかし当然ながら途中で振り返る。

犬にむけて、ちいさく手を振る。もちろん犬にかこつけて鏡子の様子を観察したのだ。

「ゴンちゃん、ばいばい」

ゴンちゃんが烈しく尻尾をふった。それはそのまま鏡子の気持ちであった。

満足して、もう振り返らずにその場を立ち去った。加茂大橋をわたるころになって、今日はどんな下着を穿いていたのだろうなどと下卑た空想をし、寝不足のときはふしぎに悪知恵が働く——と、独りほくそ笑む。

4

深く楔《くさび》を打ち込んだつもりではある。

ところが別れて一時間もしないうちに不安になってきた。以来、すべてに対して上の空の惟朔である。けれど恰好つけて執着をみせぬ演技をして立ち去ってきた手前、一日二日で鏡子の散歩しているところにあらわれるわけにもいかない。見栄を張るのもしんどいものだ。だが惟朔はそうせざるをえない劣等感の持ち主でもあった。

ニコ中とは微妙にうまくいっていない。表面的にはいままでどおり言葉を交わしてはいるが、しなくてもよい遠慮をお互いにしあっているような隔靴《かっか》掻痒感《そうようかん》がつきまとう。会話は弾まず、なんとなく尻切れトンボだ。そんな気配を察したのだろう、長瀬が声をかけてきた。

「惟朔。散歩、しようか」

最初のうちこそ叮嚀語で喋っていた長瀬であるが、いまでは惟朔を呼び棄てだ。けれど西寮雑魚寝部屋にたむろする得体の知れない面々のなかでも最年少である。惟朔もそのほうが気楽でいい。長瀬も気安い声をかけるのは惟朔に対してだけである。

「しかし、最初は、あのゴミの山に愕然としたもんだが、慣れるなあ、慣れる。人間は恐ろしい」

一呼吸おいて、惟朔に問いかけてくる。

「やはり有機物の匂いだからかな」

有機物の意味がよくわからないが、なんとなく生き物に関係するのだろうと推察し、笑顔をつくって頷きかえす。

「もっとも蛆《うじ》の行列だけは、勘弁してほしいが」

長瀬はそんなことを呟いて、からっとした声で笑う。あまり目立たぬ顔立ちなのだが、よく吟味すると整った顔をしている。整いすぎて乱れがないから、目立たないのかもしれない。

「百万遍東入るに京大生御用達の進々堂《しんしんどう》という喫茶店があるらしい」

「ごようたし。ごようたつ、じゃなかったのか」

「冗談で言ってるのか」

「いや、俺、ずっと、ごようたつだと思ってました」

「ま、それも間違いじゃないよ」

「いいんですか」

「うん。ごようだちと読む場合もあるんじゃないかな」

惟朔は上目遣いで頷く。ニコ中も長瀬も物知りだ。やはりちゃんと学校にいかないとだめなのか、と、すこしだけ憂鬱になる。京大生たちとすれちがう。いままでは垢抜けないなどと軽んじていたくせに、急に彼らがエリートにみえてきた。本気で学業に専念するならば、恰好なんぞをかまっている余地はないだろう。そんな屈折した理解さえ示す始末である。

百万遍から市電で一駅もない距離に進々堂はあった。向かいには京大の北門がある。長瀬と惟朔は進々堂の店舗の前に並んで立ち、その年季のはいったどっしりとした煉瓦造りの建物に感嘆した。小川珈琲もそうだが、京都の喫茶店には重みがある。東京の喫茶店が片手間で営業しているとは思わないが、ここまでの気合いはみられない。

長瀬に促されて店内にはいった。建物が古いので湿気がこもってひんやりとしている。古色蒼然とした香りとまではいかないが、堆積した年月の匂いがたしかにした。テーブルや背もたれのないベンチ状の椅子なども、相当に年季がはいっている。その落ち着き払った佇まいに、逆に落ち着きをなくす惟朔であった。

コーヒーには最初からミルクがはいっていた。長瀬と惟朔は一口含んで、お互いに頷きあった。店内は音楽が流れているわけでもなく、それゆえ逆に会話の声も控えめで、ノートを拡げて勉強している学生も多い。

「ちょっとニコ中さん、寂しそうだよね」

「ああ、まあ」

いきなり切りだされて、不明瞭な返事をする惟朔である。惟朔の困惑を察したのか、長瀬がちいさく笑う。その頬に、くっきりとしたえくぼが刻まれる。

「べつに惟朔を責めてるわけじゃない」

「はい」

「俺に言わせると、ニコ中さんばかりか惟朔もちょっとおかしいし」

「そうですか」

「まあな。俺の見たところ、どうも夜這いに成功して」

「夜這いに性交」

駄洒落を口ばしると、額に空手チョップを食わされた。惟朔は身悶えしてみせる。少々はしゃぎすぎた。隣の席の女の子が本から顔をあげて惟朔と長瀬を見た。長瀬が彼女に眼で謝った。彼女は幽かに頬を染めて頷き、書物に視線をもどした。

「あのあと、惟朔とニコ中さんは、なぜかぎこちなくなっちゃった。なにがあったんだ」

「説明しづらいんですけど、話は簡単です。ニコ中さんは自分ではデブが好きと言いながら、すごく面食いなんですよ」

「どういうことだ」

「だから、なんか自分を虐《いじ》めるみたいに好みじゃない女と付き合って、それで開き直るわけです」

「自虐的になって、しかもそれを正当化するかのような態度をとる」

「そう。それです。で、話はもどりますけれど、夜這いを終えて朝になって鴨川の河原にでたんです」

「なんかいい感じじゃないか」

「そうなんです。いい気分でした。しかも対岸にすごく綺麗な女の子がいたわけです。犬を散歩させてたんですけど」

「ほう」

「ニコ中さんが、こう、穴があきそうな目で見ていたわけですよ」

「ニコ中さんが先に気付いたのか」

「そうです。これは憶測ですけど、たぶんニコ中さんは以前から彼女が犬の散歩をしているのを知っていたんじゃないかな。対岸からじっと眺めていたというか」

ふーん、といった感じで長瀬は顎のあたりを弄《もてあそ》ぶ。鬚《ひげ》が硬いのだろう、ぢりぢりという音がした。惟朔はまだ満足に鬚がはえていないので、すこしだけ羨ましい。

「ニコ中さんが鴨川に行こうと誘ったのか」

「そうです。朝の散歩としゃれこんだわけです」

「ニコ中さんはその女を見初《みそ》めて、対岸から見守るようになっていたというわけか」

対岸から見守る。なんだか切ない。しかも得体の知れない罪悪感を覚えた。反動で惟朔は勢いこんで語りはじめた。

「俺もニコ中さんの視線に気付いて、彼女を見やったわけです。すらっと背が高くて伸びのびしていて、すごい美人でした。もちろん女の子は俺たちのことなんて気付いていませんよ。で、犬の綱をはずそうと背をむけてしゃがんで、そうしたら下着が見えて」

「お、なかなか」

「でしょう。変な言い方ですけどね、処女っぽいんですよ。すごく綺麗だけど、まだ、って感じ。清潔、いや清楚っていうのかな。ところが」

「ところが」

「下着の色が黒かった」

「黒か」

「黒です。しかも臀の割れめまで見えちゃって、その臀がまた艶やかで白いわけです」

「白と黒か」

「そうなんですよ。だから、俺は正直なところ、ちょっと昂奮しちゃいました。そこで道すがら、ニコ中さんに綺麗な女の子ですねって」

「言ったんだな」

「言ったわけですよ。しかも言わなければよかったんですけど、黒いパンティを穿いていましたね、なんてことまで口ばしっちゃったんです。そうしたら、拗《す》ねてしまった」

長瀬は腕組みをした。やがて抑え気味の溜息を洩らした。なんとなく理解してくれたのだろう。解釈するのではなく、自身の気持ちに引きつけて考えてくれて、ニコ中の気持ちを摑み取ってくれた。もちろん惟朔の微妙な罪悪感のようなものも。

「長瀬さん。俺はどうしたらいいでしょう」

「うん。こればかりは対処のしようがないなあ。しかたがない。力まずに、淡々としていればいいさ」

「時間が解決する」

「そういうことだ。ニコ中さんとの関係が復活するのも運命ならば、途切れてしまうのも運命だ」

「それじゃ、なんの解決にもなってないじゃないですか」

「けれど誰も悪くないんだから、成り行きまかせにするしかないじゃないか」

なるほど、と思った。誰も悪くないのである。誰も悪くなくても齟齬《そご》というものは起きがちで、それを縁がなかったなどと言い表すのかもしれない。惟朔は逡巡《しゅんじゅん》した。声を潜めて言った。

「俺、ひどいんですよ」

「なにが」

「二日前です。二日前の早朝、彼女を待ち伏せしました」

とたんに長瀬はほとんど音をたてずに口笛を吹いた。微妙に面白がっているふうでもある。前屈みになって訊いてきた。

「うまくいったのか」

「だと思います。夜勤のバイトからあがったばかりだと言ったら、彼女は俺の肩まで揉んでくれましたし。ただ、俺、つい恰好つけちゃって素っ気なく、ばいばいって帰ってきちゃったんです」

「次に逢う約束をしなかったのか」

「そうなんですよ」

「バカだなあ、惟朔は」

「そうですか。ちょっと引っかかったんですよ」

「ニコ中さんのことか」

「はい」

「気にするな。ニコ中さんには悪いが、こういったことは弱肉強食の最たるものだ」

「弱肉強食ですか」

「そう。強い男がいい女をものにする」

「俺はべつに強くもないですけど」

「ニコ中さんよりは強いだろう」

「まあ、体力的には。相手はニコチンがまわっちゃってますからね」

それには応えず、長瀬は真っ直ぐ惟朔を見据えた。

「なあ、惟朔。逢えるなら、すぐに逢いにいけ」

「すぐに、ですか」

「そうだ」

「はい」

「恋愛の鉄則だ。駆け引きもいいが、最後は素直な奴が勝つ」

「素直。長瀬さんは、こんなとき、どうするんですか」

「こんなときも、どんなときも好きになった異性に対して言うことは、ひとつ。――おまえが欲しい」

「おまえが欲しい」

「そう」

「うまくいきますか」

「七対三くらいでうまくいく。ちゃんとお願いをすれば、人間というやつ、なかなか断れないもんだぜ」

「わかりました」

「よし。じゃ、惟朔よ」

「はい」

「うまくいったあかつきには、彼女に頼んでくれ。俺のぶんも」

「紹介しろと」

「そうだ」

「わかりました」

惟朔と長瀬は額を突きあわせるようにして笑い声をあげた。隣席の女の子が、ふたたび本から顔をあげた。長瀬と惟朔は同時に頭をさげた。柔らかな頬笑みがかえってきた。いま、彼女に声をかけたら絶対に席を移ってくるだろう。そう確信した。欲しいときには恰好をつけず、素直にお願いすればいいのだ。単純だが最高の真理を発見したかのような気分だ。

ニコ中だって素直にお願いすればよかったのだ。長瀬は七対三といっていた。たぶんニコ中は初めて声をかけたときに七対三の三のほうに引っかかったのだ。そして自尊心を傷つけ、素直にお願いするのをやめてしまい、食べたくもないものを無理やり口にして、開き直りの言葉を吐くようになった。

そういえばニコ中は看護婦寮の風呂場を覗いて自慰に耽った。ほんとうに太った女が好きならば、よけいな覗きなどはせずに真っ直ぐ美晴のところに行ったはずだ。人は複雑だ。ニコ中だけでなく惟朔だって恰好つけて別れた手前、逢いたくて仕方がないのに悶々《もんもん》としていたのだから。惟朔は決心した。明朝、鏡子に逢いに出かけよう。

＊

けれど素直になれず、まずはゴンちゃんに声をかけた惟朔であった。しかも頬が火照《ほて》っている。鏡子の顔を見ないようにしてゴンちゃんの鼻面を弄ぶ。

女というものは、たいがい二度めに逢うと、こんなものだったのか——という感慨をもつものだ。初対面のときの輝きは簡単に喪われるのが常である。

けれど鏡子は眩しかった。ちょうど惟朔の前に立っているのだが、その腰の張りが惟朔を圧倒するのだ。骨盤からして特別である、そんな印象をもち、惟朔はますます臆してしまった。鏡子が怪訝《けげん》そうに小首をかしげ、腰をかがめて覗きこんできた。

「もう、お腹の具合、ようならはったん」

惟朔は内股加減の鏡子の足先を見つめて繰り返した。

「腹具合」

「もどした、いうてはったから」

「あ、忘れてた」

「自分の軀や。ふつう忘れへんやろ」

ひょいと座ろうとするのを制して、惟朔は掌でベンチのうえを素早く、雑にこすった。白いスラックスを穿いているので、気を遣ったのだ。

「綺麗にしてくれはったん」

「まあな。朝露は拭いた」

「おおきに」

「おう」

「威張ってはる」

「照れてるんだよ」

とたんに鏡子の軀が揺れた。声をたてずに笑っているのだ。このあいだとちがって距離をとらず、ぴたりと触れあうくらい近づいて腰をおろしている。よい香りがする。軀の熱を感じる。

「心配してたんやから。寝込んではんのかなって」

「ああ、だいじょうぶ。睡眠不足や疲労が胃にきたんだな。でも、だいじょうぶ。たっぷり寝て、たっぷり休んだ」

「うん。よかった。うちまでちょっと胃が痛うなってしもて」

「それは、俺のせいか」

「そうや。惟朔さんのせいや」

「さん付けはやめろ」

「ほな、なんて呼んだらいい」

「呼び棄てでいい」

「あかん、できひんわ」

「いいから、呼べ」

「――惟朔」

「うん」

「なあ、惟朔」

「うん」

「手ぇ、みせて」

「手」

「鏡を殴ったとこや」

「これか」

「あ、薄皮が張ってるわ。早いなあ。トカゲみたいや」

鏡子は惟朔の手をとり、矯めつ眇めつして離そうとしない。惟朔の甲を吐息が擽るほどだ。冷たいがしっとりとした指先だった。細くて長くて、ダ・ヴィンチの描く人物の手指を連想させる。しかもその掌が微妙に汗ばんでいることを感じとって、惟朔は喉を鳴らしそうになってしまった。

鏡子はそのまま惟朔の手を両手で包みこんで自分のほうに引き寄せた。惟朔の手も汗ばんでいるだろう。互いの汗でふたりの手は接着された。鏡子のほうを見ることができぬまま、うわずった声で惟朔は訊いた。

「おまえさ、なんでそんな白いスラックスとか穿いてるんだ」

「白は嫌いなんか」

「いや、汚れが目立つだろう。俺なんか、怖くて白いもんには手をだせないよ」

白いものには手をだせないということは、おまえには手をだせないということといっしょで、意識せぬままに告白してしまった惟朔であった。

実際に悩みぬいていた。

——おまえが欲しい。

言えるわけがない。長瀬からそう言えといわれたときは、なるほどと納得しもしたが、鏡子と面と向かっていては不可能だ。いまの惟朔には絶対に口にできない。

「惟朔」

「なに」

「惟朔の手は冷たいなあ」

「おまえのほうが冷たいだろう」

「惟朔の手のほうが冷たいわ」

「反比例するの、知ってるか。心が温かいと手が冷たいんだ」

「うちは、正比例すると思うな」

惟朔は控えめに笑った。ずっと俺の手を包みこんでいてくれと願った。

「堪忍な、惟朔」

「なにが」

「うち、一人っ子やんか。兄か弟がおったら、冬の服をもってきてあげられたんやけど」

「気にするなよ。なんとかする」

「あんな、怒らんといて」

「なに」

「うち、惟朔にコートかなんか買《こ》うてあげたいんやけど」

とりあえず憮然とした顔をつくった。惟朔の内部にできあがってしまっている反射神経のようなものである。鏡子は惟朔の手をきつく握って、狼狽した顔つきで謝る。惟朔は申し訳なくなってきて、そっと手を引き抜き、頭をさげた。

「すまん。買ってくれ。大事にする」

「おおきに！」

「礼を言うのは、俺だろ」

「あんな」

「ああ」

「うちな、こないなまでに誰かになんかしてあげたいてな、思たの、初めてなんや。惟朔が震えてるかもしれん思たら、なんやしらん、もう、切のうて、切のうて」

こみあげるものがあったが、惟朔は呼吸を整え、努めて冷静な声で訊いた。

「これから学校だろう」

「うちな、さぼろう、思てるねん」

「さぼったこと、あるのか」

「あれへん」

「だったら、行け」

「けど」

「よし。待ち合わせをしよう。進々堂、わかるよな」

「わかる。ほな、三時、進々堂な」

ふたたび惟朔の手をきつく握ってきた。惟朔はようやく鏡子の顔をまともに見ることができた。きめ細かな肌から完全に血の色が失われていた。くっきりとした二重が瞬きを忘れてしまっている。惟朔が見つめると、薄くひらいた唇が幽かに動いた。言葉は発せられなかったが、なにかを訴えかけている。この切実さは、どこからくるのだろう。

＊

もう、姑息なことはやめようと思った。これからするのがデートならば、持っている金をすべて鏡子に手わたして、鏡子に払ってもらえばいい。そうすれば鏡子に負担をかけずにすむ。

そんな大仰な決心をして、京大附属病院の風呂で軀も髪も洗い、午後二時くらいから進々堂で鏡子を待つ惟朔であった。もちろん漠然と待つのはいたたまれない。だから古本屋で梶井基次郎〈檸檬《れもん》〉を買った。新潮文庫だった。なんとなく恰好をつけたのと、ぱっとひらいたとたんに京都という文字が目にはいったからである。

ごく短い作品だった。京都の街の断片的な描写が強く心に刻まれはしたが、じつはなんだかよくわからないというのが正直なところだった。面白いかつまらないかといえば、面白くはない。けれどつまらないと言い切るには引っかかる。

ただ、作者は悪である。

悪人ではなく、悪。

ただ一文字の悪。

それだけは実感した。

惟朔は微妙な疲労を覚えて、文庫本を閉じた。活字を追ったから目が疲れたといった疲労ではない。〈檸檬〉の内包している鋭利な毒にあたったのだ。

よく父が丸善云々と口ばしっていた。どうやら京都にもあるらしい。丸善という名前だけは幼いころから聞き知っているが、それがいったい何を扱う店なのかは判然としないままいままできてしまった。〈檸檬〉のなかでは香水だの煙管《きせる》だのとあるが、本屋なのだろうか。訪れてみたいものだ。

軽く虚脱していた。視界の彼方に揺れる黒髪を見た。反射的に机上の文庫本を隠していた。鏡子に気付かぬふりをして〈檸檬〉をジーパンの臀ポケットに押しこんだ。恥ずかしかったのである。強烈な羞恥を覚えた。恰好をつけるくらいなら、バカであると思われていたほうがよほどましだ。

「待った」

問いかけられて、首を左右にふる。

「いつも暇人だから」

惟朔の近くに陣取っていた男子学生たちの視線がいっせいに集中した。惟朔と鏡子を見較べて顔を歪める者さえある。惟朔は醒めた眼差しで彼らを一瞥した。あらためて鏡子の全身を眺めて、誇らしい気持ちになる。レイヤードというのだろうか、ニットの重ね着が下品にみえない。ほんの心持ち短めの、落ち着いた赤のタイトスカートから覗いた太腿には青い稲妻を想わせる血管が密かに疾《はし》っていて、膝小僧は傷ひとつない。あらためてその脚の長さに感嘆した。

「凄え。素足かよ。つるつるだ」

抑えた声で感嘆すると、鏡子は腕にとおした革のバッグを示して笑った。

「冷えてきたら穿くようにパンスト、惟朔にないしょでいれてきた」

物の価値のわからぬ惟朔であっても、かなり高価なバッグであることが見てとれた。惟朔の視線に気付いた鏡子は、母のおさがりだと頬笑んだ。鏡子がコーヒーを頼み終えてから、惟朔はポケットをあさって、持ち金すべてをテーブル上にぶちまけた。

「なんやの」

「うん。これ、鏡子にわたしとく」

「だから、なんで」

「なんでって、これが俺の全財産。俺、おまえと付き合いたいから、その、持っているものはすべてわたしておこうと思って」

「あかんよ。惟朔のお金は、惟朔のもんや」

「いいから、しまっとけ」

途中から理屈が破綻《はたん》しているという自覚をもった。けれど、感情的には自分の所有している価値をすべて鏡子にわたしてしまいたいのだ。それはほとんど慾求にちかい。押し問答をしているところにコーヒーが運ばれてきた。鏡子は戸惑いながらも札をまとめ、小銭を集めた。

「お札、湿ってる」

柔らかく頰笑むと、傍らのバッグをひらいて、なかからやはり高価そうな財布を取りだして、札や小銭をしまった。

「ほな、うちに預金した、いうことで」

「うん」

「おかしな人や」

「なにが」

「安らいだ顔、してはる」

「俺な」

「うん」

「なにがいやって、金を遣うのが嫌なんだ」

「ほんまに」

「ああ。金を遣うのがいやというよりも、なんか払う段になると、微妙に申し訳ない」

「わからんわ。うちには文学的すぎてようわからん」

「文学とか関係ないよ。恥ずかしいんだ」

鏡子は小首をかしげた。けれど決して惟朔のことが理解できていないわけではない。その聡明な瞳に惟朔の顔が映っている。

「なあ、惟朔」

「なに」

「惟朔のコートやセーター、買いにいこう。とりあえず河原町に行ってみよか」

「いや、それよりも」

「なに」

「ふたりだけになりたい」

――おまえが欲しい、と口にすることのできぬ惟朔の、精一杯の言葉だった。コーヒーカップを両手できつく押さえこんでいた。惟朔は俯《うつむ》いてしまった。まったく恥ずかしいことだらけだ。ところが視野の端で、鏡子が深く頷くのがわかった。

「吉田山に登ろうか」

どんな山かよくわからぬまま、すがるように惟朔は頷きかえしていた。

「けど、うち、惟朔のコートとか、明日にでも絶対買いにいくよ。今日、惟朔があずけたお金でのうて、うちのお小遣いで買う」

「うん。明日」

するとも鏡子はコーヒーを三分の一ほど残したまま立ちあがり、伝票を摑んだ。貧乏性の惟朔は素早く鏡子のコーヒーを飲み干し、あとを追った。

進々堂をでると、今出川通を横断して東の方角にむかった。たいして歩かぬうちに吉田神社の石碑に至る。惟朔が目で訊くと、鏡子は生真面目な顔つきで頷いた。

「吉田山の北参道や」

すぐに頰をゆるめる。

「けど、高さ百メートルちょっとくらいしかあれへんねん」

惟朔の当初の心づもりでは、どこか適当な連れ込みホテルにでも潜りこもうと考えていたのだ。吉田山に登ろうと囁《ささや》かれた瞬間に、とにかく嫌われたくない一心で頷きかえしていたが、丘に登って手をつないで下界を見おろして帰ってくるのではたまらない。

心配そうな目をむけると、諭すような、宥《なだ》めるような顔つきで囁いてきた。

「参道からはずれれば、ふたりだけになれるで」

すぐに自信のなさそうな表情になり、付け加えた。

「たぶん」

思いのほか山深かった。すぐに通りを行く車の走行音もとどかなくなった。コンクリートの階段が設《しつら》えてあるが、落ち葉に覆われている。それでも植生は常緑樹が主体なので、見通しがきかない。高さ百メートルちょっとときいて侮っていたが、完全な山道だ。鏡子は惟朔と並んで登りながら、問わず語りに教師に嘘をついて学校を早退したことを語った。待ち合わせ時間の三時に間に合わせるためには、それしかなかったと嬉しそうに言う。教師をだます瞬間の胸の高鳴りと罪悪感をかなり精確な言葉で表現した。すべてを聞き終えて、惟朔は立ちどまった。

「いけないよ、鏡子」

「本気で言うてはるの」

惟朔は笑った。ふたりだけになったら、気が楽になっていた。女という性に対してよけいな幻想をもっていない惟朔である。甘えが許されるとなると、とたんに大胆になる。身をよじり、どん、と頭から鏡子の胸になだれこんだ。

手は背後で、腰のあたりで組んでいる。抱きしめれば逃げだすが、手を用いなければ鏡子には惟朔の意図がわからないだろう。対処のしようがない。実際に惟朔の行為は母に甘える子供の仕種にちかく、意図などないのだが。為すがまま、為されるがままだ。

頬で鏡子の胸を押しつぶす。思いのほか豊かで、しかも張りつめた気配だ。ニットの刺さる感じを愉しみながらしばらく頬ずりをして、そっと離れる。鏡子は凝固していた。唐突だったので驚愕しているようだ。

こういうときには言い訳も説明も不用である。必要なのは愛嬌に類するものだ。惟朔は悪戯っぽい顔をつくって手を差しだす。見返す鏡子の瞳が強く潤んでいる。ふたりはきつく手をつないで山道を登りはじめた。しばらくして鏡子が震える息まじりで囁いた。

「シャンプーかな、リンスかな、いい香りがした」

「ああ。昼過ぎに京大附属病院の風呂に入った。いつも勝手に入ってるんだ」

「うちも、お母さんに内緒で素早くシャワーを浴びた」

「鏡子はいいんだ。でも俺は汚えからさ」

「うち、惟朔なら汚くてもいいねん」

「そんなこと言うと、おしっこ、かけるぞ」

「おしっこ」

「冗談。ちょっと立ちションする」

尿意をもよおした惟朔は鏡子から離れた。そっと背後を窺うと、汚くてもいいと言っておきながら、鏡子は露骨に顔を顰《しか》めていた。ムードもなにもあったものではないと憤っているのかもしれない。惟朔はジーパンのジッパーに手をかけたまま、じっと鏡子の顔を見つめた。

「おまえ、男が小便するの、見たこと、あるか」

「あれへんよ。あるわけない」

「いちども、か」

「じゃ、惟朔は女の子が――」

「ない。大人のは、ない。けど、見たい」

「アホや。惟朔はドアホや」

「ま、いいや。こっちにこい。見せてやる」

「それって、強制」

「そう。強制」

上目遣いで惟朔の顔を窺って、それでも鏡子は傍らにやってきた。まったく興味がないわけではないのだ。あるいは惟朔のペースにはまってしまっている。惟朔は力まず、ごく自然に自らを解放し、示した。

「俺、まだガキなのかな、先っちょが半分くらい顔をだしてるだけで皮をかぶってるわけだ。でもな、こうして剝くと、ほら、中身がでてきた」

「――桃色してはる」

惟朔は肩をすくめて排尿した。派手な水音がして枯葉が濡れ、湯気があがった。そっと鏡子の顔を盗み見ると、爽快なものでも見ているかのような微妙な陶酔の気配があった。

「惟朔」

「なに」

「それって、大きくなったとこ」

「まさか。ちいさいままだよ」

言いながら惟朔はちいさく胴震いして滴《しずく》をきり、しまいこんだ。そっと鏡子にむきなおる。鏡子は微かに上体を仰《の》け反《ぞ》らせた。

「だいじょうぶだよ。見せたから見せろなんて迫らないから」

言いながら、抓《つま》んでいた左手指の匂いを無意識のうちに嗅いでいた。鏡子の見咎める視線が注がれて、それで惟朔は匂いを嗅いでいたことに気付いた。

「風呂に入ったから、ぜんぜん匂わない。ほら」

手を差しのべると、鏡子は臆せず鼻を近づけた。すぐに口許に頬笑みが泛《うか》んだ。

「どうした」

「する。惟朔の香り」

「ほんとうかよ」

だが、惟朔にはまったくわからない。上目遣いで尋ねる。

「どんな匂いがした」

「可愛い匂い」

「可愛い」

「そう。いとおしいって言うんやろか」

惟朔はなんとなく咳払いした。鏡子の顔色を窺いながら言った。

「参道からはずれると、ふたりだけになるって言ってたよな」

鏡子はちいさく頷いた。

「いまもふたりだけどさ、誰もこないところに隠れたい」

惟朔は上目遣いだ。さぐる眼差しだ。微妙な甘えも滲ませている。鏡子はきつく唇を結ぶと、下方に視線をさまよわせた。言ったことには責任をとる、といった思いつめた気配で、いきなり惟朔の手を引いてきた。登山道からはずれて、斜面を下った。圧倒的な緑のなかで、すぐに隔絶した。顔をあげると、木々に区切られて曇天が覗けた。

ふたりは所在なげに斜面に立った。お互いの息をする音が、鼓動が聴こえそうだ。惟朔は息を荒らげながら、ネルシャツのボタンを幾つかはずした。

「だめだ。心臓が壊れそうだ。触ってみろ」

鏡子の手首を掴む。シャツのなかに手を誘導する。心臓のうえに至る前に鏡子の指先は惟朔の大胸筋をそっとなぞっていた。

惟朔は手をのばし、鏡子の腰にまわした。その嫋《たお》やかなくびれをいとおしみ、腰骨の尖りをさぐりあてる。惟朔は女の骨盤のかたちに固執がある。性器を中心にした伸びやかな器の外郭を確かめる。女の善し悪しを決めるのは骨格だ。そんなすれた思いがある。

スカートのうえから臀をさぐる。直後、我慢ができなくなった。

「おい」

荒い、しかし抑えた声をかけ、鏡子を立木に押しつけた。押しつけておいて、さらに体重をあずけ、囁いた。

「安心しろ。強引なことはしない」

「うち、平気や。怖ないもん」

真正面から挑む眼差しがなんとも凛々《りり》しくて、惟朔は肌が収縮するかのような恋情に包まれた。

「さっき鏡子は、それって大きくなったとこかって訊いただろ」

「知らん」

「ほら、大きくなった。鏡子のお腹にめり込んでるぜ」

惟朔はきつく押しつけた。鏡子は下腹に全神経を集中するかのような表情をみせ、しげしげと惟朔の顔を見つめてきた。

「どうだ」

「ずいぶん硬くて」

「さっきより大きいだろ」

「まるでジーパンのなかに懐中電灯を隠してるみたいや」

惟朔は失笑した。鏡子もつられて笑った。緊張はしているのだろうが、嫌悪をもっていないところが好ましい。

「おまえ、こういうことするの、初めてか」

「うん——」

「なんだ、初めてじゃないのか」

「キスやったらしたこと、ある」

「いつ」

「中三のとき。卒業式のあと」

「面白くねえ」

「堪忍え。うちもあまり乗り気やなかってんけど、相手が泣きそうなくらい必死やから断り切れへんかったんや」

「ま、いいや。どんなキス」

「どんなって、キスに種類があるのん」

「唾、飲んだか」

「飲まへん。うち、そんなことせえへんもの」

「ほんとうのキスはな、飲みあうんだ」

ほんとうにそんなことをするのか、と目で問いかけてくる。惟朔は返事のかわりに濡らした舌先を突きだしておどけた。

「——飲ませてくれる」

「ああ」

「うちのも飲んでくれる」

「すごく飲みたい」

「ええよ。飲ませてあげる」

けれど、ごく控えめな接吻だった。お互いを吸い尽くすような生々しさは、どこにもない。ただ着衣のうえからではあるが、お互いの性はきつく密着しあっていた。惟朔が強引に割り込むものだから、鏡子はほとんど交わりの体勢にちかいかたちになっていた。

どちらからともなく離れた。

ふたりとも肩で息をしていた。

惟朔は苦笑した。つられて鏡子も頬笑んだが、惟朔の笑いに較べて切実の度合いがちがう。惟朔は笑いをおさめ、凝視した。

「いいか」

鏡子は黙って頷いた。

先ほどとちがって、やさしく抱きしめた。全身を滑らかにこすりつけあう。惟朔は鏡子の旺盛な香りを嗅ぎとって、完全に抑制を喪った。スカートのなかに手を挿しいれる。

下着と脚の付け根のあたりを指先でいったりきたりさせる。その指先を滑らせ、さらに核心に近づけた瞬間だ。

「あかん」

きつい拒絶の言葉だった。

「なにが」

「それ以上は、あかん」

「なぜ」

憮然とする惟朔に泣きそうな顔をむける。

「あかんよ」

「だから、なぜ。俺だって無理やりなことはするつもりはないぜ。痛くしない。そっといじるだけだから、な」

最後は哀願の口調である。しかし鏡子は涙を浮かべて訴える。

「惟朔。今日は、ここまでで堪忍して。な」

おさまりのつかぬ惟朔である。睨みつけ、ジーパンのジッパーをおろす。おさまりのつかぬ本質を鏡子にさらす。

「こんなになっちゃってるんだぜ。ここまでって言われても、もう、元にもどらないよ」

駄々をこねるように言い、虚脱気味に息をつく。拗ねた調子で続ける。

「わかったよ。無理強いする気はないよ」

さらに鋭い声で命令した。

「そのかわり、俺がやるところを見ろ。絶対に目をそらさずに見てろ」

鏡子は頷いた。惟朔のその手に余る惟朔を凝視して、もういちど頷いた。

惟朔は鏡子の視線のなかで自らの手仕事に励んだ。こういうかたちでの自慰は初めてである。勢いがついていて加減がきかない。壊れ、引《ひ》き攣《つ》れそうになるくらいにこすりあげていく。

そのときだ。

烈しい動きのせいで臀ポケットに入れていた文庫本が枯葉のうえに落ちた。鏡子の口が檸檬、と動いた。惟朔は手を止めた。

時間が止まった瞬間だった。

見つめあった。

「ええよ。惟朔。うちのこと、惟朔の好きにしてええよ」

惟朔は鏡子を睨み据え、低い声で応じた。

「見てろって言っただろう」

再開した。すぐに爆《は》ぜた。狙いすましたように鏡子のスカートを汚した。赤い生地のうえに大量の白濁が散った。

「血――」

鏡子の声に、肩で息をしながら惟朔は赤と白の対比を睨みつけ、かろうじて呟きかえした。

「血が白いかよ」

「そうか。そうやね」

鏡子の視線はスカートに散った惟朔の純白に据えられている。惟朔は居丈高な眼差しで鏡子を見やっていたが、自分の恰好の不細工さに居たたまれなくなり、まだ中途半端に硬直し、疼《うず》いている自身をしまいこみ、ジッパーを引きあげた。そのまま鏡子の顔を見ないようにして腰をかがめ、枯れ葉のうえに落ちた〈檸檬〉をひろいあげ、臀ポケットにねじこむ。

身支度をしたことで気を取り直し、惟朔は一歩踏みだし、手をのばすと焦り気味にスカートを汚した白濁を指先で刮《こそ》げおとした。鏡子が凝視している。惟朔は指に附着した白濁を一瞥し、手首を烈しく振って落とす。手指から飛び散った精は、笹の葉のうえで無様《ぶざま》に盛りあがった。すっかりしぼんでしまった声で謝罪する。

「ごめんな。染みになっちゃうかな」

「気にしんといて」

鏡子は優しく許してくれたのだが、白濁を刮げおとした痕は、まるで蛞蝓《なめくじ》が這ったかのようにてらてらぬめぬめと嫌らしく光り輝いている。惟朔は気が気ではない。

「びっくりしたわ。爆発したみたい。炸裂、いうんやろか」

「せんずりには男のソウルがある」

爽快なものでも目の当たりにしたかのような鏡子の言葉に誘われて、言わなくてもいいことを口ばしってしまった。鏡子は大きく頷いた。

「男のソウル。魂やね」

「そうだ」

「生意気言うようやけど、男の人の内側に隠し持った烈しさだけは、実感できたわ」

鏡子はあきらかに炸裂に好意を抱いているようだ。ある陶酔の気配と感嘆を隠そうとしない。惟朔が爆ぜた対象が自分であるということで、自尊の心を充たされている。自分という存在があるからこそ、惟朔という牡《おす》にこれほどにまで強烈な現象が起きたと感じているのだ。いわば女として充たされている。けれどふと小首をかしげた。

「いまの、せんずりいうんか」

「知らないのか」

思いもしなかった奥手ぶりに少々呆気にとられると、鏡子はこんどは逆方向に小首をかしげて呟いた。

「きいたこと、あるような気もするけど」

惟朔は不安を覚えた。

「おまえ、外で口にするなよ」

「なにを」

「せんずり」

「惟朔とふたりだけのときならええか」

「いや、その、なんというか、あまり」

「わかった。恥ずかしい言葉なんやろ」

惟朔の失笑に気付かずに、あるいは気付かぬふりをして、鏡子はすっと視線をおとし、蛞蝓の這い痕にそっと指をもっていった。惟朔に見せつけるようにゆっくりとこすった。スカートの生地と鏡子の指先のあいだで糸を引いているのを見てとって、惟朔は狼狽気味に顔をそむけた。鏡子は惟朔で濡れた指先を臆せずに鼻先にもっていった。目を細め、独白の口調で呟いた。

「これ、うちの好きな匂いかもしれへん」

鏡子はさらに執拗に痕に指を這わせ、まとわりつかせて深呼吸するかのように匂いを嗅いでいる。

「惟朔。たまらんわ。うち、この香り、大好きや」

「おまえ、おかしいよ」

「おかしいやろか」

「おかしい」

惟朔が断言すると、鏡子は顔つきを変えて訊いてきた。

「これって、おしっこ」

「ちがう。ぜんぜん別のところから出てくるんだよ」

「なら、汚いことあれへんやろ」

「ない。それどころか」

「知ってる。これで妊娠するんや」

「そんなことじゃない」

「ほな、なに」

惟朔は戸惑った。

「なあ、なに」

重ねて問いかけられて、肚《はら》を決めた。

「これをな、舐める」

「どういうこと」

「口のなかに」

「炸裂させるの」

「そう」

鏡子が自分の口を示した。惟朔は鏡子を見つめたまま頷いた。血の色に染まった唇の奥で、濡れた舌先が前歯の先端をさぐるような微妙な動きをしたのが見てとれた。

「惟朔」

「なに」

「したこと、あるやろ」

「口のなかにか」

「そうや」

「——あるけど」

「そうか」

気まずい。惟朔は怒った声をつくって、ひと言、声をあげた。

「ハンカチ」

焦った手つきで鏡子はバッグのなかから淡い藤色をしたハンカチを取りだした。香を薫《た》きこめてあることなど知るよしもないが、しんとしたとてもよい香りのするハンカチだった。

惟朔は鏡子の手からハンカチを邪慳《じゃけん》に奪いとった。枯れ葉に覆われた地面に跪くと、スカートを汚した白濁の痕を丹念に拭きとりはじめる。そんなことをしなくてもいいと鏡子が慌てた声でたしなめたが、惟朔はハンカチを唾液で濡らして、徹底的に拭きとっていった。

「だめだ。生地のなかに入りこんじゃって、きりがない」

生地との相性もあるのだろうが、自分の体液が、これほどまでに始末におえない代物であるとは思ってもいなかった。

「もう、ええよ」

「ごめんな」

「ううん、おおきに」

跪いたまま顔を寄せると、鏡子は両手で惟朔の頭を抱きかかえるようにした。策を弄したつもりはないが、心の奥底に、鏡子の性に接近したいという切なる希《ねが》いがあったからこそ、その腰の前に跪いたのかもしれない。

頭を抱きかかえた鏡子の指先に微妙な意思がこめられた。惟朔は誘いこまれ、そのまま鏡子の性のふくらみのあたりに鼻先を押しつけた。惟朔は頬に自分の放った痕跡、その湿りと粘りを感じたが、鏡子の核心に近づいたことによる昂ぶりのせいで頬ずりすることに躊躇《ためら》いはなかった。

鏡子の香りを胸に充たす。当然ながらスカートに染みこんでしまった惟朔の精の匂いのほうが旺盛だ。よけいな匂いに対する苛立ちを抑えこみ、鏡子の核心に集中する。やがて感じとることができた。生々しさに欠ける。錆びた鉄の匂いを聯想《れんそう》した。やがて奥深い肉体の匂いも感知した。不潔感はない。

惟朔が唇をあてがい、そのあたりをこすりあげると、鏡子は惟朔の頭においた手にきつく力をこめた。しかしスカートの生地はちくちくざらざらとして、鏡子の秘密を完璧に護《まも》っている。惟朔は厚手の生地の隙間から幽かに洩れ伝わる鏡子の芳香を狂おしく吸いこむばかりだ。

どちらかといえば平然とスカートのなかに顔をつっこみかねない惟朔であるが、いちばん最初に触れようとしたときの鏡子の拒絶の印象が強く、それ以上の行動に打ってでることはできなかった。

惟朔は立ちあがった。もういちどキスをしたかったが、してしまうと抑えがきかなくなってしまうことがわかりきっているから、こらえた。鏡子は顔を上気させて、口で息をしていた。

「どうした」

「いじわる」

「なにが」

「――なんでもあれへん」

「どうしたんだよ」

「苦しなった」

「だから、なにが」

鏡子が惟朔の顔を窺った。一瞬だが、狡《ずる》い媚びのような気配が鏡子の頬をかすめて、それは不思議な笑いに収束した。惟朔は鏡子が欲していることを確信した。胸が軋むほどに可愛らしい。それならば、悪者になってやろう。惟朔はとぼけた顔をつくっておいて、さあ行こうと鏡子の腰に腕をまわして促して、鏡子が一歩踏みだした瞬間にその腕に全力をこめて自分へと引きよせ、きつく抱き寄せ、強引に唇を重ね、腰にまわした腕をスカートのなかにもぐりこませ、下着越しに臀のふくらみを掌で圧迫し、変形させた。唇を触れあわせたまま、威圧する。

「あきらめろ」

「いやや」

「触れるだけだ。指で触れるだけ」

「いやや。絶対いやや」

「好きにしていいと言った」

「あれは、あのときのことやし」

「わかってるんだ。見られたくないんだ。恥ずかしいんだ」

「そうや。うち、恥ずかしい」

「だいじょうぶだから。乱れても、誰にも言わない。声がでても、平気だ。俺は鏡子の声が聴きたいんだ」

「うちの声」

「そう。気持ちよくなったときの、声」

「——絶対、内緒やで」

「あたりまえだろ。俺だけに聴かせてくれ」

会話を重ねながら、とっくに惟朔は鏡子の核心をとらえていた。充分に潤《うるお》っていて、熱に充ちている。けれど、やりすぎぬように気を配り、さりげなく指先をはずす。周辺に這わせるにとどめる。惟朔の指先に伝わるのは鮮烈な柔らかさとでもいうべき肉付きの気配で、高貴なものに触れているという実感があった。

行為は下着をずらすだけですすめたので、指先が不自由だった。しかし鏡子の羞恥を考えて、下着を脱がせるようなことは控えようと決めた。

惟朔はいったん手を止めた。こっちへこいと無言で誘導して、まず自らが椎の木に寄りかかって背をあずけ、直接地面にあぐらをかき、それからその膝の上に鏡子を座らせた。枯れ葉がかさこそとこすれ、つぶれていく。鏡子は惟朔に背をむけている。むかいあって座らないのは惟朔の策略だ。あえて惟朔は囁いた。

「俺は後ろからだし、スカートで隠れてるから、見えないし」

鏡子は応えない。脱力して、されるがままだ。うなじがうっすらと汗をまとっている。そこにそっと接吻をした。汗は無味で、すこし物足りなかった。惟朔は鏡子が未経験であることを慮《おもんぱか》って子宮にまで指先をすすめるようなことをせず、性の外枠ばかりを丹念に愛撫し、ようやく感じとれた鏡子の宝石を、ごく控えめに転がした。

とたんに鏡子は啜《すす》り泣くような声を洩らして、それとなく過敏なことを惟朔に告げ、気配から訴えを理解した惟朔はさらに指先から力を抜き、痛みを与えぬように心を配りながらも並行して鏡子の首筋に舌を這わせ、唾で充分に濡らしてから糸切り歯でうなじを引っ掻き、後《おく》れ毛を唇ではさんで引っ張り、ふたたびじわじわと舐めあげていく。経験から、女は軀のなかでもとりわけ静脈のはしっているあたりに弱点があることを把握していたから、舌先で首筋の脈動をとらえてからは、それを逃さぬよう、気を配った。

鏡子も首を斜めに曲げ、のばして惟朔に協力した。控えめだが力を秘めて浮かびあがってきた静脈を惟朔は前歯を移動させながら咬《か》んでいき、さらに吐息だけは荒々しいものに変えて昂ぶりを演じ、けれど瞬きをせずに鏡子の様子を冷静に観察し、その過敏さに新鮮な驚きを覚えつつ指先の律動をさらにゆるやかなものにし、触れるか触れないかを意識したとたんに鏡子の様子が激変した。鏡子の肌がひと息に張りつめ、収縮するのがわかった。間近にある後れ毛さえも緊迫している。この子はずばぬけて敏感なんだ、と経験を重ねてきた年長者のような感慨をもちつつ、機械的に、淡々と指先を律動させ、鏡子の心が爆ぜそうになる瞬間を見切って唇を静脈からそっと耳に移していき、耳朶を甘く咬みながら鏡子のいよいよ熱していくのを愉しみ、熱の爆ぜるタイミングをはかり、鏡子が完全に我を忘れて反り返る直前を狙い、その耳の穴に尖らせた舌先を挿しいれた。

それは露骨な性交の暗示であった。そういったことに微妙に疎《うと》いはずの鏡子だが、あきらかになにかを感じとって凝固し、ぎこちなく惟朔を振り返ろうとして、けれどもそれはかなわず、声さえあげずに過剰なくらいの発汗とともに頽《くずお》れていった。

惟朔は指先で深追いするのはやめ、そっとはずしてしまい、かわりに着衣のうえから乳房を鷲摑みにしつつ舌で丹念に鏡子の耳を舐めまわしてやった。鏡子の耳朶には熱が充ちていて、唾液が沸騰しそうな気さえした。鏡子を支えるために挿しいれた腋窩《わきのした》が汗でひどく湿っているのが着衣越しにも充分に伝わって、いとおしさがさらに増す。

小刻みな痙攣《けいれん》がおさまるのを見てとって、惟朔はもう片方の手で握りしめていた乳房から力を抜き、痛みを与えるのをやめ、鏡子を横抱きにした。スカートの裾を整えてやり、柔らかく抱き込んで、じっと見つめる。

鏡子の瞳には畏《おそ》れにちかい不安がにじんでしまっていて、惟朔は自己を大きくみせようと技巧にはしり、策を弄し、頑張ったのはいいが、頑張りすぎてしまったことを薄々悟って、今後の対処を悪ずれした頭で思い巡らすのだった。

それでも骨格を喪ってしまったかのような鏡子の脱力ぶりに自尊心と自負心を充たされて、惟朔は満足の吐息をつき、それから無意識のうちに鏡子の潤いで覆われた指先をそっと口にはこび、叮嚀に味わった。

それを鏡子がじっと見つめていた。惟朔は指先と鏡子の顔を交互に見較べるようにし、満面に笑みを泛べた。舐めるどころか、鏡子を細片にして食べてしまいたい。

性交をなしたわけでもないのに、いまだかつてない充足感に充ち満ちて、惟朔は自分に自信をもち、酔った。相手が未経験だと、余裕をもって対することができる。いままでは年上ばかりだった。じつは積極的にリードするのは初めてかもしれない。

「惟朔」

「なに」

「うち、恥ずかしい声、でてへんかった」

「ぜんぜん」

「嘘」

「嘘じゃない。鏡子は抑えがきいている。見直した」

「みんな、もっと声あげるんやろか」

「吼《ほ》える」

吼えると口のなかで繰り返して、目の周囲を朱に染めながらも鏡子は満足そうに惟朔に軀をすりよせてきた。

「なあ、惟朔」

「なに」

「うちも惟朔をよろこばせてあげたい」

「だめだ」

「なぜ」

惟朔は正直に答えた。

「引っ込みがつかなくなる。おまえを犯してしまう」

惟朔は心密かにpettingが止まらない情況を想い描いていた。けれど鏡子から奉仕の申し入れを受けたとたんに奇妙な強がりに似た思いにとらわれ、それを辞退した。自分を自分以上のものに見せたいという慾求が、性的な慾求に勝ったのである。惟朔は痩せ我慢に類することを自らに課して満足を得るといった性向の持ち主でもあった。

鏡子がいま以上の行為を、すべてを許すことはあきらかだ。けれど当分pettingだけでかまわない。いわばいちばん美味しいものは最後にとっておこうという嫌らしい心理である。

それらは鏡子が未経験であり、未経験の相手をするのは初めてであるという昂ぶりと優越からもたらされたものでもあった。いままでは喰われてきた。貪慾に貪《むさぼ》り尽くされてきた。いつだって惟朔は女たちの体《てい》のいい跳び箱のようなものにすぎなかった。跳ばれるだけで、通り過ぎていくだけで、その一瞬だけを女たちは愉しんで、あとは惟朔のことなど見向きもしない。

被害者意識に酔いかけた瞬間だ。

幸子が頰笑んだ。

脳裏で幸子が頰笑んだ。

幸子の頰笑みは、惟朔の調子のよい被害者意識を粉砕した。

惟朔は身じろぎせずに、その場に立ちつくした。

鏡子には惟朔の変化がなにによってもたらされたのかわかるはずもなく、ただその張りつめた気配だけは即座に感じとり、ちいさく顎を引いて上目遣いで惟朔を見つめ、背筋に奇妙な汗さえ浮かびあがらせて、得体のしれない胸苦しさに嘖《さいな》まれているのだった。鏡子は自分を前にしているこのようなときに惟朔がほかの女に対する罪の意識に覆い尽くされているとは考えてもいなかった。

惟朔は緊張した面持ちの鏡子に気付き、柔らかな、気弱な笑顔をむけた。鏡子は惟朔の笑顔に、そのすぼまったせいで黒目がちになった瞳のいろに、胸を潰されるような寂《せき》寥《りょう》の気配を捉え、過剰に反応して身を寄せた。

笑顔のまま惟朔が頷いたとたんに、鏡子は夢中になって惟朔の頰を両手で覆いつくすようにし、その瞳を覗きこむ。

とたんに惟朔の黒目に羞恥と戸惑いによる照れが露わになり、それに気付いた鏡子は性的な緊張のときよりもさらに切実な衝動をその軀の奥底に覚えて、まるで病気の子供を抱えて思い悩む母親じみた溜息を洩らすのだった。

「だいじょうぶ、惟朔、だいじょうぶ、ねえ惟朔」

連呼されても惟朔は虚ろに笑うしかない。その惟朔の笑いがますます鏡子の母性的な不安を増幅する。惟朔自身は気付いていないのだが、あたりかまわず唐突な罪悪感や反省に取り込まれてしまう惟朔の姿は、周囲の女たちに勝手な思い入れや勘違いをおこさせるに充分であった。始末におえないのは、惟朔のそういった姿がこの年頃によく見られるポーズや演技ではないということだ。

心、ここにあらず――を演技でなくやってのけるのだから、ある種のインテリジェンスをもった女たちはひとたまりもない。

自分だけを見ていなければ嫌なくせに、女は自分だけを見つめる存在を平然と軽んじ、蔑《ないがし》ろにし、彼岸とでもいうべき彼方に視線を投げかける男に夢中になる。おそらくはインテリヤクザといっていい父から受け継いだものであろうが、惟朔には先天的にそういった資質が濃厚にあった。

知りたい。

鏡子は知りたい。

いったい惟朔がなにに対して変化したのかを鏡子は知りたい。

知りたくてならない。

この男は、なにを、見て、いるのか。

女という性のように存在の根源に確乎として根ざしていないからこそ、男はとある拍子に彼岸を目の当たりにしてしまう。

しかも、そういう素質をもちながらも、それを疎ましく重荷に感じている男の風情に女は自らにないものを見いだしてしまい、ある仮託を為すようになる。世の中には女が自らをころしてまで面倒を見たがるタイプの男が確かに存在するのである。

実際にはたいしたものを見ているわけではなくとも、女は手のなかの男が自らの錯覚を補強してくれる最低限の強度さえもっていれば、全身全霊を擲《なげう》つことができる。

男はなにも産みださぬから始末におえぬ。女は自らが存在を産みだしてしまうから始末におえぬ。始末におえぬ同士であるがゆえに双方の幻想と利害が一致する瞬間がままあるのだ。

まだ五時前というべきか、もう五時近くというべきか。三時に待ち合わせをして、吉田山山中の斜面で青い性の交歓をおこなっているうちに、早くも陽が翳《かげ》ってきた。

「鏡子。もう、参道にもどろう」

「わかりました」

「なにを畏《かしこ》まってるんだよ」

「べつに」

「ふうん。ま、いいか」

「うちな」

「ああ」

「――なんでもあらへん」

惟朔に背を押されて斜面をあがりかけて、唐突に鏡子が振り返った。

「なあ、参道ってどう書く」

「どう書くって、参る道だろ」

「そうや。山の道の山道やない」

「そんなの、わかってるって」

「なんで、わかってはるの」

惟朔は首をかしげた。記憶をたぐる。たぶん鏡子が参道と言ったのだ。山道ではなく、参る道であると惟朔が理解できるような口調で。鏡子は自分が吉田山の北参道と言ったことを忘却していた。北という方角が冠されたことと登山口に吉田神社の石碑が建っていたことで、惟朔は無意識のうちに参る道であると納得していたのだ。

惟朔の顔を、鏡子が誇らしげに見つめてきた。まるで出来のよい我が子を賛美するかのようだ。先ほどからの鏡子の変化の意味を捉えきれず、惟朔は戸惑いの眼差しをかえす。それでも自分を特別扱いしていることだけは感じとっているから、微妙にほくそえんでいるようなところがある。

あたりは椽《くぬぎ》の森といった様相で、陽が翳ってきたせいで薄暗い。ときどき枯れ葉がまとめて落ちてくる。落葉などといった長閑《のどか》なものではない。なにやら飛び降り自殺めいた強圧的な気配さえある。惟朔は立ちどまり、中空に視線を据えた。

一陣の風が抜け、すると枯れ葉は塊となって地に叩きつけられる。ガサガサドドというせわしない擬音が似合う。それでも落葉は地面でばらけて、ようやく儚《はかな》いくらいに軽いことを露わにするのだが、落下する勢いは尋常でない。

「なにかに引き千切られているみたいだな」

「なんのことや」

「落ち葉」

「惟朔が爆ぜるのといっしょや」

「ごめんな」

「なに、謝ってんの」

「穢《けが》してしまったから」

「汚《よご》したでなく」

「うん。穢した」

「うち、そんな綺麗なもんやあらへん」

自嘲するかのように横をむく。実際に鏡子の横顔には自身に対する嫌悪さえにじんでいた。惟朔は薄闇のなかで目をこらし、鏡子の表情を読み、呟いた。

「綺麗か薄汚いかを決めるのは、鏡子じゃない。俺だ」

「おおきに。でもな」

「うん」

「いまだから言えるけど、恥ずかしい、そのことだけで惟朔を遠ざけたと思うねん」

「恥ずかしくなかったら、お仕舞いだ」

「そうやろか」

「ああ。鏡子が綺麗事だけでないことは、俺にだってわかるよ」

「うん」

「でもな、それでもおまえは綺麗だ」

鏡子は応えなかった。尾根道とでもいえばいいのだろうか、ふたりは淡々とした足取りで距離を稼いだ。やがて、すっかり暗くなって見通しがきかなくなってきた。鏡子がぽつりと言った。

「うち、涙がでそうや」

「なぜ」

「嬉しくて」

「ほんとうに嬉しくてたまらないのは、俺だよ」

調子よく言葉をかえしながら、ああ俺はいま恋愛をしている、と妙な感嘆の気持ちを覚える惟朔であった。ふつうの恋愛、まっとうな恋愛とは縁がなかった。いつだって性が主であり、恋心は従であった。けれど恋と愛が主である男女関係を、惟朔もようやくもつことができた。

「吉田山も、そろそろ紅葉の季節やな」

「ふうん。でも、もう、なにも見えない」

「吉田神社とか、モミジが綺麗やで。二十日くらいかなあ、紅葉。また、登ろ」

「いいけど、怖い」

「なにが」

「貞操の危機だ」

「それは、うちやろ！」

ふざけあい、笑いあい、絡みあい、軀をぶつけあう。惟朔も鏡子も着衣のうえからではあるが、当然であるかのようにお互いの性と性をこすりつけ、指先で探りあう。山中の闇のなかで、落葉の強圧的な音のなかで、お互いの匂いを狂おしく胸に充たしあう。それでも勢いだけである一線を越えることはない。まがりなりにも惟朔は経験を重ねてきた。それゆえに余裕がある。自制がきく。逆に処女は処女であるがゆえに性的欲求をひたすら抑えこんできた。鏡子は弾けかけていた。身を焦がすような性的欲望と惟朔に対する独占慾の渦中《かちゅう》にあった。

「惟朔がうち以外の女に触れたらいやや」

「もう、触れない」

「けど、惟朔がうち以外の女を見るのもいやや」

「それは無茶だよ。無理だ」

「うち、いややねん」

「けどな、人類の半分は女じゃないか」

つまらないことを口ばしっていると失笑する。しかもよけいなことだった。

「人類の半分が女やったら、いずれ浮気するかもしれへんやろ」

思いのほか切実に迫られて、惟朔はちいさく狼狽《うろた》えた。悪擦れした頭で鏡子の口をふさいでしまえと唇を寄せた。しばらく舌と舌を絡みあわせていた。一段落したかと、気を許した瞬間だ。惟朔は声こそあげなかったが、身をよじった。

鏡子が惟朔の舌を咬んだのである。惟朔は口中に拡がった鉄錆の酸味に鮮烈な驚愕を覚え、目を見ひらいた。

「うちな、惟朔がうち以外の女と手を組んだりしたらな、殺す」

「殺す」

「殺してやる」

惟朔はにじむ血をある程度ためこんで、喉を鳴らして飲み干した。殺し、殺されといった言葉は惟朔にとってあまり現実味のあるものではないが、血の味は言葉を凌駕《りょうが》する確たる強さをもっている。いきなり舌先を断ち割られたことに対しては若干の憤りを覚えているのだが、それにも増して血の味の昂ぶりを共有したいという思いが迫りあがった。

「鏡子にも飲ませてやるよ」

「なに」

「血。俺の血」

そっと舌を突きだすと、鏡子はおそるおそる含んできた。惟朔の舌先を口唇で柔らかく覆い尽くして吸いはじめる。吸われるたびに鋭い痛みが疾り、惟朔は身をよじった。どうにでもしてくれといった投げ遣りな隷属に自分を貶《おとし》めたころ、鏡子が顔を離した。

「なあ、〈檸檬〉。どうやった」

「なに」

「〈檸檬〉。梶井基次郎」

惟朔は濡れた唇をこすりながら、鏡子を凝視した。呆気にとられていた。

「なあ、教えて。うち、惟朔の感想が聞きたいんや」

「感想言うてもな」

戸惑いと羞恥に、思わず奇妙なイントネーションの関西弁で応える惟朔であった。それでも考えをまとめるために口を噤《つぐ》んだ。京の街の灯が眼前に拡がり、鏡子がその景色の素晴らしさを指摘したときも、漠然と一瞥しただけでなにも言わず、歩みを進めた。やがて沈黙に耐えられなくなった鏡子が不安げに顔を覗きこんできた。

惟朔はゆっくりと鏡子の顔を見つめかえした。鏡子に断ち割られた舌先を前歯に触れさせて確かめ、血の味を反芻する。

薄闇のなかでも、その美しさが浮かびあがってくる。白くて左右が対称で、まだ少女の稚《おさな》さを宿しているくせに、肉体は過剰なまでに生々しい。骨格からして貴種であることを告げて、惟朔を圧倒する。その肌の香りときたら、男の心と軀を大きく刺し貫き、歪め、狂わせてしまう。梶井基次郎だって心穏やかではいられぬだろう。あるいは強烈な欲望を抱きつつも、眉根を顰《ひそ》めて遠ざけるか。

いまや梶井基次郎〈檸檬〉の印象よりも、眼前の処女の印象で物事を語りたいという欲求を惟朔はもった。

「悪」

「あく」

「そう。悪」

「梶井基次郎が」

「うん。あれは、悪だ」

胸の裡で――おまえも悪だ、おまえが悪だ――と囁きつつ、あまりに素っ気ないと思いなおし、口早に付け加える。

「悪人とかじゃなくて、ただ一文字の、悪。俺は読んだ直後、それだけを思った。いまも変わらない。それは、いわゆる善悪というのでもない」

「人の、人間の根源的な悪、いうことやろか」

鏡子は頼りなげな、しかし背伸びした口調で問いかけてきた。けれど、そんなことは説明しようがない。惟朔は沈黙した。自分自身の言葉も含めて、なにやら微妙に頭でっかちの会話で、薄気味悪いとも思っていた。よけいなことを口ばしってしまったことを悔いていた。闇の先を睨みつけた。

梶井基次郎を悪と感じたのは正しい印象だと思う。鏡子という存在も悪だ。けれど、口にしてしまったのは過ちだ。奇妙なものである。頭のなかでも言葉だし、口に出してもおなじ言葉である。それなのに、口にしたとたんにまったく別の言葉に成りさがり、腐ってしまった。

「たぶんな」

「うん」

「悪というのは、居たたまれない気持ちになった鏡子が、俺の舌先を咬んで割るようなことをいうんだ」

「痛むか」

「そうでもない」

「堪忍え。うち、加減したつもりやけど」

いったん言葉を飲み込んで、すがるように言う。

「うち、やりすぎてしまったやろか」

「だいじょうぶだよ」

惟朔は頬笑んだ。鏡子は加減などしなかった。瞬間、すべての力をその漂白された象牙じみた前歯にかけた。惟朔は農場の牛を脳裏に泛べた。施設の農場宿舎から高校に通っていたとき、牛の臀に焼き印を捺すのを手伝ったことがある。焼き印を捺すとき、焼き肉とまったく同じ匂いがする。苦痛に喚《わめ》き、小刻みに痙攣する牛の脚を固定したロープを全力で引っ張りつつ惟朔は高笑いし、焼き肉が食べたいと口ばしった。焼き印を捺す係の惟朔の先輩は、かわいそうだと口ばしりながら、肉の脂肪層を突き破るまで焼きどてを押しつけ、惟朔たちは肉を焼く青白い煙が派手に立ち昇れば昇るほど、目を微妙に潤ませて歓声をあげた。鏡子は無意識のうちに惟朔に焼き印を捺したのだ。所有の証として惟朔の舌先を断ち割った。まだ血は完全に止まっていない。

*

看護婦の仕事は不規則だから、不在かもしれない。それでも惟朔は西寮にはもどらず、白鷺寮の敷地に忍び込んだ。風呂場の電気は消えていた。建物の北側に行き、思案する。まったく同じ形状の窓がずらっと並んでいるので、考えこむとどの窓だかよけいにわからなくなった。

足許になかば腐って枯れたカンナの花があり、それを踏んだ記憶があるのだが、こうしてあらためて見ると、窓の下は手入れもされずに見放された花壇になっていて、彼方まで萎《しお》れたカンナの花が雑然と横たわっているのだった。

心配がふたつある。

テイク・ファイブでノックする窓を間違えてしまうこと。

小百合が仕事で、美晴が非番であること。

ノックする窓を間違えてしまえば大騒ぎされるだろうし、窓が正解でも、小百合がいなくて悶絶肉団子こと美晴があらわれたら、どうしたらいいのだろう。奇妙なところでサービス精神を発揮してしまう惟朔は、美晴に迫られれば泣き笑いを泛べて奉仕してしまいそうだ。雨樋の陰で惟朔は腕組みをして思案した。

腐ったカンナの匂いは、ぬるっと湿った土の匂いを想わせる。悪臭ではない。物の哀れを誘う匂いとでもいえばいいか。

夜の十時をまわったころだろう。惟朔は鏡子を自宅まで送っていった。鏡子の家は鴨川および鴨川河川敷の公園に面して、国定史跡の山紫水明処《さんしすいめいしょ》がすぐ近くの、瀟洒《しょうしゃ》な白木の門構えだった。門自体は小作りなのだが、建仁寺垣《けんにんじがき》と教えられた長い竹垣と鬱蒼とした木立に囲まれて敷地内の様子は窺えず、惟朔はその規模に臆してしまった。山紫水明処とは頼山陽《らいさんよう》という江戸時代の学者の書斎とのことで、鏡子によると日本で初めて四百字詰めの原稿用紙をつくった人物らしい。

鏡子と惟朔は竹垣の陰で長い時間、接吻をし、お互いの軀《からだ》と軀をこすりつけあった。惟朔が教え込んだのだが、鏡子は積極的に惟朔の舌を吸った。いまになって舌の付け根が鈍く痛むほどである。

離れがたかった。切なかった。鏡子など瞳を潤ませ、泣きかけるほどだった。くどいと感じられるくらいに惟朔の舌を咬んだことを詫び、自分が何ものかに取り憑かれてしまったという意味のことを繰りかえし謝罪した。惟朔は鏡子の目尻にそっと舌を這わせ、さらに眼球にまで舌先を触れさせた。

向ヶ丘遊園のバー花園の二階で、夏子と肌を合わせたときに教えられた手管《てくだ》だった。夏子は眼球をそれとなく女性器に見立てて舌先で愛撫するように惟朔に命じ、こんなことをしていいのかと腰の引けている惟朔の力加減をセンスがいいと褒め、なんとも危うい呻きをあげたものだ。夏子から涙腺のある部分を涙の湖と書いて涙湖《るいこ》というと教わった。涙湖は陰核の象徴としてあるという意味のことも囁かれた。

惟朔の舌先が目尻から眼球に至り、そのまま微妙な力加減で虹彩《こうさい》、そして瞳孔上を移動していき、涙湖に至るまで鏡子は目を見ひらき、微動だにせず、ただ胸だけを大きく上下させて、耐えていた。夏子のように快感を覚えていたかどうかはわからないが、強烈な印象を残したことだけは確かだ。最後に口唇で眼球全体を覆い、涙を吸いあげ、舌先をはずしたとたんに、鏡子はちいさく喉を鳴らしたような気配もあった。

鏡子にしてみれば自分が断ち割った舌先が眼球という思いもしなかった場所を這いまわったのである。当然ながら驚愕し、圧倒的な不能感を覚えたようだ。

あのとき喉が鳴ったかどうかは断言できないが、惟朔を凝視する鏡子の風情からなにやら途轍《とてつ》もなく根深いものが立ちあがって、それは夜よりも黒々とした気配で、艶やかではあるが澱《よど》んでいるといったことが直観的に把握でき、その瞬間、惟朔はやりすぎたかもしれないと密かに悩んだのだった。

それでも支えていなければ頽れそうな鏡子の反応に惟朔は雄叫びをあげたいほどの牡の自負と慾求を、性的衝動を覚えたが、それを偽の冷徹な笑みでごまかし、例によって強がったまま、あっさりと踵《きびす》をかえしたのであった。

しかし、衝動がおさまるわけもなく、男の匂いと汚物の臭いに充ちた西寮になどもどる気もなく、ニコ中に対して裏切りにちかい行動をとっているという自覚を持ったまま、白鷺寮に忍び込んだのである。

ふと思いがとんだ。小学校のころに花壇いじりをさせられたことを思い出す。松ノ湯の娘、松下美子に仕切られて、白い百葉箱の据えてあるあたりにカンナの球根を埋めた記憶がある。たしかカンナは寒さに弱く、水はけのよい陽あたりのよい場所を好むのではなかったか。建物の陰になる北側に植えるというのは虐めのようなものだと惟朔は独り、ちいさく憤った。

しかも憤ったくせに腐ったカンナの花壇のなかを平然と歩いていき、これと目星をつけた窓を五拍子でノックした。ニコ中のように落ち着いたものではなく、せわしなく、しかもどこか尻切れトンボだった。不安と居直りという惟朔の心中を如実にあらわしているリズムだ。

まるで待ちわびていたかのように窓がひらき、逆に惟朔は鼻白んだ。小百合だった。ごく抑えた声で訊いた。

「美晴は」

「ええねん。あんなデブ」

早く身を隠したい惟朔が窓枠に手をかけると、小百合は首を左右にふった。

「今日はだめなのか」

「ちがう。途中でデブが帰ってくるかもしれへんから」

「どうする」

「待ってて。すぐ行く。近衛通の電停のあたり」

惟朔は顔をしかめた。吉田山に登り、御所近くの鏡子の家まで送っていき、そしてようやく白鷺寮にたどり着いたのである。もう脹脛《ふくらはぎ》が張りつめてしまって、また小百合の顔を見たとたんに気がゆるんだこともあり、なにやら腰に痛みさえ感じている。

しかし、ここで駄々をこねている場合ではない。早くきてくれよ、と縋《すが》りつくように言い、惟朔は素早くカンナの花壇から飛び退いた。

薬学部構内、西寮脇、京大附属病院内と雑に近道をとりながら、惟朔は小百合の顔貌を反芻していた。鏡子の完璧を目の当たりにしてしまったいま、どうも小百合の貌《かお》が、とりわけそのつりあがった目と痩せた頬からくる印象だろう、狐かなにかの生まれ変わりのように感じられてならない。それでも惟朔の衝動は股間に結実し続けていて、歩行が困難なほどである。

東大路に面したガードレールに浅く腰をおろし、強張りの熔《と》けぬ陰茎の位置を修正し、苦笑気味に息をついた。

雲が切れ、左側の欠けた月が姿をみせた。とたんに鉄輪に磨きあげられた市電の平べったい線路が白銀に照り映えた。じっと見つめていると白銀は徐々に青褪めて、惟朔はちいさく胴震いするのだった。

惟朔は自分の胸に両腕をまわし、抱きこむようにした。気温は若干生ぬるく感じられるほどで寒いわけではない。けれど悪寒に近いものが迫りあがってきて落ち着かない。

腹、減った――。

声にならない声が洩れて、苦笑とも失笑ともつかないものが唇を歪ませた。強烈な空腹である。悪寒はそのせいだ。鏡子の青い性にすっかり冷静さを喪っていた惟朔であった。その肌、その熱、その香りをひたすら感じていたいがために食事をすることさえ忘れていたのだ。

一途といえばきこえはいいが、安直に手に入らないものにこそ、人は強烈な慾望を覚えるという単純な真理をあらためて思い知らされて、惟朔は苦く笑うばかりだ。陰茎の強張りも空腹を意識したとたんにすっかり熔けてしまっていた。

東大路は行き交う車の流れも控えめで、静まりかえっていた。ガードレールにあずけた臀《しり》のおさまりが悪く、苦痛を覚え、体勢を立てなおした。その直後だ。月の光で白銀に照り映えていた鉄路がいきなり翳り、南風が惟朔を雑に揺すった。風にはどこかきな臭い雨の匂いが充ちていた。反射的に天を仰いだ瞬間に雨粒が落ちてきて、東大路がまばらに爆ぜた。

避けようがないので惟朔はその場から動かずに、京都は東西南北がわかりやすいと開き直り気味な笑みを泛べた。方角がわかりやすいがゆえに、東京や神奈川にいたときには気にもしなかった風向きが妙に気になる。吹き抜けていった方向から方位のあたりをつけ、奇妙な満足感を覚える。京都の風は東西南北にはしる通りに沿って吹く。そんな錯覚さえおきる。

小百合が小走りに近づき、傘をさしかけてくれた。惟朔は立ちあがって小百合にぴたりと軀をよせた。小百合からは石鹸の香りがした。それを囁くと、小百合が惟朔の耳朶を咬むようにして囁きかえした。

「香水代わりや。腋下に石鹸、こすりつけただけや。腋毛にこすりつけるんや」

腋毛という言にきつく性を刺激される惟朔だった。惟朔の性はまるで電灯のようにスイッチのオンオフで瞬間的に点いたり消えたりする。気配を察した小百合が手をさしのべて、惟朔の強張りをたしかめ、くすんだ笑い声をあげた。

「腋毛、好きか」

「うん。嫌いだけど、嗅ぎたくなる」

「すぐ、いくか」

「どこへ」

「連れ込み」

「いや、腹ぺこなんだ」

「こんな時刻、お好み焼きくらいしかあらへんで」

小百合が連れていってくれたお好み焼きの店は聖護院《しょうごいん》近くのビルの一階だった。賃貸だろうが、京南金属の伊勢に連れていかれた店とはちがって、小綺麗だった。テーブルはデコラに鉄板で大差ないが、徹底的に磨きこまれているし、熔けてしまっているようなところもない。青海苔や削り節のステンレス容器のまわりに茶褐色や緑色が雑に散っているわけでもない。それどころか窓枠などの内装に白木が使われていて、逆に浮ついている。店内は過剰なくらいに明るい。客がはいらぬぶん、せめて白い光で充たしておこうといったところか。

馴染みらしくおばちゃんが小百合に愛想を言い、惟朔に頰笑みかけた。頰笑みの隙間には、いかにも京都らしい値踏みの眼差しが隠されていた。内心、胸糞悪く感じながらも独特の色香がある中年女なので、次にひとりできたときのことを考えて、惟朔は満面の笑みをかえす。目の奥はまったく笑っていないくせに、表面にあらわれているものは屈託のない笑顔だ。

惟朔のような子供が中年女を誑《たら》しこむのにもっとも有効な手管は無邪気である。それも得体のしれぬ手頃な無邪気がいい。無邪気とはいえ、どうにでも転びそうな気配を隠さぬこと。それが中年女には効きめがあるのだ。つまり魚心あれば水心といったふうな無邪気を演じると、自身の容姿色香に自信のある中年女はとりわけそのあたりの機微を摑むのに長けているので、気配を察して勝手に手順を組み立て、段取りをつけてくれる。同じ年頃の女の子を相手にするときのようにあれこれ言葉を発さなくともよいので楽だ。

おばちゃんは惟朔に媚びの気配さえ投げかけて、注文をきいた。

おばちゃんと惟朔のあいだに流れた気配を悟ってしまった小百合が硬く投げだすような声で麒麟の大瓶と豚玉を二人前、頼んだ。おばちゃんはビールをもってくるついでに雨に濡れたところを拭くようにと余分にオシボリをもってきて、惟朔の眼前に並べると、栓抜きを複雑な手つきで弄んだ。面倒だと思ったが、惟朔は叮嚀に礼を言って雑に頭や顔や肩口を拭った。ビールはよく冷えていて、喉にきつく沁みた。

「うー、空きっ腹にくる」

「まったく食べてへんのか」

「うん。今日は、なにも食ってない。忘れてた」

「育ち盛りに無茶したらあかんよ」

食事を抜くことくらいで無茶もないと思った。惟朔は意味もなく肩をすくめておいて、呟いた。

「金がないんだ」

「そんなことやろうと思たけど」

惟朔は投げ遣りに笑いかけたが、途中から面倒になって笑いをひっこめた。

「ええよ。あげる」

「あげる」

「そう。貸したって返ってきいひんやろ」

「いや、まあ、なんといいますかね」

「ふん。あんたときたら不実を絵に描いたような顔してるわ」

「凄い言われようだ」

けれど金が手にはいるなら、なにを言われてもいい。ここに至って、ようやく惟朔は真の苦笑を泛べた。なにを血迷ったか全財産を鏡子にわたしてしまったのである。あのときは真剣だったのだが、いまとなっては自分の行動に説明がつかない。けれど、あれほど厳しい労働の対価であっても、わたしてしまった金に固執していないのが惟朔の取り柄でもあった。あわよくば取り返せたらと思わぬでもないが、積極的に働きかける気などさらさらない。鏡子が忘れてしまっているならば、それはそれで仕方がない。そして、そういった金銭に対する投げ遣りな淡泊さが、逆に惟朔の価値を高めるのである。

金に無頓着な人間には二種類ある。金銭に対する慾求が並はずれて強く、固執しているがゆえに、ある瞬間にそれが逆転してしまった者。博奕に、あるいは酒や女に、まわりの者が啞然とするほどに金銭を注ぎこみ、浪費するような男である。これは病的に物を買い漁る女と並列してみれば理解しやすいだろう。

もう一方は、もともとのあっさりとした拘《こだわ》らぬ性格に加えて社会的な価値観から微妙に隔絶して育ってしまい、金銭の威力を実感する能力をもっていない者である。砕いていえば金銭とはなんであるかを理解していないのだ。

心底から金銭に執着しない惟朔を目の当たりにして女たちは勘違いをする。しばらく付き合っているうちに敏感な女ほどその気配を感じとり、惟朔を貴重品のように思いこんでしまうのだ。金銭にかぎらずありとあらゆる価値観から微妙に遠い惟朔は、そういったタイプの女たちにとって理解しがたい存在である。

そして、なによりも惟朔がそれを計算ずくで行っていないことに価値があった。性格的なものに加えて義務教育を受けていないことなどが、この微妙に特異な人格をかたちづくっていて、しかもまったくぶれのない強度を維持しているのである。

安直に手に入らないものにこそ人は強烈な慾望を覚えるという先ほどの単純な真理を、

じつは惟朔自身が女たちに対して実践していたのだ。

ひと言でいえば、こんな男、見たことも出逢ったこともないという驚きが、女の所有欲に火をつける。けれど惟朔自身はその外観的な頼りなさと裏腹に、誰にも所有されないだけの本質的な自立を隠しもっていた。

小百合は思い切りのよい女だった。金糸銀糸の派手な西陣織の蟇口《がまぐち》に指先を挿しいれ、わずかに思案して、惟朔の眼前に札を三枚突きだした。お好み焼き屋のおばちゃんがそれを盗み見ているのを意識しながら惟朔はわざとらしく口をすぼめた。その一瞬の間が窓外の雨音を強調して、惟朔は雨風を頬に受けたくなった。

惟朔は小百合の背後の窓に視線を投げた。金がないと訴えておきながら、いま、眼前の三万円ではなく、外の雨風に焦がれているのが惟朔である。

もちろん実際に雨に打たれたいと考えているわけでもない。ある情緒に取り込まれてしまって心ここにあらずといった状態である、というのが正しい。

高卒の初任給が三万八千円弱ほどだから、三万円は決して少ない額ではない。けれど惟朔は札を見ていない。このずれが小百合に強烈な不能感をもたらす。

鏡子も惟朔と出逢った瞬間に、直観的にこのずれを把握して、固執していた。

惟朔は鏡子の立派な屋敷の前まで行き、それに驚きはするのだが、うまい具合に取り入ってなにがしかをせしめようとする発想がない。

平然と利用するくせに、その利用の仕方には常識から微妙にずれているところがあり、惟朔がなにを欲しているのかを女たちは判断しかねて、ある迷路のなかに抛《ほう》りこまれてしまう。途方に暮れて惟朔の顔色を窺っているうちに行き先がわからなくなって、元兇である惟朔に縋らざるをえなくなる。

「早よう、しまって」

「いいのかよ」

「不用心やさかい、早く」

「うん。ありがと」

ぐしゃりと手の中に札をねじこんで、照れたような笑顔をかえす。惟朔が女たちに嫌われないのは、それが程よいずれ方であり、程よい変人であるからだ。

小百合は甲斐甲斐しくお好み焼きを焼いてくれた。結局は小百合のぶんまでほとんど平らげて腹が落ち着いた。相合傘で雨の中に踏みだす。傘を持ってやるといった気がきかない惟朔だが、それさえも小百合にとっては好ましいのである。

惟朔の肩が濡れぬように気を配りながら小百合が味を尋ねてきたので、うまかったけれど、と語尾を濁した。削り節が熱でゆらゆら揺れている様が、まだ脳裏にこびりついているが、伊勢に連れていかれた九条の店で覚えたあの不思議な充足感はない。小百合はなんとなく惟朔の答えに満足し、納得したようだった。

適度なビールの酔いに、雨で湿った空気が心地よい。あまり儲かっていないのを深夜営業で補塡しようと頑張っているお好み焼き屋のおばちゃんは、小百合と惟朔が寄り添うように店から出ていくのを喰いいるように見つめていた。その視線が、まだ背にこびりついている。惟朔はちいさくビールのげっぷをした。十一月も中旬だというのに妙に生暖かい夜だ。

錦林小学校脇の細い路地にはいった。接吻を求められて、惟朔は躊躇った。歯に青海苔がくっついているのではないかという消極的な理由である。

「うちのこと、いやなんか」

「いや、なんというか」

小百合の背にまわした手に力をこめ、歩くように促して、青海苔のことを切れぎれに呟くと、小百合は傘を揺らせて笑った。そして立ちどまり、ジャケットのポケットに手を突っこんだ。

「はい」

手わたされたのは、爪楊枝だった。惟朔はだらだら歩きながら歯をほじった。どうやらお好み焼き屋から数本、抜き取ってきたらしい。周到だが、微妙に鬱陶《うっとう》しくもある。

「東山安井のほうにな」

「うん」

「ようさん、あるんや」

「なにが」

「連れ込みホテル」

「ふーん」

「あとは、南禅寺近くな」

「うん」

「雨やし、歩くのはしんどいし」

「かまわない」

「けっこうあるで。東山安井なんて祇園の先や」

路地を抜けると丸太町通にぶつかる。ちょうど平安神宮の裏手であると教えられて、少々驚いた。長い塀が連なるばかりで、教えられなければとてもあの朱色も鮮やかな平安神宮とは思えない。

表にまわって深夜の平安神宮を覗いていきたくなったが、小百合は相合傘を好ましく感じているいっぽうで、雨を嫌っている気配でもある。惟朔だって氷雨はごめんだが、こんな暖かい夜の雨は履いているバスケットシューズがびしょ濡れになってもかまわないといった気分だ。

東山安井や南禅寺といった地名をあげたくせに、小百合が惟朔に体当たりするようにして押し込んだ連れ込みは、岡崎の路地の奥だった。ホテルではなく、旅館である。しかも観光旅館とある。日観連という表示もある。けれど入り口は北向きで不必要に狭く入り組んで、なんとも隠微だ。もともとは観光旅館だったが、儲からなくて連れ込みに改造し、観光旅館に擬装して経営しているのかもしれない。ともあれ知る人ぞ知るといった旅館であることは間違いない。

雨粒弾ける生垣の奥で、いきなりキスをされた。傘の柄はふたりの軀ではさみこんである。軒から滴り落ちる雫が傘のうえで不規則に爆ぜ、派手で強圧的な音をたてた。烈しく吸われた。鏡子に割られた舌先からふたたび血がにじんだ。血液まじりの唾を吸いつくされて、惟朔は密かにこれからを想い、昂ぶりよりも畏れを抱いた。

藁《わら》半紙の宿帳とちびた鉛筆を差しだされたのでドコノダレオと書いたが、お婆さんはなにも言わなかった。もらった三万とはべつに預かった札を差しだすと、思いのほかたくさんのお釣りがきた。小百合はすましてお茶を啜っている。

好奇心を抑えきれずに惟朔は隣の間の襖《ふすま》をひらいた。二組の布団が寄り添うように敷かれているのは想像の範囲内だったが、三方の低い位置に隙間なく鏡が塡《は》めこまれているのには少々驚愕させられた。つまり交わっているときの姿態の前横後、くまなく映すことができるようになっているのである。

なぜ立ち去らぬのかと一瞥をくれると、お婆さんが嗄《しわが》れた声で風呂にはいるように促した。ホテルとちがって風呂場が別にあるのだ。面倒だが、断れる気配でもない。小百合は相変わらずすました顔をして、立ちあがった。

和風旅館ということでなんとなく檜張《ひのきば》りの浴室を空想していたのだが、風呂場はタイル張りだった。職人が凝って色タイルを張り巡らせて東山の景色らしきものを壁面に描きだしていた。惟朔は大の字や五重塔らしきものを一瞥して失笑した。浴槽は瓢箪《ひょうたん》型をしていて細長く、ふたりで軀を沈めるには少々せまいと思われる。

惟朔がジーパンをおろすと、いきなり小百合が跪いた。中途半端に強張っている惟朔を露わにして鼻を近づける。眉間と鼻梁《びりょう》に深い皺を刻んで糾弾する。

「なんや、この臭い」

「ああ、そうか。そうだよな。イカくさいはずだ」

「なんや」

「せんずり、こいた。吉田山ん中で」

肝心のことは隠したまま、場所と行為のみを率直に告げると、小百合が尖った眼差しで睨みつける。

「あんた」

「なに」

「無駄なこと、せんとき」

「しかたないじゃん。催したんだから」

「犬猫とちゃうやろ」

なにを言ってやがると思ったが、もちろんよけいなことは口ばしらず、とぼけている。惟朔がぼんやりと立ちつくしていると、急に科《しな》をつくって睾丸を揉みしだき、頬ずりをしてきた。

「もったいないやないか。そのぶん、うちのおなかのなかにちょうだい」

「はい、はい」

はい、を二度続けてしまったのはまずいと思って身を固くしたが、小百合は嬌態を崩さずに、惟朔を根元までねっとりと頬張ってきた。夜這いのときの居丈高なところはかけらもない。ただ、愛撫をくわえながら上目遣いで惟朔の表情を窺っているところをみると、支配欲は旺盛である。また惟朔の陰茎を汚した精液の残滓《ざんし》と臭いに強烈な性的衝動を催しているようでもある。

洗うのが面倒だし、汚れは小百合が舐め落としてくれたしで、惟朔は軀も流さずに浴槽に身を沈めた。小百合は黴《かび》で黒ずんだ木の桶に湯を汲むと全身を流し、さらに幾度か股間にかけた。頭の後ろに手をやってぼんやり眺めていると、小百合は股間を泡だて、腋窩を泡だて、さらにその泡を雑にひろげていき、唐突に惟朔に愛想笑いをむけた。

「ねえ、流してえな」

「うん」

惟朔は手をのばし桶をとり、湯を汲むと、横着をして浴槽のなかから小百合の軀に湯をかけた。小百合は頃合いをみて惟朔に背をむけ、軽く前屈みになり、脚をひらいて臀を突きだしてきた。泡にまみれた小百合の性が露わになった。こんどは、惟朔は叮嚀に流してやった。泡を流し終えても小百合は体勢を変えずに惟朔の手首を摑んで誘導した。

「まずは、拇指《おやゆび》からや」

言われたとおりヒッチハイクのポーズのように拇指を突きだすと、どうやら挿しいれろということらしい。惟朔は中途半端にひらいている小百合の桃色の集合のなかに指先をすすめた。

「どや」

「ああ、まあ」

「きゅってなるやろ」

「うん」

「次、人差指な」

そういう具合に小指まで挿入させて、得意げに笑い、惟朔のうえに落下するかのように浴槽内に飛びこんできた。せまい浴槽から、ざっぽんと湯があふれでた。

「うち、具合、どうや」

「うん。なかなか」

それはお世辞ではなかった。とば口が急激にすぼまる。いわゆる巾着と呼ばれる軀である。こういった女性器の名称、形状、効能、作動具合のあれこれを教えてくれたのは太郎である。それ以前に漠然と耳にしたことのあるミミズ千匹といった構造だけでなく、無数の仕分け方があるのだ。

懐かしさに遠い目をすると、なにやら切なさが這いあがってきて、居たたまれなくなった。小百合は軀を密着させ、惟朔の耳許で、締まるやろ、締まるやろ、と得意げに連呼している。それは、そのとおりなので、逆らわずに深く頷いてやった。もっとも惟朔の本音は、締まればいいというものでもない。

「じゃあ、あれは、どうやった」

「あれって、なに」

「壺洗い」

惟朔が小首をかしげると、小百合は湯のなかで惟朔の手をとり、ふたたび挿入を求めてきた。潤い烈しく、挿しいれる前に條《すじみち》を前後にさすってやると、湯のなかに、幽かに白濁したぬめりが流れだすのがわかるほどだ。

「トルコ嬢がな、ああやってサービスするんやて」

「つぼって、壺か」

ようやく納得して、なぜ、そんなことを知っているのかと訝《いぶか》しんだ。どんな男と付き合ってやがるんだ、というのが惟朔の本音である。黙っていようと思ったが、知りたい気持ちのほうが強い。

「なあ」

「なに」

「小百合に壺洗いとか教えた奴って、どんな奴」

しばらく間があって、投げだすように答えた。

「やくざ者」

「ふうん。本物か。それともイキがってるだけのか」

「モノホンや。正真正銘やくざ者。図越《ずこし》やもん」

「ずこし、ってなに」

「やくざやん、やくざ。京都で図越いうたら、いちばんのやくざの組や」

図越というのは組織の名称ではなく、京都の博徒、中島会の組長の苗字だが、裏に通じている者にとっては中島会というよりも図越のひと言のほうが通りがよく、図越のもんやが——という具合に用いる。小百合は男の口調をそのまま真似てふてくされたように惟朔に告げたのだった。

「どうして知り合った」

「なんや、嫉妬してるん」

「そういうふうに見えるか」

「ふん。まったく見えへんわ。余裕咬まして、いやなガキ」

「なあ、教えてくれって」

「入院患者。内腿刺されてな」

「変なの。内腿」

「あほ。内腿はぶっとい静脈がはしってるさかいに、めちゃめちゃ危ないんやで」

「で、内腿の包帯、替えてるうちに仲良くなったってわけか」

「御想像におまかせします」

「いまも付き合ってるの」

「なんの関係があるの」

「そりゃ、ま、そうだ」

若干のぼせたので湯からあがると、その背に哀願の言葉が投げかけられた。

「なあ、うち、もう別れるし」

「いいよ、べつに」

なんとなく小百合が気前よく三万円くれたのも、じつは男から貰ったものではないかという直感がはたらいていた。

「なあ、もう、うち、惟朔だけでぇえねん。けっこう本気やねん」

そっちがよくても、こっちが困る。関係をやくざ者に悟られたら、えらいことだ。やくざ者のことは身に沁みている。惟朔にも難儀が降りかかるが、場合によっては小百合だって五体満足ではいられなくなる。奇妙に鎮まりかえってしまった湯面を一瞥し、小百合にむけて柔らかく頰笑みながら、適当に身を翻す算段をする惟朔であった。

5

雨はあがっていた。小百合は軽く鼾《いびき》をかいて眠り惚けている。掛け布団を撥ねのけており下半身が露わだ。薄ぼんやりとした朝の光を浴びた小百合の性に惟朔は顔を近づけた。凝視した。だらしなく弛緩し、ひらききっていて、呆気にとられるほど大量の体液があふれだして敷布を汚している。惟朔の精と小百合の粘液である。

人は汁で出来ている。そんな拗ねた思いが湧きあがる。小百合の取り柄は職業柄、きちっと体温を測っていて、だから避妊が不要であることだ。それを思うと、これから先、逢わずにすます自信もない。

欠伸をかみころし、首筋を濡らした汗を雑にこすった。奇妙に生暖かい朝である。分厚い掛け布団を律儀にかけて、小一時間だけミイラのように凝固して熟睡した惟朔は、全身汗まみれだった。

手指を折って惟朔は数えた。数えるまでもない。小百合の胎内に七回、射精した。自己最高記録である。計算上は四十分に一度、射精したことになる。誇らしさと空しさが一緒くたになった遣る瀬ない気分だ。

元を取らな、あかん——と小百合は宣言して、惟朔を酷使した。元、とは、どうやら宿代のことらしい。貧乏くさいと思いながらも惟朔はそれによく応えたが、最後の七回目に射精した直後、小百合に尖った声で指摘された。

あんた、いくとき、必ず目ぇつむってる。

小百合の言葉を声にださずに呟いて、惟朔は大きな溜息をついた。あれだけ野放図に乱れまくったくせに、じつによく見ているものである。あるいは女の直感で鎌をかけてきたのだろうか。小百合は金を用立ててくれたのだ。利害関係にあるときは、気をつけなければならない。そう悪ぶってはみたが、見透かされていることは間違いない。

惟朔は小百合を抱きながら脳裏に常に鏡子の面影を、その肌の湿り気、熱、香りを、絡ませあった舌の滑るさまを、さらには鏡子に舌先を断ち割られた瞬間の鮮烈を思い描いていた。小百合は鏡子の肉体の代理にすぎず、しかも見事に寸足らずだった。

しかも鏡子よりもはるかにきつく立ち昇る刺激臭にちかい性の香りに苛立ち、その嫌悪感が逆に惟朔に限界的な潜在能力を発揮させた。よくも七回もこなせたと自分自身に感嘆してしまう。基本的に惟朔は毎日必ず濃厚な性の交わりをもちたいが、一度極めれば、それで満足してしまう。回数を誇るようなことを軽蔑しさえしていた。

惟朔は気付いていないが、そこまで惟朔に潜在能力を発揮させたのは、小百合の性ではなく、鏡子に対する妄想の力であった。それでもなんとなく性は肉体で行うものではなくて、脳で行うものであるという実感を覚えてはいた。

大股開きで眠る小百合を見下す。おまえには股を刺されたやくざ者が似合ってるよ。そんな呟きを胸に、そっと襖をひらき、隣の間で素早く身支度をした。

驚いたことに帳場から顔をだしたのは、惟朔たちを部屋に案内した老婆だった。年寄りは睡眠時間が少ないといったことを耳にしたことがあるが、いつ眠っているのか、心配になった。濡れたバスケットシューズをだしてもらって足を突っこむと、老婆は深々と頭をさげた。惟朔も深々と頭をさげかえした。なぜか老婆は頷いた。

まだ濡れている岡崎の裏路地にでて、その静寂のなかで老婆の頷くさまを反芻した。とにかく肯定されたのだ。そう、受けとることにした。とことん絞りつくしたという実感はあったが、疲労感はほとんどなかった。きっと血を売ったら、こんなふうに軀が軽くなるのだろう。

靄《もや》がしずしずと這っている岡崎道の電停にたたずんでいると、銀杏《いちょう》並木から黄色い扇がはらはらと散り落ちてきた。あんたときたら不実を絵に描いたような顔してるわ――。そう、お好み焼き屋で指摘されたことを思い出した。惟朔は口の端を歪ませて薄笑いを泛べた。けれど、じわりと罪悪感が迫りあがってきた。

つい罪悪感を覚えてしまう甘っとろい自分自身を糾弾して時間を潰しているうちに、靄を断ち割って②系統の市電がやってきた。急にあたりが鉄錆臭くなる。なぜか背筋が伸びる。座席に腰をおろすと、さすがに陰茎の根元に鈍痛を覚えた。腕組みをしてにやけ気味な、情けない笑みを泛べる。

鴨川も靄って乳色に染まっていた。水鳥たちがせわしなく交錯し、霞《かす》む川面を乱している。彼方に鏡子の姿を見いだしたとたんに惟朔は駆けていた。鏡子もゴンちゃんといっしょに全力疾走で駆けよった。

飛びつき、きつく抱きしめあうと、引き綱を離されたゴンちゃんまでもが昂ぶった吠え声をあげ、ふたりの周囲をくるくる回った。接吻をしたくてたまらないくせに、それを思ったとたんに周囲の視線が気になり、躊躇われた。河川敷に人影はほとんどないが、誰が見ているかわからない。惟朔と鏡子は申し合わせたように軀を離した。腰をかがめて引き綱をひろいあげる鏡子の臀に、惟朔の視線は釘付けだ。

「鏡子の臀は、恰好いい」

「あほ。なに見てるねん」

「必ず、いると思った」

「そりゃ、ゴンちゃんのお散歩、せなあかんし」

「うん」

「嘘や。嘘。もう、うち、逢いとうて、逢いとうて、三十分も前から、ここいらへん、いったりきたりして」

鏡子に対するいとおしさに頰が火照る。同時に、なるほど、自分が不実を絵に描いたような人間であることが実感できた。だからといって七度も爆ぜたことを告白してしまうほどの純なものは欠片《かけら》さえも持ち合わせていないし、性交を重ねたことにとりわけ罪悪感を覚えることもない。

小百合をおいて旅館から逃げ帰ったことに対しては罪の意識を覚えるのだが、自身の欲望に負けて小百合を誘って不実をなしたことに関しては、なんら気持ちが咎めない。途轍もなく過ぎてしまったとはいえ、惟朔にとって、射精はしておかなければならなかったことなのだ。おかげで冷静に振る舞える。

河川敷から離れ、寺町御門をくぐって御所《ごしょ》にはいった。修学旅行で訪れたような既視感があった。あれは二条城であったことに思い至った。足裏で軋む玉砂利が心地よい。玉砂利は濡れていて、なぜかセメントくさい匂いがする。河川敷のコンクリのうえでは、チッチチッチッと金気っぽい響きをあげるゴンちゃんの爪の音も、濡れた玉砂利には吸収されてしまう。

「微妙な天気やね」

「うん。なんか、暑くないか」

「二十度くらいありそうや」

「十一月もなかばだというのに」

「曇ってるからやろか」

生ぬるい大気の仕組みの詳細はわからないが、熱帯低気圧という言葉が漠然と脳裏をかすめた。鏡子と並んで玉砂利を踏んでいるうちに、惟朔はいまだかつて感じたことのない弛緩に包みこまれた。だらだらとした歩みをとめ、大欠伸だ。

「また夜勤」

「いや、ただ単に寝てないだけ」

「ちゃんと眠らな」

「まったくだ。野郎どもと雑魚寝には飽きあきだ」

平然と吐《ぬ》かす惟朔である。鏡子が心配げに覗きこむ。

「ああ、うち、惟朔にアパート、借りてあげたい」

「気にするな。自分でなんとかする」

思い詰めた顔つきの鏡子である。それを横目で見て、うまくするとアパートかな、などとほくそえむ惟朔であるが、本気で期待しているわけではないから、積極的にはたらきかける気もない。鏡子が立ちどまった。

「ベンチで横になるか」

躊躇いがちに付け加える。

「うちの膝枕で」

＊

ふと目覚めたら、午前十時近くだった。奇妙な天気で、まったく寒さを感じなかった。陽も射していて、影ができてはいるが、輪郭は曖昧で晴れているとはいいがたい。せまいベンチに軀を固定されていたせいで筋肉や関節が痼《しこ》っていたが、大雑把に軀を動かしているうちに、ほぐれた。変なラジオ体操と鏡子が笑い声をあげる。

眠る直前は誰もいないのをいいことに鏡子の性に鼻先を押しつけて、その幽かな芳香を嗅ぎとってはしゃぎ、やがてその弾力ある太腿に支えられて熟睡した。

「ゴンちゃんは」

「家にもどしたよ」

「ずっと膝枕してくれてたのかと思った」

「いったん家にもどって、学校に行くふりをして出て、学校には病欠の連絡をいれて、それから飛んで惟朔のところにもどった」

「セーラー服は」

「うん。家を出るときは着てたけど、宗像《むなかた》神社の前んとこのトイレで内緒で着替えた」

宗像神社とは御所内にある神社らしい。学生鞄は、薄手の布鞄にいれてあった。惟朔に合わせたのか、洗いざらしのジーパンを穿いていた。惟朔の穿いているジーパンとちがって、ぱりっと乾いている。

「あ、ちょっと動かんといて」

惟朔の眼球に鏡子の小指の先がのびた。触るか触らないかの器用さで、惟朔の目脂《めやに》を爪で取りのぞいた。左右の目頭をきれいにしてもらって、頷きかえそうとした瞬間だ。鏡子は小指の先を舌先に近づけた。

「それは、ちょっと汚いよ」

渋面をつくると、素直に同意した。

「そうやね」

「なに考えてるんだか」

「ねえ。でも、うち、こうしとうて、たまらんかった。あのな」

「なに」

「誰も通ってなかったらな、うち、惟朔の目頭をそっと舐めてきれいにしてあげたはず」

鏡子の脳裏には、涙湖を舐めあげた昨夜の惟朔のことがあったのかもしれない。惟朔は自分の影響を誇ると同時に、甘えているようでいて、年上めいている鏡子の気配に不思議な胸苦しさを覚えた。そこには密かな鬱陶しさと無力感が含まれていた。

行こうと促されて、堺町御門から御所をでた。そのまま鏡子に従って堺町通を下がっていき、観光気分で御池通をわたって着いたのが赤茶けた煉瓦の巨大な洋館だった。中《なか》京《ぎょう》郵便局だという。明治三十五年に建てられたそうで、内部も年代にふさわしい古色蒼然とした重厚さで、このような建物が現役であることに惟朔は感動した。

鏡子は印鑑と通帳を取りだして預金をおろした。ちらっと見えた札は、かなりの厚みがあった。これが自分のためにおろされた金であると思うと、ほくそえみそうになったが、もちろん無表情を保ってとぼけ、郵便局の建物を褒めた。

「重々しいんで、入るのを躊躇ったぜ」

「素敵やろ。けどな、業務には相当不便らしゅうて、改築するいう噂もあるねん」

「戦争で爆弾が落ちなかったから、残ってるわけだろ」

「まあ、そうやな」

「なら、便利なほうに建て替えちまえ」

「また、そういうことを」

「けど、そう間違ってもいないと思う」

鏡子はちいさく肩をすくめ、しばらくしてから、

「まるで〈堕落論〉や」

と呟いた。

「なに、それ」

「安吾」

「ふうん」

よくわからぬままに惟朔は口を噤む。郵便局から三条通を堺町で折れ、連れていかれたのはイノダコーヒ本店だった。

「コーヒ？」

「そう。ここはコーヒーやなくてコーヒ。のばさへんのや」

惟朔は店の前で立ちどまり、ゆっくり全体を見まわした。進々堂も気合いの入った喫茶店だったが、褐色をしたイノダコーヒの店構えも相当なものだ。焙煎《ばいせん》している豆の香りがたまらない。

鏡子にそっと臀を押されて店内に入って、さらに目を剝く惟朔だった。和洋折衷であるが、古い建物らしく天井は予想したよりも低い。タバコの煙が青白く澱んでいるが、

なかなか東京では見られない規模の広さである。蝶ネクタイの給仕がきびきびと立ち働いている。ウェートレスの恰好もまるで大正時代のもののようだ。客は近所の旦那衆だろうか、どっしりかまえて朝刊を拡げたり、顰《しか》め面《つら》でなにやら言葉を交わしている。正面には庭があり、噴水が設《しつら》えてあった。鏡子は得意げに壁際の席にむかい、惟朔に壁際に座るように促した。

「コーヒーでええな」

「ああ、うん」

生返事をして、まだ店内を見まわしている惟朔だ。さらに鏡子はなにやら、はしゃいだ調子で注文している。けれど惟朔はこの店の適度に縒《よ》れてしまった雰囲気が気にいって、上の空だ。

古いだけに、あれやこれやにけっこうガタがきているのだ。けれどそれが疎ましかったり見窄《みすぼ》らしく感じられないから不思議だ。年月というものの底力だ。外はとても十一月中旬とは思えぬほどに生暖かいのに、逆に店内はひんやりとしている。とりわけ足許が冷える。朝一番の床清掃で水をたっぷり使ったからではないか。

そんな推理をしていると、湯気をあげる肉厚で縦長のコーヒーカップが運ばれ、さらにビーフカツサンドとホワイトソースをからめたスパゲティが運ばれてきた。ボルセナというらしい。鏡子の心配りが嬉しくて、フォークに手をのばすと、まずコーヒーを試してみてくれと鏡子が言う。

カップを覗きこんで、ミルクが入っていることを確認した。進々堂で体験済みだから驚きはしない。けれど乳脂肪が濃いのだろう、表面にはぎらりと脂が浮いている。一口啜って、目を見張る。甘い。かなり、甘い。ここまで甘くしなくても、と、もう一口啜って、コーヒー自体がとても強靭《きょうじん》であることに気付く。向ヶ丘遊園の喫茶店、紅蓮《ぐれん》でだしていたあの褐色の液体はなんだったのだろうか。そんな気分になった。

「うち、注文のとき、ドキドキしたで」

「なんで」

「ほんまのこと言うたら、うち、ひとりで喫茶店に入ったことなんてあらへんねん。昨日の進々堂で初体験。イノダコーヒは二度め。お父さんやお母さんときたことはあったけど」

「言わんといて」

「箱入り娘ってやつだな」

三分の一ほどコーヒーを飲んで、目移りした。鏡子のすすめに従って先にスパゲティを平らげた。唇を汚したホワイトソースを突きだした舌で舐めまわしていると、鏡子が紙ナプキンで拭ってくれた。舐めるのが愉しいのにと文句を言おうと思ったが、鏡子の甲斐甲斐しさに照れてしまい、黙ってビーフカツサンドのうえにのっているかりかりに揚げたベーコンを抓《つま》んだ。

本体のビーフカツサンドはトーストしたパンのあいだにとても軽食とは思えぬ厚みのビーフカツがはさまれていて、惟朔は気合いをいれて頬張った。京南金属の伊勢が、関西で肉といったら牛肉だと断言していたが、なるほどと感心させられる旨さが口中いっぱいに拡がって、なんだか目眩《めまい》が起きそうな気分の惟朔であった。

イノダコーヒから三条通にもどり、三信衣料にむかうことになった。鏡子には米軍放出品を欲しがる惟朔が理解できないらしい。なぜ、あえて古着を欲しがるのか、というところだろう。しかし惟朔は、鏡子の着せ替え人形になるつもりは毛頭ない。言い合いというほどのこともないが、道行くふたりの会話には微妙な軋みがあった。

最後には鏡子が折れて、惟朔は三信衣料の湿った黴くさい店内でコートやセーターを気のすむまで吟味した。内側に取り外しのできる化繊のライナーがついている軍用コートを選びだし、セーターは肩や肘に革のパッチが当てられたものに決めた。コートは以前から目をつけていたものだが、セーターは偶然見つけだしたもので、藍色の毛糸の目がぎしっと詰まって重量感がある。暖かく、長持ちしそうだ。

米軍放出品は実用的で色彩が地味なのがいい。正確には地味であるのに派手である。戦地で着用する衣服を街中で着込めば、いかに色彩が地味であっても悪目立ちすることは避けられない。けれどサイケデリック的な色彩はもはや流行遅れであるし、ロンドン・ポップ的な派手さはつらい。

京都では漂白剤で雑に、まだらに脱色したソラリゼーションと呼ばれるジーパンが流行りはじめているようだ。もっとも、ごく一部のヒッピー風のあいだで、という注釈が必要ではあるが。鏡子にきいたところでは、暑いころにはタイダイド、いわゆる絞り染めの藍や紫のTシャツを着ているヒッピー風をよく見かけたとのことだ。

惟朔の脳裏には京都に初めて降り立ったその朝に声をかけたタロウのことがあった。カーキ色をした大きな米軍の雑嚢《ざつのう》を肩に提げ、同じくカーキ色をした毛布をその雑嚢に括りつけていた。いまさら雑嚢を提げる気はないが、そのセンスは掠《かす》めとりたい。店の奥のジーンズコーナーに、タロウが穿いていたハーフのジーパンがあった。

「惟朔は何インチ」

「二七インチ。それだと、ちょいと大きいけど、まあ腰の骨に引っかかる。あまり極端にぴちぴちなのも薄気味悪いから」

「嘘やろ。二七インチ」

「哀れな痩せっぽちでござい」

タロウの穿いていたストレートはやめ、ベルボトムを試着してみた。ベルボトムといっても、文字通り鐘の底のように裾が拡がっているわけではなく、抑え気味だ。惟朔は子供のころから器械体操や鉄棒が得意で、腹部が引き締まっている。胴回りは六七センチといったところで、二七インチではわずかに大きいことが多いのだが、ハーフは誂《あつら》えたようにぴったりだった。

試着室のカーテンをひらく。鏡子が顔を輝かせた。店の女の子が跪《ひざまず》いて確認し、裾丈をなおす必要もないと感心した。それは脚が長いと褒められたようなもので、気分よくいままで穿いていたジーパンを包んでもらった。真新しいジーパンを穿くことには若干の気恥ずかしさを覚えるが、ジーパンはその恥ずかしさと引き替えに徐々に成熟して、よそよそしさをなくしていくものである。だから、じっくり穿きこんでいくのが愉しみだ。

店の女の子が頰笑みかけ、口をひらこうとした瞬間に、鏡子が袖を引いた。切迫した気配だった。

「靴下とかも買《こ》うといたほうがええやろ」

「ああ、まあな」

「分厚いのがええやんな」

男の店員が鏡子をちらちら盗み見ていた。機会があれば話しかけようと画策して、さきほどは中古衣料から離れない惟朔の隙をねらって鏡子に声をかけた。けれど鏡子の態度は冷たく、素っ気なかった。

惟朔にすれば、自分の彼女が箸にも棒にもかからないよりはよほどましといったところで、嫉妬の感情を湧きあがらせることもなかったのだが、鏡子は惟朔が女の子の店員と言葉を交わすと、過剰なまでに介入してきて、挙げ句の果てに惟朔に不安げな、縋る眼差しを投げかけたりもする。

得意な気分まじりの困惑とでもいえばいいのだろうか。三信衣料の店内で、鏡子は、ひたすら店の女の子と惟朔が会話をするのをじゃましようとした。はじめのうちは女の子も意地になっていたが、やがてあきらめてしまい、惟朔と鏡子に対してはっきりと距離をとって接するようになり、鏡子が無表情に支払いをすますと、事務的な声でおおきにと送りだした。

店外で惟朔は鏡子に短く礼を言い、さっそくコートを羽織った。ぐっと大人っぽくなったと鏡子がお世辞を言った。けれど皮肉なことに気温はどんどん上昇していって、二十度をはるかに超えているようだ。

どうなっているのかと小首をかしげて、折衷としてコートのアクリルボアのライナーをはずし、ネルのシャツを脱いでTシャツのうえに直接コートを着た。真新しいハーフのジーパンが歩行のたびにぎしぎしと密かな軋み音をたてる。心地よい。けれど、気恥ずかしい。

「おい、惟朔」

いきなり名を呼ばれて、惟朔よりも早く鏡子が反応した。男の声であっても警戒の顔色である。惟朔は鏡子の過剰さに、いささか鼻白んだ。けれど声をかけてきた相手が西寮から消えるように立ち去ったパイプであり、パイプと腕を組んでいるのが、酒場の便所で抱きあった毬江であることに気付いて、惟朔は狼狽えた。思いもよらぬ組み合わせだったので、狼狽を隠すことができず、うわずった声で尋ねた。

「なにしてんですか、こんなところで」

「それは、こっちが訊きたい」

パイプは鏡子を遠慮のない目で舐めつくして、唐突に打たれたような表情をみせた。視線は鏡子に釘付けだが、その瞳には怯《ひる》みに似たものさえ泛びあがっていて、うわずった声で問いかけてきた。

「これ、惟朔の彼女か」

酔っていたとはいえ毬江と性的な瞬間をもった惟朔である。ようやく狼狽を抑えこむことはできたが、傍らで凝固している鏡子にその気配を気付かれはしないかと緊張しつつ、頷いた。パイプはあきらかに鏡子の美貌に臆していたが、ようやく立ち直り、居丈高に指し示した。

「その荷物は、なんだよ」

「これは俺の服ですけど。冬物」

「デートがてら、買ったのか」

「買ってもらいました」

「買ってもらった——」

「はい」

「尋常ではないぞ」

「なにが、ですか」

「買い物の量だよ」

「ああ、俺もちょっと呆気にとられてますけど」

「しかも、てめえ、女に荷物を持たせて手ぶらかよ。平然としてやがる」

「ああ、そうか。おい、持とうか」

「ふざけんなよ」

「と、言われても」

パイプが上体をひねった。いきなり肘打ちを喰らわしてきた。よけることもできたが、惟朔はそれをあえて脇腹で受け、ちいさく呻いてみせた。

「クソォ。俺がこんな年増《としま》と目合ってるときに、てめえという奴は」

毬江を前にして冗談に聴こえないので、少々呆れた。パイプの瞳には露骨な性的欲望が澱んで青黒く揺らめいていた。物欲しげな眼差しが鏡子の首筋を這いまわり、離れることがない。それでも惟朔はもっとも気にかかっていたことを尋ねた。

「西寮でリンチされなかったんですか。けっこうヤバそうだったけど」

そこでようやく毬江が割り込んできた。

「酷《ひど》いねんで。この人の軀、服に隠れてるとこは、もうぼろぼろ。青痣《あおあざ》だらけや。ほんまに、たいしたもんや。外から見えるところには手ぇださへんねんな」

「よけいなことを言うな」

パイプが怒鳴った。いきなり目が血走っていた。しかも涙ぐんでいた。唇が、指先が小刻みに震えている。毬江と睨みあった。惟朔は咳払いをした。鏡子の手から買い物包を受けとり、パイプに揶揄《やゆ》の眼差しを投げかけながら、毬江にむけて頭をさげる。

「御無沙汰してます。ま、なんだか一安心しました」

酒場のカウンターのなかで毬江は半袖だった。惟朔は嘘の笑顔を泛べながら、毬江のふくよかな、しかし毛まみれの性器をパイプの粗末な陰茎がしょんぼり断ち割っているところを空想した。そんな皮肉な眼差しで毬江とパイプを交互に見た。

情したことがある。今日は薄手のコートを着ているから、あの艶っぽい上膊《じょうはく》を拝めない。それが物足りない。ややたるみはじめた二の腕に惟朔は発
このふたりは暇さえあれば、うらぶれたセックスをしているのだろう。

「こんなとこじゃ、なんだ。おい、惟朔。コーヒーでもおごれ」

「なんで俺が」

「けちくせえなあ、小僧。相も変わらず」

鏡子が硬い声で言った。

「惟朔はお金を持ってませんから、うちがおごります」

「ええのよ、お嬢さん。あたしが」

「いえ、うちが」

惟朔は失笑し、投げ遣りな声をあげた。

「とにかく行きましょう。皆様の通行の御迷惑だ」

大安の漬物を横目で見ながら、六曜社にむかった。前からいちど訪れてみたいと思っていた喫茶店である。ソファーに臀を落とすと妙に落ち着いた。イノダコーヒと飲み比べのつもりでコーヒーを注文した。鏡子だけがミルクティーを頼んだ。

「ニコ中はどうしてやがる」

「ちょっと、しょんぼりかな」

「野郎、俺がいないとだめなんだよな。依頼心が強いんだ」

依頼心が強いのはどっちだ、と思ったが、そうですねと深く頷いておいた。

「ま、頼まれたって、いまさらあんなゴミ溜めにはもどれないけどな。惟朔はまだゴミん中で寝てるのか」

「蛆虫に顔、咬まれまくってますよ」

鏡子と毬江が同時に蛆虫、とちいさく声をあげた。

「ほんとにいるんだ、蛆虫。みんな、生ゴミまで平気で棄てちゃうからさ、蛆虫天国。サナギになってるのもいるけどね。最近はサナギから孵《かえ》った小蝿が五月蝿《うるさ》いったらありゃしない。五月の蝿って書いて五月蝿いって意味がよくわかるよ。でもさ、十一月なのに、なんで孵っちゃうのかな。五月だろ、小蝿。生ゴミが醗酵して熱もってるのかな」

得意げに捲《まく》したてると、鏡子に目で叱られた。なるほど、店内の視線が惟朔に集中しているではないか。パイプの唇が、バカ、と動いた。コーヒーが運ばれてきた。コーヒーカップの風情がいかにもヨーロッパという感じである。惟朔は開き直ってアルバイトと思われる私服の女子大生風に笑いかけた。彼女は戸惑ったような、困ったような笑顔をかえしてきた。

六曜社のコーヒーは東京といっしょで、ミルクも砂糖もはいっていない。ミルクだけいれて口をつけた。程よく苦く、旨かった。角砂糖をひとつだけ落としてみた。最初から砂糖とミルクがはいっているイノダコーヒは最後のほうで甘みがとろりと澱んでいて、けれどそれが独特の深い満足を与えてくれた。六曜社のコーヒーは決して薄いわけではない。しかし、イノダコーヒを飲んだあとであるせいか、その苦みにはなんともいえない爽快感があった。

「しかし、パイプさんが毬江さんに世話になってるとは思いもしませんでした」

パイプは火をつけていないハイライトを口の端に咥《くわ》えてふんぞり返ったが、鏡子の美貌が気になって落ち着かない。毬江を惟朔に自慢し、誇りたいところだったのだろうが、惟朔から見ても、こうなると毬江はうらぶれたおばちゃんにすぎない。まあ、自らの名を冠した酒場のカウンターのなかに立てば、それはそれで光り輝くのだろうが。

もっとも惟朔は毬江に抱いていた性的欲望を棄て去ったわけではない。毬江は鏡子のほうをあまり見ないようにしている。その唇には強張った頬笑みがこびりついたままで、それがなんとも不自然だ。美醜の序列から権力闘争なる言葉を惟朔は思い泛べた。飛躍のしすぎであることに気付いて、ひとりで苦笑した。

同時に惟朔は毬江を虐《いじ》めたくなった。虐めたくてしかたがない。張りの喪われはじめているであろう臀を力まかせに打擲《ちょうちゃく》したい。奇妙な衝動である。もちろん鏡子の前であるから、ただの顔見知りにすぎぬような態度を保ってとぼけている。

「パイプさんは毬江さんのヒモですか」

露骨で含みのない質問をすると、とたんにパイプの顔が嬉しそうに歪み、にやけた。ところが毬江の眉間には般若《はんにゃ》のような皺が刻まれ、もうたくさんだ、といった調子の尖った声をあげた。

「この人、どこかおかしいねん。べつに店に出てくれ言うてるわけやないで。けど、せめてあたしが疲れ果ててもどったときくらい、家の中のこと、ちょっとだけでもしてくれたらええやないか」

「なんにも、しないんですか」

「なーんもせえへん。動かすのは箸と口だけや。そら、もう、達者なもんや。とりわけ口な。見事なもんやで」

投げ遣りな声をあげ、毬江は鋭い舌打ちをした。それが刺さったのだろう、にやけていたパイプは真顔になり、その頬が白く血の気を喪っていった。惟朔は辟易《へきえき》した。目を血走らせたり涙ぐんだり震えたり血の気を喪ったりと、感情を腐るほど抱えて御苦労様なことだ。

「あの」

鏡子が消え入るような声をあげた。

「あの、うちも惟朔を」

パイプも毬江も鏡子を凝視して、微動だにしない。

「うちも惟朔をヒモ言うんですか、面倒を見よう思ってます」

途中から決然とした口調で言い、大きく息をついた。その拳《こぶし》がきつく握りしめられている。惟朔の視線も鏡子の横顔に釘付けだ。ヒモは望むところであるが、鏡子はまだ高校生にすぎない。毬江のように自立しているわけではない。

パイプは喫口を唾でどろどろにしたハイライトを灰皿において、俯《うつむ》いた。なにを思うのか、毬江も頬を硬直させて黙り込んだ。やがてパイプがぽつりと呟いた。

「清らかなものがあるんだな」

自分に言い聞かせるように繰り返す。

「清らかなものがあるんだ」

すると毬江までもが打ちひしがれたような笑顔で頷いたではないか。

冗談じゃない、というのが惟朔の本音だ。清らかであることは認めよう。けれど、この途轍もない不自由感は、どういうことだ。みんな、酔っていやがる。粘る蜘蛛の糸の束が清らかに燦《きら》めく純白の羽衣かなにかに見えるらしい。

六曜社は十一月だというのに入り口のドアを開け放っていて、流れ込んでくる南風は不規則に、生暖かく湿っている。惟朔は手の甲で額の汗を拭った。

＊

コーヒー代は毬江が払ってくれた。気がむいたらうちにも飲みにきてや、と声をかけてから、我に返ったようなわざとらしい顔をつくって鏡子のほうに向きなおり、ごめん、と頭をさげた。ところが鏡子は真顔で、そのときはよろしくお願いしますと頭をさげかえした。パイプは不機嫌だ。苛立ちと不服を隠そうとしない。惟朔はそっと鏡子の腰に腕をまわし、行こうと促した。

しばらく行って、そっと背後を振りかえった。毬江とパイプは河原町通の雑踏のなかに埋没して、消滅していた。ようやく肩から力が抜けた。

「ああ、疲れた。濁りきった泥水みてえ」

「でも毬江さんて綺麗やね」

「まあな」

「惟朔、好みやろ」

「まあな」

「パイプさんやったっけ。似合わへんて思ってるやろ」

「まあな」

「なんでも、まあな、や」

怒るのかと思ったら、控えめに笑って買い物袋を持ち直し、そっと惟朔の二の腕に乳房を押しつけて、離れた。惟朔はその弾力を反芻《はんすう》した。

「清らか、か」

「うち、もう、びっくり」

「たしかに清らかだ」

「堪忍してえな」

ふたたび乳房を押し当ててきた。満更でもないのである。惟朔は鏡子が密かに発情していることを悟った。いま鏡子の性器の條《すじみち》を指先でなぞれば、熱くぬめって滑るだろう。そんな空想をして、考えこんだ。処女に指を挿入していいものだろうか。処女の軀に指は押し入ることができるのだろうか。

「惟朔って」

「なに」

「大物や」

「小物だ」

「大物や。ふつうな」

「うん」

「うちひとりに荷物、持たせんよ」

「ああ、すまん。貸せ」

「ええよ。こういう理不尽に打ち勝つ自分がいとおしい」

「吐《ぬ》かしやがれ」

「不条理言うんや、こういうの」

口調と裏腹に、なんとも嬉しそうな鏡子である。惟朔は鏡子の手から荷物を奪った。パイプにセーターといった冬物だけでなく下着や靴下などもかなりの量を買いこんだ。

も憎まれ口を叩かれたが、提げて歩くには重量はともかく、嵩《かさ》ばりすぎる。鏡子の学生鞄なども あるのだ。

そこで三条京阪のコインロッカーに荷物を抛りこんで身軽になることにした。惟朔はコインロッカー代さえもったいないと思うしみったれだが、鏡子はまったく気にせず、なにも今日中に荷物をだす必要はないとまで言い切った。

「学生鞄があるじゃん」

「うん。うちの鞄とセーラー服はあとでだすけどな、惟朔の服はずっと預けといたらええと思う。京大の寮においとくわけにもいかへんのやろ」

「べつに泥棒がいるわけでもないけどな」

「新しい棲処《すみか》が見つかるまでは、おいといたらええやない」

タンス代わりというわけだ。どうせ自分の金ではないと惟朔は割り切ったが、内心はもったいないという気持ちでいっぱいで、ポケットのなかの鍵を弄《もてあそ》ぶ。

「そや。鞄といえば、惟朔は京都にくるときに、どんな鞄できたの」

「鞄。そんなもの、ない。手ぶら」

「手ぶらって、着替えとかは」

鏡子の問いかけに、一呼吸おいて、調子に乗って答えた。

「手ぶら。とことん、手ぶら。右のポッケには右手。左のポッケには左手。はいってたのはそれだけ。パンツとかはこっちにきてから買った」

「あきれた。鞄、欲しないの」

「べつに」

「ひとつくらい、あったほうがええよ」

「恰好《かっこう》いいのがあれば、ね」

「そうくると思った。一澤帆布店《いちざわはんぷてん》に行こう」

イチザワハンプテン——惟朔は小首をかしげた。まるで外国語のように聴こえた。ふたたび三条大橋で鴨川をわたり、若松通を抜けて東大路に至る。よく歩くなあ、と呟くと鏡子は絡ませていた腕に力をこめて得意げに言った。

「うちは、歩くの、大好きや。走るのも速いで」

「運動は」

「得意や。泳がせたら、ほとんどカッパや」

「へえ。泳ぐのか」

「うん。夏は丹後の宮津か福井の水晶浜に泳ぎに行く」

鏡子は両手を差しあげ、飛びこみの体勢をとっておどける。その伸びやかな軀を一瞥《いちべつ》して、水着姿を空想すると、あらためて眩《まぶ》しいものが込みあげてきて、なにやら胸のあたりが苦しくなった。惟朔は脳裏で地理を組み立てた。あれやこれやを映像のかたちで憶えるのが得意な惟朔である。大雑把ではあるが場所を特定することができた。京都では日本海に泳ぎに行くらしい。丹後の宮津といえばパイプの故郷ではないか。

「惟朔は、泳ぎどうなん」

「泳ぎか」

「運動」

「鉄棒とかは得意だ。猿だな。大車輪もできるぞ」

「ほんまに」

「うん」

「見栄張らんでええよ」

「見栄じゃない。小学校の友達にサーカス団のガキがいた」

「サーカスの」

「そう。そいつの家に、水道配管の亜鉛パイプを組んで、鉄棒がつくってあって。暇さえあればぶらさがってたんだ。ま、いま廻ったら、肉刺《まめ》ができる前に皮が破けちゃうだろうけどな」

やや躊躇って抑えた声で、しかし正直に告げた。

「鉄棒。マット。こういうのは人並み以上。泳ぎも速くはないけどいつまでも泳げる。駆けるのも速くはないけど遅くもないといったところ。面倒だから真剣に走らない。でも、まあ、二番とか三番とか。恥を掻くことはない。でも団体競技というのかな。野球とかサッカーとか、みんなでやるもの。そういうのが凄く苦手だ。ガキのころから自意識過剰でさ、自分が失敗して迷惑をかけちゃうことを想像して、身動きがとれなくなっちゃうようなところがある。身が竦《すく》むというのか。実力をだしきれない。だからクラスのなかで俺は位置づけが難しかったみたい。鈍いわけじゃないけど、使えるわけでもないって感じで、バカにされるわけじゃないけど、一目置かれるわけでもない。大車輪ができるのに、なんであんな凡フライが捕れないの？　そんな感じ。俺自身は恥ずかしくて仕方がなかった。しかたがないから、おちゃらけてた。とにかく、いつのころからか変に人の目を意識するようになっちゃって、現在に至る。まだ病気は治らない」

鏡子が凝視していた。喰いいるような視線である。口が半開きになっていて尖り気味の舌先が覗けている。いきなり惟朔の唇に吸いつきそうだ。潤んだ眼差しが切なそうにぶれはじめている。気を許すと路上で軀をすりつけてきかねない気配だ。尋常でない。

「――どうしたんだよ」

「うち、居たたまらへんわ」

「居たたまれないって」

「そうや。胸がきゅっと締めつけられて、苦しくて、苦しくて。あのな」

「うん」

「食べたい」

「なにを」

「惟朔を」

「俺を」

「うち、おかしなった。ほんまに惟朔を食べてしまいたい」

「まだ不味《まず》いよ。もうすこし太らせてからにしな」

冗談めかして終わらせようとすると、鏡子は大きく頷いて、それから両の手の中指でそれぞれの目頭や目尻を押さえ、さすり、涙をごまかした。

「惟朔は太宰、読んだこと、あるか」

「教科書に〈走れメロス〉だったかな。友達のために走るやつ。けど裏切りたくてたまらないやつ。なんか鬱陶しい話が載ってた」

「〈人間失格〉は」

「いや」

「惟朔は人間失格や」

「ふざけんなよ。なにが人間失格だよ」

人間失格——。図星を指されたような気がした。波立つ感情を抑えきれなくなった。惟朔が睨みつけると、鏡子は大きくかぶりを振った。じわりと間合いをつめてきた。惟朔の怒りさえも心地よいらしい。惟朔は首筋に掌をあてがった。そこを咬まれるような、そこを食べられてしまうような気がしたのだ。それでも、なんとなく鏡子の真意を察して、惟朔は頭を掻いた。

「ま、人間失格だな。仰有《おつしや》るとおりでござる」

「うちの直感は当たるねん」

「どんな」

「惟朔は小説家が似合うてる」

「あほ。人間失格な奴がみんな小説家になれると思うのか。俺のオヤジなんてな」

惟朔は、言葉を呑みこんだ。鏡子はしつこく追及することもなく、ぴたりと身を寄せ、惟朔の髪のなかに鼻先を突っこんで、唇で耳朶を弄ぶようにして、いずれお父さんのことも話してくれと囁いた。

帆布と書いてはんぷと読むことを、惟朔は一澤帆布店の店頭で知った。知恩院の電停がちかい。もともとは日よけやシートなどを製作していたそうだが、キャンバス地やズックといった素材を用いて、この店独自のバッグなどをつくっているという。

店内にはなぜかランプがさがっていて、試作品らしいバッグなどがあちこちにおいてある。キャンバス地独特の香りがする。すこしくすんだ陽射しの匂いだ。惟朔は一目で製品を気に入った。前掛けをした額の禿げあがったおじさんが店主の一澤さんだという。

店主は鏡子の顔を見知っているようであるが、鏡子は微妙に照れて店主の視線をはぐらかしている。やがて鏡子がそっと耳打ちしてきた。大学山岳部などの海外遠征や探検に、この店のザックなどが使われるという。

こういった頑丈で実用的なバッグならば、無理をしてでも手に入れたい。めずらしく物慾を刺激されて製品を吟味していると、バッグに目立たぬように貼ってある名札に気付いた。一澤帆布店という店名と住所の知恩院前が毛筆書きで入っているのである。

「すげえ恰好いい」

「それに、したら、どうやろ」

「いいのか」

「うちは惟朔が喜ぶなら、なんでもするえ」

さりげない口調だったが、放射されたものは凄まじく、惟朔の喉が鳴った。バッグが気にいって喉を鳴らしたのだと思った鏡子が惟朔に母の眼差しを注いだ。惟朔は凝固しかけたが、すぐに頰笑みかえした。

「なにも入っていない帆布のショルダーバッグを肩からさげて、惟朔は得意顔であるが、その一方で微妙な不安を覚えていた。バッグは手作りだけあってかなり高価だったが、鏡子は頓着しない。放っておくと鏡子は惟朔のために際限なく金を遣いそうだ。それは、思いのうえでは望むべきことなのだが、感情が逆らう。惟朔は自分の心に秘められたモラルと対面させられて、考えこんでいた。

なんとなく気分が悪い——。

それが惟朔のモラルの核心にあるものだった。たぶん、モラルといったものは、その程度のものなのだろう。そして単純であるからこそ、強い。論理で補強していったとたんにモラルは脆弱となり、壊れ去ってしまう。論理や知性を用いたとたんに、法律に違反していないからよいといった陳腐に陥って、モラルであることを喪う。どうやらモラルの本質は情にあるようで、ごく主観的である。明確な言葉にはできぬながら、惟朔はそう直観して、ならばとことん穢《けが》れてみようと決心した。モラリストであることを弱さと感じ、嫌悪を覚えたのである。

「どないしたん。怖い顔して」

「腑甲斐《ふがい》ないというのか。俺は腑甲斐ない」

「うちがあれこれ買うたからか」

惟朔はそれには答えず、口を噤《つぐ》んで黙々と歩く。知恩院の古門前である。惟朔の顔色を窺っていた鏡子が泣きそうな声で言う。

「堪忍え。うち、調子に乗りすぎていたかもしれん。ほんま、堪忍え。お金を遣うほうは気分がええもんな。うち、惟朔の気持ちを蔑《ないがし》ろにしてたわ」

「これって、どこに行く」

「え」

「この道は、どこに行く」

「ええと、知恩院に突き当たる。左に折れたら神宮道で、三条を横切って」

「平安神宮か」

「そうや」

惟朔は脳裏の京都市街地図を組み立てなおした。

「知恩院はどうでもいいや。平安神宮に行こうぜ」

「ええよ。うちは、惟朔の行きたいとこにどこにでもついていく」

健気な眼差しだった。胸が傷み、息をするのが苦しくなった。

＊

平安神宮になど寄りはしなかった。ヨーロッパの日本作家と題した特別展をやっている近代美術館を横目で見ながら、岡崎の路地の奥に潜りこんだ。当てずっぽうに歩いていったが、小百合としけこんだ旅館にゆきあたった。鏡子は惟朔の腕に腕をとおし、絡ませていたのだが、惟朔は脇をぐっと締めて鏡子の腕が抜けぬように固定して、当然であるといった顔つきで鏡子を生垣のなかに引っぱりこんだ。

打ち水のせいか湿気ている。さすがに鏡子は怯んで、強張った眼差しを惟朔に据えた。惟朔は生垣の蔭を利用して柔らかく抱き寄せた。接吻した。硬直し、育ちきった股間を鏡子の軀に触れさせぬように気配りをし、けれど性的であることを意識して舌を絡ませた。やがて鏡子も舌先を積極的に絡ませて、惟朔の唾液を吸いあげた。

「ふたりだけになろう」

「けど」

「だいじょうぶ。してはいけないことは、しない」

「約束やで」

鏡子の掠れ声に、惟朔は満面の笑みで頷いて、鏡子の腰ではなく臀に手をおいて、そのふくらみを微妙に握りこむような動きをさせつつ、生垣のさらに奥に鏡子を促した。安心させようと玄関口の日観連の表示を指してみせた。

予想どおり、老婆が出迎えた。当然ながら昨晩、惟朔と顔を合わせたことなどおくびにもださず、庭石でも見るかのような視線を投げると、磨き抜かれた廊下を先に立ち、惟朔と鏡子を案内した。いったい、いつ、眠っているのですかとその背に尋ねたい衝動を覚えたが、もちろん神妙な顔をつくって、黙って従った。

昨夜と同じ部屋にとおされた。老婆は惟朔のことを忘れていない。それが肌で感じられた。頭髪は当然だが、白い眉に白い睫《まつげ》のその奥の瞳も片方はわずかだが白濁している。

惟朔は下腹に力をこめて訊いた。

「休憩って、あるんですか」

「あります。けれど泊まりにしたほうがよろしおすえ」

「あまり差がない」

「へえ。うちんとこは連れ込み旅館とはちがいますさかい」

惟朔が目で合図をすると、鏡子は弾かれたように札を取りだした。惟朔は冗談めかして尋ねた。

「夕食とか、つくんですか」

「仕出しでも頼みまひょか」

出前でも取りましょうという意味だろう。惟朔は納得して、卓袱台《ちゃぶだい》のうえの宿帳を一瞥した。古びた藁半紙にガリ版刷りの記入欄の宿帳には、わざとらしい金釘流でドコノダレオとあって、すこし焦った。

宿帳によると昨日から客は、惟朔と小百合だけであり、ふたたび惟朔があらわれたということである。こんどは背筋を伸ばしてドコノダレオの隣に叮嚀に吉川惟朔と書いた。老婆は昨晩とちがって、顔を離して宿帳の文字を追った。やがて老婆の歯のない口がわずかに動いた。頬笑んだのである。

「お風呂沸いてますさかい、ご案内します」

老婆が立ちあがった。惟朔は困惑顔の鏡子を声をころして、けれどなかば強引に誘って老婆の後を追った。風呂場がどこにあるかはわかっているが、勝手を知っているところをみせるわけにはいかない。古びた欄間《らんま》などを過剰に見やりつつ、しずしずと老婆に付き従う。

脱衣場の引き戸に真鍮《しんちゅう》の錠前を落として、肩から力を抜いた。昨夜はまったく気付かなかったが、日焼けした肌のような香りが充ちている。おそらくは長い年月のうちに染みついてしまった汗の匂いだろう。

惟朔は脳裏で素早く計算した。昨夜の媾合《こうごう》そのままで、股間を流していない。いま脱げば、鏡子の眼前で小百合と自分の匂いが混ざりあった複雑な性の香りが立ち昇る。気付かれないかもしれないが、鏡子の直感を侮るわけにもいかない。

「うち、こんなとこ、はじめてやし」

「俺もだ」

「嘘や」

「そりゃあ、東京にいたときは、なかったとはいわない」

神奈川にいたくせに、平然と東京と口ばしり、しかもそれに気づきもしない惟朔であった。

「俺な」

「うん」

「昨日の夜な、おまえのことを想って七回もせんずりをこいた」

「七回」

「まったく猿だ」

「吉田山のせんずりは」

「勘定にはいっていない」

「じゃあ、八回や」

「おい」

「なに」

「せんずりというな」

「いやか」

「いやだ」

「もう、言わない」

「うん。それでな、軀を流していない」

「どういうこと」

「だから、あの白いねばねばをとことんぶちまけたまま、洗ってないということだ。これすなわち、くさいということである」

「ええよ。うちは、あの匂い、好きやし」

「ところがな、あの匂いはな、時間がたつと変化する。はっきりいって悪臭だ」

「かまへん」

「とにかく、先にはいる」

惟朔はうえに着ているものをだらだらと脱ぎ、逆にジーパンとパンツはいっしょに一気に脱いで丸め込んで脱衣籠に投げこみ、そのままあとも見ずに浴室に踏み入れ、即座に浴槽に軀を沈めた。思いのほか熱くて、顔を歪めて呻き、あわてて蛇口をひねって水を迸《ほとばし》らせる。

湯のなかで陰茎を丹念に洗う。ぬるぬるしたものが指先に絡まり、刮《こそ》げ落ちていくのがわかった。やがて摩擦がもどってきて、指先が引っかかるようになった。蛇口をしめて、ぬるくなった湯のなかで一安心だ。脱衣場の曇りガラス戸に視線をやり、しばらく躊躇ったが、まるで旦那のような声をかけた。

「おい」

しかし返事はない。静まりかえっている。惟朔は不安を覚え、浴槽からでて脱衣場の引き戸をひらいた。

一糸まとわぬ鏡子と対面した。右手で股間を、左手で乳房を隠している。惟朔にむけて唇がうごいた。身構えたが、鏡子はなにも言わずに曖昧に口をとじてしまった。

「言え。言いたいことを言え」

「うん。あのな」

「ああ」

「うち、その、恥ずかしいことねんけど――」

「なんだよ。もったいつけるな」

「あの、うち、その、下着な」

「おう。下着な」

「下着、ひどく汚してしもて」

即座に性的な体液で汚してしまったことを理解した惟朔は、つとめて醒めた顔をつくって言った。

「洗ったほうがいい」

「いっそのこと、棄ててしまおかって」

「その部分だけ洗っておけばいい」

「そやな。やっぱ、下着がないと不安やし」

「そんなことよりな」

「なに」

「俺はこのとおり裸ん坊なわけだ」

「うん」

「おまえも変に隠すな」

「けど」

惟朔は手をのばして強引に鏡子の手首を摑《つか》んだ。鏡子は逆らわず、乳房が、陰毛が露わになった。乳房は豊かだが一分の隙もなく張りつめていて、なぜか傷ましさを覚えた。陰毛は面積こそ少ないが、そのかわり密生していて艶やかだ。惟朔は見惚れて、立ちつくした。頭上の裸電球に照り映える肌理《きめ》こまかな下膊にうっすらと黄金色の産毛を見てとることができた。頬を触るか触らぬかの位置にまでちかづければ、ごく幽かに惟朔の毛穴を愛撫してくれるだろう。惟朔はほとんど無意識のうちに鏡子の股間に手をのばした。そっと陰毛を撫であげたのだ。漆黒はたいそう緻密に絡まっているが、指をとおせば即座にほぐれる絹糸じみた輝きがあり、しかもしっとりとした手触りだ。鏡子は困惑顔で俯いている。惟朔は我に返り、そこから先に指先を進めることもなく、そっと手を離した。惟朔が触れたせいで、絹糸の下方に鏡子の女の條の萌《きざ》しが微妙に覗けていた。あたりの肉が貧弱でないので、逆に幼児の性のはじまりのようにすっと一文字の裂けめがはじまっている。惟朔は絹糸の輝きと桃色の一文字から目を離せなくなり、大きく息を吸うと、床に膝をついた。そっと鏡子の下腹に顔をよせる。両手で腰を抱き、絹糸に頬ずりをする。さらさらと、しかもしっとりと惟朔の頬を擽《くすぐ》る。さらに絹糸を唇で摘みあげるようにし、口中に含む。密だがごく細く、短いことをあらためて確認し、さらに秘めやかな香りを感知した。惟朔が咥えている絹糸よりもさらにその奥の奥、まだ誰の目にも触れたことのないあたりの絹糸を濡らして乾いた尿の匂いだ。この香りが湯で流されてしまうことを思うと、なにやら居たたまれない。しかも尿の香りの芯から、控えめな汗に似た鏡子の性の匂いがいよいよ立ち昇りはじめて、惟朔は鏡子の腰を抱きしめたまま時間が止まってしまえばいいと希《ねが》うのだった。

6

鏡子は髪をポニーテールのようにまとめ、流しに膝をつき、背を丸めるようにして下着を洗っている。タイルのでこぼこが膝に痛くないのかな、と見守る惟朔であったが、鏡子は丹念に化粧石鹸を泡立て、集中しきっていた。惟朔は浴槽の縁に腰をかけて見つめていたが、手持ちぶさたをもてあまし、湯のなかに軀を沈めた。首だけねじ曲げて黙って鏡子の背を見つめる。

湯気が絡んでいるのか、汗をかいたのか、艶やかに光っていて、脊椎のくぼみに青褪めた影が鮮やかに絡みついてみえる。肌理こまやかであるが、それを裏切るかのように無作為に散った黒子《ほくろ》を幾つか見つけ、その暗褐色《あんかつしょく》の小斑《しょうはん》が、ごくわずかに盛りあがっていることを知って、完璧とはこういうふうな幽かな反逆があってはじめて完成するものだ、などと惟朔は京大西寮ふうの生意気な物言いで声にださずに呟いた。

もちろん黒子は肌に影を投げかけるほどに盛りあがっているわけではない。中途半端ではあるが、絵を描くことを好む惟朔であるからこそ感知できた極めて微細かつ繊細な違和だ。色彩的には暗褐色であるから、観察がいい加減ならば錯視がおきて、くぼんで見えてしまいかねないが、じつは密かにその肌理の平滑を裏切っている。

惟朔は背に据えていた視線を遠慮会釈なしに臀に移動させた。豊かに張ってはいるが余剰が一切ない気配は乳房に共通したものだ。非の打ち所のない左右対称に、なぜか惟朔は純白の陶製の西洋便器を想った。けれど蒙古斑の名残だろうか、右の臀に仄《ほの》かに青褪めた拇指の先くらいの痕跡が見てとれた。とたんに鏡子の臀は有機的に立ちあがり、そこを咬みたくなった。吸いあげて、きつく咬む。惟朔の視線が刺さったのだろう、鏡子が振り返った。惟朔は鏡子が言葉を発する前に畳みかけるように言った。

「いったい、いつまでこの旅館にいるつもりだよ」

「どういうこと」

「一応は泊まりになってるけどさ、まさか明日の朝までいっしょにいるつもりじゃないだろう」

鏡子は困惑して、洗いかけの下着を意味もなく絞った。泡が流しに白くまばらな音をたてて落ち、それが時折弾けながらゆっくりと排水孔に流れていく。惟朔は泡の表面にあらわれた虹色に輝く流動的な模様を漠然と眺めていた。しばらく鏡子は逡巡していたが、やがてまったくぶれのない口調で惟朔を見据えて言ってのけた。

「うち、ずっと惟朔といっしょにいる」

「じゃ、お泊まりか」

鏡子は首を縦にふった。もちろん惟朔は真に受けていない。鏡子が家にもどらなければ騒ぎになるだろうし、そうなれば逢瀬《おうせ》を重ねることも難しくなりかねない。

「お泊まりなら、ま、乾くだろうけど」

「なんのこと」

「下着」

惟朔は頬笑んでみせた。ふつうは汚した下着のことなどいちいち口にしない。黙って丸めてとぼけるものだ。それを自己申告して、流しに膝をついて念入りに洗う。これも処女の潔癖なのだろうか。

「濡れたまま、穿く気かよ」

ようやく惟朔がなにを言っているのかを悟ったようだ。鏡子は泡を絞った下着を凝視した。湯気がまとわりついたのか、睫に微小な滴が附着している。それが瞬きと共に眼の下を伝い落ちた。やがてふと我に返ったのか、顔をあげて咎める口調で言った。

「惟朔が洗えって言うたんやない」

「そうだっけ」

「そうや」

惟朔は前後をきれいに失念していた。記憶を手繰ったが、自分がなにを言ったかまったく思い出せなかった。やりあう気はないから浴槽内から腕をのばし、風呂桶に湯を汲んでやった。

「ま、石鹸を流しちゃえよ」

「うん」

鏡子は頷き、黴で黒ずんだ木桶に一瞬顔をしかめはしたが、叮嚀な手つきで下着を濯《すす》ぎはじめた。数回濯いで、目の高さに持ちあげてかたちを整え、それから惟朔に向きなおって淡々とした口調で告げた。

「うち、ここに泊まる。惟朔といっしょにいてあげる」

惟朔は純白の布きれと、その背後の鏡子の顔を交互に見較べ、あわてて言った。

「まずいだろう。おまえの親が心配する。俺は適当な時間に鏡子を家まで送っていく」

「なんや。意気地ない」

「そう言うけどな、鏡子は俺みたいな風来坊じゃねえんだからよ」

「自分だけ得意がってるんや」

「それは拗《す》ねた物言いってやつだよ」

「堪忍ぇ。でも、惟朔は自分だけ自由になって、うちがとことん縛りつけられていることには目ぇ瞑《つむ》ってる」

言いながら立ちあがり、鏡子は脱衣場から持ち込んだバスタオルに下着をはさんで圧迫を加えた。なるほど、と惟朔は思った。こうして水気をとってしまえば、それなりに乾くのに、たいして時間はかからないのではないか。

「なあ、鏡子」

「なに」

「おまえ、黒いパンティ、どうした」

「なんのこと」

「もってるだろ、黒いやつ」

「あるよ、何枚か」

「ふうん。おまえ、たくさんパンティもってるのか」

「アホな質問や」

「まったくだ」

「もってるよ。どれくらいあるか、ようわからんくらいもってる。黒はあんまりないけどな」

数枚のブリーフしかもっていない惟朔にとって、大量の下着というのは想像の埒外《らちがい》である。二枚では足りないかもしれないが、四枚は多い。三枚あれば充分、というのが惟朔の下着に対する気持ちである。もちろん女は出血までするのだから、男と同様にはいかないだろうとは思うが、数えきれない枚数を所有していることに、どのような意味があるのだろうか。

「それっておしゃれみたいなもんか」

「お母さんとな」

「うん」

「買いに行くんや」

いったん言葉を句切って、付け加える。

「週に一度くらいな」

「おまえ、週一で、おふくろさんとパンティ、買いに行くのか」

「もちろん下着だけじゃあらへんよ。いろいろ」

「仲がいいのか」

「うん。微妙。お母さんが、あれこれ買うてくれる」

「微妙というのは」

「微妙や、いうこと」

「つまり微妙だ、と」

「そういうこと」

はぐらかされたとは思わなかった。絶対に触れてはいけないことであるというほどに大げさなことではないが、まさに微妙なことなのだろう。関係というものには確かにそういうところがある。肉親であるから、だからこそ言葉にできない微妙なものがあるのは、惟朔にもなんとなく理解できた。

「鏡子もはいれよ」

「うん」

返事だけして、下着を洗った化粧石鹸を手にとり、首筋から腋窩《えきか》、臍《へそ》のあたりから下腹を泡立て、さらに泡を臀まで拡げて膝の裏側に石鹸をあてがい、足指のあいだまで注意深く洗いあげると、いささか過剰と思われるくらいに泡を流した。

軀を洗うところを惟朔に見つめられることに対しては、とりわけ羞恥を覚えていないようだ。その手つきや仕種はじつに淡々としたものだった。指先が股間に呑みこまれたように見え、しかも指が丹念に動くのを目の当たりにして、惟朔は妙な決まり悪さを覚えて、曖昧に視線をそらせた。

下着のことといい、鏡子自身は意識していないが、頭がよいせいか、微妙におかしなところがあると惟朔は結論し、鏡子に汲まれてへってしまった湯を充たすために、蛇口をひねった。とたんに立ち昇る湯気をやや疎ましく感じながら、呟く。

「生真面目だな」

「そうや。うちの弱点や。ざっとでいいと思ても、程々ができひんねん。無駄とわかってる手順をあえて踏んで、はじめて安心するいうんかな」

「俺がいい加減だから、いいんじゃないの」

「嘘や」

「なにが」

「惟朔はいい加減なふりをしてるだけや」

「買《か》い被《かぶ》りだって」

「照れんでもええよ」

核心を突かれて、惟朔は口をすぼめた。しばらくあいだをおいて、早口に言った。

「なんか嫌な奴だな、おまえって」

「ときどき、言われる」

「嫌な奴、と」

「そないに露骨には指摘されへんけどな」

「そういう気配は伝わってくる」

「そういうことや」

「ま、いいや。冷えちゃうから、早くはいれって」

前を隠して素直に浴槽をまたいだ鏡子だった。鏡子は自身の背丈に微妙に鬱屈したものを覚えているらしいが、卑屈なところの全くない裸体だ。見あげる惟朔にも、その肉体の超越的な均衡は十七歳という若さに支えられていることが感じとれるのだが、成熟したらしたで、まさに正視を躊躇う色香を纏《まと》うであろうことも直感できた。

「始末におえねえな」

「なに」

「なんでもない」

とぼける惟朔にむかって、鏡子は悪ぶって鼻梁に複雑な皺を刻みながら睨みつけ、惟朔が相手にしないと、派手に肩をすくめてみせた。

乳房が揺れた。

一瞬ではおさまらずに、しばらく揺れているかのような錯覚がおきた。口がとじぬまに凝視し続ける惟朔に、鏡子が怪訝《けげん》そうな眼差しを投げた。惟朔は照れ笑いのようなものを返して、曖昧に視線をはずした。その伸びやかな体軀《たいく》に憧憬の思いを新たにすると同時に、その裸体を独占できるよろこびと、微妙な劣等感を覚える惟朔であった。異性の肉体に嫉妬を覚えるというのも、なんとも奇妙な感覚である。けれど抽《ぬき》んでた肉体というものは、性を超越して迫るものがある。それを鏡子の裸体によって強引に理解させられた。惟朔は自分の軀が不完全であるという思いに囚われてしまっていた。

ふたりで軀を沈めるには、あまりにも浴槽がちいさいと感じたのだろう、鏡子は湯のなかに立ちつくしたまま思案していた。やがて中腰になり、瓢箪型をした湯槽の瓢箪の頭のほう、ちいさな楕円に立て膝のまま無理やり下半身を潜りこませ、惟朔と向きあった。湯面からわずかに顔をだした膝のうえに顎をのせて惟朔を見つめる。蛇口から迸る湯が跳ねかえって、鏡子の顔を濡らす。鏡子の肌はころころと玉のように湯を弾いてしまう。

「熱くないか」

「だいじょうぶ」

「せまいだろう」

「うん。でも、平気」

悪戯心をおこして足をのばし、足指を鏡子の核心にちかづける。鏡子は真顔で怒り、あわてて惟朔は足を引っこめた。けれど湯のなかで惟朔は猛《たけ》っているのである。鏡子はそれに気付いて、さらに咎める眼差しで睨んできた。だが、その直前に、ほんの一瞬だが擽ったがるような表情をみせてしまったので、惟朔は鏡子が怒った顔をつくっているだけであることを悟ってしまい、調子に乗った。

「なあ、不公平だと思わないか」

「なにが」

「鏡子は俺のばかり見てるだろ」

「見てるんちゃいます。うちは無理やり見せられてるんです」

「とにかく著しくバランスを欠いていると思うのだな」

「うちは、そうは思いません」

「ごちゃごちゃ言わずに見せろ。俺とちがって構造上、そうそう簡単に見えるはずもないけど、とにかく俺は、まだ一度もおまえのあそこを見ていない」

「あほ」

ぽん、と頭を叩かれて、なんだか無性に嬉しい惟朔である。しかし鏡子は自らの秘密をあからさまにする気は全くないようで、その場に惟朔などいないような顔をして中空に視線を投げ、人差指と中指を揃えるようにして左右の蟀谷《こめかみ》あたりをそれぞれ押さえ、ちいさく円を描くようにして指圧しはじめた。

「頭でも痛いのか」

「ううん」

「なんか年寄りくせえ」

「うちのお母さんが」

「ぐりぐりって」

「そう」

「おふくろさんは頭痛持ちか」

「そう」

「鏡子は」

「腹這いになって頬杖で本を読んだりしたあとは」

　そう言い残して、鏡子はあっさりと浴槽からでていってしまった。急に少なくなってしまった湯のなかで、惟朔は手持ちぶさたな顔つきで滴のいっぱい附着している木張りの天井を見あげた。

　母と娘の関係とは、いったいどのようなものなのだろうか。惟朔の想像をはるかに超えているようにも感じられるし、じつはたいしたことがないようにも思えるのだが、結局のところは曖昧模糊としていて、なんとも引っかかりのない印象である。

　空しくなって、惟朔はあわてて浴槽から飛びだし、床を踏み抜く勢いで脱衣場に駆け込んだ。バスタオルを軀に巻いた鏡子に騒々しいと短く、しかしきつく叱られた。叱るときの顔つきと容赦ない口調は、まるで母親である。なんとなく決まりがわるい。惟朔は対処に困り、意味もなく肩をまわした。鏡子は浴衣の帯を抓《つま》みあげた。

「これ、着るんやろか」

「見ればわかるだろ」

「なんや、素っ気ない」

惟朔は鏡子のバスタオルの下腹部あたりを捲《まく》ってやろうと指先に力をこめた。それを見透かしたかのように鏡子はバスタオルを足許に落とし、浴衣に手をのばした。白地に皐月《さつき》の柄だろうか、藍染めの花が無数に散っている。機先を制されてしまった惟朔は、失笑気味に棚に四つ折りにされておかれている自分のぶんのバスタオルに手をのばした。浴衣を着て、湯上がりの仄かな桜色の頬をむけ、鏡子が頬笑む。惟朔の手からバスタオルをとり、臀の割れめまで丹念に拭いてくれた。前をむけというので居直ってさらすと、硬直したままの惟朔を包みこむようにして優しく拭きあげていく。

「いつもこんなに憤ってはったら、疲れへんか」

そっと握りしめ、そんなことを囁いた。おまえが相手だからこうなるんだ、と返したかったが、喉に痰が絡んだようになって言葉を放つことはできなかった。不機嫌そうに黙りこくり、浴衣を着込む。

帯を締めていると、鏡子が首を左右にふった。前に立ち、締めた帯を若干ゆるめ、両手でぐいぐいと落としてくれた。惟朔は腰のうえで帯を結んだのだが、どうやらもっと下方で結ぶものらしい。鏡に姿を映すと、痩せっぽちではあっても、それなりに貫禄があるようにみえる。

＊

「うち、ここ、好かん」

寄り添うように敷かれた布団の脇に畏まって座り、鏡子は周囲に、途方に暮れたような眼差しを投げた。なにしろ三方の壁面の低い位置に隙間なく鏡が塡《は》めこまれているのだ。寸足らずの浴衣を着て、鏡のない出入り口の襖を半分閉じて、遮るように立っている惟朔の脛《すね》が幾本も映っている。もちろん座っている鏡子の姿も三面鏡に映したかのように様々な角度で映っている。

「なあ、これって、なんのためや」

「なんのためって、俺たちの軀を映すためだよ」

開き直った口調で呟くと、鏡子はちいさな溜息を洩らした。けれど、その直後、唇の端が苦笑のかたちに歪んだのを惟朔は見逃さなかった。鏡子は布団の脇から布団のうえに膝を進めた。

「惟朔」

「うん」

「突っ立ってへんで座り」

「ああ」

「だいじょうぶ。逃げへんから」

惟朔はもう片方の布団のうえにどさりと腰をおろし、胡座をかいた。浴衣がまくれて膝頭が飛びだした。鏡子が手をのばし、惟朔の膝小僧を中指での字を書くように触れ、弄んだ。

「なあ、惟朔」

「なに」

「そんなに、見たいんか」

「そりゃあな」

「なんでや」

「なんでって、大好きなものの隅々まで見たい」

「そうか。隅々まで見たいんか」

「なにもかも、見たい」

「うちにはようわからんけど、見いひんほうがええもんもあるのとちゃうやろか」

「見たいものは、見たい」

「わかった」

鏡子は首筋のあたりを柔らかくさすりながら、頷いた。妙に大人びた仕種をするものだと感心して見つめていたら、諦めたような声で繰り返した。

「わかったわ。惟朔の好きにしてええよ」

とたんに惟朔は世界が輝度《きど》を増したのを感じた。とりわけ白い色彩が尋常でない輝きをみせている。鏡子の着ている糊のきいた浴衣の白い部分が内側から白銀色に発光しているし、枕カバーの純白も太陽を直接睨みつけたときのように光り輝いている。

「惟朔」

「――ああ」

「なにを見てはるの」

「なんでもない」

とぼけかけたが、彩度を増した世界のことを告げたくて、膝で躙《にじ》りよって、その耳許で囁いていた。

「おまえが光ってる」

「どういうこと」

「わかんない。内側に太陽でも仕込んであるみたいに光が、こういうふうに」

身振り手振りで光の方向や状態を示すと、鏡子の顔に失笑気味の戸惑いが流れた。

「後光が射してるんやったら、仏様や」

「そうか」

「どうしたの」

「ごく稀《まれ》だけど」

「うん」

「ごく稀に、俺は世界が光り輝いてみえるときがあるんだ」

「どういうことやろ」

「俺にもわからない。わからなかった。でも鏡子に言われて、わかった。俺だけじゃなかったんだよ。世界が光り輝いて見える奴が俺以外にもいて、そいつがキリストや仏の後ろに光を描いたんだ」

言うだけ言って、すぐに自信がなくなってしまった。勢い込んで解説したとたんに世界からは光輝が失せて色褪せてしまい、もちろん鏡子も内面からの発光を止めてしまっていた。

「まずいな。やばいな」

「どうしたの」

「俺、京都にきてからは手をだしてないけどさ、それ以前はトロやシャブ、けっこう咬んでたから」

「なんのこと。トロやシャブって、なに」

「いけない薬のことだよ。俺って、頭がちょっとやられちゃってるのかもしれない。溶けちゃってるっていう自覚はあるんだ」

鏡子は身を寄せて、そっと惟朔に頰ずりしてきた。

「感じやすい子やとは思う。思うけど、惟朔はいたって正常や」

「そうかな」

「うちは惟朔が異常でもかまへんよ。でも異常やない。惟朔は感じやすいだけや」

「買い被りだって」

「照れへんでもええと言うたはずや」

「――そうだったな」

決して揶揄しているわけではないのだ。鏡子はありのままの惟朔を受け入れてくれているのだ。だからこそよけいな羞恥を諫《いさ》めるのだ。鏡子は顔を離して、あらためて惟朔の全身を見つめなおした。それから柔和な眼差しで頰笑んだ。

「腕枕、してあげよか」

「なんで」

「しょんぼりしてもうたから。せっかくの光が消えてしもたんやろ」

惟朔はちいさく頷いた。

「どうせなら、もうしばらく後光の射す女でいたかったけどな」

頰笑みを絶やさぬ鏡子に甘えかかることにした。すり寄ると、鏡子は布団のうえに横たわり、左腕を目で示した。肘のくぼみに藍色の血管が、思いのほか力強くみえた。惟朔は軀を丸めて鏡子の腕に頭をのせた。しばらく大人しくしていたが、そっと浴衣の胸元に手をかけ、乳房を露わにして唇を触れさせた。とたんにきつく抱きしめられ、惟朔は乳児のように鏡子の乳首を吸った。押しつけられた鏡子の乳房は熱いが、頑なだった。変形を拒絶する力に充ちていた。内側からの張詰めかたが尋常でない。ごく幽かではあるが、鏡子の腋窩《わきのした》から汗とはちがう香りが立ち昇りはじめた。惟朔の鼓動を狂わすほどに性的で切ない香だった。衝動に身をまかせてのしかかろうとした瞬間に、囁かれた。

「不思議な子や」

「俺が、か」

「そうや。さんざん見たい、見たいて騒いどいて、けれど急に真顔で——おまえが光ってる、やもん」

いったん息を継ぎ、惟朔の頭を撫でながら続ける。

「見たい言うて騒いでたことなんて、きれいに忘れてしもうて、違う世界に出かけてしもて」

軀の昂ぶりはそのままに、心に冷静が立ちもどり、惟朔は乳首の感触に集中した。あらためて舌先でさぐるまでもなく乳首は強張って、ガラス細工じみた硬さのその先端に、ごく微小なざらつきがあらわれていた。鳥肌が立つと毛穴が目立つように、乳首が緊張したせいで、その収縮によって乳腺があからさまになったのではないか。そんな推理をして惟朔はそっと乳首から唇を離した。

「俺はいい加減なことを言ってるわけじゃないんだぜ。自分を大きく見せようとか、特別扱いしようとかじゃなくて、ほんとうは自分をもてあましてるんだ。ちょっと不安になるんだ」

「わかってる。梶井基次郎だっていろいろな不安を抱えてはったと思うよ。だからこそ檸檬を」

「檸檬」

「そうや。檸檬を画集のうえにそっと置いてきたんやと思う。惟朔の話を聞いたからわかったんやけど、あの檸檬は、惟朔が感じていたように内側から光を放っていたんや」

「なんか、急に偉くなったような気分だ」

「それで自分を特別扱いできるなら、いいんやけどね」

「そうかな。俺は、内緒で、けっこう自分が特別な奴だと思ってるけど」

「わかってる。けど惟朔は自分がふつうと違うということを他人に気付かれることに、呆れるくらい羞恥心をもってるもんな。うちはその節度をとても好ましく思ています。傲慢にだけは、なったらあかんよ」

負けた、と思った。鏡子は全てを見通す聡明さをもっている。しかも巧みに惟朔の自尊心を擽る術さえもっている。それはどことなく母の包容力に近いものを感じさせた。太刀打ちできない。

「うちがとりわけ好きなのは、あまり嘘をつかへんことや」

鏡子の指先が惟朔の鼻筋をたどり、さぐっていく。惟朔には、自分がどうしようもない嘘つきであるという自覚があったので、意外だった。

「嘘は、けっこうつくけどな」

鏡子は惟朔の歯並びをさぐりながら、応えた。

「サービスのつもりやろ」

「文学少女は鬱陶しいぜ」

惟朔は鏡子の指先を咬んでやった。

「うちのような女、嫌いか」

「大嫌いだ。でも」

「でも、なに」

「外見に惚れちゃったから」

「あ、本音やろ」

「この場合な」

「うん」

「本音やろ、というのも、これまた図々しいんとちゃいますか」

揶揄すると、鏡子の体温がひと息に上昇した。惟朔は乳房にきつく顔を押しつけて、しばらく息を止めていた。鏡子の鼓動を頬に感じていた。やがて含み笑いを交えて小声で呟いた。

「おまえだって充分に羞恥心」

「うるさいわ」

「お互い恥ずかしがり屋のくせして、けっこう大胆なことしてるぜ」

「うち、ほんまのこと言うたらな」

「うん」

「もう恥ずかしいこと、あらへんねん」

「じゃあ、見せろ」

「ええよ。見せたげる。けどな」

「うん」

「――なんでもない」

惟朔は当然のような顔をつくって、上体を起こし、鏡子の浴衣の裾に手をかけた。鏡子は惟朔を喰いいるように見つめていたが、帯だけ残して前がはだけられると、両手で顔を覆った。惟朔はふたたび躯を倒し、鏡子の腹部に頬を押しつけた。

薄いが柔らかい脂肪を纏っている。けれどその芯は思いのほか張り、張詰《みなぎ》めている。視線を下腹にむけると、陰阜《いんぷ》を覆った体毛の密度は惟朔の知っているどの女よりも旺盛で、けれど短く、その密生の範囲もせまい。まさか手を入れたわけでもあるまい。肉体自体が不思議な節度のようなものをもっているかのようだ。

惟朔は鏡子の腹部に頬を押し当てたまま、そのまだわずかに湿って石鹼の香りに充ちた体毛を丹念にまさぐり、豊かに盛りあがった陰阜を掌全体で覆って囁いた。

「ここのことを恥丘《ちきゆう》って言うんだぜ。恥ずかしい丘って書くんだ」

鏡子は両手で顔を覆ったまま首を左右にふってなにやら口ばしったが、明確な言葉にまでは至らず、惟朔には聴きとることができなかった。

惟朔は顔全体を恥ずかしい丘のごく間近にまで移動させ、恥骨が結びついてできている弓形の豊かな、嫋《たお》やかに丸みを帯びた造形に感心し、遠慮なしに指先をその先、奥まった部分に進めた。

幽かに逆らいはしたが、観念していたのだろう、鏡子は自らをあからさまにした。全ては見事に発達していた。女としての成熟がみられた。貧弱と無縁の性的豪奢に充ち満ちていた。

初めて目の当たりにするならば、若干の臆する気持ちも生じようが、惟朔は鏡子の肉体が徹底して卑屈なかたちをしていないのを我がことのように誇らしく思い、性的欲求と並行して解剖学的美意識とでもいうべきものが充たされていくのを感じながら、指先による探求をはじめた。

「鏡子」

名を呼ぶ。連続して呼ぶ。

「鏡子、鏡子」

「——なに」

「見ろ。おまえのおなかのなか」

「おなか」

「そうだ。映ってる。おまえのおなかのなかに俺の指が入ってる」

惟朔の言葉が思いもかけぬものだったのだろう、鏡子は頭だけおこして鏡面に視線を据えた。

「どうだ」

問いかけられても、鏡子には応えようがないのだろう。鏡子は釈明するような口調で自分自身が満足に眺めたことのないところなので、よくわからないと口ごもった。惟朔は中指を根元まで侵入させて、擬似的な征服感を味わっていた。声だけ優しく問いかける。

「痛くないか」

「変な感じはするけど、ちょっと痛いけど」

「痛いか」

「平気。痛ないわ。好きにしてええよ」

「凄いよ。鏡子は凄い」

「誰と較べてるの」

「うるせえよ。凄いもんは、凄いんだよ」

「なにに昂奮してるのか、うちにはぜんぜんわからんよ」

「悲しそうな声をだすな」

惟朔は咳払いをした。

「で、鏡子は処女だよな」

「どうやろか」

「なんだ、ちがうのか。道理でな」

別段失望するわけでもなく、それどころか免罪符を得たような気分になって惟朔は心ゆくまで鏡子の軀をさぐり、頃合いをみてのしかかった。

鏡子の呻《うめ》きに、わずかな違和を覚えた。肌を密着させていたのだが、弾かれたように距離をとって、ひとつに溶けあっている部分を見つめた。惟朔は眉根に大きく縦皺を刻んで凝視し続け、敷布の一点が大きく緋《ひ》に染まっていることに気付いた。惟朔の陰毛にまで粘る血がまとわりついている。

「おまえ――」

鏡子はあきらかに歯を食いしばっていた。惟朔が顔を覗きこむと、目尻から涙が伝い落ちていった。

「鏡子」

「こんなに痛いなんて」

「なんだよ、ほんとうは、初めてだったのかよ」

「信じられへん。痛い」

「指は入っちゃったじゃないか」

「うちにはわからんよ。よう、わからんよ」

「ばか。どうやろか――なんて強がりを言わなければ加減したのに。おまえ処女かって訊いたら、どうやろか、なんて。だから俺、加減しなかったけど」

狼狽気味に釈明し、惟朔は思案した。

処女の出血というものは、ほんのおしるし程度であると勝手に思い込んでいた。しかし生理のきついときに無理やりのしかかったかのような、強烈な出血ぶりである。しかも生理の澱んだ血とはちがう、息を呑むような鮮やかな色彩の出血だ。このままではまずいのではないか。軀を離しかける。けれど、結局は磁力に引きつけられるかのように前屈みになってしまい、完全に肌を密着させ、結びつきを強固なものにして、とたんに追いつめられた心が軀のほうを焦らせたのだろうか、急にこらえきれなくなって惟朔は鏡子の内側に精を充たしてしまい、一瞬の間をおいて、大きく吼《ほ》えて頽《くずお》れていった。

＊

性的な興味ではなく、自身の行為の結果とその徴《しるし》をきちっと見定めておきたいといった義務感に近い気持ちで、惟朔は鏡子を凝視していた。

鏡子は放心した眼差しを天井に投げ、ときどき大きく胸を上下させて乱れ気味な吐息をついている。

惟朔の見守るなか、幾度めかの震えた吐息と共にほとんど血と混ざりあうこともなく惟朔の白濁が押しだされるようにあふれでた。精は敷布に沁みた血のうえでわずかに盛りあがっていたが、やがて、ようやく、ひとつに溶けていった。惟朔はやっと肩から力を抜くことができた。

「まだ、痛いか」

「ちょっと――」

すまなさそうな、きまりわるそうな笑顔を泛べる鏡子であった。

「鏡子」

思わず名を呼ぶと、

「うん」

と、素のままの幼い気配を隠さずに頷きかえしてくる。惟朔は項垂《うなだ》れた。

「俺って見苦しい」

「そんなこと、あれへんよ」

「おまえ、ぜんぜん気持ちよさそうじゃなかったもんな。それなのに俺は強引に、無理やりで。途中でよせばいいのに、止められなくて」

「あのな」

「うん」

「惟朔が触ってくれていたときは、気持ちよかったんや。なんや、狂いそうな気分やったもん。幸福やから狂うてしまいそうな気分いうんやろか」

「指が入ったときか」

「——うん。痛いけど、気持ちよくて、そやから、もう平気やろうと高を括ってたんや。見栄も張ってた。そうしたら」

「きつかったか」

それには答えずに、怯《おび》えと諦めの入り交じった眼差しで訊いてきた。

「惟朔は並はずれて大きいんやろか」

「いや、そんなことはない。たいしたことはないと思う」

「うちは、凄く大きいんやないかと思うな。うち、裂けてしもうたんやろ」

「いや、裂けてはいないと思う」

「けど、まだ痛むで。傷の痛みやし」

「傷の痛み」

「あのな」

「うん」

「まだな、おなかのなかに惟朔がいるみたいで、違和感いうんやろうか、異物感か、足が閉じんへんみたいな妙な感じや」

「俺、ほんとうにおまえを傷つけちゃったんだな」

「けど、誰もが一度は通る道、やろ」

鏡子は弱々しく笑い、惟朔は細く長い溜息をついた。鏡に映った痩せた自分の姿が無様でみじめで忌々《いまいま》しい。鏡のなかの鏡子は、横たわったまま、すっかり血の気を喪って死体のようにみえる。

いまごろになって、鏡の子という名の女を古ぼけた鏡の間に連れ込んで、その軀を裂いたという現実を突きつけられて、惟朔は深く落ち込んでいた。それでも気を取り直し、枕元にあった後始末のための紙を手にとった。桜紙というのだろうか。和紙を薄く漉《す》いたものである。

惟朔は数枚重ねて、鏡子の軀にそっとあてがってやった。桜紙に沁みた血の色はだいぶ薄まっていて、まさに桜色をしていた。惟朔はこの桜紙か血の沁みた敷布を記念として、いや宝物として密かに持ち帰り、所有したいという衝動を覚えた。

丹念に拭いて、手の中で握りつぶし、ふたたび拭いてやって、最後に残った桜紙を細長く折りたたんでやった。それを挟むように、と囁いて、鏡子に手わたす。

「そうしないと下着を汚しちゃうだろ」

「そうやね。気がつくんやね」

「いや、汚しちゃうって言ったけど、汚れじゃない」

「じゃあ、なに」

「わからないけど、俺にとって尊いもの」

鏡子は揶揄する眼差しで惟朔を一瞥した。惟朔は真っ直ぐ見かえした。

「大げさに聴こえるかもしれないけど」

「うん。惟朔の気持ちは伝わった。今夜のことは一生忘れへんよ。おおきに」

礼を言われたとたんに言葉に詰まった。鏡子は上体を起こした。惟朔は隣室に干してあった下着をとってもどった。まだ湿っていたが、鏡子はかまわずに足をとおした。身支度をする鏡子は大儀そうだった。その頰にはやつれさえみえた。女は初めてのときに、皆、こんなにしんどい思いをするのだろうかと思い、惟朔は罪悪感に似た、しかし焦点の定まらない畏れのようなものを覚えた。

むかいあって座って、惟朔も鏡子も同時に卓袱台に置かれたままの冷めた茶を飲み干して、それからなんとなく頰笑みあった。

「俺たち、死んじゃうのかな」

「なんで、そないなことを言うの」

「わかんない。ちょっとそんなふうに感じただけだ」

とりわけ真剣味があったわけでもない。けれど惟朔は行為が死につながるものであるという気配を、直観的に悟っていた。性は生につながるばかりでなく、死に直結してもいるという思いだ。

「惟朔となら、心中してもええよ」

「うん。でも、鏡子は長生きする宿命だ。諦めろ」

「そう、思うか」

「うん。間違いない」

鏡子は俯き加減で笑い声をあげた。行こうと促すと、素直に立ちあがった。惟朔は旅館の老婆に正直に敷布を汚してしまったことを告げた。老婆は黙って頷いて、旅館の外の路上までふたりを見送った。しばらく行って振りかえると、まだ見送ってくれていて、惟朔と鏡子は恐縮して頭をさげるのだった。

タクシーで帰ろうと囁くと、鏡子は大きく首をふって拒絶してきた。なるべく長い時間ふたりでいたいから、よけいなことはするなと怒ったような口調で返してきて、それから惟朔にきつく密着してきた。

春日上通を西に、鴨川をめざしてふたりは寄り添って歩く。しばらく行って、いきなり鏡子が言った。

「ほんま、凄い異物感や。うち、なんや、がに股で歩いてるような気分やもん」

「物が挟まったような」

「そう。惟朔がずっと挟まったまんまみたいな」

そう言って、控えめに、けれどなんとも嬉しそうな笑い声をあげる鏡子であった。どういう顔をつくっていいかわからなくなった惟朔が見あげた夜空には、左側が三分ほど欠けた月が朧《おぼろ》に霞んで浮かんでいた。

7

ローリング・ストーンズの来日公演前売りに、東京渋谷では徹夜で四千人も並んだという噂だ。西寮では、ほんとうにローリング・ストーンズが来るのかと首をかしげる者もあったが、どうやら初来日が決定したらしい。長瀬がビールを啜《すす》りながら呟《つぶや》いた。

「ちょっと暴れたいなあ。帰ろうかな」

こんなに冷えるのに、よくビールなんぞ飲むなあと感心していた惟朔は、長瀬の言葉をちゃんと聞いていなかった。十一月の下旬あたりから京都はすっかり冷えこみはじめた。十一月二十九日など最低気温が〇・六度だったそうだ。十二月にはいってからは最高気温も十度にとどかぬ日が続き、今朝は綺麗に晴れわたったせいで、よけいに冷えた。西寮の大部屋には暖房などない。パイプが暴れて割った窓は、いまだに応急処置のビニールが張られたままで、比叡颪《ひえおろし》が容赦なく吹き込んでくる。

「来年一月の二十八日から五日連続で武道館だってよ」

「大阪には来ないんですか」

「やらない」

「ふうん」

「よし。帰るぞ」

いきなり長瀬が立ちあがった。惟朔は小首をかしげた。

「帰るって、どこへ」

「横須賀」

「急ですね」

「だから、暴れたい」

コンサートで暴れたいという意味であることがわかるまでに、しばらく間があった。造反有理でもあるまいが、なにに対しても破壊を叫ぶのは、惟朔にいわせればある流行のようなものだった。年長者らに対して身も蓋もない見方だが、欲求不満、それも性的欲求不満で暴れているようにしかみえないのだ。本気で横須賀に帰るつもりなのだろうか。惟朔は半信半疑で押しとどめた。

「無理でしょう。今日はもう四日です。四千人、並んだっていうんだから売り切れてますって」

「なに、ダフ屋だってでるさ」

「かったるくないですか」

「惟朔はローリング・ストーンズが嫌いなのか」

「うーん」

「煮え切らねえな」

「強《し》いていえば、ですね」

「うん」

「強いていえば、ビートルズよりはましかなっていうくらいで」

「なぜ、好きじゃない」

「いや、好きとか嫌いとかはどうでもいいって感じで、なんていうのかな、あれだけ黒人音楽から搾取《さくしゅ》しておいて、偉そうにするなってところですか。ハート・オブ・ストーンという曲だけは好きですけど」

造反有理に類することは端《はな》から理解する気もなく距離をおいているくせに、すっかり搾取といった言葉を口にすることに抵抗をもたなくなっていた。同調するように長瀬も眉間に縦皺を刻んで顔を歪めた。

「俺もな、好きじゃないんだ」

「あ、そうなんだ」

「そう。だから、暴れてやる。コンサートをぶち壊してやる」

「本気で言ってるんですか」

コンサートで暴れること自体は理解できぬまでも、惟朔は長瀬をすこし見直した。ここしばらくの周囲の流れはローリング・ストーンズ一辺倒である。だから批評はおろか、嫌いであると宣言しづらい情況なのだ。へたなことを口ばしれば異端扱いされてしまう。こういうことこそがファッショだろうと惟朔は思うのだが、長いものには巻かれろというのも正しい処世だと思う。

ともあれ京都という土地柄だろう、黒人音楽、とりわけブルースに対する造詣や思い入れが深く、さらには中央に対する反撥もあって、西寮に暮らす者のなかでも先鋭なヒッピーたちはビートルズやローリング・ストーンズにかぎらず白人のロックバンドをひと言、泥棒と切って棄てていた。そのくせ、来日が決定したとたんに浮き足立っているのだから世話がないと心密かに嘲笑っていた惟朔であった。

立ちあがったのは冗談、あるいは勢いだけだと思っていたら、長瀬は盗んできた布団のうえに拡げた自分の寝袋を、くるくる丸めはじめたではないか。他に荷物は群青色をした頭陀袋《ずだ》だけであるから、その気になれば出立は早い。惟朔は景気づけに長瀬の缶ビールに手をのばし、飲みほした。よく冷えていたので、胴震いがおきた。

「じゃ、京都駅まで送りましょう」

「ありがたい。さすが持つべきは友」

「大げさですって」

外にでた瞬間、世界が反転した。眼球が光輝に慣れることができずに、色彩を喪ったのだ。まるでネガフィルムだ。惟朔は目を瞬いて長瀬の背を追った。なぜか長瀬は近衛通の電停にむかわない。鴨川の河川敷に降りた。京都駅まで歩いていくという。

「なぜ」

「金がない」

「市電くらい、俺が出します」

「そうはいかない。なぜなら俺は新幹線で帰るつもりだからだ」

「そりゃ、贅沢だ」

「だろう。だから、せめて駅まで歩く」

惟朔は京都駅まで送ると言ったことを後悔した。それでも長瀬の寝袋を持ってやることにした。意地になってひたすら鴨川の河原を歩く。川面から迫《せ》りあがってくる寒風に身をすくめながらローリング・ストーンズの〈スティッキー・フィンガーズ〉というアルバムタイトルの意味はセンズリである、あるいは最初はローリング・ストーンズはメンバーが六人いたが、ピアノのイアン・スチュワートはデビュー当時、六人だと写真に撮るには多すぎるという理由だけで外されてしまったといったどうでもいい知識を聞かされ続け、コンサートをぶち壊すと叫んだわりに、妙に詳しいなあと苦笑しているうちに、五条の橋の下まできてしまった。ローリング・ストーンズの蘊蓄《うんちく》に飽きあきしてしまった惟朔は、おもむろに訊いた。

「ここのうえで牛若丸と弁慶が闘ったんですよね」

　突飛だったのだろう。脈絡のかけらもない惟朔の呟きに、長瀬はにこっと笑って肩をすくめただけだった。

「ねえ、長瀬さん。そろそろ道のうえに上がりましょうよ。京都駅なんだから河原町通にでたほうがいいですよ」

　言うだけいって、惟朔は河川敷をあとにして五条大橋をわたり、河原町通にでた。しばらくして長瀬が追いついた。正直なところ、疲れはじめていた。京都生活も一月以上、さすがに彼方此方《あちこち》の距離感もほぼ正確に摑めているからうんざりだ。送るとは言ったが、まさか歩くとは思ってもいなかった。京大から京都駅、非常識だ。

　長瀬も疲れてきたのだろう。会話もなくなり、ふたりは脚を交互に動かすだけの機械となった。

　ふと顔をあげる。

　眼前に、白地に黒文字で巨大なドンツキという文字があった。その下にちいさく靴鞄店とある。ドンツキ靴鞄店の看板だった。

「ほんとにドンツキだ」

　その地理的条件からドンツキとは直感的に突き当たりという意味であることがわかってしまい、惟朔は顔をほころばせた。長瀬が考え深そうな顔をして言った。

「じつはな、このあたりは靴屋さんが多いとのことだ」

「問屋街みたいなもんですか」

すると長瀬は失笑気味の笑みを泛《うか》べて、なにも答えなかった。惟朔には笑いの意味がわからない。若干、怪訝な気分をもてあましはしたが、ドンツキ靴鞄店の看板の語感の衝撃のほうが大きくて、惟朔は元気を盛り返していた。世の中にはいろいろな看板があるが、これほど率直でぴたりと塡っているものものめずらしい。ドンツキというカタカナの威力である。

「惟朔。岡林の〈チューリップのアップリケ〉を聴け」

「岡林信康ですか」

「あまり興味がなさそうだな」

「俺、生まれたばかりのころは、山谷《さんや》で暮らしていたんですよ」

「――ほんとうかよ」

「オヤジが、ほんと、人間の屑《くず》なんで」

「そのわりに嬉しそうというか、愉しそうな顔をしてやがる」

「そうですか」

「ま、いいや。聴け。聴いてくれ」

「わかりました。機会をみて」

惟朔は長瀬の真剣さに気圧《けお》されて、なんとなく姿勢を正した。長瀬は歩道に立ちどまったまま、囁《ささや》くような、教え諭すような声で歌いあげた。

私たちの望むものは
繰り返すことではなく
私たちの望むものは
絶えず変わってゆくことなのだ

私たちの望むものは
けして私たちではなく
私たちの望むものは
私でありつづけることなのだ

今ある不幸せに
とどまってはならない
まだ見ぬ幸せに
今飛び立つのだ

通行人が大げさによけていく。しかも〈チューリップのアップリケ〉ではない。けれど長瀬は意に介さない。まいったなあ、と照れて、それでも黙って聴いた。──繰り返すことではなく絶えず変わってゆくことなのだ──という最初のところはありがちだという批評が頭をもたげた。けれど──けして私たちではなく私でありつづけることなのだ──という歌詞は惟朔を打った。

私たちではなく私でありつづける。

惟朔自身明確に意識していなかったが、常に個と集団の相克《そうこく》に悩まされているようなところがあった。だから、胸に深く刻まれた。フォークソングというと、どうしてもみんなで仲良く共闘しましょうといった印象が強いのだが、私でありつづけるという歌詞は、岡林信康が生ぬるい友達関係から大きく抜けだしている、あるいは抜けだそうとする決意表明のように感じられた。

ドンツキ靴鞄店から京都駅まではすぐだった。長瀬が入場券を買ってくれた。惟朔は新幹線のホームに立ち、長瀬を見送った。入線する直前、長瀬が顔を寄せてきた。泣き笑いのような顔で言った。

「惟朔。俺、ホームシック」

「誰が」

「だから、俺、ホームシック」

「長瀬さんが」

「そう」

「そうですか」

「軽蔑しないか」

「はい」

「惟朔は、帰りたくないのか」

「帰るところがないから」

「そうか」

「はい」

「元気でな」

「長瀬さんも元気で」

握手をして、寝袋を長瀬にもどした。長瀬は自由席の車両に乗り込むと、惟朔のほうを振りかえった。惟朔は満面の笑みで一歩退いた。

＊

よくも悪くも岡林信康には複雑な感情を抱いたものだ。ラジオから流れる〈山谷ブルース〉に苛立ったこともあった。けれど——けして私たちではなく私でありつづけることなのだ——という歌詞を耳にしたとたんに、岡林信康自身も私であろうとするために足掻《あが》いているということを思い知らされた。

個と集団の問題は、いまの惟朔にとって、もっとも切実な問題であった。独りでは生きていけないけれど、ふたりでいれば鬱陶しいという、へたをすると単なる我儘《わがまま》とされてしまいそうな思いに、最近の惟朔はときどき身をよじりたくなるのだ。

河原町松原をすぎて何気なく窓外に視線を投げると、田園という喫茶店と並んで田劇という映画館があった。ポルノ映画を上映していて、一瞬映った肌色が網膜にこびりついてしまった。西寮にもどる気にはなれず、四条河原町で市電を降りた。イノダで休もうと思ったが、イノダのある三条堺町という地名が脳裏をかすめ、なんの考えもなく四条で降りてしまったことを後悔した。もっとも三条堺町という地名がわかっていても店の場所が判然としない。だいたいのところはわかるのだが、脹脛《ふくらはぎ》が懈《だる》い。イノダを求めて彷徨《さまよ》う気にはなれなかった。そこで結局は三条近くまで歩かねばならないが河原町通に面した六曜社で休むことにした。

「あれ、こんにちは。パイプさんは」

「しらん」

喧嘩でもしたのか。やたらと素っ気ない。惟朔は肩をすくめて、毬江の前に座った。あらためて思う。夜のカウンターのなかにいるからこその美貌である、と。射し込む西日を浴びて眼前でコーヒーを啜っているのは目許のたるんだ疲れ果てた中年女だった。物憂げな唇にはタバコの巻紙が白い皹《ひび》のように張りついていた。

「惟朔こそ、なにしてるん。可愛い彼女はどうしたん」

「西寮でいっしょだった人が東京に、いや横須賀に帰るっていうんで、京都駅まで」

「なんや、いつもべったりかと思たら」

「いや、まあ」

一応は照れてみせたが、直後に溜息が洩れてしまった。こんどは毬江のほうが肩をすくめてみせた。

「おかしいやんか」

「なにが」

「あんたらの年頃やったら、いつだって、どこだって、ところかまわずいちゃついて張りついてるもんや」

惟朔は失笑してみせ、さらに大きく肩をすくめて毬江の顔に手をのばした。

「張りついているといえば――」

呟きながら、唇に触れた。薄く、薄情そうな唇だが、意外とふっくらした感触だった。

凝固している毬江にかまわず、平然と唇の巻紙を引き剝がす。ごくちいさいものだが、抓んでその眼前で示すと、毬江の頰がさっと赤らんだ。惟朔は巻紙のかすを指先で丸めて灰皿におとした。

「ロングのピースですか。ショートもロングも俺にはきついな」

「軟弱なタバコがあるやろ」

「たとえば」

「最近でたのでゆうたらカレントとか」

「ああ、フィルターにちいさな穴があいてるやつでしょう。喫うといっしょに空気がはいってくるやつだ」

「あんなの喫うぐらいやったら、キビガラでも喫うわ」

勇ましい毬江の言葉に、惟朔は破顔してみせた。じつは昨日、浮気心をおこしてミスタースリムという細巻きのタバコを買ってしまい、後悔していたのだ。細いせいか根元まで喫うと相当に辛く、いがらっぽい。そのくせ喫ったという満足感が薄い。しかも、味も香りも惟朔にとってはいまひとつだった。

「毬江さんはヘビー・スモーカーってやつですか」

「どうやろ。一日二箱から三箱いくときもあるけどな。酒の肴はタバコや」

「ニコ中さん並みだ」

「ニコ中か。パイプがなんや言うてたな。いい年してニックネーム。それで呼び合うなんてな。気色わる」

「パイプさんの本名って、なんていうんですか」

「あんた、そないなこと知って、どないするねん」

「接ぎ穂。話の接ぎ穂ってやつですか」

「煮ても焼いても食えへん」

「凄い言われようだ」

いまごろになって毬江は惟朔の指先が触れたあたりを舐めた。惟朔はやや過剰に思える毬江の舌先の動きに見惚れた。やはり年増はさりげない動きのなかにも卑猥さがいっぱいだ、と下卑た感想をもった。

「惟朔」

「はい」

「あまり髭が生えんほうやな」

「ああ、まあ、まだ成長期」

「なに言うてるねん。あんた、顔に皺が増えたで。笑い皺とも思えへんけど」

毬江から皺が増えたと言われるとは思ってもいなかった。

「あんた、御飯、ちゃんと食べてはるの」

「食べてますよ。毎回うどんのストレート」

「なんや、それ」

「生協の素うどん。三十円なんです」

「三食ともそれか」

「いや、一日二食だから」

肩をすくめるのかと思ったら、こんどは大きく首を左右にふった。それからいったん視線をはずし、上目遣いで惟朔を見つめた。

「育ち盛りに、なにしてるねん」

「ま、死なない程度に食ってますから」

「うちはこれから御飯や」

「あ、いいですね」

毬江が苦笑した。苦笑いでも、笑顔を泛べたほうがいい。無表情な毬江は死体じみている。当たり前のようにコーヒーの代金を支払ってもらい、六曜社からでて並んで歩きはじめる。

店内では平気だったが、外にでたとたんにふたりで歩いているところをパイプに見つかったりしたら、さぞやこじれるだろうと緊張した。もっともすぐに開き直りの気持ちが強くなった。そのときは、そのときだ。努めて快活な表情をつくる。

連れていかれたのは三条を上がって二筋めを東にはいった南山という焼き肉屋だった。ロース八百五十円という値段をみて、惟朔は臆してしまった。とても惟朔の経済力では暖簾をくぐれない店だ。まだ時間が早く誰もいない店内だったが、毬江は常連らしく平然と奥の席に着いた。

惟朔は本格的な韓国風の焼き肉をこの店ではじめて食べた。隙間風吹きすさぶ西寮で長瀬が飲んでいたビールは寒々しくて居たたまれなかったが、脂の弾けるカルビを肴にビールを飲むのはこたえられない贅沢だと大げさに感動した。

毬江は種々の肉を次から次に注文してくれた。惟朔は旺盛な食欲をみせて毬江をよろこばせ、生肉も生の肝臓も平然とたいらげた。さらにカクテキを齧りながら麦御飯を掻っ込んでいると、タバコを吹かしながら毬江が呟いた。

「パイプとは別れてん」

唐突だった。じっと毬江の顔を見つめ、ワカメのスープを啜ってから応えた。

「別れたって、同棲しはじめたばかりじゃないですか」

「そうやね」

寂しげに頰笑んで、毬江はそれ以上なにも言わない。その眼差しは彼方にむけられていて、誰も、なにも見ていない。ますます死体じみた気配だ。なんとかその頰に血の気を取りもどしてやりたい。惟朔は意識して雑に爪楊枝を使った。歯のあいだの肉の繊維までいとおしげに嚙み砕き、食道に送りこみ、嚥下《えんか》する。

パイプに愛想を尽かす毬江の気持ちもわからないでもない。毬江がパイプを引き受けたことのほうが不思議だった。だから惟朔も深く追及する気はない。それなのに、爪楊枝を灰皿に棄てるのと同時に、口が勝手に動いてしまった。

「パイプさんは誰かが支えてやらないと。純粋だから傷ついてるんだよ」

言ってしまってから、自分の偽善者ぶりに啞然とした。自らを嫌悪した。当然ながら見透かされているだろうと緊張気味に毬江を見やると、毬江はふたたび寂しげに頰笑んだのだった。

「そうやな。あの人は弱くて、理不尽で、だらしなくて、切なかった」

「切なかった」

「そう。とても、切なかった」

切ない、とはどういうことなのか。なんとなくわかるのだが、わかった気になったとたんに、まったくわかっていないことに気付かされる。たぶん、核心を突いた言葉は解説することができないのだろうと惟朔は無理やり自分を納得させた。

「惟朔はこれからどうするん」

「なにが」

「今日、これから」

「べつに」

「予定は未定、いうとこか」

愛想で笑いかえして、すこしだけ居たたまれなくなる。本来ならば鏡子と岡崎の路地奥の旅館で逢瀬を重ねているはずだった。けれど惟朔は長瀬が横須賀に帰るというので鏡子との約束をすっぽかし、いままで食べたことのないくらいの量の牛肉を御馳走になって満腹の吐息をついている。

「なあ、惟朔」

「はい」

「うちと肌合わせてみるか」

「はあ」

「はい、やないのか」

「いいんですか」

「なにが」

「いや、よくわかんないけど、店の仕込みっていうんですか、その、そろそろ」

「うちには、守るものなんて、なんもあらへん」

守るものがない、というのはどういう意味だろうか。惟朔は考えこみかけたが、女性から誘われているのである。ここで拒絶するのはあんまりだと思いなおした。もとより拒絶する気など毛頭ないのだが、こういった自分に都合のよい意識操作をするのはお手の物である。

しかし自分は女にとってよほど無害な存在として映るのだろう。そんなことを思うと、なにやら失笑したい気分になった。大多数が女慾しさに身悶えしているときに惟朔は棚からぼた餅を飽食しているのである。男女の関係性構築についての国家試験があったなら、絶対に、真っ先に受かっているだろうと惟朔は皮肉な笑みを泛べた。

タクシーに乗って東山安井のせまい坂をあがって着いたのは、一見するとマンションのようなかたちをした抑えた外装の連れ込みホテルだった。そういえば小百合が東山安井にはたくさん連れ込みホテルがあると言っていた。

惟朔が岡崎の旅館を定宿としているのと同様に、毬江もこの一見、地味にみえるホテルを愛用しているのだろう。周囲には派手で気恥ずかしい外観の連れ込みも多いが、これならば気負うこともない。機会があったら自分も使おうと、脳裏で地理を整理した。

運転手がバックミラーで毬江と惟朔の様子を喰いいるように窺っていたのを反芻しながら、妙に分厚い緋色のカーペットが敷かれた薄暗いフロアをいく。部屋に案内され、茶の温かさに一息つき、惟朔はソファーの座り心地を確かめながら尋ねた。

「叱られるかもしれないけど、あえて。パイプさんとなにがあったんですか」

「なんもない」

「でも」

控えめに喰いさがると、毬江はタバコを咥《くわ》えた。ホテルのマッチをする。硫黄の匂いが立ち昇る。惟朔は毬江の爪の先に罅《ひび》がはいっているのを一瞥《いちべつ》した。毬江はせわしなく吹かしはじめた。まるで自分の顔を煙で隠してしまおうとしているかのようだ。

「あの男な、うちにはうまいことばかり囁いといて、陰にまわって若い女を口説いとったんや」

なるほどと頷いた。合点がいった。そのわかりやすさがいかにもパイプらしい。パイプは真剣に毬江のことが好きだった。けれど毬江が受け入れてくれたとたんに、図に乗り、増長した。そんなところだろう。

たぶん若い女云々は単なる浮気にすぎず、遊びのつもりだったのだ。あるいは毬江に甘えて、自分の可愛らしさを示したようなつもりでさえあったのかもしれない。パイプは、そういった愛嬌が通用する人格ではないのだが、母に対して背伸びをしてみせるような気持ちだったのではないか。

しばらく付き合っているうちに思い知らされたが、パイプは自分自身を途轍もなく買い被っている。しかも現実と対峙すると、ことごとくうまくいかず、挙げ句の果てに世界を弱々しく呪って拗ねている。とにかくパイプは身の程知らずという重い病気に冒されているのだ。そのことを断片的に呟くと、毬江はちいさく投げ遣りに笑った。

「あの男は、身の丈ゆうもんをまったくわかってへんから」

「どうせ若い女の子からは肘鉄喰らったんでしょう」

「そうや。露骨に嫌われとったわ。けど、それが見えへんのや。なんせ女の子がうちに告げ口してきたんやで。パイプさんが絡んで困ります、なんとかしてください、て。酔っ払って股間さらして、迫ったらしいわ」

あのひょろっとした姿が泛び、しかもその軀《からだ》に不釣り合いな股間が露骨に立ち現れて、腹の底からおかしみが込みあげた。惟朔は天を仰いだ。毬江も誘いこまれ、苦笑し、ぼやいた。

「うちに棄てられ、女には相手にされず、結局は泣いてうちに縋《すが》ってきよって」

「いいなあ。いい感じだ」

言いながら惟朔は毬江の手からタバコを取りあげ、灰皿に押しつけた。

「パイプさんはね、毬江さんのことが凄く好きなんです。誰よりも、なによりも」

毬江の口許に、苦笑にまで至らぬ笑みが泛ぶ。

「うちな、許そう思てたんや」

「うん」

「けどな、謝られたとたんに、許せへんようになった」

毬江はいったん息を継いだ。

「なあ、惟朔。あんたが内田とおんなじ情況やったら、謝るか」

「俺は謝るな。即座に謝る」

「けど、惟朔なんて、どうせ口だけや」

「それは、ない。そういうときには、俺は率直だもん」

「うん。でも惟朔は女々しくないと思う」

「俺が」

「そうや。内田は女々しくて、女々しくて、ただ、ただ、ひたすら女々しくて、うちは吐きそうになった」

愚にもつかぬ言い訳を並べたのだろう。けれど釈明は傷を拡げるだけである。自分に非があるときは誠実な、しかし打ちひしがれた眼差しと謝罪の言葉のみで突っ切ればい い。理屈や論理で男女関係が整理できるなら世話がない。そんな単純なことにパイプは気付いていないらしい。

「毬江さん。俺も女々しいよ。相当に女々しい。女々しいと口にすると、女の人に失礼に当たるくらい、女々しい」

「そうかもしれん。でも、うちは、あんたやったら許してたと思う。で、先々さんざん裏切られるわけや。足蹴《あしげ》にされる。骨の髄までしゃぶられる」

惟朔は最近、口癖のようになってしまった科白《せりふ》を口にした。

「凄い言われようだ」

「けどな、それでも、うちは、あんたやったら許す」

たぶんパイプはスイッチを切り替えることができないのだろう。同じ回路につなぎっぱなしでひたすら過剰な電流を流し続けてしまい、ひどく発熱してしまう。パイプこと内田には、たしかに異様に鬱陶しい暑苦しさがまとわりついている。当人もそれには気付いているのではないか。けれどつまらない拘《こだわ》りが多く、その結果、回路を切り替えることができぬから、回線が焼損するまで熱をもって自滅してしまう。惟朔は性格的にスイッチをオンオフするように感情を切り替えることができる。もし、対人関係において相手にとって上位に位置することができるとしたら、この未練のなさのおかげだ。オンのときは必死であっても、オフにしたとたんに惟朔の眼前からはいままでの世界が完全に消え去っている。

熱しやすく冷めやすいというのとは微妙に違って、惟朔の拘りのなさは、あきらかに周囲から抽《ぬき》んでていた。固執するだけの執着心を持ち得ない性格であり、境遇なのだ。毬江は、うちには守るものなんてなんもあらへん――と独白したが、ほんとうに守るものを一切持っていないのは、惟朔のほうであった。そのあたりのことは毬江も感じとっていたのかもしれない。

「まあ身の程知らずというなら、俺だってあまり人のこと、言えないけど」

「惟朔には自覚があるやろ。あのバカにはないねん。なーんにもない」

「パイプさんは、自分がこんなもんじゃないって足搔いていたような気がする。いつも、いつだって、こんなもんじゃないって足搔いて暴れて乱れて、沈んで、バカだよな。パイプさんは自分が世界の支配者でないことが不思議でならないんだ」

うぉおおお――というパイプの犬の遠吠えじみた雄叫《おたけ》びじみた泣き声が懐かしい。鉄パイプを振りまわして孤独に踊っていたパイプの姿が懐かしい。

懐かしさ――。

奇妙な感情だ。いとおしさと疎ましさが綯《な》いまぜになって軋《きし》みをあげている。

「こんどはうちが質問する番や」

惟朔は露骨に顔をしかめた。パイプに対するいとおしさと疎ましさは、惟朔が覚える種々の感情のなかでもとびきりのものであったからだ。この死者を悼《いた》むかのような奇妙なもどかしさに較べれば、恋愛などにおける感情の波立ちなど漣《さざなみ》のようなものだ。

「気、悪うしたか」

「いや」

「訊いてええか」

「うん。なんでも」

「あの子、綺麗やな」

「うん。綺麗だ」

「うちなんか、いっしょにいるのが居たたまれんかったもんな」

「目立つよね」

「育ちも良さそうやし」

「ああ、すごくでかい屋敷に」

「なんなんやろね。持ってる人て、ぜんぶ持ってるんや」

うまいことを言う。確かに持てる者は初めからすべてを持っている。しかも、その理不尽さに気付こうともしない。

「どうやって口説いたの」

「キスさせてくれって」

「ほんまか」

「うん」

「で、させてくれたか」

「即座。あっちから」

「キスしてくれたんか」

「そう」

すらすらと嘘が洩れ、けれど嘘を口にしたとたんに、それは事実となった。惟朔の強度は虚構と事実の境目がないことの強さでもあった。脳裏で思い描いているうちは虚構であるという自覚もあるが、言葉として口にだしたとたんにそれは在ったこととなる。自らの言葉に一点の疑いも抱かないのである。

しかも惟朔は虚言癖《きょげんへき》と他者から指摘されぬ程度の奥床しさとでもいうべき微妙な自制さえ獲得していたから、周囲から嘘つきと罵《ののし》られることもなかったし、それどころか幼いうちから、ばれてもかまわぬ嘘は自ら率先して明かすという嫌らしい処世さえ身に付けていた。だから逆に率直で隠し事がないという評価さえ受けていた。

「毬江さん」

「なに」

「ほんとうはね、朝早く、犬の散歩をしているのを待ち伏せしたんだ」

「キスは」

「嘘」

「なんや、信じてもうた」

「俺の初めての恋愛かもしれない」

「惚れたんや」

「うん。胸がきな臭くなるっていうのかな。ほんとうに火がついてしまうんだ。だからじっとしていられなかった」

「そんなに想われて、あの子は幸せや」

「ほんとうはね」

「うん」

「いまごろ、デートしてたはずなんだ」

「ほったらかしたんか」

「うん。待ち合わせの約束があったのに、西寮でいっしょだった人が横須賀に帰るっていうんで、これ幸いと京都駅まで」

「なんで。わからんわ」

「俺にもわかんねえ。まったくわかんねえ。どうしちゃったんだろう」

「ま、なんとなくわかるような気もするけどな」

「どっちだよ」

狎《な》れた言葉を発して、惟朔は毬江の肩口を摑んだ。

「はっきりしろよ」

「どう、はっきりさせたらええの」

毬江が狎れた言葉を返したとたんに、惟朔は毬江の首筋に頰ずりした。舌先にすべての感覚を集中して、毬江の静脈をさぐりだし、前歯を立てた。汗の味に和みつつ力を加えると、毬江が仰《の》け反《ぞ》った。

惟朔は力を加減して静脈を咬みつづけた。血管を支配すると、女は思い通りになるという信仰にちかい経験主義が惟朔にはあった。舌先で毬江の鼓動が乱れに乱れていくのを感じとる。もちろん呼吸も尋常ではない。その喘《あえ》ぎに揺すられて、惟朔の口から唾液がたれて毬江のブラウスを濡らした。惟朔は満足して前歯から力を抜いた。

「俺ね、もてあましてるんだ」

呟くと掠れ声がかえってきた。

「――どういうこと」

さらに媚《こ》びるように重ねてきた。

「欲求が強いんか。抑えきれないのんか」

「いや、俺じゃない」

「惟朔やないのか」

「うん。彼女、処女だったんだけど、幾度めかから正気じゃない」

「どういうこと」

「だから、程々がないというか、慾が深いというか」

「慾が深い」

反射するように繰り返して、毬江は惟朔を押しやった。惟朔は力なく頷いた。

「うまくいえない。慾が深いのとは違うかもしれないけど、とにかく夢中というか、解き放たれてしまったというのか」

「それは相手が惟朔、あんただからやないの」

「それって褒め言葉か」

「どうやろ」

「俺には重すぎる。どうしたらいいのか、ほんと、わからねえ。日を追うごとになんだかどんどん深みにはまっていくみたいで」

「深みにはまっていくのは、どっちや。惟朔か、彼女か」

「それは、彼女です。俺はおろおろしてるだけだ」

惟朔が力なくおどけると、毬江は真顔で呟いた。

「根深い言うんやろか」

「ああ、そういう感じかもしれない」

「惟朔は女を侮ってたんや」

「そうかもしれない」

「けっこう思い通りにしてきたんやろ」

「いや、俺って小学校のころに年上のお姉さんにあれこれされて、その、なんというのかな、ちょっと普通じゃないかもしれない」

「いったい、どれくらい知っとるの」

「数」

「そう」

指を折って数えはじめ、もう片方の手に移ったとき、毬江が苦笑して惟朔の手を握りこんできた。

「もう、ええ。空恐ろし」

惟朔は数えるのが面倒だからいい加減に指を折っていただけである。だから毬江の誤解が自尊心に沁みて、心地よい。

「言い方がおかしいかもしれんけどな」

「うん」

「あんたには女を解き放つ力がある」

「凄えな」

「また、微妙に腰が引けてるとこが可愛いんや」

男女とは誤解で成り立っているものだという思いをあらためて強くした惟朔であった。惟朔自身が抑えきれぬ性的欲求をもてあまして自慰に励むのと同様に、女も抑えきれぬ性的欲求に支配されているというごく当然のことに気付いているだけなのだ。腰が引けているどころか、強引に腰をねじこんでしまい、その結果もたらされる面倒に舌打ちをしているばかりである。

「なあ」

「なに」

「教えて」

「なにを」

「具体的に教えて」

「だから、なにを」

「あの子。あの子の様子」

「こういう場所における鏡子のことですか」

「そうや。こういう場所における鏡子お嬢様の様子や」

根深いというよりも、微妙にばからしい。毬江は嫉妬と覗き見趣味で性慾を加速させようとしているのだ。けれど、もちろんそれだけではない。こういった愚かさに過剰な理解をもつ惟朔である。世界の本質は、こういった愚劣にこそある。そんな青臭い認識があった。信念にちかかった。

だからこそ軽蔑しながら、ついつい抱きしめてしまう。鉄パイプを振りまわして孤独に踊るパイプに対して感じるいとおしさと疎ましさと同様の感情が迫りあがってきて、惟朔は毬江をきつく抱きしめたのだった。

「教えてやるよ。鏡子は、俺が命令すればなんでもする。なんでもやる」

「なんでも」

「そうだ。虐《しいた》げられたって平気だ。奴隷のようになってよろこんでやがる」

「なんでもするんやな」

「する」

「なにをされてもよろこぶんやな」

「そうだ」

「じゃあ、惟朔は彼女のお尻を犯してあげたか」

唐突で、思いもかけぬ言葉だった。思わず訊きかえした。

「男と女のあいだでも、そういうことをするのか」

「するえ。心底から愛し合った男女は、軀のすべてでひとつになりたい、思うんや」

「でも、愉しくないだろう」

「愉しいとかそういうことやのうて、相手のすべてを知りたいんや」

「ふうん。多少は気持ちいいのかな」

「あんな」

「うん」

「好きな相手とやったら、気持ちいいんとちゃうやろか」

「ちゃうやろかって、やったことがあるんじゃないのか」

「あらへんよ。うちは、そんなことはせえへんよ」

「してみたいのか」

「どうやろ」

愚問を発してしまった。これから先をどう取り繕うか。惟朔は思案しかけたが、すぐにどうでもよくなった。それよりも尻を犯すということである。惟朔は溜息を呑みこんだ。嫌な記憶がよみがえる。

中学時代に収容されていた福祉施設のことだ。キリスト教カトリックの経営だったが、この施設に収容されていた子供たちのあいだでは神父に尻の穴を犯されるという噂が絶えなかった。なよなよしてるとマンハルドにやられちゃうぞ、といったふうに具体名までもが流布していた。マンハルドとは前園長で、惟朔が収容されていた当時の役職は判然としない。ただ、いつでも満面に笑みをたたえて学園内を徘徊《はいかい》していた。

惟朔が中学三年になったときに、同級生から相談を受けた。マンハルド神父様だけでなくセルベラ神父様からも犯されていると涙ながらに訴えられて、だが、そのころの惟朔には、男が男にのしかかるということ以上に、肛門に挿入するということが信じられず、けれど相手は涙ぐんでいるので一笑に附してしまうわけにもいかずに、適当に顔をつくり、合いの手を入れながら同級生の告白を聴いたのだった。

同性愛的な行為は理解できたのだ。男と男が肌を合わせることも、なんとなく理解の範疇《はんちゅう》であった。思いあまれば仕方ないことかもしれないと考えていた。惟朔も京大生協の食堂でニコ中とパイプに自身の中学生時代の擬似的同性愛体験を語ったこともあるように、それは決して他人事ではなかった。

しかし、そのときは、なかなか同性愛と肛門性交が結びつかなかった。自分の排便から類推して、性器が肛門に挿入されるということが惟朔には信じられなかったのだ。便のように可塑《かそ》性のあるものであっても太すぎれば出血するのである。しかも出口に無理やり押しこむというのだから、無茶苦茶であると胸の裡で失笑した。あそこは入れるところではなくて、出すところだ——というのが惟朔の辿り着いた結論だった。

小学生時分に悪戯をされて、なまじ女の軀を知っていたことが逆に惟朔の理解や類推を妨げていた。知っていることによって性的保守主義とでもいうべきものに取り込まれて、欲望のむかう方向の際限のなさや、人間の可能性とでもいうべき多様について微妙に後込《しりご》みしてしまうようなところがあった。しかし涙ぐむ級友に対しては、主張を述べることも異論を差し挟むこともできず、あと半年も我慢すれば卒業だぜ、などと他人事の慰めを口にしたのだった。

けれども軽い口調で級友をいなしているさなかに、だしぬけに符合した。発熱してひとりで病室に横になっていたときに、彼を犯しているというセルベラというブラジル人神父が惟朔のベッドにやってきたことがあった。身振り手振りも大げさに目を剝いて病状を尋ね、まずは熱い抱擁である。それから執拗な頬ずりを受けた。

セルベラは惟朔が曖昧《あいまい》な笑顔で戸惑い、照れていると、可哀想可哀想と連呼しながら惟朔の枕許に腰をかけ、膝枕をしてあげると言いだしたのだ。酸っぱい匂いのする頬ずりだけで内心は凄まじいばかりの嫌悪感を抱いていたのである。無理やり惟朔の頭を膝にのせようとする神父にむかって、惟朔は醒めた眼差しを注ぎつつ言ってやった。――セルベラ神父様。俺の悪い病気が移っちゃいます。近くにこないでください。

そのときの惟朔は、ただ単に薄気味悪いから邪慳《じゃけん》にセルベラを押しのけたのだが、立ち入る隙をみせぬ断固たる拒絶は、効きめがあった。いかに完全な閉鎖情況における子供相手とはいえ、白人神父たちにも保身があったからだ。いやがる生徒を無理やり犯して騒がれてはまずい。

ところが惟朔に相談してきた同級生は柔らかく整った顔つきそのままの品行方正にして気弱な優等生であり、目上に逆らうことなど絶対になかった。だから付け入れられてしまうのだ。また奴らは、そういった気弱な優等生が好みだった。

その後、さりげなく目星をつけた生徒たちから話を聞いてみたところ、中学生になってからではなく、小学部のころからマンハルドに入れられちゃってたなどという告白が飛びだしたりもして、惟朔はラテン系白人の支配するこの収容所が常軌を逸したソドムの園であることを悟ったのだった。

以降、惟朔は安易に白人神父に軀を触らせぬように心を砕くようになった。小児性愛者の蔓延《まんえん》は、事実だったのだ。けれど高校退学と同時に学園から追い出されて、神父が生徒を犯すという禍々《まがまが》しい現実も忘却の彼方であった。それが、いきなり毬江の口から尻を犯すという言葉が放たれて、惟朔はおぞましい学園に引きもどされてしまったのだった。

惟朔は茶托《ちゃたく》にこぼれた茶で指先を濡らし、テーブルにsodomyと書いた。惟朔が収容されていた福祉施設には修道院も附属していて、惟朔は修道院の図書室で辞書を引き、sodomyという言葉を探し当てたのだ。

小学生のころからさぼり放題で正規の授業は満足に受けてこなかったかわりに、惟朔は自習に類することは大好きで、あれこれ独りで頁を繰って、独りで考え、独りで納得したものだ。

黙り込んでしまった惟朔を不安げに見守っていた毬江は、ちいさな合板張りの応接テーブル上に書かれたローマ字らしきものを凝視し、小首をかしげた。惟朔の書いたsodomyは合板にこびりついた油膜に弾かれて、文字の体裁をとることができず、不規則な滴の羅列となってしまっていた。

毬江が咳払いをした。とたんに惟朔は顔をむけた。惟朔は笑みを泛べていた。作り笑いでもなんでも、とりあえず人は笑顔に安堵するもので、それは連れ込みの閉ざされた空間にあった毬江にも強く作用した。毬江は媚びのたっぷり詰まった声で惟朔を揺する。

「もう、どないしたんや。心ここにあらず、や。上の空。うちのことなんて、どうでもええねん。そうやろ」

「ごめんなさい。俺はときどきいなくなっちゃうんだ」

すると毬江はとたんに考え深げな眼差しをして、顎の先を弄びながら、呟く。

「預言者いうんか」

「なんで預言者なんて知ってる」

「ふつうやろ、預言者くらい。うちかてな、あれこれ悩んで河原町の教会の門を叩いたこともあるねん」

「ふうん。で、預言者がどうかしたの」

「どうかしたかて、あんたや。惟朔が預言者めいとる」

「俺が」

「そう。あんたや」

「買い被り。俺はただ、ぼんやりしてただけだから」

「どうやろ」

わたしはなんでもわかっているんだ、といった眼差しで毬江が見つめてくる。人と人は大きな誤解のうえに関係をつくりあげ、それが人間という単位になり、俺はその人間という単位のうえに胡座をかいて、楽とはいわないまでも、適当に泳いで沈まないように生きる。

そんな自己流の老成した人生哲学の真似事を胸中で呟いて、惟朔は大いなる自己満足にふける。人と人間のちがいに悩み、あれこれ調べたのも修道院の図書室だった。人間と書いて──じんかん──と読むことに行き当たった瞬間に、なんとなく総てが理解できたような気分になったものだ。

「俺の偉いところはね、あれこれ知っていても、それを口にしないことだな」

「ああ、そういう感じがする。惟朔はいけずや」

「いけずとはちがうと思うけど」

まだ京言葉の細かな綾が完璧には掴めていない惟朔であるが、京都の女が男に対して軽く身悶えするような気配でいけず、と口にするとき、艶《つや》っぽい微妙な含みがあることはなんとなく察していた。ただの意地悪ではないのだ。それでもプレイボーイじみたいけず的ニュアンスが自分にあるはずもないことは自覚していた。毬江は惟朔の目をじっと覗きこむようにして訳知り顔に呟く。

「惟朔はな、女にとっていけずなんや。根っからのいけず。そういう男がいるんや」

なにを言っているんだ、と舐めきった気分である。けれどもおくびにもださず、毬江の逆説的賛辞をさりげなく打ち遣っておいて、さて俺は、これからどうすればいいのかと思案する。

まず絶対的かつ根源的な探求心に似た性的欲望があり、それに加えて毬江を失望させないように振る舞いたいという奉仕の心とでもいうべきものがある。

「なあ、毬江さん」

「なんや」

「俺、まだ尻を犯されたことも、犯したこともないんだけど」

「それが、どないしたん」

「強引に言えば、尻に関しては童貞。ひたすら童貞」

「それは、うちかてお尻は処女や」

お互いに目と目を見交わして、申し合わせたように含み笑いを洩らす。惟朔は毬江の笑いから、あきらかに嘘をついているということを嗅ぎとって、自分がそれを嗅ぎとってしまったことを隠蔽するために、さらに顔を歪ませる——つまり笑いを強化する。

「なあ、汗、流そか」

急に真顔になった毬江の提案に、惟朔は首を縦にふる。脱衣室で盗み見た毬江の下着は古びてくすんで、白かったものが微妙に灰色がかっていた。今日、惟朔と逢う予定だったならば絶対に穿いてこなかったであろう下着である。けれど惟朔は穿き古して洗いこんだ下着が嫌いではなかった。生地が薄くなっていたり、ちいさな穴があいていたりすると、胸がきゅっと締め付けられる。

毬江は素早く隠してしまったが、ショーツの股間には、きっと黄褐色の染みがある。洗っても落ちぬ染みだ。惟朔はそういった染みに対しても肯定的な気持ちをもっていた。それは生き物の徴《しるし》だ。

けれど便に対しては、やはり腰が引けてしまう。惟朔には肛門に対する固着がない。排出排便するための器官に挿入するというのだから、とんでもないことを考えるものだ。そんな呆れ気味の気分と不潔感がぬぐえない。小便が手につけば眉を顰《しか》めはするが、流してお仕舞いだ。しかし大便は自分のものであっても許せないたちである。まして他人の肛門など――。

脱衣室では吐く息が白かった。爪先立って薄緑色をしたタイルのうえを行き、風呂場の蛇口を全開にして、湯気にまみれてほっとした。まだ湯がたまったわけではないが、タイル張りの浴槽に軀を横たえた。ボイラーだけは高性能なのだろう、迸《ほとばし》る湯は豊かで、どんどん湯面が上昇していく。冷えきった足指などの末端が過剰に反応する。湯がとても熱く感じられた。

髪を纏《まと》めあげたりしていたせいだろう、毬江は遅れて浴室にはいってきた。惟朔はまっすぐ視線を投げ、じっくり毬江の軀を観察した。毬江は自信があるらしく、惟朔の視線を避けずに知らんふりして曇りはじめた鏡に自分の顔を映している。

惟朔の母は、惟朔を二十歳のときに産んだから、いま三十七歳である。毬江は惟朔の母と同じくらいの年齢だろうか。ひょっとしたらもう少し上かもしれない。いきなり年齢を尋ねるのも躊躇《ためら》われるので口を噤《つぐ》んだが、子供を産んだことがないせいだろう、軀の線の乱れは少ない。

腹部など、もっと悲惨なことになっているのではないかと推理していたのだが、艶や張りはともかく想っていたよりも整っていて、臍の下の体毛が旺盛だ。豊かな乳房も若干の縦に割れたような線がはしってはいるが、かたちの崩れはほとんどない。その乳房の大きさに似つかわしくないくらいに乳首はちいさく、淡い。

毬江の店にはじめて連れていかれたとき、惟朔は張りの失せた毬江の二の腕に強烈な色香を覚えた。それは美しかった女の残滓ならではの危うい深みである。毬江は惟朔を撥ねかえすことなく、ずぶずぶと際限なくその肉のなかに取りこんでいく。そのとき抱いた妄想には爽快のかけらもなかったが、爛熟の香りの強さは尋常でなかった。そんなことから女の軀の衰えは、とりわけ二の腕からはじまるのかもしれない、などとしたり顔で思う惟朔であった。

「早くはいりなよ」

惟朔が促すと、毬江は頰笑みかえして片膝をつき、桶に湯をくんだ。見守っていると過剰なくらいに叮嚀《ていねい》に股間を流しはじめた。あきらかに中指の先が呑みこまれていくのが惟朔の位置からもわかった。

それから右左と交互に、全身に湯を浴びせかけた。さすがに鏡子のように湯を弾くこともないが、けれども水分をじわりと皮膚内に浸透させて、やや不健康な輝きを纏いはじめていく。色白であるだけに、よけいに青褪めた白さが強調されて、病床の肌のように濡れて汗ばみ、倦《う》んだ香りが匂いたっているかのような錯覚を惟朔は抱いた。

惟朔の視線を愉しんでいるのだろう。過剰に裸体をひねり、微妙なポーズを取ったあげくに毬江は前を隠して、そっと浴槽の縁をまたいだ。浴槽内では向かいあって座った。勢いよく溢れだした湯が落ち着くのをまって、毬江が呟いた。

「うちら、キスもまだしてへん」

「俺は毬江さんの首筋に吸いついた」

「あれは、きつかった」

「痛かったかな。ごめん」

「ちがう。あんた、あんな手管、どこで憶えたの」

「ああ、自己流。気持ちよかったでしょう」

「血管咬むてか」

惟朔のしたことをちゃんと把握しているのである。さすがに経験の深さがちがう。息を荒らげながらも、きっちりと情況を整理しているのである。

「微妙だったはずだよ。けっこう力加減が難しいんだ」

毬江は自分で首筋をさぐり、惟朔の咬んだあたりをしばらく指先でなぞった。

「あかん。うちが自分で触っても、どうということもない」

「キスマークはつけてないから、安心して」

「ほんまに、最低最悪。極悪のすれっからしやわ」

言葉と裏腹に眼差しが褒めあげている。だから惟朔は得意でならない。奉仕のよろこびは、射精の快感に優るかもしれない。惟朔は絶対に支配してやると心に誓った。毬江は挑戦し、支配すべき対象なのだ。

奇妙なことに、惟朔は甘えるべき年上の毬江に対して、ほとんど母性を感じていなかった。それどころか密かに身構えていた。緊張があった。その緊張も、弛緩しながらも張りつめているといった矛盾を孕《はら》んだもので、それは自信のある学科の試験に挑むときのように鷹揚《おうよう》に構えてはいられるが、完全に気を許すことはできないといった心境に近いものがあった。

逆に鏡子には身も心も許せる。若い鏡子の肉体に母性を見ているようなところが惟朔にはあった。常時ではないにしろ自意識過剰の惟朔が完全に我を忘れる瞬間がある。その瞬間、溺れこんで、死にかけたような気分にさえなる。自分の無様も狂態もすべて、さらけだすことができる。

鏡子は惟朔のすべてを受け入れる。拒絶ということをしらない。どのような要求であっても柔らかく頷き、しかも自らの奥深い気配をそっとぶつけてくる。おそらくは毬江も惟朔の要求をすべて受け入れてくれるであろうが、そこには鏡子のような無私はみられないのではないか。しかも鏡子の無私には、鏡子自身が自らの奥底に眠っていた女という性に狼狽しているかのような気配があって、だからこそ惟朔は、その引《ひ》き攣《つ》れるような根深さと、自分の鏡子に対する強烈な依存に不安を覚え、こうして逃げだして、毬江と微妙に狎れきった向き合いかたをして、いわば時間潰しをしているのだ。

「なに、思うてるの」

「彼女のこと」

「うちを前にして、あの別嬪《べっぴん》さんのことか」

別嬪という言葉に凄まじい棘《とげ》と毒が含まれていて、惟朔は毛穴が縮こまるのを感じた。女の放つ嫉妬の感情には、ときに恐怖にちかいおぞましさを感じさせられることがある。それは鏡子も例外ではないし、毬江には時間が刻みこんだ黴《かび》のような黒々とした腐敗の気配さえ込められていて、あらためて惟朔は毬江の顔を見つめなおした。

「なんや」

「べつに」

「醜いか」

「そんなことない」

「軀も、心も、醜いか」

「そんなことは、ないって」

「ふん。どうだか」

湯のなかで猛りかけていたのだが、惟朔は惨めにしぼんでいった。毬江の視線がそこに絡みつく。心も軀も、ではなくて軀も心もという順序が、毬江の気持ちを図らずもあらわしてしまっていて、すこしだけ痛々しさを感じた。だから惟朔は困惑気味に頬笑みかえした。とたんに毬江がすがる。

「堪忍え」

「なにが」

「うちを棄てんといて」

「棄てるもなにも、まだ、なんにもしてないから」

「なんでもしてあげるし、なんでもさせてあげる」

前屈みになって、惟朔の両肩を摑んで、付け加える。

「お金かてあげるし、あんたは好きにしたらええ」

「好きにする、とは」

「だから、うちは、あんたがあの別嬪と会うじゃまをせえへん」

惟朔は若干、鼻白んだ。じゃまをしないということ自体が、大いなる干渉ではないか。じゃまをされなくたって、背後に佇《たたず》まれてしまえば込められた視線に人は臆し、身動きできなくなっていくものだ。

「毬江さん。いったい、なにが言いたいの」

「なにがて、あんたはフーテンやろ。それともヒッピーか」

「どっちでもない」

「けど、風来坊や」

毬江が軀をあずけてきた。躊躇いがちに惟朔に唇を重ねてきた。惟朔が唇をひらくとおずおずと舌が這入《はい》りこんできた。べつに意地悪をする気はないから、舌先を触れさせてやった。とたんに絡みついてきた。

濃厚といっていいだろう。くどく、執拗である。けれど、どこか微妙に焦点がぼけているようなところがあって、幽かな苛立ちのようなものが抑えきれない。

惟朔は鏡子との接吻を反芻した。毬江との接吻に欠けているのは、熱だ。頬をへこませて惟朔の唾液を吸いとってはいるが、狂おしい熱気とはべつの狎れた衝動で作動していることがどことなく把握できた。

処女性になどなんら価値を見いだせない。けれど実際に処女と相対してはじめてわかったことがある。人と人が関係すると、そこには常に狎れがついてまわって、その狎れが行為や関係の純度を否応なしに低め、薄め、貶《おとし》めていく。知りはじめたばかりの鏡子と知り尽くした毬江では純度に差がある。当たり前のことだが、この差が大きい。性はそ性は、その終局で痙攣《けいれん》にも似た緊張を迎える。それは目眩《めくるめ》く引き攣れであり、性はその引き攣れに至るための手順であると惟朔は括っていた。組み伏せた相手の膣壁が不規則に小刻みに痙攣し収縮するのを感じとったときに、惟朔は不可思議な優越を覚える。それを見極めてから、頃合いをみて射精する。過程をつつがなく終えれば優越は持続し、充足の吐息をつくことができる。

鏡子は当初から緊張しきっている。いままで知らなかった痙攣に夢中でもある。常に肌を張りつめさせて、感嘆と狼狽と、傷ましいまでに引き攣れた快感によってもたらされる不能感の渦中にある。

毬江はこの先に立ちあらわれるものが何であるかを知り抜いていて、余裕綽々《よゆうしゃくしゃく》である。惟朔が血管を咬んだことをちゃんと把握しているのだ。

鏡子は行為のさなかに惟朔が何をしたかなど、朧なままだ。集中は毬江の比でないが、絶対的な経験不足から、迫りあがる快に呑まれてしまい、翻弄され尽くして嵐の破船のように行方知れずとなる。我に返って、涎《よだれ》を垂らしてしまった自分を恥じて悔し泣きさえする。

もっとも惟朔だって毬江と同様、狎れきってしまっている。行為自体に驚愕するナイーブさはもはや欠片《かけら》もないが、落ち着きだけは充分にある。手順手管に遺漏などない。だから、ある水準には必ず辿り着けるだろう。けれど技巧だけでは、ある水準を超えて高みにまで到達するのはなかなかに難しい。

そんな板挟みのあげくに選択するのが、エスカレートだ。毬江の経験は惟朔どころではないのかもしれない。あるいは、経験豊かにして、性に飽いた男が毬江にsodomyを教えこんだのかもしれない。

「毬江さん」

「なに」

「指、はいっちゃった。痛くないの」

「もっと奥。ゆるゆるといれて」

「中指、ぜんぶ、はいった」

「どうや」

「よく、わからない。ただ、すごくあったかいや」

「あのな」

「うん」

「教えといたるけどな、便秘症の女の子はあかんよ。便秘気味のおいどに指いれたりしたらあかんよ。後悔するえ」

「ちゃんと毎日でる女は、いいのか」

「そうや。うちみたいにな」

「ふうん」

「聞いた話やけどな」

「うん」

「指挿しいれたらな、こつんと当たるもんがあるんやて」

「汚えな」

「まったくや。うちはな」

「うん」

「たぶん、抜いてもな」

「だいじょうぶか」

「絶対はないけど、まあ、だいじょうぶや」

「歯磨きのチューブをきっちり搾りつくしてあるのといっしょかな」

「おもろいなあ、惟朔は」

「ごめん」

「ええよ。あんた、ほんま、勘所を摑むのがうまいわ。そこ、ええねん」

囁きながら、早くも毬江の瞳が反転して白眼になる。

「なんか毬江さんが前後に揺れるから」

「うち、揺れたか」

「ほんのわずかだけど。それと、瞬《まばた》きが苦しげな感じだから」

「そうや。うちは苦しいねん。おいどに指いれられて、惟朔に非道《ひど》いことされて、苦しゅうて、苦しゅうて」

「そういうことをいうと、抜くぞ」

「あかん。いま、抜いたら、絶対にあかん」

「パイプさんにも、こんなことさせたのか」

「させるわけないやろ。うちかて相手を選ぶわ」

「それって、どう取ればいいのかな。褒め言葉か、それとも」

「深く考えんとき。あんたかて初体験やろ。満更でもないやろ」

「よく、わからねえ。だってさ、奉仕してるだけじゃないか」

「あほ。そうそうこういう体験はできひんもんや」

「そりゃ、そうだ」

頷いておいて、さりげなく問いかける。

「ねえ」

「なんや」

「こういうことって、誰に仕込まれたの」

「仕込まれた、やて。嫌な言い方するなあ」

「でも、最初にしてくれた男がいるわけだろう」

「京都の遊び人は、尋常でないゆうことや。東京なんてな、色にかけたら、所詮は二流、三流、五流以下や。花街で遊べる身分になったら、あんたもわかる。こういう手管はな、じつはな、女から男に伝わっていくもんなんや」

「女から男に」

「そう。年増が若い男におなごをよろこばせる遣り口を伝授して、その男が先々若いおなごに手管を遣って、そのおなごがある程度歳をとって、こうして若い男に、な」

「卵が先か、鶏が先かといっしょで、女から男とは言い切れないじゃないか」

京都には祇園をはじめとする歴史に裏打ちされた男女の洗練された場があり、洗練ゆえに頽廃があり、倦怠は原初的な性行動を逸脱し、ありとあらゆる多様に至る。惟朔はそういった意味のことをもっと砕けた、下卑た言葉で漠然と考えて、自分を納得させたのだった。

毬江は色街に育ったのだろうか。惟朔は推測した。毬江は花街に育ち、ある年齢まで稼いだ。かなりの売れっ子である。そして店舗を買い取って、飲み屋を経営するようになった。毬江の店のカウンターのなかには六十年配と思われる和服を着込んだ毬江の母親と思われる女がいたが、どことなく色街で鍛えあげたような風情だった。その気配は毬江よりもよほど濃いといっていい。酔っ払いどもに関わることなく、老眼を細めて、上体を仰け反らせるようにして文庫本を読み耽っていたことが、逆に尋常でないそぶりを醸しだしていた。

好奇心を刺激されはするが、家族に限らず近親関係をつくとなにが飛びだしてくるかわからない。時間と場所を勘案しないと、すべてがぶち壊しになる。最悪なのは近親に対する愚痴を延々と聞かされることだ。

だから惟朔はすました顔をして、毬江の好みを充たしてやることだけに専念した。同時にその部分の肉体的特徴、あるいは形状も飲み込めてきた。

強烈に締めつけるのは導入の数センチだけで、その先は思いのほか漠としている。毬江の構造がすべての女に当てはまると結論するのは早計だろうが、この器官に対する過剰な期待はしないほうがいいということを、惟朔はその指先できっちりと感じとった。

この行為の主眼は、禁忌を犯すということにある。もっとも毬江は不規則な息を吐き、ときに生唾を飲み、眉間に縦皺を刻む。つまりあきらかに具体的な性感を覚えているのである。

「そろそろ、移ろか」

切なげな眼差しで、そう囁かれ、惟朔は目で訊いて、そっと指をはずした。たしかに毬江が言ったとおり、汚物の匂いはしない。意外だった。惟朔が中指を見つめていると、毬江の声が耳許を擽《くすぐ》った。

「ふふふ。あのな、時刻というものがあるんや。こういうことをしてもらうには、女にも素養いうんかな、素養は大げさか。とにかく自分の軀を見計らう気配りがいる。そこをはずすと、やっぱ、怒られるで」

「男に」

「そうや。よろこぶ男もおるけどな。きっとな」

「うん」

「内田やったら、その指、舐めとるわ」

パイプのことを言っているということに気付くまでに、しばらく間があった。毬江は湯面を揺らして立ちあがり、湯のなかに立ったまま惟朔を見おろして、ちゃんと指を石鹸で洗えと命じると、自分は洗い場にいき、股間だけを丹念に泡立てはじめた。

しばらく毬江の背中を眺めていたが、手持ちぶさただ。逆上《のぼ》せてもきた。惟朔も浴槽から立ちあがった。毬江の傍らで手を洗っていると、毬江がしかつめらしい顔つきで惟朔に向きなおった。

「あんたは、指以外は洗わんでええよ」

「なんで」

「せっかくの香りを落としたら、あかん。男いうもんはな、すこし汗くさいくらいがちようどええねん」

それは手間がかからなくていい。すべての女が体裁を棄ててそう囁いてくれれば、ずいぶん楽になるのだが。それよりもまだ指を挿入しただけで、姿を目の当たりにしていない毬江のその部分がどのようになっているのかを確かめたいという欲求に、惟朔はちいさく貧乏揺すりした。

「俺は、あんまり体臭、ないんだ」

「うちはな、ぜんぶわかるんや」

「匂いか」

「そう。あんたが悪さしてきて、とぼけてもな、うちはあんたの軀から女の匂いを嗅ぎわける」

「おっかねえな」

「全身、石鹸で泡まみれに磨いてもな、女の匂いは残るもんや。ましてゴムなんぞ嵌《は》めたひには」

「ゴム」

「サックいうんか」

「サック」

「ああ、もう、いけず。コンドームや」

「コンドームね。たしかにあれはゴム臭いよな」

「そうや。あの臭いは、落ちひんで。そこの毛にまで染みこんでまう。気いつけや」

「ふうん」

雑に肩をすくめてやり過ごしはしたが、余は何故この女に仕切られねばならぬのであろうか、と胸の裡で呟き、最悪の蜘蛛の巣に引っかかってしまったのではないだろうかと、幽かな不安を覚えた。

毬江は浴室からでるとき、なぜか浴室に備えつけのヘアリンスをもってでた。軀を拭くのもそこそこに、ベッドに倒れこむ。ベッドの頭のところにリンスのボトルが置かれている。惟朔が目で問うと、毬江は唇の端をくいっとねじまげた。得意げに言う。

「潤滑いうんか。そのままでは、とても、とても」

「あ、そうなんだ」

「そうや。いつもこんなこと、してるわけやないやろ。だから最愛のひとを迎えいれるときは、まずは湯のなかでじっくり温めてな、指をいれて予行演習や」

「いきなりは無理ってことか」

「うん。いつもやってるんやったら、平気になるらしいけど、なんや、締まりがのうなって、汚い話やけどな」

「ああ、なんとなくわかる」

「わかるか。垂れ流し」

「毬江さんはだいじょうぶなのか」

「失礼な。うちな、ごく数えるほどや。よほどの相手でのうては、指も触らせん」

毬江が惟朔の手首を摑んだ。そのまま引き寄せられて、ベッドのうえで絡みあった。たちまちシーツが湿っていき、けれど暖房のせいだろう、惟朔は喉の渇きを訴えた。すると毬江が惟朔のうえに顔をもってきて、唇をすぼめた。白く泡立つものが見えた。口で受けろということらしい。惟朔は逆らわずに毬江の唾液を受け、それで喉を潤した。不可解なことに、毬江はいくらでも唾液を垂らすことができ、惟朔は渇きを充足させることができてしまったのだった。

「試してみるか」

「うん」

「直接は、あかんよ」

「どういうこと」

「嵌めて」

「でも、ゴム臭くなって、ばれるんだろ」

毬江が低く笑う。

「ええから。嵌めて。なんなら、うちが着けてあげよか」

「うん」

枕許に備えつけてある避妊具のパッケージを裂くと、毬江は慣れた手つきでくるくると惟朔に毒々しい紅色を纏わせて、満足げに頷いた。

「こうせんとな」

「うん」

「いかに綺麗に見えても、雑菌がはいってまうんや」

「そういうことか」

「そういうことや。副睾丸炎になった男がいてな」

副睾丸という名称を初めて耳にした惟朔であった。どうやらそういう器官があるらしいのだが、尿道などから雑菌がはいると、まずはそこが炎症をおこすらしい。

「驚いたえ。なんせ、普段の十倍くらいに膨れあがってしもて、まるで信楽《しがらき》の狸や」

「きんたまが、そんなになっちゃうのか」

「あくまでも副睾丸や」

念押しして、毬江は惟朔にどのような体勢が好みかを尋ねてきた。sodomyである。背後からであろう。それを呟くと、あっさりと否定された。毬江は仰向けのまま枕を臀《しり》の下において、明かりも消さずに両脚を持ちあげてすべてを露わにした。色素の沈着した褐色の不揃いの鶏冠《とさか》に真っ先に目がいって、惟朔は唐突な哀切を覚えた。これから惟朔が誘導されるであろう器官は思いのほか整っていて、微妙な収縮と弛緩を繰り返している。

「ええか。そこのリンスを」

「うん」

「敷布汚してもええからな、たっぷり塗りつけて」

惟朔は装着されたゴムのうえに馴染みのメーカーのリンスを滴らせた。流れたリンスが下腹から陰毛にまで染みいると、思いのほか冷たく、幽かな緊張を覚えた。これくらいでいいかと目で訊くと、毬江は真剣な眼差しで頷いて、誘《いざな》った。

「あかんよ。ええとこみせようとかして腰を左右に使うたら、あかんよ。うちがいいと言うまでは、前後だけやで」

「わかった。すこしずつ、いってみる」

明るすぎるのだろうか。昂ぶりらしい昂ぶりもないまま、惟朔はそっとあてがい、その行く先をじっくり見守りつつ、毬江の直腸内に自身を収めていった。とばくちだけが軋《きし》むほどに締めつけてくるが、そこを過ぎると引っかかりがなくなった。気をきかせて、ふたたびリンスのボトルを手にとり、浴びせかける。やはり冷たく、身震いをそっと抑えこんで告げる。

「半分くらい、はいっちゃった」

「ええよ。惟朔は巧みや。とても初めてとは思えんもの。ええよ。もうすこし、すこしずつ、すこしずつ、おいで」

あやされながら言われたとおりに振る舞ううちに、完全に収まった。完遂した。そんな気分だ。ふっと息をついた。性的な昂奮も、性的な快もまったく感じられぬまま、惟朔は毬江に命じられたとおり上下の動きだけに専念した。力もひたすら加減して、交接部分を凝視する。見慣れぬ景色だがとりわけ感慨も湧かず、淡々としたものだ。

ところが毬江は徐々に乱れだし、惟朔の顔色を窺ったかと思うと、いきなり指先を用いだした。おそらくは自慰のときの手管であろう、ゆるやかな動きで自らの性を愛撫しはじめて、惟朔がその指の動きに動作を合わせてやると、首を左右に振りながら勘のええ子やと繰り返し繰り返し、譫言《うわごと》のように賛辞を口ばしり、それをきっかけにするかのように毬江は指先を膣内に挿入した。

視覚的スペクタクルであった。さすがに正気ではいられぬが、それでも惟朔は動作に気を配って前後動に徹した。驚いたのは膣内の毬江の指先が、直腸内に挿入された惟朔をさぐりあて、刺激を加えてきたことだった。肛門と膣は皮一枚といっていいくらいに隣りあっていることを知って、惟朔はこういった性的技巧を探求し、編みだした先人に対して揶揄まじりの感嘆を覚えた。

十五分ほど、そうしていただろうか。毬江は連続して嘶《いなな》きに似た声をあげ、痙攣がとどまることがなく、いい加減まずいのではないかと不安になった惟朔が動作を控えたとたんに、毬江は凝固した。惟朔は一息ついたが、毬江が泡を噴きはじめたので、狼狽した。

即座に離れて、毬江を揺すった。

喪われた黒眼がもどってきて、毬江は切れぎれに嘔吐感を訴えた。けれど実際に吐きもどすこともなく、呼吸の乱れもおさまっていき、惟朔が泡と化した涎をぬぐってやっているうちに毬江は徐々に常態に復していったのだった。

惟朔は失笑と苦笑が綯いまぜになった投げ遣りな笑みを泛べ、強烈な疲労感に天井をむいて転がった。縋りつこうとする毬江を邪慳に押しもどして、黙って天井を睨みつける。ふと気付いて、まだ装着したままのゴムを引きぬいた。もちろん射精などしていない。ゴムからは意識しなければわからぬ程度の便臭がした。

毬江は充分に満足したようだが、惟朔はこんな行為のどこが愉しいのか、わからない。もう二度とsodomyなどしない。たくさんだ。そんな思いを込めて毬江を見やると、毬江は弱々しく頰笑みかけてきて、途切れとぎれに呟いた。

「うち、あんたはもっといらちかと思うてたよ」

いらち、とは苛々している者のことか。いまひとつ意味が判然としない。そんな惟朔の顔色を察したのか、なだめるような口調で毬江は続けた。

「いらち、いうのは落ち着きがのうて、せかせかした人のことや。けど、惟朔は落ち着き払って、うち、ごめんな」

「言ってることがよくわかんねえよ」

つい邪慳な口調になる惟朔である。そこへいきなり毬江が言った。

「うちな、学歴、あらへんねん」

唐突すぎて、返す言葉がない。惟朔にも学歴はないが、まっとうな仕事に就く気など毛頭ないからどうでもいいことだ。学歴など就職しなければ生きていけないその他大勢の処世である、などといった傲慢な思いさえもっていた。

さて、どうしたものか。横をむいて黙って見やると、毬江も臆したような顔つきで黙りこんでしまった。

ふたりはしばらく天井を眺めていた。白い塗料で塗られた無機的な天井である。蠅でも動いていれば目で追って暇つぶしにもなるのだが、漠として白く、兆しの欠片もない。

惟朔が永遠をもてあましはじめたころ、気配を察したのか毬江が補足した。

「うちな、それを悩んだりしてるわけとはちがうえ。劣等感いうのんか、抱いてるわけともちゃう。事実ありのままを述べただけや」

目で促すと毬江は勢いこむように身の上話をはじめた。惟朔は生い立ちを語る人が大嫌いだ。生い立ちを語るそのときには、否応なしに自分を主人公に据えねばならぬからである。だから最近の惟朔は身の上をほとんど語らなくなった。

ドラマチックさ加減ならば自身の生い立ちはかなりのものだという自負がある一方で、やはり物語る自分がある程度客観視できてしまうから陶酔しきれないし、羞恥も烈しい。自分に酔うのはおぞましいという美意識ができあがってきたのである。だからこそ他人の身の上話は親身なふりをして聴いてやる。

ヒロインは惟朔の調子のいい合いの手に唆《そそのか》され、八つのときから祇園で暮らし、十二の歳からお酌となったという自らの過去を憐憫《れんびん》まみれの言葉で飾って、挙げ句の果て、感極まって落涙さえするのだった。

「泣くなよ。なあ、毬江さん。泣いたらだめだ」

一応は泣くなと声をかけたが、こういうときは泣かせたほうがいいのだ。あとはしばらく放置しておく。同情を示してやって、いっしょに泣いてやれるくらいの芸があればいいのだが、さすがにそこまではできない。

毬江はさんざん泣いたあと、惟朔に抱擁を求め、ふたたび噺きに似た連続した声をあげはじめた。

微妙に熱のこもらぬ激烈さとでもいえばいいのだろうか、毬江は惟朔と交わっているにもかかわらず、ひたすら自分自身に沈潜していき、呻き声が途切れた瞬間など、まるで考え事をしているかのような表情をみせるのだった。

充分に堪能したのだろう、見据える惟朔に大げさな恥じらいをみせつつ首筋まで赤らめて、掠れ気味な囁き声でおそそをいっぱいにしてと促され、それではと惟朔は動作を自らの終局のためのものに変え、毬江のうえに突っ伏した。毬江には相手を疲れさせるところがある。sodomyからはじまって、さすがに疲弊しつくした。毬江は独りで奔《はし》り、駆けあがり、勝手に飛び去ってしまうからだ。惟朔は毬江に軀をあずけたまま、次の瞬間には死体じみた眠りに溶けこんでいった。

我に返って、まだ惟朔は毬江のおなかのなかにあった。惟朔をのせたまま耐えていたらしい。性の交わりのときには惟朔のことなど一顧だにしなかったくせに、いま母の眼差しで惟朔の頭を撫でている。

演じているのか、なりきっているのか、それともいきなり露出した紛いものでない宝石なのか。毬江の泛べる母の眼差しは惟朔の琴線に触れるものがあった。惟朔は毬江と性を熔《と》けあわせたまま、毬江の腋窩《えきか》に顔をうずめて身動きできなくなった。

その一方で、灯油をまぶしたかのような安っぽい香料の匂いが疎ましい。sodomyのときに用いたリンスのフローラルの香りとやらであった。惟朔の陰毛にも毬江の臀にも敷布にもリンスは沁みこんで、甘い悪臭を立ち昇らせている。毬江が放屁《ほうひ》したらさぞやリンス臭いだろうと口許を歪める。そこを狙いすましたように毬江が言った。

「お母はんが読書家やったんや」

「え」

と、間の抜けた声をかえして、まだ身の上話が終わっていなかったことを悟り、とたんに惟朔は縮こまり、毬江のおなかのなかから逃げだしてしまったのだった。けれど毬江は委細かまわず続けた。

「お母はんも学歴なんてないけどな、本は大好きで、いまだって老眼に鞭打って読書三昧や」

「老眼に鞭打つだっけ」

毬江は惟朔の疑義を無視して、さらに言葉をつなぐ。

「おかげでな、うちもな、あるとき目覚めたんや。買うてくれれば読めるんやし、借りてきてもええ。片っ端から読んだわ。日本も世界も名作全集全巻読破や」

「ふうん。たいしたもんだね」

「なんや、気いない」

「俺は、あまり本を読まないから、よーわからんのです」

「嘘や。惟朔のような顔をした男の子は本を読むくらいしか暇のつぶしようがあらへんねん」

「凄い言われようだ」

「あ、そうか。惟朔はこれがあるもんな」

器用に立てた小指が薄汚く、惟朔は顔をしかめた。とたんに毬江が縋りつく。

「堪忍え。うちのようないとこは、ついついことさら下品に」

「それは俺もいっしょ」

「そうか」

「うん。上品は恥ずかしいよな」

「そう。そうやねん」

「嘘くさいしさ」

なにを迎合してるのか、と莫迦らしくもあるのだが、意に染まぬことを口にしているわけでもない。くわえて惟朔の年頃ではついつい露悪にはしるわけだが、どうも毬江のような年齢になっても露悪は露悪としてあるらしい。

「ほんま、片っ端から読んだなあ。哲学なんかの本かて入門書みたいのでひととおり仕込んであるねん」

「哲学は許せるな。でもな、小説とかは嫌いなんだ。野坂昭如《あきゆき》だけだな」

「野坂、好きか」

「大好きだ。〈火垂《ほた》るの墓〉。内緒だけど、はじめて読んだとき泣いた」

「ええなあ、野坂。天才や」

そうか。野坂昭如のような存在が天才なのか。そう思ったとたんになぜか一抹の寂しさを覚える惟朔であった。傲岸にも野坂昭如と自分を引き比べているのだ。

「あのな」

「うん」

「うちの店の客な」

「ああ」

「インテリばかりやろ」

「そんな感じだな」

「インテリなんて、どいつもこいつも片手であやせるわ。なにが京大やってとこや」

それはお前が女だからだろう。喉元まで出かかったが呑みこんだ。

たしかに惟朔も西寮の京大生と議論じみたことをすると、意外なほどに容易《たやす》くねじ伏せることができることを実感していた。

驚いたことに幼稚なのだ。論理のための論理を展開するようなところがあって、それに固執するがゆえに身動きがとれなくなって、惟朔のいい鳧《かも》になる。

論理のための論理といった遣り口は中学二年くらいで卒業するものだと惟朔は信じ込んでいたが、厳しい入学試験を突破するためには、論理のための論理を貫徹しなければならないのかもしれないと好意的な解釈さえしてやっていた。けれど毬江が酔客どもを片手でひねることができるのは読書によって積み重ねた知識以前に、異性であることによる。

下心に類する感情を抱いて飲み屋にやってくる男を転がすのが簡単なのは、惟朔にだってわかる。まして性的実践に劣るインテリである。毬江の片手が似合っている。しかも毬江にねじ伏せられたインテリが悦ぶところまでもが目に泛ぶ。

インテリどもは不思議と自分が莫迦なことに気付いていない。莫迦に莫迦であることをわからせるのは至難だ。

それに、たとえ議論で毬江に負けても、毬江を人扱いしていないから平気だ。所詮は飲み屋の女扱いなのだ。そのあたりのことに毬江は気付いているのだろうか。問い糾《ただ》してやろうという残酷な気持ちが湧きあがった瞬間だ。毬江が迫った。

「うちと暮らそう。うちのとこにおいで。じゃませえへんし。好きにしてええし」

＊

毬江の母は惟朔をみて、こんどのはええなあと呟いたという。しかも薄情者や——と付け加えたそうだ。褒められたのか貶《けな》されたのか微妙なところだが、よく見ているなと惟朔自身も納得したのだった。

マンションで暮らすのは初めてである。高いところは気分がいい。ベランダから富小路《とみのこうじ》を見おろしてタバコを喫っていると、なにやら偉くなったような気分だ。その気になればこもりっきりになれるのも理想だし、なによりも寒くない。西寮に雑魚寝の境遇と比較するのも間違っているが、ずいぶん出世したような気分である。

はじめのうちは気詰まりではないかと危惧《きぐ》していた毬江の母との同居であるが、老母は顔を合わせれば会釈する程度で存在を消しているようなところがある。惟朔が起きるころには、いつも和服をぴしっと着込んで六畳の和室に畏《かしこ》まって座り、本を読んでいる。足をくずして卓袱台に片肘をつくといった多少なりともだらけた恰好をしているのはテレビを観ているときだけであるが、なぜか音を消したテレビを眺めている。

毬江と惟朔が場所もわきまえずに性的な戯れにはいりかかっているときであっても、じつにさりげなくその場を切り抜けてしまい、やがて存在自体が気にならなくなった。もとより毬江は例の嘶きに似た奔放な声をあげてははばかることがない。惟朔は毬江のように関西風にお母はんと呼ぶのには抵抗があるのでお母さんと呼んで、いまでは少なからず好意を抱いていた。

十二月も中旬にはいっていたが、毬江と同衾《どうきん》した日以来、鏡子には逢っていない。毬江とお母さんが店にでる夜は自由な時間であるから逢いにいけばいいのだが、なぜかそれができない。強烈な未練はあるのだが、連絡は一切とっておらず、胸が痛まぬといえば嘘になるが、距離をおきたいという気持ちもどこかにあった。だから肩から力が抜けたのも確かだった。結局のところ、中途半端な気分のままに、なしくずしという惟朔ならではの処世で無駄に刻《とき》を過ごすばかりである。

ここまで完璧なヒモの生活は初めてであるが、その自己憐憫を纏《まと》った緩《ゆる》く投げ遣りな雰囲気も含め、無責任の快感とでもいおうか、他人に生をあずけきってしまうのはなかなかによいものだ。毎日千円札を幾枚かもらい、散歩三昧の日々である。とくに欲しいものもないので毎日すこしずつ千円札が貯まっていく。

このあいだは、なぜかお母さんが無言で一万円札を三枚突きだした。素直に戴いたが、まだ手をつけていない。毬江もお母さんも男に金を与えること、貢ぐことにまったく抵抗がないようだ。それどころか毬江は得意そうな気配を隠せない。まったく無表情のお母さんの域にはまだ達していないということかもしれない。ともあれ母と娘には、毬江の店の土地と店舗などの不動産のほかにも、かなりの蓄えがあるようだ。

富小路という場所柄か、うろうろ歩きまわっているうちに錦《にしき》の市場も含めた周辺の裏路地にはやたらと詳しくなってしまった。京都の者の車の運転はじつに横柄だ。鉄の檻《おり》で武装したとたんに、面と向かったときの柔らかさのかけらもない。狭い路地を強引に、居丈高に抜けていく車の通行には腹が立つ。けれど、いつの頃から商いを続けているのだろうかという古い足袋屋などを見つけると、軽い眩暈《めまい》に似た旅愁に包みこまれる。土地への旅だけでなく、時間への旅にまで誘うのが京都という土地の凄いところだ。

店に顔をだすことはないが、酔っ払い相手に深夜まで立ち働く毬江とお母さんに生活のペースを合わせているのと、もともと夜更かしの癖があったことで、最近は眠りに就くのは日が昇ってからだ。眠る前に朝日の爆《は》ぜる路地をうろつくのも心地よい。湯葉を引きあげるときの香りを嗅ぐと得をしたような気分になる。

北側の部屋が毬江と惟朔の寝室だ。毬江は思いのほかルーズで、脱ぎ棄てた下着などがカーペットのうえに散乱しているが、惟朔にはそれを片づけるようなしおらしさはない。ひょっとしたら試されているのかもしれないが、惟朔はそれを完全に無視している。それどころか上げ膳据え膳も当然のような顔をして過ごしている。

ベッドは男と女の饐《す》えたような体液の匂いがする。惰眠を貪るのにも倦《あ》いて、起きだした。寝過ぎで幽かに頭痛がする。惟朔は便秘をしたことがない。排尿してそのままトイレの壁に寄りかかって蟀谷《こめかみ》を揉んだ。やがて兆したので排便した。

毬江の姿が見えぬので、惟朔は買い置きのカップヌードルに湯を注いだ。生協の素うどんなら三十円ですむが、カップヌードルは百円もする。しかも惟朔は湯を沸かしているあいだに具の乾燥した肉片や卵片を摘み食いしてしまうから、箸を使うときには素ヌードルなどと自嘲する。

ダイニングテーブルに両肘をついて湯気を吹きふきしながらカップヌードルを投げ遣りに口に運んでいると、毬江の母が年季のはいった銀色の魔法瓶を提げてやってきた。惟朔が沸かした湯に水を足してガスに点火する。

「いつも余分に沸かしてからに。いるぶんだけ沸かし」

「すみません」

「朝御飯か」

「はい」

「優雅なもんや。西日を浴びて」

あまり言葉を交わすこともないのだが、湯が沸くまでの暇つぶしだろうか。どういうわけかお母さんから皮肉を言われても、惟朔は平気なのである。

「毬江は」

「さあ」

お母さんがヌードルに視線を据え、顎をしゃくった。どうしたものかと戸惑ったが、惟朔は箸とカップヌードルをお母さんにさしだした。お母さんは頷き、するするすると啜った。箸の動きが奇妙に素早い。惟朔はその箸の動きを面白がった。惟朔の視線に気付いたお母さんが目で、なんだ、と問うてきた。

「いいんですか、俺の使っていた箸で」

「かまへん」

「味はどうですか」

「やくたいもない」

「無益」

「はあ」

味を訊いて無益とはどういうことか。微妙に意味がわからず、小首をかしげる。京都の言葉にはえも言われぬニュアンスがある。正攻法ではないと惟朔は思う。巧みに身をよじって核心を暈《ぼ》かせてしまうようなところがある。薄墨《うすずみ》めいた気配だ。

そのあたりの勘所がいまだにうまく摑めないが、お母さんの言葉遣いにはそれに輪をかけたところがある。独自の言語を発明してしまっているのではないかと思わせるような唯我独尊ぶりである。

奇妙な人だ。気取られぬようにさりげなく見つめていると、いきなりお母さんがヌードルと箸をもどしてきたので、惟朔はひと息に麵を平らげた。箸の動きは速かったが、中身はあまり減っていなかった。

お母さんは片手で口許を隠し、大げさに顔をしかめるようにして爪楊枝を使っている。その歯はやたらと白くて大きくて綺麗に並んでいるので、てっきり入れ歯だとばかり思っていたのだが、本人の歯であることをこのあいだ知って、すこしだけ驚愕した。歯茎も鮮やかな桃色をしていて年齢を感じさせない。たいしたものだが、白い歯と艶やかなピンクの歯茎は逆に入れ歯じみている。

「惟朔」

「はい」

「あんた、素質あるわ」

「なんの」

「ヒモ」

「はあ」

なにを言いだすのかと構えつつ、ヌードルのスープをあまさず飲み干した。味はチキンラーメンの変形だと思う。惟朔は嫌いではない。やくたいもない、とも思わない。

「卑屈にならへんもんな、惟朔は。ヒモの秘訣は卑屈にならんことや。前の内田君はあかんかった」

なんで俺は呼び棄てで、パイプには君付けなのかと思いつつ、言葉をかえす。

「内田さんは、だめですか」

「あかん。うつうつしいし、おぞいし、しかもおとましいときてはる。なんとも重たい感じがして往生《おうじょう》したわ」

年寄りならではの、いまの若い京都の人とは若干ちがった言葉が並ぶ。しかも惟朔のわからない言葉を遣うときにかぎって早口だ。それでも大雑把なニュアンスだけは感じとって、そこまで言うかと自身の優位を確信しながらパイプを哀れんだ。

同時に、お母さんは俺のわからぬ言葉を遣って、わざと煙に巻いているのかもしれないという直感が脳裏をかすめた。かなり捻《ひね》ってあるが、決して惟朔を嫌って意地悪をしているわけでもない。こういう好意の示し方もあるのだ。京の女ならではである。

「惟朔はいまの身分に汲々恋々《きゅうきゅうれんれん》としてへんやろ」

中国から送られたジャイアントパンダはランランとカンカンだったか。汲々恋々は京都の言葉ではないような気もするが、これも意味がわからず、けれど面倒なので頷きかえしておく。

「内田君は、ありもせん宝物まで抱えて、それをなくさへんように必死やった。そのくせ気随《きず》い子でなあ」

パイプはどこへいっても、誰からも好かれないようだ。たぶん、こだわりが過ぎるのだろう。しかも臆病で狡猾《こうかつ》だ。それらが外貌にまで丸出しであるところが可哀想だが、いじめられっ子の素質充分である。愛嬌がないのが致命的だ。

とはいえお母さんにそこまで言われると他人事ながら、なんだか腹立たしいような気分にもなる。ありもせん宝物まで抱えて、それをなくさへんように必死やった——。惟朔にも重なるところがあるからだ。話を変えることにした。

「お母さんは、芸者だったんですか」

「京ではな、芸子」

言葉の接ぎ穂をなくして口をすぼめていると、炬燵《こたつ》をだすから手伝えという。惟朔はお母さんの部屋にいき、押し入れの上段奥から古びて変色した電気炬燵をだして脚をねじ込み、組み立ててやった。六畳間の真ん中に炬燵を据えて、惟朔は促されるままに足を突っこみ、座椅子に背をあずけ、お母さんと向かいあって座った。

「なんや焦げ臭いな」

「古すぎますよ。そのまま電熱器をくっつけただけじゃねえか。いまは赤外線ですよ。こんなんじゃ、火傷《やけど》してしまいますよ」

「けど埃の焦げる匂いは、悪うないやろ」

「まあ、甘い匂いです」

「うまいこと言うなあ。ほんに、甘い香りがする。香ばしい」

「そこまでは言ってません」

「ほうか。味も素っ気もないな。けったくそわるい」

お母さんは炬燵のなかで惟朔の足を蹴ってきた。着物をぴしっと着込んでいるにしては器用なものだ。怒っているのかと顔色を窺うと、頬笑んでいるのである。若干もてあましながらも、こぼれる笑みと刻まれた皺がこれほど美しい女性もめずらしい。ついつい惟朔はお母さんに好意以上の感情をもってしまうのだった。

「ふつうは紫色の着物なんて着ませんよね」

「そうか」

「似合ってるけど」

実際に着物だけを見ているとかなりどぎつく目に痛いのだが、着こなしが巧みなのだろう、着物はあくまでも従であり、沈んで控えめだ。のみならずなんだかお母さんが高貴に見えてくるから不思議である。

「あんたに着物の良さなんかわからんわ」

「そうですね。わかりません」

「へんねしおこすな」

「なんですか」

「面倒や。東京者にあれこれ説明するのは」

「じゃあ、訊きません」

「それがええ」

「お茶でもいれてきましょうか」

「逃げだすんか」

「茶をいれたらもどってくるじゃないか」

「ええから、座っとり。どうせ惟朔はしがんたれなんやから」

「しがんたれ」

「人間のくず」

「あのね、お母さん。あまり拗《す》ねたことばかり言うと俺のほうも拗ねますよ」

「拗ねるもなんもお茶ならここでいれられるわ」

お母さんは魔法瓶のお湯を急須に注いだ。皺だらけの手だが、精緻な機械のように作動する。とたんにふわりと湯気が立ち昇り、しっとりした。見守っていると惚れぼれする。その手つきは流れるようで一切無駄がなく、優雅だ。舞の所作だろうか。確かなメソッドに則った闊達《かったつ》とでもいうべきものが滲みだしていて、目に心地よい。どんな情況であっても絶対にレールから外れずに進むことができるのだ。

「惟朔には出涸《でが》らしが似合うとる」

失笑をかえすと、お母さんはテレビにむかって顎をしゃくった。惟朔はすこし膝行《いざ》って前へ屈み、テレビのスイッチをいれた。しばらく間をおいてブラウン管が輝きはじめた。NHKである。相変わらず無音だ。

口をぱくぱくさせている女性アナウンサーを一瞥して、茶を含む。出涸らしというけれど、まるで味の素でもはいっているのかと疑いたくなるほどに旨味のあるまろやかな茶の味である。

「なんで、音させないんですか」

「まだテレビがめずらしかったころ、ほんのではじめの頃にな」

「はい」

「買うたんや」

「月賦」

「大きなお世話。ほしたら、叱られた。えろう叱られた」

「なんで」

「音がうるさいて」

「ふうん」

「おったんが子方屋《こかたや》やったし、しょんぼりしてもうてな。それ以来、音無しや」

「へんなの。それで満足できますか」

「満足や。絵が動くんやし。毬江もうちにはテレビがあるいうてよろこんでたえ」

「言うことなし」

老母と惟朔はブラウン管の光の明滅を浴びながら、黙って茶を愉しんだ。やがてお母さんがぽつりと問いかけた。

「あんた、うちらの祇園のこと、なんも訊かんな」

「正直、興味ないんですよ」

「またもや味も素っ気もない」

「俺にはなんの関係もないし、このあいだ舞妓さんを見たけれど、趣味じゃなかった。真っ白けのけ。はやくお面を取れって」

「けど京言葉についてはあれこれうるさいくらいに尋ねるやないか」

「言葉がわからないと、なんか取り残されちまったような気分だから」

「祇園ではな」

「はい」

「身振りでも喋るねん」

「どういうことですか」

「嫌な客とかな」

「ああ」

「おるやろ。けど、商売やから面と向かって言いたいことをいうたら都合が悪い」

「手話みたいなもんですか」

「どうやろ。たとえばな」

いけずと唇が動いたのは読みとれた。なにやら小手先で弓を射るような動作が続いた。もちろんさりげなく、素早い。真横で行われたら客も気付かないだろうし一連の動作に紛れ込ませてしまえば、目の当たりにしても知らぬ者は見過ごすだろうし、目についても判然としないだろう。

「いけずってことかな」

「まんまやないか。いけずは、イ。あくまでも、イ」

惟朔は頰笑んだ。とにかくいまにかぎらずお母さんも娘もいけずという言葉を連発するのだ。だから唇の動きだけで即座にわかってしまう。祇園ではもっとも遣われる言葉がいけず、なのかもしれない。

「じゃあ、次の弓矢は」

「見てのとおり。矢は、ヤ」

「わからねえ」

「イヤ」

「って、言ったわけだ」

「そう。惟朔のことや」

「わはは。くだらねえ」

お母さんは得意げに講釈を続ける。

「くだるやろ。イロハのイはいけずのイ、ロは櫓《ろ》を漕ぐふり、ハは歯をさす。そんな具合や」

「なんか子供っぽくありませんか」

「ところがな、これで電報打つみたいに素早く遣り取りできるようになるんや」

「客には笑顔でしなだれかかって、陰であれこれ」

「そういうことや。ハに点々、みたいな濁音符は」

「それって濁点というんじゃないですか」

「あほ。濁点を正しく言うたんが濁音符や。で、指の先でこういうふうにふたつ点を打つんやけど」

お母さんが素早く身振りした。もちろんハに点々はわかった。だが、その次の身振りはわからない。けれど惟朔は、それを山勘で読みとった。

「バカ」

「御名答。あんたのことや」

知らぬは客ばかりということで、祇園の旦那衆は耳に聴こえる女たちの心地よい科白で言葉巧みに持ちあげられてヨイショされ、陰で虚仮《こけ》にされまくっているのだろう。でなければ売春なんてやっていられないよな——そんな身も蓋もない言葉を胸の裡で呟く。もちろん口にはせず、柔らかな笑みを泛べたままだ。

パイプであったなら、こういうときに抑えきれずに率直なことを口ばしってしまうのが目にみえる。正論を吐いて疎まれる。ちょっと頭が悪いからである。そう考えると、いささか得意な惟朔である。

「しかし、あんたも若いくせによう毬江なんぞの相手しとるな」

「なんぞって、お母さんの娘じゃないか」

「忘れとったわ」

「お母さんて、けっこうきついことを言うよな」

「年寄りはな」

「うん」

「うんやないわ。頷くとこちゃうえ。年寄りはな」

「また自分で言ってるじゃねえか」

「うるさい。年寄りはな、くすべるのんだけが愉しみなんや」

「くすべる」

「悪口、やな」

「娘も餌食か」

「どうや、うちのお嬢様は」

「元気ハツラツ」

見交わして、すぐお互いに視線をはずす。お母さんにも惟朔にも複雑な笑みが泛んでいる。けれどお母さんはとぼけた声で言う。

「大村崑《こん》か」

惟朔も合わせる。

「うれしいとメガネがおちるんです」

「なんやオロナミンC、飲みとうなってきたな」

「かったるいから買いにいきません」

「先手打ってきよってからに」

「なんの話、してたんだっけ」

「うちのお嬢様」

「ああ、お茶ください」

「自分でいれ」

「いや、自分でいれても旨くない」

「しったらしい」

惟朔が尋ねる前に生意気という意味だと付け加え、お母さんは唇の両端がちょこんともちあがるあの笑顔で惟朔を見やる。さぞや若いころは男の心を掻き乱したことだろう。茶をいれるお母さんの横顔を見つめる。

「なに見てるねん」

「凄え綺麗だから」

「おおきに」

「なんだよ、否定しないのか」

「事実は受け入れます」

「言ってろ」

「ふふ。お嬢様もな、それは美《うつ》やかやったんやで」

「過去形ってやつにしないでください」

「毬江は衰えがはやい」

惟朔に言葉はない。お母さんが真顔だったからである。

「うちはな、化粧があるからとはいえ四十過ぎまでは二十代、そして六十近くまで三十でとおしてきたで」

「はあ」

「なんや、皮肉のひとつも期待しとったんやけど」

「お母さんの凄さは、俺にもわかる」

お世辞でなく言うと、お母さんは頷いて、切り棄てるような口調で言った。

「毬江はあかんな。軀の声を抑えきれん」

「軀の声」

「そうや。だから衰えるのんがはやい」

「そういうもんかな」

「あんた。男はええんや。けどな、女はあかん。男と深さがちがうやろ」

「ああ、それは、なんとなく」

軀の声――。

なんとも切実なひとことであった。惟朔だって軀の声を抑えきれないことがままある。相手がいなければ自慰で切り抜けるような瞬間がある。お母さんが言うには、女はもっと根深いというのだ。

「淫《いん》してもうたら、あとは坂を転げ落ちるだけなんや。女は哀しいで」

惟朔とお母さんは同時に茶を啜った。微妙な間があった。

「あんた、誰か知らんか」

「なんのこと」

「看板娘」

「というと」

「そろそろカウンターのなかにな、若い子をいれんとな」

冷徹なお母さんの眼差しに、惟朔は凝然《ぎょうぜん》とした。お母さんはひとりで頷いて、きっぱりと言った。

「先手必勝は商売でもいっしょ」

反射的に鏡子がカウンター内で立ち働いているところを空想した。とたんにお母さんが迫った。

「知ってる子、おるんやな」

「いや、まだ高校生だから」

「かまわんて。はずんだげるからって言うといてんか」

ようやく惟朔は理解した。毬江の店は、毬江が仕切っているのではない。かたちは毬江のものであっても、そして客は毬江目当てでやってくるにしても、老眼を細めていつも本を読んでいるお母さんが支配者なのだ。

それどころか、いまの生活のすべてもお母さんが仕切っているのではないか。毬江は将棋の駒のようなものにすぎない。すると惟朔はどのような立場にあるのだろうか。惟朔が考え込んでいると、お母さんは話題を第三十三回の総選挙にうつした。共産党の大躍進に満足しているという。

京都という土地における革新の強さを惟朔は知らない。しかもまだ選挙権もないので政治自体に現実味もない。田中角栄による列島改造論のせいで地価も高騰、物価も上がり放題だから天誅《てんちゅう》がくだったのだとお母さんは時代がかった口調で鋭く言い放つのだが、もとより地価は無関係だし、ヒモの身分では物価の上昇にも切実感がない。

惟朔の関心は、この家の支配者が誰であるかということだから空返事をしてお茶を濁していたが、政治に興味のない男は二流だと叱られた。政治に興味を持つような奴こそが二流だと惟朔が主張して言い合いをしているさなかに、毬江が買い物からもどった。気怠《けだる》げな声でそろそろ店でおでんをはじめようかと思ってと、卓袱台のうえにおでん種を並べあげる。ぎこちない口調で惟朔が関東煮というのではないかと呟くと、おでんはおでんや、と毬江は屈託がない。お母さんは柔らかく言った。

「あんたの好きにし」

＊

十二月二十四日、クリスマスイブは日曜日で、毬江の店も定休日である。常連客たちは残念がっていたそうだが、毬江は惟朔とイブを過ごすのだと愉しげだった。前日から雨が降り続いていたが、そのせいか最高気温も最低気温も大差のない一日で、底冷えがゆるんでいた。

午後、退屈をもてあまして惟朔は傘をさして外にでた。だいぶ髪が伸びてきたこともあって、ユニセックスを強調するような気分で毬江の女物の傘を平然とさして歩いていた。雨にもかかわらず師走の京の街はにぎわっていた。

四条河原町から河原町通を上がっていき、京都書院で美術書を眺め、パチンコキングで五百円ほどすり、蛸薬師のサワヤ書房で立ち読みをしている最中に、いきなり頭のなかで声が響いた。

こーてる、りゃんがー。

どこで耳にした言葉だろう。惟朔は雑誌をもどし、小首をかしげた。やがて昨日、評判を聞いて出向いた高瀬川沿いの珉珉《みんみん》という中華料理屋の店員が注文のときにあげる声であることに思い至った。けれど、それがどのような料理を示すのかはわからない。ただ語感のおもしろさだけで、惟朔は胸の裡で、こーてるりゃんがー、くーるーろーいーがーと繰り返しながら家路についた。

「御機嫌やね」

「まあね」

珉珉のことを言うと、毬江はなぜかちいさく肩をすくめ、すっかり暗くなってきた窓外に視線をやって、こんど珉珉の近くにある森繁という店に連れていってやると言った。

「それがな、インカ料理の店やねん」

「インカ料理」

意表をつかれて鸚鵡《おうむ》返しに呟くと、毬江は嬉しそうに続けた。

「鶏の唐揚げがコンドル言うてな、エビの擂《す》り身の揚げ物やろか、カパックとか言うたかな。飲み物ではインカコーラなんてのがあるえ」

「なんか怪しげだな」

「まあな。ほかにインカ料理を食べさせるとこもないしな。鶏の唐揚げがコンドル言うのはうちもどうかと思う」

「それがコンドルだろ」

惟朔はテーブルに並んだ料理のなかの唐揚げを指し示して笑った。七面鳥のかわりだろう。大皿に鶏の唐揚げが大量に盛りつけられている。ひとつ、抓《つま》む。頬張っていると、毬江が背後から惟朔を抱きしめ、揚げすぎてしまったと釈明する。その瞬間に、なぜかカトリックの洗礼を受けているということを惟朔は告白したくなった。

けれど洗礼云々は日本のクリスマスにとって大きなお世話といったところ、べつにキリストの生誕を祝って祈るわけでもない。イブのちいさな幸福になんとなく水を差してしまうような気がして、惟朔は黙って唐揚げを嚙みしめた。

「なあ」

毬江がせがんだ。しばらく意味がわからなかったが、惟朔が咀嚼《そしやく》している唐揚げを口移しにしてくれと迫っているのだった。

ややや呆れながらも、すっかり繊維がばらけてペースト状になりかかった唐揚げを毬江の口に流し込んでやると、喉を鳴らして呑みこみながら、きつく下腹を押し当ててきた。とたんに点火した。惟朔は軋むほどに発情し、とりつかれたように口中の唐揚げを毬江の口のなかに押し入れて、しかも発火しそうなほどに下腹をこすりつけあった。

その動きに合わせて毬江の穿いているスカートが徐々にずりあがっていき、下着が露わになった。毬江ができうる限り股間を拡げたので、核心と核心がきつく密着した。

そのまま隔靴《かっか》掻痒《そうよう》を愉しんでいるうちに、毬江が小刻みにふるえだした。摩擦と圧迫だけでも女は極めることができるのは理解していたが、惟朔は女という性に微妙な羨望を覚えた。

「ケーキも買うてあるしな」

「どうでもいい」

「あのな」

「なに」

「クリームをな、うちの軀に塗ってな」

「ケーキのか」

「そうや」

惟朔は下卑た笑いを洩らし、そっと毬江の下着のなかに手を挿しいれた。そのまま刺激してやると、毬江の痙攣はさらに烈しいものとなった。

いちどの交わりで平均して二十回くらいは極めるとある晩、告白した毬江である。連続して触れられてもまったく平気なのである。だいたい毬江は自動的に作動する柔らかな機械であるから、惟朔はあいているほうの手で唐揚げを抓んで空腹を満たす。

そんな雑な愛撫にも毬江の揺れはいよいよ常軌を逸して、惟朔が支えていなければ、そのまま倒れこんでしまうだろう。あまりに容易《たやす》い毬江に対して軽んじる気持ちがないとはいえない。難儀だなあと得意がっている最中だった。いきなりお母さんの声がした。

「お愉しみのとこすまんけどな、内田君がきはったえ。血相変えて、な。出てやらんと、ドア、壊すで、あの子」

どこかに飛んでしまっていた毬江の黒眼がもどってきた。瞳孔が不規則に開いたり閉じたりしているのがわかる。あれこれ思い巡らせるときには、瞳孔に変化があらわれるものなのか。それとも狼狽が瞳孔にぶれをもたらしているのか。

「俺が出ようか」

惟朔の申し出を、毬江は焦り気味に押しとどめた。

「あんたが出たら、よけこじれる」

けれどドアを開けてしまえば、ここにいることを隠しおおせるはずもない。惟朔はお母さんに視線を投げた。お母さんも首を左右にふった。ならば間男のようにタンスの奥にでも隠れようか。雨の吹き込むベランダで息をころしていようか。

投げ遣りに肩をすくめてみせたとたんに、烈しい打撃音が響いた。おそらくは足で蹴っているのだ。スチールドアであるから、お母さんの言うように壊れてしまうこともないだろうが、隣室の住人はいったい何事かと耳を欹《そばだ》てているだろう。

お母さんが毬江にむけて顎をしゃくった。毬江は反射的に動いた。着衣を整えながらぎこちない小走りで玄関口にむかう。火急の場合であるが、惟朔はお母さんの横柄な態度に感心した。さすがだ。陰の支配者の面目躍如である。

「お母さん。ほんとうに俺は動かなくていいの」

尋ねると、お母さんはふたたび首を左右にふった。

「惟朔はここで暮らしてたいやろ」

「そりゃ、まあ」

「せやったら、ここでじっとしてよし」

惟朔は椅子に腰をおろした。手持ちぶさたなので不謹慎ではあるが唐揚げに手をのばすと、お母さんは添え物のパセリを抓んで千切って口にいれた。空気が揺れた。毬江がドアを開いたのだ。こんどはお母さんは首を縦にふった。惟朔に囁《ささや》いた。

「あんじょうやりよるやろ」

「どういうふうに」

「ここではなんやから連れ込みでもいこか、とか」

「そんな――」

「方便やがな」

ひそひそ声でやりあっていると、床をどすどす踏みならす音がして、それにかぶさるように必死で制止する毬江の声が追いかけてきた。お母さんが雑に天を仰いだ。

「あげてもうたわ」

惟朔は開き直って、奥歯で唐揚げを嚙みしめた。そのまま頰杖をついていいかげんに咀嚼していると、毬江を押しのけて、食堂の入口にパイプが仁王立ちした。鉄パイプを持っていたりしたらことだ。惟朔は素早くパイプが素手であることを確認した。

パイプはずぶ濡れで、頭髪を額に張りつかせている。惟朔に気付いたとたんに白かった顔色が真っ赤になり、すぐにまた血の気がひいて、こんどは白というよりも青くなった。惟朔はパイプと唐揚げを交互に見やり、毬江にむけて呟いた。

「七面鳥の代わりかよ」

皮肉な声を意識したが、毬江は反応してくれなかった。それはそうだと思い直して、上目遣いでパイプを見つめる。

どこで、どうしていたのだろう。毬江に棄てられ、失意のまま自暴自棄、もともと痩《や》せてはいたが、その憔悴が瘦《こ》けた頰に見事にあらわれている。やたらと白眼が黄色っぽい。肝臓が悪いのかもしれないが、酒は飲んでいないようだ。縒《よ》りを戻すために、パイプなりに筋を通して今夜は酒を控えた。そんな推理をしつつ、さらに惟朔は思いを巡らす。

恋人たちが傘のなかで肩を寄せあうイブの夜、ついに怺《こら》えられなくなり、一大決心をして訪ねたら、なんと惟朔が後釜に座っていたということで、呆然と驚愕と怒りと屈辱に声もでないようである。逆に惟朔は密やかな優越感を覚えて、しかも優越感を覚えている俺は嫌な奴であると自嘲して、それを愉しんでさえいた。

パイプの握り拳に血管が浮かびあがっている。滴り落ちる雨粒が不規則なのは怒りに震えているからだ。濡れているにもかかわらず皹《ひび》割《わ》れている唇も、烈しく戦慄《わなな》いていた。

惟朔はパイプの唇に視線を据えた。紫色に変色している。血も満足に吸えずに死にかけている蛭《ひる》に見えた。背後では毬江が顔色をなくして途方に暮れている。パイプを宥《なだ》めようと必死に声をかける。そこにお母さんの声が割り込む。

「あんた、惟朔の靴、隠さんでドア開けたんか」

「あ――」

目を見ひらいた毬江を容赦なく突き放す。

「あ、やないやろ。相変わらず気なしぼやなあ」

投げ出すように言って、お母さんはパイプにむかって顎をしゃくった。とたんにパイプは脇によけた。お母さんは食堂から出ていきしなに、パイプを軽蔑しきった眼差しで一瞥した。

「内田君。あんたも、いつまでもいちびっとられる身分とちゃうで。屑《くず》は屑なりの自覚をもたんとな。いい歳して、すぼけ。ああ、しんきくさい」

お母さんは抑揚を欠いた調子で言いたい放題並べあげ、とたんにパイプは顔を伏せた。なんとなく取り残されたような気分で惟朔はお母さんの背を見送った。テーブルのうえのクリスマスイブの御馳走も、いまや寒々しく白けてみえる。

さて、どうしたものか。苛立ちが背筋を奔る。毬江との性的嬉戯《きぎ》を中断させられたことによる慾求不満も内向している。雨水を滴らせ、しかも湯気さえあげはじめたパイプを惟朔は睨みつけた。

パイプはますます色を喪った唇を小刻みに震わせて惟朔を睨みかえしてきた。昂奮しすぎているのだろう、全身を震えさせるばかりで言葉は発せられない。惟朔は溜息を呑みこんだ。

絵に描いたような疫病神だ。西寮でいっしょだったころ、パイプは折にふれ、破壊のあとの創造などと気負った声でぶちあげて惟朔を閉口させた。口癖のように、ぶち壊さなければ新たなものは創りあげられぬと得意げに御託を並べた。

過渡期階級闘争理論に影響され、紅衛兵気取りでプロレタリア独裁などと叫びつつ、じつは自分が独裁したくても誰も相手にしてくれぬ孤独な王様の身分に苛立っていたパイプは、密かに惟朔を家来にしようと企てたのかもしれない。

けれど、この王様は王たる能力の欠片もなく、それに加えて一般大衆が片手でできるようなことさえ満足にできぬ不器用さだった。お母さんの言うように屑なのである。中身がないなりに女にもてる外貌やはしっこさをもっているわけでもなく、けれど本人には異性にとって魅力がある存在ではないという自覚もなく、漠然と僥倖《ぎょうこう》を待ちわびていた。毬江に拾われたのは毬江が物好きというべきか、奇蹟的な出来事であったのだ。

惟朔は密かに受験バカというのはパイプのような奴のことだと思っていた。借り物の知識はそれなりに詰めこんではいるが、流れ作業のアルバイトさえ満足にこなせない役立たずなのである。

詰めこんだ知識のおかげで会話をしていると一見、頭がよいようにもみえるが、じっくり付き合っていくと、じつは詰めこんだ知識や論理を検証する能力がほとんど具《そな》わっていない単なる袋、それもかなりの大風呂敷であることがわかってくる。

そんなパイプだが、我慢のなさと裏付けのない高慢だけは暴君以上といった有様で、批評批判だけはやたらと達者で、それだけが王的資質といえば聞こえはいいが、だから実際には無闇矢鱈《むやみやたら》に喧嘩を売り、ぶち壊すばかりで地べたを這いずりまわって悪あがき、なにも創りだしはしなかったのである。

それどころか迷惑をかけるだけで王様は自分の尻さえ満足に拭きはしない。当人はそれさえも王たる所以《ゆえん》であると信じ込んでいるのだから始末におえない。

惟朔はパイプから自己完結していると幾度か批判されたが、パイプは自己完結さえ満足にできず、他人を捲きこむだけまきこんで陳腐な破壊一辺倒である。

こんなパイプの姿から、惟朔は権力者と呼ばれる種類の人間の本質を見抜き、見切ってしまっていた。まちがいなくパイプには権力者の資質がある。パイプがあとほんのわずかだけ要領がよければ権力を得ることができるだろう。無能であるがゆえに、王という自身の立場に畏れを抱かずにすむからだ。

けれど残念なことにパイプは権力を得るには感受性が強すぎる。それにしてもじつに安っぽい感受性ではあるが。この一山幾らの安い感受性を克服したあかつきには、政治家が似合うようになるだろう。老いてから、自身を賛美する回顧録を出版するような。

「惟朔」

ようやく声がでた。震え声である。

「てめえ」

惟朔は声にださずに失笑した。

鉄パイプを振りまわして西寮を破壊したパイプの姿が嫌いではない。見窄《みすぼ》らしく惨めだが、遣り場のない怒りと鬱屈にはある美しさがある。なにやら不可解な、しかし胸の奥底を打ち据える青褪めた跳躍があった。それに気付かされた晩だった。

けれど、いまのパイプには激した感情の放つ鮮烈のかけらもない。女がらみは醜い。それがよくわかった。わからされた。性欲に類する事柄が羞恥とともに背後に押しやられる理由がここにある。惟朔は眼前で震える屑を排除したい欲求に囚われた。けれど、暴力をふるいたくはない。自分をパイプの程度にまで貶《おと》めてしまうことは耐え難い。

だから唐揚げを抓んだ。いまごろになって思い出したように毬江がパイプを宥めはじめた。愚にもつかぬ科白を並べあげて、けれど必死だ。まるで子供をあやしているかのようだ。

惟朔は蜂谷をかくかくさせて唐揚げを嚙み続け、そのさなかに徐々に鼓動が強まり、速まっていく自分が危ない、と分裂しはじめた自我が畏れに似た感情を抱いた。

「惟朔」

「はい」

「てめえ」

「まあ、座ったらどうですか」

「惟朔」

「なんですか」

「てめえ」

「すこし落ち着いて。言葉、ふたつしかないじゃないですか。惟朔、てめえ、惟朔、てめえ——」

頰笑んだとたんにパイプが惟朔の座っている椅子の脚を蹴った。椅子は真横に数センチ動いて軋み音を立てただけだったが、惟朔は頰笑みを満面の笑みに変えた。

蹴るなら俺を蹴ればいいのに椅子の脚ですか。いつだって貴方は逃げ場を用意して立ち回る。なぜ、核心を撃つことができないのですか。貴方には狙撃する能力がないのか。あるいは核心自体が見えないのか。あるいは、単なる怯懦《きょうだ》に覆われているだけなのか。もしそうだとしたら、やはりパイプさん、貴方は屑ですよ。

ゆっくりと立ちあがる。爪楊枝を手にして前歯のあいだにはさまった鶏肉の繊維をほじくりだす。

「てめえ、余裕を」

「はい」

「みせやがって」

「注意したほうがいいですよ」

「なんだと」

「調子に乗って突っかかってくると、パイプさんの目玉、刺しちゃうから」

ちいさな爪楊枝を、まるで銛《もり》を投げるかのような手つきで示すと、とたんに後ずさるだらしのないパイプである。

その姿を見たとたんに惟朔は笑みのバリアをつくりつづけているのに疲れ、真顔にもどした。

もう、爆ぜてしまっても仕方がないと心のどこかに諦めが滲む。

それでも惟朔は呼吸をゆったりしたものに整え、抑制するための努力をする。大概の努力が無駄であるという現実を知り抜きながらも。爪楊枝を、そっと唐揚げに刺す。パイプを真正面に見据える。

「前から訊きたかったんだけど。というか、前にも訊いたことがあったけど答えてもらえなかった」

「なんだ」

「なぜ、標準語で喋るんですか」

「しったことか」

「俺の勝手な推理ですけど、丹後半島の出身だと、京都市内の人からバカにされるというか、差別されるんじゃないですか」

「なんだと」

「このあいだ、新京極《しんきょうごく》の食堂で玉丼を食ってたんですけどね、隣の席で、京都の人間が滋賀県出身者らしい奴に、面と向かって大声で滋賀の山猿って言って大笑いしてましたよ」

いったん言葉を呑みこむ。パイプに顔を近づけて問いかける。

「滋賀は山猿。だったら丹後はなんですか」

パイプは答えなかった。頬を硬くして揺れる眼差しで見つめかえすばかりである。惟朔は独白した。

「俺なんか東京者だからって、いじめられてばかりですよ。こっちにきてから、いじめられてばかり。標準語で喋るといじめられ、迎合して関西弁を遣うと、薄気味悪いとないじめられる」

毬江が、なにを喋っているのかといった眼差しで見つめてきた。

惟朔は必死だったのである。自分の内側で背伸びするように伸びあがる暴力への衝動を抑えこもうと、あるいは誤魔化してしまおうと。だから暴力を他愛のない言葉に変換する努力をしていたのだ。対話すれば、なんとかなるのではないか。

ところが――。

意図と無関係に、言葉には奥底に抑えこもうとした何ものかを表に突出させてしまう力があるようだ。

「東京はうどんの汁が真っ黒け。汁が真っ黒け。京都の初対面における慣用句ですか。もう、飽きあきですよ。なんであんなに得意そうな顔をして言えるものかな。しかも偉そうにしている裏側の劣等感さえ透けてみえて、こっちが居たたまれない。これだけ真っ黒けが流布しているわけでしょう。だったら東京に出かけたとき、わざわざ立ち食いのうどんなんか食わなければいいじゃないか。どうせ食ってもいないくせに、そう言っておけば優位に立てると盲信してやがるんだ。こんど汁が真っ黒けなんて吐《ぬ》かしやがったら、てめえの鼻血の真っ赤っかを噎《む》せるまで飲ましてやる」

どうしても言葉が暴力を帯びる。惟朔は狼狽しかけていた。押し込めていたちいさな鬱屈が迫りあがってきて、下手をすると眼前の惨めな生き物で憂さ晴らしをしかねない。なんとかしてくれと縋《すが》って見つめる毬江は惚《ほう》けたような表情をしているだけで、その目尻の皺がますます深い。

「惟朔」

「はい」

「舐めてるやろ」

「はあ」

「おまえ、俺のこと、舐めてるやろ」

「そうかもしれませんね。尊敬はしていません」

「誰もがな」

「はい」

「俺を虚仮《こけ》にしやがる」

「それは、虚仮ですから、しょうがないんじゃないですか」

「俺は虚仮か」

「はい」

「虚仮そのものか」

「わかってるくせに」

ことわざの類は耳にしただけでも失笑し、軽蔑してしまうのだが、口は災いの元とはよく言ったものだと感心してしまう。不細工にも売り言葉に買い言葉といった按排《あんばい》で、どんどん情況を悪化させていく。

なぜパイプは自分が虚仮そのものであると自覚することができないのか。惟朔には、まわりの年長者のほとんどが自身を買い被っていることが信じられない。その他大勢であることは客観性の欠片でもあれば、もはや動かしがたい事実ではないか。

中学二年になったころには、惟朔は自覚をもっていた。自分が特別扱いされるほどの価値も能力もないという事実を。世界の王様ではないと。以来、他愛のない冗談には過剰なまでに受け答えをするが、議論に類することからは身を引いて、自覚的失語症を全うしている。

惟朔は、じつは、パイプにあるシンパシーを抱いているのである。パイプの不細工さは他人事ではない。パイプの惨めさはそのまま惟朔に重なる。すました顔をつくってかろうじて突っ張ってはいるが、いつ割れてもおかしくない張りつめた安物の風船にすぎない。取り柄は女の扱いだけの、もっているものは過剰なる感受性だけの、学歴のない犬にすぎない惟朔である。

だいたい仕組みはわかっている。

底辺にある者同士が殺しあうのが社会の仕組みだ。差別される者が露骨に差別するのが社会の仕組みだ。なにも、もっていないのだから、せめて暴力くらい浪費しなければやっていられない。屑と塵《ちり》の潰しあいだ。

「貧者にはテロルしかないと思うんですけれど」

「なに」

「西寮では俺がいちばん年下だから、みんな自己顕示欲っていうんですか、あれこれ教えたがって五月蠅《うるさ》いったらありゃしねえけど、俺もよい子のふりをするのが得意だから、黙って聞いてやっていたわけです」

「なにが言いたいんだ」

「それなりに勉強させてもらいました。取り残された奴の論理。自意識を充たす方途を閉ざされた奴の振りかざす論理。ぶっちゃけて言えば腹を減らしてる側の論理ですね」

パイプの瞳に怯えがはしる。その怯えに気付いたとたんに、惟朔は心の奥底に隠しもっていた暴力肯定を口にしてしまった。

「革命なんてどうでもいいけれど、テロルは正しい。唯一、正しいのがテロルですよ。

自暴自棄は最高だ。諸先輩方のよくないところは、革命とかをもってきて自分を正当化することですよ。そんなの所詮は体制内の発想じゃねえか。革命は身内の発想。貧乏人が金持ちになりてえと言ってるのとなにも変わらないということですね。アウト・オブ・カーストはテロルだけに美意識を捧げる。ねえ、パイプさん」

「話を逸らそうとしてやがるな」

「そんなことは、ありません」

「わかってるんだよ。この間男が」

「あ、自覚はありますよ。ミスター間男と呼んでくださってけっこうです。なんか取り柄はこれだけ、らしいんで」

小指を立てて居直ってやったとたんに、パイプを追いつめてしまった。惟朔は胸ぐらを摑まれて、薄ら笑いを泛べている。

「湿っぽいですね、パイプさん」

「なんやと」

「濡れちゃうから、離せって言ってるんですよ」

「なんやと」

「あれ、関西弁じゃねえか。それにしても語彙《ごい》っていうんですか。ほんと、少ない人ですね、パイプさんは」

「なんやと」

「だから、語彙が」

よけるつもりはなかったのだが、よけてしまった。腰のはいらぬ拳だった。顎がでていて、勝手に足をもつれさせていた。胸ぐらを摑まれていたせいで、着ていたネルのシャツのボタンが飛んでしまったことだけが腹立たしく、惟朔は舌打ちした。

毬江が悲鳴にちかい声でなにか叫んだ。

勢いあまってテーブルに激突したパイプはイブの御馳走を床にぶちまけ、派手に転倒した。そのまま膝をついて掌を染めた赤を呆然と凝視している。

「笑わせるなあ、パイプさんは。勝手に飛び込んで、転がって、ケチャップつけただけですよ」

泣きながらふたたびパイプが殴りかかってきた。涙をみたとたんに惟朔のサディズムが作動してしまった。パイプは喧嘩をしたことのない小学生のようにやたらと腕を振りまわす。最悪だ、と絶望しながら隙だらけのパイプの鼻に拳を叩き込んだ。

「やっぱパイプさんは鉄パイプがないとしまらねえや」

軟骨がひしゃげる感触が拳の中指あたりに残っている。パイプの鼻が妙な方向によじれている。出血がひどい。ぼたぼたと音をたてて滴り落ちる血を、パイプは他人事のような顔つきで見つめている。はやくも感覚遮断がおきているのだ。この程度の心的強度しか持ち得ぬくせに、喧嘩を売るのだから身の程知らずもはなはだしい。着衣が濡れているせいもあって、血は首から肩のほうにまで拡がって、派手に滲んでいく。

「立て」

両手で顔を押さえているパイプに命じる。喧嘩慣れしている惟朔は、不能状態の相手が言いなりになることを熟知している。

誘い込まれるように、パイプは転がった椅子に手を添えて、よろよろと立ちあがった。その蜂谷を狙って蹴りつける。

「真空飛膝で決めたいところだったけど、沢村の真似して膝のお皿を割っちゃった奴を知ってるから、地味に回し蹴りで決めてみました」

殺してしまってもいいや、と思って蹴ったから、パイプは板張りの床に昏倒して白目を剝き、小刻みに痙攣して泡を噴きはじめている。見おろして、ゆっくり毬江のほうをむいた。

「どうする、こいつ。棄てちゃおうか」

「でてって」

間の抜けた顔で小首をかしげると、毬江が怒鳴った。

「でていって」

「俺」

自分を指さして、ほんとうに俺は間抜けだと失笑する。毬江が叫ぶ。

「そうや。あんたや。でていって」

「でも」

「ええから、でてって」

毬江の瞳に泛んだ怯えは尋常でない。惟朔が見つめると、逃げだすように昏倒しているパイプの前で跪《ひざまず》き、狼狽した手つきでパイプの血を拭きはじめた。その体勢は、まるでパイプを楯にしているかのようである。

「毬江さん」

答えぬ毬江にむけて、咳払いをして言う。

「毬江さん。それ、台布巾だけど」

血が染みて飽和状態になった布巾を手に、毬江が睨みつけてきた。必死の形相というやつだ、と惟朔は感心した。睨みつけてはいるが、それは恐怖と裏腹であり、ここで一歩踏みだせば毬江はヒステリーをおこすのではないか。

惟朔は腰をかがめ、床に散った唐揚げを抓みあげ、口に抛りこんだ。当たり前だが肉の味がした。しかも冷えびえとしていた。挨拶をしようと思って和室を覗きこむと、お母さんは音のないテレビを見つめて口許を押さえて笑っていた。惟朔は口をすぼめて逡巡したが、結局は声をかけられなかった。そのまま毬江のマンションをでた。傘ももたずに、夜のなかに踏みだした。

＊

たいした暴力をふるったわけでもない。鼻を潰して蜂谷を蹴っただけだ。愉しまなかったといえば嘘になるが、充分に抑制したと思う。あれ以上手をだしたら、とまらなくなったはずだ。暴力をふるうということは、ある瞬間から自動機械になる、ということでもあるからだ。

だから毬江の態度は納得できない。糾弾されるべきは、パイプのほうだろう。未練がましくイブの晩に出現するという遣り口の無様さこそが、すべての原因ではないか。しかも惟朔からふるった暴力ではない。殴りかかってきたのはあくまでもパイプのほうだ。それどころか、それ以前に惟朔の座っている椅子を蹴りさえしたではないか。

それにしても、毬江があれほどにまで怯えず、慌てなければ、鼻を正しい位置にもどして安静にしてやれとアドバイスすることもできたのだ。あのままではパイプの鼻は歪んだままになってしまう。痛がっても修整してやらないと鼻曲がりになってしまう。それが心残りだ。

惟朔は散歩のときに京都書院で見たギリシャ彫刻の本のなかの鼻の潰れた拳闘士の像

を脳裏に描いた。暴力を職業にしている男はじつに絵になる。潰れた鼻までもが美しい。けれどパイプのような男の鼻が潰れているのは見窄らしすぎるし、憐れすぎる。

氷雨が惟朔を打つ。はじめのうちは雨だからとあくせくするのも嫌だと突っ張ってことさらにゆっくりした足取りだったのだが、なんのことはない、棄てられたのはパイプではなく俺だ、と気付いたとたんに足早になっていた。

憐れなのは俺だと自嘲し、誰も見ていなくても、濡れ鼠になっても格好をつけている滑稽さに悲しみを覚えた。この自意識をどうにかしたい。鬱陶《うっとう》しい。

小走りに富小路通から六角通にでて麩屋町《ふやちょう》通と交差するあたりだろうか、ふと見あげた三木半という大きな旅館が、収容されていた施設の修学旅行で泊まった旅館であることに気付いた。

もちろん修学旅行は数年前のことであり追憶に浸るほどの時間が過ぎたわけでもなく、高野豆腐の煮物がやたらと甘く、枕投げをして叱られたのはこんなところだったのか、と心の片隅で思い、けれどちいさな感慨はすぐに消え去り、雨を避けるためにアーケードのある寺町通に逃げ込んだ。

走ったせいだろうか。若干乱れた息とともにゲップが迫りあがって、酸っぱい液が喉を灼《や》いた。しかもゲップは油臭く、惟朔は顔をしかめて呟いた。

「毬江さん。油が古いんだよ」

唐揚げは旨かった。お母さんに言わせるとさんざんであるが、毬江は料理が巧みで研究熱心で、外に食べにいくことも好きだった。たしかインカ料理を食べにいこうという会話を交わしたばかりのような気がするが、細部が曖昧で、惟朔は三嶋亭《みしまてい》の建物を見あげて溜息をついた。

ここはすき焼きが旨いらしい。いつか食べさせてあげると毬江が言った。惟朔はすき焼きの生卵が苦手だから積極的に食べたいとも思わない。けれど京都は牛肉が旨い。それだけはたいしたものだ。

どういうわけか三嶋亭のあたりから三条の交差点部分だけアーケードが途切れている。濡れるのは嫌だが、一瞬だ。かに道楽のカニが莫迦にしたようにはさみを動かしている。ふたたび駆けて、Uターンするようなかたちで、こんどは新京極を下る。雨を避けるためにアーケードのある通りを選んでいるのだが、寺町と新京極を一晩中、ぐるぐる廻る自分の姿を想像すると、さすがに萎《な》える。

まだ時刻は八時半に過ぎず、ヘタな標札屋という看板を横目で見ながらこれからの夜の長さを考える。ぞっとした。けれど西寮にもどる気にもなれず、惟朔は憑《つ》かれたように歩き続けた。金はある。だからコーヒーも飲めるし、その気になればどこかに泊まることもできる。けれど込みあげる唐揚げの酸っぱいゲップを苦々しく思いながら、惟朔はひたすら寺町と新京極をつないだ細長い輪のなかを廻り続けた。

毬江はパイプを選んだ。

惟朔はあっさり抛りだされ、棄てられた。

暴力をふるったせいだろうか。

いまとなっては、暴力とは無関係ではないかと思う。毬江はパイプの浮気が許せず、あてつけに惟朔を誘っただけだ。

ほんとうに好きな男に初回からsodomyなど求めるものだろうか。惟朔は所詮はゆきずりのようなもの、その場限りの関係であるからこそのsodomyではないか。パイプとはsodomyなどしていないと毬江は明言した。毬江がさんざん並べあげた悪口も、愛情の裏返しではないか。

俺は玩具にすぎない。それも安物の——。見窄らしくあらわれたパイプを前に優越を抱き、調子に乗ってはしゃいではいたが、現実とその結果は行き場もなく彷徨って、なんとも素敵なクリスマスイブだ。

自己否定はよくない。

けれど留処《とめど》がない。

びしょ濡れで訪れたパイプを前に、絵に描いたような疫病神であるとか、王たる能力の欠片もない王であるとか、知識や論理を検証する能力がほとんど具わっていない大風呂敷であるといった具合に高みから見おろして否定し尽くしてやった。図に乗って普段は羞恥から会話に絶対に用いない難しげな言葉までをも用いて、あれこれ述べあげ、パイプを屑扱いしたのである。

それが綺麗に逆転して、惟朔は自己を否定し、蔑《さげす》んだ。年増扱いして軽んじていた毬江から棄てられたとたんに、自分の価値がゼロにまで落ち込んだ。

自尊心や自意識といったものは、ずいぶんあやふやで脆《もろ》いものの上にかろうじてのっていることが、いまさらながらに実感され、腓脛《ふくらはぎ》のあたりに嫌な痼《しこ》りが拡がった。

その恐怖にちかい感情と自己の脆さに対する直観が足を萎えさせてしまったのだが、惟朔は意地になって歩き続け、そのさなかに、こうして人は臆病になっていくのだ、などと他人事のように胸の裡で述懐した。

幾度めかのアーケード街周遊で、さすがに疲労を覚えた。子供のころからいつも思っていたのだが国語辞典を引くとなぜかいちばん最初のほうにアーケードという語があって、そのあとのアーチには必ずといっていいほど図版がついていた。なんとなく硬直が感じられ、その硬直には救いがたいニュアンスまで含まれているようで、惟朔は辞書を編纂《へんさん》した者を嘲笑っていた。けれどよく考えてみれば辞典を編纂する者が硬直していなかったら、とんでもないものができあがってしまう。幼かった惟朔は硬直と厳密の区別がつかなかったのである。

辞書の編纂は、じつは体制を完成させるということではないか。疲労のせいでそんな大仰なことまで思い巡らせながら惟朔は歩き続け、唐揚げを抓んだだけであることに思い至ると、酸っぱいゲップまでもが得難いもののように感じられはじめた。

ムラセのわらじカツの評判を耳にしたことがある。途轍もなく大きいらしい。大きいけれどペラペラだ、とも言われているが、唐揚げからの連想か妙に揚げ物が食べたくて、けれど寺町と新京極を行ったり来たりしているうちにムラセは店を閉めてしまっていた。

惟朔は胃のあたりを押さえて、切ない溜息を洩らした。京極かねよという店は日本一のウナギを食わせるという。けれど新京極にそれらしい店は見あたらない。

抜けることのできぬ徒労の輪にはまりこんだことを自覚して、惟朔は幾度も嘆息した。寺町――新京極。どうしたらこの堂々巡りを断ち切ることができるのか。

雨さえ降っていなければ、行きたいところに行けるのに。すべては意地悪く降りこめる雨のせいだ。

思考自体が堂々巡りにはまりこんでいることに薄々感づきながらも、そこから抜けでることができぬまま、だいぶ人通りのなくなってきた新京極を下っている最中に、いきなり名前が泛んだ。

「鏡子」

手近な赤電話にとりついた。ジーパンのコインポケットの小銭をすべて取りだし、握りこみ、教えてもらっただけでかけたことのない番号をダイヤルする。もし鏡子の両親がでたりしたら、黙って受話器を置くつもりだった。

「もしもし」

「惟朔」

「うん」

「なんか用」

「冷たい声をだすな」

「冷たいのは、どっちや」

「いろいろあったんだよ」

「待たされるほうの気持ちを考えたことある？」

「すまん」

「もう、たくさん」

「いろいろあってな、俺も必死なわけだ」

「こんなん、耐えられへんもん」

「ごめん」

「――なんか用？」

「うん。逢えないか」

「いまからか」

「そう」

「まだ」

「なに」

「イブのパーティー」

惟朔は受話器をもったまま、凝固した。先ほども頭に紙製の銀色をした尖《とんが》り帽を載せた酔っ払いがいい調子で抜けていった。キリスト誕生の前夜祭で浮かれているてめえらは、いったい何者だ。

「どないしたん」

「ああ、まあ」

「なに怒ってはんの」

「怒ってはいない」

「怒りたいのは、うちのほうや」

「まったくだ」

「いま、どこ」

「ええと新京極の、ええとこれは錦天満宮というのかな。その近く」

「新京極」

「そう」

「雨降りで、行くとこがあらへんのやろ」

「そのとおり」

「傘もないのんか」

「ない」

受話器の彼方で溜息が聴こえた。

「わかった。うまく抜け出せるように頑張るから。MIKIの隣やったかな」

「みき？」

「レディスショップがあるんや。その隣にマクドナルドのハンバーガーのお店ができたはずや」

「ああ、そういえば」

「立ちっぱなしもつらいやろ。そこで待ってて」

「わかった。早くきてくれ」

「勝手言わんといて」

「怒るなよ」

「長電話してたら怪しまれるし」

「ああ、俺も小銭がなくなる」

「じゃ」

「おう」

そこで電話が切れた。けれど惟朔はなにやら漲《みなぎ》るものを覚えて軽く反り返った。我ながら調子がいい。現金な奴だ。けれどおかげで自己否定の輪のなかから抜け出せそうだ。

赤電話の前から踵《きびす》を返した、そのときだ。やや長めの髪を七三に分けた若い男が近づいてきた。猫のような目をしていた。

「あの、失礼します」

声をかけられて、惟朔は愛想よく頭だけさげた。

「あの、失礼ですけれど、同性愛に興味、ありますか」

「え」

「ありませんか」

「まあ、その」

「もしよかったら集まりがあるんやけど」

「俺はべつに好きならやればいいと思うけども、でも、その、俺はべつにいいや。そんな感じだから」

ややしどろもどろになって答えると、男は叮嚀《ていねい》に頭をさげた。

「失礼しました。忘れてください」

「はい、どうも」

間の抜けた声をだして、惟朔は男の背を見送った。ほんとうにホモっているんだなあ、という奇妙な感慨をもった。その気はまったくないが、同性愛を肯定的に捉えて揺るぎのない自分がいる。この寛大さの大部分は鏡子がやって来てくれるということによる。

「俺もアホだ。毬江みたいな年増に手をだしてる暇なんかなかったんだよな。魔が差すとはよく言ったもんだ。おっかねえ、おっかねえ。年増はおっかねえ」

ぶつぶつ呟きながら、しかもにやけながら新京極を引きかえし、真新しいマクドナルドの店に入った。ハンバーガーショップというもの自体初めてであるから、軽く構えていたが、客は少なく閑散としていて、真新しいがゆえにうらぶれて感じられた。

レジの上方のメニューを見ながら、ハンバーガーとマックシェイクのチョコレートを注文した。店の女の子はやたらと愛想よく頷いて、注文を繰り返した。

マックシェイクがなんであるかわかっていて注文したわけではない。だから太めのストローを吸いあげて口のなかにあふれたのが溶けたアイスクリーム状のものであることに愕然とした。即座に胴震いがおきて、こんな季節にこんなものを売るなと言いがかりにちかい理不尽な怒りを覚えた。

それでもハンバーガーとシェイクを交互に口に運ぶうちに全身から力が抜けていった。はさまれているピクルスの酸味が心地よく、惟朔はもうすこしハンバーグが厚ければいいのにと思いながらも、ハンバーガーのファンになった。

店内は肩を寄せ合うようにしているアベックばかりだ。惟朔はざっと見まわして、いまに見ていろよ、と薄笑いを泛べるのだった。急に世界の王様になったような気分なのだから、パイプを嘲笑うことなどできない。しかしいまや惟朔はパイプも毬江も鷹揚に許容して世界でいちばん寛大な王であった。

店内清掃のアルバイトだろうか、大きな透明ビニール袋に大量のゴミを詰めて、店外に運びだしていく。そろそろ閉店時刻なのかもしれない。アベックたちも店をあとにして、いまや惟朔とほかに一組だけである。

マックシェイクだけが残ってしまい、投げ遣りにときどき吸いながら、やや退屈しはじめたころ、鏡子が駆け込んできてダッフルコートのフードをおろした。惟朔は初めて鏡子を見たかのように目を瞠《みは》る。

鏡子の頬に熱が充ちている。上気し、赤らんでいる。昂ぶりがみてとれる。素早く鏡子の手の傘を見る。大きめの傘が一本だけだった。不規則に雨水をしたたらせている。

惟朔はあやふやで不安定な賭けに大勝したような気分になった。けれど横柄な態度をとらぬように気を配った。多少は身に沁みているのである。素早く立ちあがって席にいざなうと、鏡子は首を左右にふった。

「いくえ」

「どこへ」

「さあ」

他人事のように見据えてきた。けれど頬は色づいたままだ。惟朔は肩をすくめたが、逆らわずにマックシェイクを手にして鏡子のあとを追った。百メートルほども上がっただろうか。鏡子は新京極のアーケードからはずれるつもりらしい。惟朔を振りかえって、目で路地を示した。

「ここは」

「六角」

「ふうん」

よそよそしいが、咎《とが》めだてするわけにもいかない。鏡子は傘をひらいた。はやく入れと鋭い眼差しで急かす。惟朔は駆けこんだ。命令されることが微妙に嬉しかった。相合傘で雨のなかに踏みだすと、鏡子が惟朔の手のマックシェイクを奪い、ストローを吸った。

「チョコか」

呟いて、肩で息をするようにして付け加えた。

「喉、渇いてもうて」

惟朔は迎合して頷いた。何気なく右手に視線をやって、もう店じまいしてしまっている茶褐色をした古びた旅館のような店舗を発見し、歓声をあげた。

「かねよってのは、ここか」

「なんや。ウナギ好きなんか」

「いや、日本一のウナギなんだろう」

鏡子は傘のなかで小首をかしげた。惟朔は鏡子の手から傘を受けとった。

「どうしても食べるんやったら、二階にあがるとええよ」

どうしてもという枕詞が気になるが、あえてそこには触れずに尋ねた。

「なんで二階なんだ」

「座敷なんやけど、波打ってる」

「どういうこと」

「古いから、建物が歪んでるんや」

「へえ」

「名前はようわからんけど、分厚い卵焼きがのった丼が名物や」

「ウナギなのに卵焼きか」

「ウナギも隠れてる」

言い終えると、唇を尖らせてマックシェイクを吸いあげる。その姿の可憐《かれん》さに惟朔は胸を打たれ、動けなくなった。鏡子が怪訝そうに立ちどまる。惟朔は左手に傘を持ちかえ、鏡子の腰に利き腕をまわした。加減せずに引きよせると、逆らわずに密着してきた。

いまごろになって傘を打つ雨音がふたりをつつみこんだ。路地はすぐに河原町通に至った。鏡子が見つめてきた。惟朔は頷いた。遣り取りに、ふかい意味はない。惟朔は空のマックシェイクを手わたされ、鏡子は傘のうちから身をのりだすようにして空車を停め、自ら先に乗りこんだ。

鏡子が行き先を告げると、運転手はミラーで惟朔と鏡子を確かめるように見て、平安神宮のほうですな、と繰りかえした。汗の沁みたタオルのような臭いがする車内だった。惟朔が鼻を抓むと、ようやく鏡子が苦笑した。苦笑いでも笑いは笑い、惟朔は肩から力を抜き、シェイクの容器をそっと床に安置した。鏡子は黙って進行方向を見つめている。惟朔も鏡子の視線を追った。

だいぶ小降りになっていた。ワイパーの動きも間遠になった。タクシーは河原町二条で右折し、二条大橋で鴨川をわたった。惟朔は脳裏でざっと地理を組んでみたが、運転手は最短距離を走らせているようだ。

鏡子は臆せずに道を案内し、あの旅館の前に車をつけさせた。運転手は鏡子から代金を受けとり、イブやもんねと呟いた。惟朔はどのような顔をつくるべきか思案して、とりあえず声をたてずに失笑しておいた。けれど自分が誰に、あるいは何に対して失笑してみたのかが判然としない。それに思い至ったとたんに、憮然とした。鏡子が傘をさしかけてきた。

「どないしたん」

「なんでもない。俺は」

「なに」

言い淀んだが、観念した。正直に告げる。

「なんで意味もなく笑うんだろう」

「みんな、そうやろ」

「そうか」

「そうや。うちかて、笑う。笑うしかないから、笑う」

「誤魔化しみたいなもんか」

「どうやろ。楽やもんね、笑顔。人生、笑ってればいいんやもん」

笑顔は楽——。

天啓のようなものだった。いまさらながらに理解させられた。楽だから、笑うのだ。笑顔はよいものであるなどというのは、思い込みにすぎない。そんな極論にはまりこんで、吐き棄てる。

「なにが頬笑みかよ」

「どないしたの」

「べつに」

「苦笑、失笑、爆笑、冷笑、嘲笑。ほかになにがあるやろ」

哄笑《こうしょう》を付け加えようと思ったが、黙っていた。なぜだろう。どうもよい意味での笑いが泛ばない。おそらく鏡子もそれを意識して並べあげたのだろう。惟朔は自分のことを棚上げして、一筋縄ではいかない奴だと鏡子の横顔を一瞥した。

濡れた生垣がみずみずしい。いままで気付かなかったが、庭の隅に花崗岩《かこうがん》かなにかを削った蛙の置物があった。唇に穿《うが》たれた溝に朱が引いてあり、夜目にも鮮やかだ。せっかくの庭が台無しだが、愛嬌はある。

鏡子も蛙に気付いたようだ。口の端に笑みが泛んでいた。

これは悪い笑いではない。よい笑いだ。人にむけられた笑いではないからだろう。惟朔は自分に宿題をだすことにした。笑いの仕組みについてしばらく考えてみよう。

「どないしたの」

耳許で囁かれた。惟朔は照れ笑いをかえした。照れ笑いは、よい笑いか、悪い笑いか。

ふたたびはまりこみそうになって、両手で頬をはさみこむようにして叩いた。

いつもの部屋に案内された。老婆が叮嚀に茶をいれてくれた。久しぶりであるが、なんとなく自分の部屋に帰ってきたかのような気安さで惟朔は脚をのばした。

部屋をでていく老婆の背を見るともなしに追い、いまは笑いについての考察を重ねるときではないと思いつつ、毬江のお母さんが音のしないテレビを前にして泛べる笑いは、分類するとどのような笑いの範疇にはいるのだろうかと沈みこんだ。

「なあ、惟朔」

「うん」

「うちをほっといて、どこ行ってたん」

一拍おいて、問いかけに応える。

「ヒモ」

「紐？」

「年増に飼われていた」

「あのヒモの、ヒモ」

「そう。いわゆるヒモの、ヒモ」

かかか、と笑い声をあげると、鏡子は泣き笑いのような笑顔を泛べた。惟朔は鏡子に隠し立てをする気はない。かといって露悪にはしる気も、もちろんない。事実だけを淡々と述べていく。

「つまり俺は、その女の支配者っていうのかな。得意がってたわけだ。ところが女は俺ではなくてダメ男を選びやがって、俺は傲慢の鼻を折られて、失意のどん底ってやつだ。惨めだったな。そんな状態なのに、雨に濡れたくないってんで、寺町と新京極をぐるぐるまわって、ほんとうに惨めだった。図々しいと叱られるかもしれないけれど、俺は鏡子に救われたよ」

本音だった。棄てられる、ということがこれほどまで自尊心を傷つけるとは思ってもいなかった。鏡子はさぐるような眼差しをしていたが、惟朔の沈黙に耐えられぬかのように、わずかに膝で躙《にじ》り寄った。

「うちは都合のいい女？」

「そんなことはない」

「じゃあ、なんで」

「なんで逃げ出したかというと、自分には宝石がふさわしくないということに気付いてしまったんだ。ダイヤモンドに目がくらみ、ってのはちがうか。とにかくダイヤモンドの青白い光が目に痛くて、たまたま転がってた石炭殻に誘われて安心したんだ。石炭殻が俺の身の丈に合ってたんだな。けれど石炭殻はあくまでも石炭殻だった」

「なんやの、石炭殻って」

「ああ、ダイヤってのは純粋な炭素からできてるんだろ。石炭というのはダイヤモンドになりそこねた炭素だってきいた」

「ひょっとして、うちがダイヤモンド」

「うん」

「真顔で言わんといて」

「べつにお世辞をいうつもりはない。なんかで読んだけどダイヤモンドの語源はギリシャ語だったかな。征服されざるもの、っていう意味なんだってさ。ダイヤってすごく硬いだろう。だから昔は加工できなかったんだ。手のつけようがなかった」

「だから、征服されざるもの」

「そう。ダイヤを削れるのはダイヤの粉だけってことが発見されて、それでカットができるようになるまでは、あまり相手にされてなかったみたい」

「ふうん。相手にされてへんかったんか」

「まあな。誰にも価値がわからなかった。なんせ」

「征服されざるもの」

「そういうこと」

鏡子がちいさく咳払いをした。

「ほんまに、口がうまい。褒めるでなし、貶《けな》すでなし、でも巧みに擽《くすぐ》って」

「そんな気はないけど」

「ええのんよ。そんな気がないから、おっかないんやけど」

惟朔は心外だが、鏡子は決めつけて、睨み据えて、けれど満更でもなさそうである。

だが惟朔は狼狽えはじめていた。

自分が毬江から棄てられてしまったのは、こういうことを平然と口ばしってしまうからではないか。

悧巧《りこう》そうにみえるよりも、莫迦《ばか》なくらいのほうが男女関係においては有利にはたらく。男も女も莫迦にみえるほうが恋愛においては強い。承服しがたいことであるが、そういう場合が多々あるようだ。

惟朔が巧みにこなせるのは、最初の第一段階だけなのだ。すぐに男女の関係を構築できるが、深まることはない。惟朔には構えさせる気など毛頭ないが、放つ言葉に相手が微妙に構えてしまうからだ。けれど言葉を発しないわけにはいかない。口を閉じておくことはできない。

ところが俺の言葉は相手を警戒させてしまう——。

極論にはまりこんでいるという自覚もなしに、惟朔は口をきつく結んで自分を責めた。物事がうまくいかないときに、こういう具合に複雑な要素を単純化して結論を引きだすのは楽でひ弱な方策であるが、男女関係といった自尊や自負に関わる問題にこそ原理主義が蔓延《はびこ》りやすい。

鏡子は硬直してしまった惟朔をいとおしげに見やり、それから惟朔に気付かれぬようにちいさな溜息をついた。そっと惟朔の膝に触れる。

「お風呂、はいろか」

惟朔は笑顔をかえした。泣きそうな顔だった。鏡子は惟朔を棄てた年増女を強く、烈しく憎んだ。けれどそれを口にせず、柔らかく笑いかえし、惟朔を誘った。もはや老婆はふたりを浴室に案内することもなく、ふたりはまるで親戚の家を訪れたかのような気分で手を握りあい、磨きあげられて黒光りする廊下をいく。

空きの札をひっくりかえして脱衣場に踏みいれると、惟朔の手を制して鏡子が真鍮《しんちゅう》の錠前を落とした。

「惟朔」

くちづけを促されて、惟朔は微妙な怯《ひる》みを覚えた。芯にあるのはまちがいなく悦楽の気配であるが、自分が鏡子に値しないといった否定的な気持ちがよろこびをうわまわっているようだ。

それでも心を打ち棄てれば、接吻など技巧にすぎず、容易《たやす》いことだ。季節柄、惟朔の唇は荒れはじめていたが、鏡子は瑞々《みずみず》しいままで、しかも痛々しいまでの弾力がある。充実に傷ましさを覚えるのも奇妙だが、惟朔は幽かに触れあった唇から、身をよじられるような痛切を感じとった。

貪《むさぼ》るように惟朔の唾液を吸う。惟朔はあわせて鏡子の口中に唾液を送りこむ。異性からこれほどにまで強く吸われたのは初めてのことだ。感動が迫りあがるが、同時に自分の威力を示しておきたいといった安っぽい見栄を棄て去ることもできず、惟朔は鏡子を抱きしめる腕に過剰なまでの力を込めた。情熱を演技したのである。やがて自身の不実に嫌悪を催した。そして気付いた。

鏡子が泣いていた。

声をあげずに、惟朔を吸いながら、泣いていた。

ようやく惟朔は自らの罪を悟り、同時に女も人であるという奇妙な感慨を覚えた。惟朔はいつだってちゃちな観念にはまりこみ、目の前の現実を、自らのものとして摑みとることができないのだった。

「堪忍え、惟朔、堪忍え」

「なぜ、謝る。謝らなければならないのは俺のほうだ」

「でも惟朔、堪忍え」

鏡子がなぜ許しを請うているのかわからぬまま、惟朔は鷹揚に頷いた。なぜか優位に立っているようだ。図に乗った振る舞いはまずいが、戸惑い続けたり低姿勢をとおすのも得策ではない。

「もう、いいよ。もう、いいから。風呂にはいろう」

手の甲で涙をこすり、含羞《はにか》んだように鏡子が笑う。幼い。まだ子供だ。鏡子の愛くるしさに胸を軋ませた、その瞬間だ。

「惟朔!」

「なんだよ。声が大きいよ」

「惟朔を誘惑したのは、あの女ね」

「あの女とは」

「三信衣料からでてきたとき、声かけてきたやろ。いっしょに六曜社でコーヒーを飲んだ」

「ああ、そうだ。あの女だ」

かろうじて答えたが、惟朔は恐怖に後ずさりしそうになった。女の感情を侮っていた。鏡子の内側で揺らめくものは尋常でない。美貌に立ちあらわれた歪みは、そのまま般若《はんにゃ》の面を想わせた。

つぎに鏡子がなにをしたかというと、いきなり着衣に手をかけたのである。剝ぎとるような勢いで脱ぎだした。呆然と見守っていると、叱られた。

「なに見てるねん。惟朔もとっとと脱ぎ」

「おう」

間の悪い声をだして惟朔はジーパンに手をかけた。ハーフのジーパンは他のメーカーに較べてもともと細身であることに加えて雨で濡れてしまったせいで脚にきつく密着してしまい、うまく脱ぐことができない。惟朔は脱衣場に臀《しり》をつき、濡れて強張ったジーパンを全力で引きずりおろした。思い返せば、このハーフも三信衣料で鏡子に買ってもらったものだ。

どうにかジーパンを脱ぎ棄てて顔をあげると、鏡子の裸体があった。下着で押さえつけられていたせいだろう、陰毛が平べったくなっている。まず、そこに視線がいった。それからじっくり裸身を見つめた。しばらく逢わぬうちに熟成がすすんだ。神々《こうごう》しいといった大げさな言葉が胸をかすめた。同時に俺はなにを血迷っていたのだろうという強烈な後悔に噴《さいな》まれた。もう腐肉のよろこびとはおさらばだ。

「なに見てるねん。とっとと立ち」

「もう、立ってます」

「じつに古典的なギャグやね」

どうやら機嫌がなおっているようだ。惟朔は密かに安堵し、ことさらに自らの下腹を誇示した。鏡子は投げ遣りに失笑すると、浴室に誘った。

惟朔は懐かしさをこめて色タイルで描かれた東山の景色を眺め、大の字を人差指の先でなぞった。かたわらでは鏡子が桶に湯を汲んで軀《からだ》を流している。飛沫が惟朔にもかかる。けっこう熱い。ちらと窺うと鏡子の肌が真っ赤になっているではないか。

「熱くないのか」

「熱いえ」

「うめろよ」

「ええの」

「ええのって、俺は、こんな熱いお湯になんかはいれないぜ」

「惟朔」

「うん」

「こっち、むき」

「なに」

　いきなり股間に湯を浴びせかけられた。内股になって前屈み、情けない声で呻いていると、淡々とした声がかぶさってきた。

「消毒や」

「ばかやろう。熱湯じゃねえか。皮が剝けちまうぞ」

「剝けたら、ちょうどええやろ」

　意外な科白に、惟朔は目を見張った。鏡子は臆することなく見かえしてくる。なんとなく視線をそらしてしまったのは惟朔のほうだった。

「おいで。洗ったげるさかい」

「うん」

　素直に返事をして、鏡子の前に立つ。見事なまでに無力化されてしまった。鏡子は片膝をついて惟朔の下半身を泡立てた。石鹼の泡を用いて、惟朔を刺激してくる。執拗だ。惟朔は居たたまれなくなってきた。

「まずいよ」

「いきそうか」

「うん、ちょっと」

「うち、じょうずやろ」

「ああ、まいった」

「内緒でな、予行演習してたんや」

「予行演習。誰と」

「あほ。頭のなかでや。寝る前にな、どういうふうにしてあげたら惟朔がよろこぶやろかって、あれこれ手順を考えて」

「もう、ちょっと——」

「あかん。こらえて」

あっさり手をはずされて、惟朔は宙ぶらりんになった。脈動の余韻だけが蟀谷《こめかみ》のあたりに残って、微妙にいまいましい。鏡子は桶に汲んだ湯をうめている。適温にまでさげて、そっと惟朔の下半身を流した。それを幾度か繰りかえす。惟朔はタイルのうえを流れ去っていく泡を漠然と見送った。

「ほんとはな」

「なんだよ」

「汚れたままの惟朔をな、こうしたかったんやけど」

いきなり惟朔の腰を抱いてきた。ぎこちなく顔を寄せた。鏡子の頭が前後に揺れる。へただった。歯があたる。けれど、痛みさえも快に奉仕するかのようで、惟朔は真っ白に発光した。

鏡子は口中で爆ぜたものが思いのほか大量だったことに戸惑い、なおかつその苦みに目を瞠っていた。惟朔が腰を引いてはずすと、鏡子は目を瞑《つむ》って飲みほした。喉が鳴った。決死の覚悟といった面差しだった。さらにふたたび惟朔に吸いついて、丹念に舌をもちいて余さず舐めあげた。惟朔はかろうじて文句を言った。

「へたくそが」

「うち、へたやろか」

「歯があたってるんだよ」

「歯――。堪忍して」

「唇で歯を覆うようにするんだ」

「わかった」

「あまり力をこめなくてもいい」

「わかった」

「鏡子も力まかせにされると痛いだろ」

「うん」

なんとなく会話は凋《しぼ》んでいき、ふたりは重なりあって瓢簞《ひょうたん》のかたちをした浴槽に軀を沈めた。湯面が揺れたせいだろう、湯気が盛んに立ち昇って白く烟《けぶ》り、天井が見えなくなった。浴槽から溢れでた湯がきれいな渦巻きになって排水孔に吸いこまれていくのを横目で見守っていると、鏡子の抜け毛がくるくるまわって消え去っていき、渦巻きは収束する最後の瞬間に、妙に不服そうな音をたてた。

＊

貪るという言葉によい意味はないだろう。けれど惟朔は鏡子と自分が貪りあっているとしか表現しようのない状態にあることを実感していた。しかも惟朔よりも鏡子のほうが飽くことをしらず、その異様な熱に惟朔は心密かに畏れを抱いた。ある瞬間には、なにかが取り憑いているのではないかと不安になったほどだ。

それでも惟朔は熱情にほだされ、徐々に技巧を排していき、際限なく鏡子に応え、朝までひたすら鏡子の胎内に自らを埋めこんだ。惟朔くらいの年頃の悪友のあいだでは、誇張や虚構もまじえて彼女と連続して幾回こなしたといったことを誇りあうものだが、惟朔は自己の最高記録を達成したことを眼球の芯に澱《よど》んだ疲労の彼方に確信した。幾度かというと、数えきれないほど、である。

雨は完全にやんだのだろう、軒先を跳ねる雀が姦《かしま》しい。かたわらでは全裸の鏡子が動かない。汗で濡れた胸だけが幽かに上下している。ここまで酷使し、虚脱しても、鏡子にはゆるみがない。

惟朔はしばらく眺め、衝動を覚え、脳裏で鏡子の裸体をデッサンした。きれいに忘れ去っていた絵画に対する熱が痙攣《けいれん》気味によみがえっていた。汗と体液で濡れた陰毛が艶やかで鮮やかで黒い焔に見えたが、その焔をおさめた骨盤の張りをうまく描くことができずに軽く失望した。いくらデッサンを続けても、それを実際に定着させえないことに対して烈しく焦れた。

諦めて、惟朔は布団のうえに転がった。寝姿が映るように塡《は》めこまれた鏡に、痩せっぽちのくせに弛緩しきった無様な姿が無数に映り、種々の角度からの己の奇妙な姿が露わになった。けれど自らを笑う気力もなく、全体から漂っている潮垂れた気配に、使い果たしたというどこか滑稽な充足と達成感に萎《しな》びきった吐息をついた。

激烈、かつ際限ない媾合《こうごう》により、いかに軀が熱をもっていたとはいえ、師走も押し詰まっている。こうして転がれば肌が冷え、抑えようもなく胴震いがおきた。相変わらず雀だけが元気に跳ねまわっている。意識を喪ったように眠る鏡子だが、わずかに眉根をよせると、軀を縮めた。見つめているうちに、死者の眠りという言葉が胸をかすめた。

感傷のようなもので具体的な意味はなく、惟朔は鏡子の二の腕にすっと鳥肌が立っていくのを見守った。

ふたりの放恣な動作の連続の成れの果てで寝具はとんでもない乱れかたをしている。惟朔は手探りで掛け布団を摑み、引っぱって、鏡子のうえにかけてやり、その隙間に素早く潜りこんだ。

反射運動のようなものだろう、意識せずに鏡子の乳房に吸いついて、狼狽気味に我に返った。もう、不可能だ。だから性的な気配を込めずに、乳児のような気持ちで乳首を吸った。とたんに安らぐ。心が蕩《とろ》けていく。鏡子の寝息がやんだ。惟朔が乳首を含みやすいように体勢を変えて、母のような仕種で惟朔の髪を撫で、その地肌をさぐった。

「ねえ、惟朔」

「うん」

「うちな」

夢うつつで、返事をしなかった。かまわずに鏡子は囁き声で告げてきた。

「赤ちゃん、できたかもしれん」

雑に吸っていた口の動きがとまった。惟朔の口のなかで鏡子の乳首が強張り、そしてゆるんだ。惟朔は目を見ひらいた。一息に覚醒し、乳首を含んだまま、くぐもった声で問いかけた。

「ほんとうに、できたのか」

「できたと思う。惟朔と抱き合ってからいちどもきいひんし」

「生理か」

「うん」

「遅れてるんじゃないのか」

「うちな」

「ああ」

「やたらと正確やねん。お母さんから予定表とかいわれるくらいに」

「それが」

「そう。まったく音沙汰なし、や」

青天の、なんだっけ――。

惟朔はまだ鏡子の乳首を含んでいた。軀を丸めて、考えこむ。青天の霹靂《へきれき》という言葉に思い至って、なんとなく納得し、整理し終えたような気分になったが、霹靂が唐突な雷鳴であることは知らず、ただ、途轍もない一大事であるという意味の言葉であることを再確認し、ゆるい眠りに墜《お》ちた。

揺り起こされたのか。それとも勝手に目覚めたのか。惟朔は眠っていたかった。けれど眠りが許されるはずもなく、まだはっきりしない頭のなかで避妊もせずに軀の交わりをもてば、いずれは妊娠するだろうと他人事のように了解した。

はじめて女という性を知ったときから、つねに相手まかせだった。避妊具をつけろと命じられれば逆らわずに装着し、直前にはずして外で爆ぜさせろと申しわたされていれば遺漏なくこなして相手の腹を汚してきたし、なにも言われなければ、なにも処置せずに相手の胎内に精を充たしてきた。

じつは惟朔のほうがよほど数をこなしているという場合であっても、惟朔の年齢からすると、おおむね相手のほうが年長であり、いつだって相手がリードしてくれるようなところがあった。言いなりになっているのは楽だった。惟朔は明確に意識していなかったが、その主体性のなさの奥には、性における妊娠という問題に対する責任放棄があった。

ひょっとしたら幸子も妊娠してしまったのではないだろうか。幸子も鏡子とおなじく、行為とその結果をおしはかることなく、素直に惟朔に身をまかせていた。

ああ、幸子や鏡子の場合は、俺がきちっと処置しなければいけなかったんだな――。

いまさらながらに、そんな後悔と諦念に肌を収縮させながら、惟朔は相も変わらず鏡子の乳首を口に含んで、胎児のように軀を丸めていた。

「惟朔」

「うん」

「まちがいない思うねん」

「そうか。まちがいないか」

「こうなったらじたばたしてもしょうがないやろ」

「ああ、まあ、そうだな」

「そやし、年が明けたらお医者さんに診てもらう」

「ああ、そうしなくちゃな」

「うち独りじゃ心細いやんか」

「うん。心細いと思う」

「そやし、お母さんに相談してみる」

「お母さん」

思わずくっきりとした声をあげて、鏡子の乳首から離れた。

「お母さんに知れてしまうのか」

「内緒で独りでなんとかせえ言うのか」

「いや、それは」

「うち、怖い」

「そりゃ、怖いよな」

「しかもな」

「うん」

「産みたい気持ちもあるんや」

「ああ、じゃあ、産めば」

「惟朔が面倒、みてくれるんか」

「みる。俺が面倒みる。就職しようかな」

惟朔の脳裏には、漠然と京南金属でプレスにむかう自分の姿があった。

「俺、面倒みるよ」

繰りかえすと、鏡子は、はっきりと、失笑した。

「生理がきいひんでな」

「ああ」

「うちが心細さに途方に暮れてたときや」

「ごめん」

「わかってるのか」

「わかってるって」

「わかってないわ。絶対、わかってない。うちが途方に暮れてるときに、惟朔は、あんなおばさんのヒモになってはしゃいでたんや」

「はしゃいでたわけじゃない。おまえが宝石だから」

「宝石だから、裏切ったいうわけか」

「いや」

言葉に詰まると、鏡子は間髪を容れずにきつい声をあげた。

「石炭殻やて。よう言うたわ。あんた、女をなんだと思ってるんや」

鏡子が毬江の味方をするとは思ってもいなかった。惟朔は敷き布団から抜けだして、畏《かしこ》まって座った。べつに鏡子は毬江の味方をしたわけでもないことに気付いた。ぽこんと飛びだした痩せた膝小僧が不細工で、自分で自分を笑いたくなった。鏡子がゆっくりと起きあがった。惟朔と向きあって座った。

「よう、わかったわ」

「なにが」

「惟朔はうちのことなんか、まったく必要としてへんのや」

「そんなことはないって。おまえしかいないって」

「いやや！　まるでヒモみたいな科白、吐きよる」

「ちがう。ちがうって」

「惟朔」

「なに」

「自分で傷口を拡げんとき」

「なんでだよ」

「なに、ふてくされてるの」

「ふてくされてない」

「ふてくされたいのは、うちのほうや。うちがどんなに心細かったか」

「すまん。返す言葉がないよ」

「返してくれんでもええよ。もう言葉はたくさん。言葉ではな」

鏡子はいったん息を継いだ。

「言葉なんかではな、どうにもならんことがあるんや」

さらに感極まったのか、なにか言おうとして唇が震えるばかりで、惟朔をきつく睨み据えてきた。惟朔は項垂《うなだ》れて、動けない。

「言葉なんかではな——」

息を整え、ごくちいさな、しかも諭すような抑えた声で続ける。

「言葉なんかでは、うちのおなかのなかの命はな、救えへんねん。惟朔は、なんもわかってない。うち独りではどうしようもないからお母さんに相談せなならん。けど、相談したとたんにお母さんはおろおろするやろ。ほんでな、結局は親身な顔して言うわ。あんたは高校生やし、堕ろすしかありません」

薄く笑う。抑えた調子のまま、まくしたてる。

「もちろんお母さんはお父さんに言いつけるようなことはせえへん。女として、うちの気持ちをようわかってくれはるはずや。惟朔には言うてなかったけど、うちのお父さんも惟朔のようにやりたい放題、し放題なんや。体面だけはしっかり繕うとこは、惟朔とはちがうけどな。もっとも体面を繕うのに命をかけてるのはお母さんのほうかも知れん。で、高橋家の面子《めんつ》を守る。うちは内密に赤ちゃんを殺して――」

殺して、という言葉が惟朔の脊椎に刺さった。

「なにもなかったような顔して、高校生活を続ける」

「あんまりだ」

「あんまりやろ」

「あんまりだ」

「けどな、肝心のときに、惟朔はヒモになってよその女の人と浮かれてたんやで」

鏡子はそっと惟朔の膝頭に手をのばし、人差指でのの字を書くような仕種をした。

「これで最後や」

「なにが」

「最後やし、うち、惟朔のすべてを刻み込もう思て、とことん求めたんや。けど」

「けど」

「うん。わからんわ。うちには、男の人は、ようわからん」

達観したように頰笑んで、鏡子は惟朔との交わりで照り輝くあたりを丹念に始末しはじめた。惟朔は鏡子の性を縋りつくかのような狂おしい眼差しで凝視し、鏡子はひらきった性を隠さなかった。けれど見せつけているわけでもなく、淡々とした手つきで拭い終えると、脱ぎ散らした下着を身につけ、あとはコートを羽織るだけになった。

最後通牒の気配に惟朔が身構えると、鏡子は両手を重ねあわせるようにして腹部を押さえた。もちろん、ふくらんでいるわけではない。けれど、いとおしげに、切なげに、着衣のうえから腹をさすった。惟朔が凝然として見つめていると、鏡子はダッフルコートの内ポケットをさぐり、封筒を取りだした。

「これ、惟朔から預かったお金」

有無を言わせぬ気配で突きだして、惟朔が受けとらぬと、黙って布団のうえに封筒を落とした。

「惟朔」

名を呼ばれた瞬間に、なぜか全裸であることを強く意識し、きつく拳を握りしめ、投げだされた封筒から鏡子の顔に視線を移す。鏡子は頰笑んでいた。

「さようなら。これで、あんたを縛るものは一切あらへん」

言いながら、鏡子は頷いた。すべてを肯定するかのように頷いた。頰笑んでいるのに、泣いていた。そのまま背をむけた。うわずって、震えて、声にならぬ声で、もういちど言った。

「さようなら、惟朔」

鏡子が消えた襖の先は、黒々と冷たい洞窟に見えた。惟朔はふたたび寝乱れた夜具のうえに転がった。〈裸者と死者〉という題名が脳裏をかすめた。それがどのような小説かは知らない。ただ鏡に映った無数の自分の姿をあらわしているように感じられて、凍えた溜息が洩れた。

*

昼近くまで動けなかった。なにをしていたのかというと、熟睡していたのである。目覚めると、空気は湿っているのに、やたらと喉が渇いていた。寝相はよいほうだが、寝具は乱れに乱れ、惨状を呈していた。魘《うな》されて布団を幾度も蹴ったような記憶が幽かに頭の片隅にこびりついているが、自分で魘されたという物語をつくってしまっているだけであるような感触もあった。

湿った冷たい衣服に手をのばす。雑に身支度してから寝室をでた。卓袱台のうえにのこった茶碗の底の茶を啜ろうと手をのばしたとき、すうっと襖があいた。

「起きはったか」

見ればわかるだろう、と思ったが、愛想笑いをかえした。老婆の手には銀色の魔法瓶があり、目で茶筒を示した。惟朔は頷き、老婆に茶の分量を教えてもらいながら急須に茶葉をいれた。

「ポットのなかのお湯はな、お茶をいれるのにちょうどいい温度になってるんや」

「ふうん」

老婆と惟朔は向きあって茶を啜った。ひからびた喉の皺に沁みいった。襖の奥の寝乱れた寝具に老婆が視線を投げた。さすがに決まりがわるい。

「お婆ちゃん」

「はい」

「俺、棄てられました」

老婆は目だけあげて、先を促す。

「赤ん坊ができたみたいです。でも、俺は、そのとき、他の女のところに転がりこんで浮かれてました」

老婆はひとこと、言った。

「自業自得」

「はい」

返事をすると、惟朔は黙って茶を啜った。飲みほして立ちあがり、寝具を整えようとすると、男はそんなことをする必要はないと諫《いさ》められた。惟朔は言葉が欲しかった。もう少し教えて欲しいことがあった。けれど老婆は黙って茶を飲み、黙って惟朔を見つめるのみだった。

旅館からでると、ぱらぱらときた。けれど濡れるほどでもなく、雲の切れ目から陽が射した。なんとなく平安神宮の門をくぐって惟朔は玉砂利を踏みしめた。大極殿《だいごくでん》の朱が目に痛い。立ちどまって目頭を揉んだ。ぢんぢん沁みた。毬江にうつつを抜かしているあいだに鏡子はいきなり大人になっていた。そんなことを胸の裡で呟きながら、鏡子が布団のうえに落とした封筒を取りだした。

平安神宮のど真ん中で札を数えている惟朔を、参拝客が怪訝そうに眺めながら、よけていく。惟朔が進々堂で預けた金である。いくら預けたかは正確なところはわからない。記憶にないのだが、小銭もいれて六万円強といったところだろう。ざっと数えたが、札だけでその五倍の額がはいっていた。

「ずいぶん利子がついたな」

預けた額のきっちり五倍になっているのではないか。そんな気がした。大金である。きっと中京郵便局で鏡子は自分の郵便貯金のほとんどをおろしたのだ。

京都御所のベンチで仮眠をとって、ふたりで古色蒼然とした中京郵便局に出向いたのはついこのあいだのことだ。鏡子は貯金をおろして惟朔の衣類を買いこんでくれた。イノダでコーヒも飲んだ。さらに一澤帆布店ではショルダーバッグを買ってもらった。あのショルダーバッグはどこに消えてしまったのだろう。惟朔はバッグの行方さえ思い出せないことに愕然とした。

あんたを縛るものは一切あらへん——。

別れ際の鏡子の言葉が胸を軋ませる。思わず、これが自由ということか、と口ばしりそうになって、かろうじて呑みこんだ。陽が翳《かげ》り、雨粒がまばらに落ちてきた。惟朔は湿った大気を力なく胸に充たした。行く手を遮るものはなにもない。それはまちがいなく自由で、惟朔は途轍もない自由の真っ只中にあって項垂れた。

（下巻へつづく）

花村萬月著
守宮薄緑

沖縄の宵闇、さまよい、身体を重ねた女たち。新宿の寒空、風転と街娼の恋の行方。パワフルに細密に描きこまれた、性の傑作小説集。

花村萬月著
眠り猫

元凄腕刑事の〈眠り猫〉、ヤクザあがりの長田、女優を辞めた冴子。3人の探偵は暴力団の激闘に飲みこまれる。ミステリ史に輝く傑作。

花村萬月著
♂（オスメス）♀

青い左眼をした沙奈を抱いたあと、新宿にふらり出た。歌舞伎町の風俗店で私が出会った二人の女は——。鬼才がエロスの極限を描く。

花村萬月著
なで肩の狐

元・凄腕ヤクザの〝狐〟、力士を辞めた蒼ノ海、主婦に納まりきれない玲子。奇妙な一行は、辿り着いた北辺の地で、死の匂いを嗅ぐ。

花村萬月著
百万遍　青の時代（上・下）

今日、三島が死んだ。俺は、あてどなき漂流を始めた。美しき女たちを渡り歩き、身を凍りつかせる暴力を知る。入魂の自伝的長篇！

伊集院静著
海峡
—海峡　幼年篇—

かけがえのない人との別れ。切なさを嚙みしめて少年は海を見つめた——。瀬戸内の小さな港町で過ごした少年時代を描く自伝的長編。

伊坂幸太郎著
ラッシュライフ
未来を決めるのは、神の恩寵か、偶然の連鎖か。リンクして並走する4つの人生にバラバラ死体が乱入。巧緻な騙し絵のごとき物語。

伊坂幸太郎著
重力ピエロ
ルールは越えられるか、世界は変えられるか。未知の感動をたたえて、発表時より読書界を圧倒した記念碑的名作、待望の文庫化！

岩井志麻子著
魔羅節
この世とあの世の境目に蠢く魑魅魍魎の群れ。血の巫女・岩井志麻子の呪力で甦る、蕩けるほど淫猥で痺れるほど恐ろしい岡山土俗絵巻。

岩井志麻子著
べっぴんぢごく
美醜という地獄から、女は永遠に逃れられない——。一代交替で美女と醜女が生れる女系家族。愛欲と怨念にまみれた百年の物語。

井上荒野著
潤一
島清恋愛文学賞受賞
伊月潤一、26歳。気紛れで調子のいい男。女たちを魅了してやまない不良。漂うように生きる潤一と9人の女性が織りなす連作短篇集。

井上荒野著
誰よりも美しい妻
高名なヴァイオリニストと美しい妻を中心に愛の輪舞がはじまる。恍惚と不安、愛と孤独のあわいをゆるやかにめぐって。恋愛長編。

石田衣良著

4TEN【フォーティーン】

直木賞受賞

ぼくらはきっと空だって飛べる！　月島の街で成長する14歳の中学生4人組の、爽快でちょっと切ない青春ストーリー。直木賞受賞作。

石田衣良著

眠れぬ真珠

島清恋愛文学賞受賞

人生の後半に訪れた恋が、孤高の魂を持つ咲世子を少女に変える。恋人は17歳年下。情熱と抒情に彩られた、著者最高の恋愛小説。

内田幹樹著

操縦不能

高度も速度も分からない！　万策尽きて墜落を待つばかりのジャンボ機を、地上でシミュレーターを操る、元訓練生・岡本望美が救う。

内田幹樹著

査察機長

成田―NY。ミスひとつで機長資格を剥奪される査察飛行が始まった。あなたの知らない操縦席の真実を描いた、内田幹樹の最高傑作。

江國香織著

東京タワー

恋はするものじゃなくて、おちるもの――。いつか、きっと、突然に……。東京タワーが見える街で繰り広げられる狂おしい恋愛模様。

江國香織著

号泣する準備はできていた

直木賞受賞

孤独を真正面から引き受け、女たちは少しでも前進しようと静かに歩き続ける。いつか号泣するとわかっていても。直木賞受賞短篇集。

瀬名秀明著　パラサイト・イヴ

死後の人間の臓器から誕生した、新生命体の恐怖。圧倒的迫力で世紀末を震撼させた、超弩級バイオ・ホラー小説、新装版で堂々刊行。

瀬名秀明著　八月の博物館

小学生最後の夏休み、少年トオルは時空を超える旅に出る――。科学と歴史を魔法のように融合させた、壮大なスケールの冒険小説。

谷村志穂著　海猫（上・下）
島清恋愛文学賞受賞

薫――。彼女の白雪の美しさが、男たちを惑わすのか。許されぬ愛に身を投じた薫と義弟・広次の運命は。北の大地に燃え上がる恋。

谷村志穂著　余命

新しい命に未来を託すのか。できる限りの延命という道を選ぶのか。妊娠とがんの再発を知った女性医師の愛と生を描く、傑作長篇。

竹内真著　自転車少年記
―あの風の中へ―

僕らは、夢に向けて、ひたすらペダルを漕ぎ続ける。長距離を走破する自転車ラリーを創った。もちろん素敵な恋もした。爽快長篇！

竹内真著　風に桜の舞う道で

桜の美しい季節、リュータと予備校の寮で出会った。そして十年後、彼が死んだという噂を聞いた僕は。永遠の友情を描く青春小説。

天童荒太著
孤独の歌声
日本推理サスペンス大賞優秀作
さぁ、さぁ、よく見て。ぼくは、次に、どこを刺すと思う？ 孤独を抱える男と女のせつない愛と暴力が渦巻く戦慄のサイコホラー。

天童荒太著
幻世《まぼろよ》の祈《いの》り
家族狩り 第一部
高校教師・巣藤浚介、馬見原光毅警部補、児童心理に携わる氷崎游子。三つの生が交錯したとき、哀しき惨劇に続く階段が姿を現わす。

中原みすず著
初恋
叛乱の季節、日本を揺るがした三億円事件。そこには、少女の命がけの想いが刻まれていた。あなたの胸をつらぬく不朽の恋愛小説。

貫井徳郎著
迷宮遡行
妻が、置き手紙を残し失踪した。かすかな手がかりをつなぎ合わせ、迫水は行方を追う。サスペンスに満ちた本格ミステリーの興奮。

帚木蓬生著
三たびの海峡
吉川英治文学新人賞受賞
三たびに亙って〝海峡〟を越えた男の生涯と、日韓近代史の深部に埋もれていた悲劇を誠実に重ねて描く。山本賞作家の長編小説。

帚木蓬生著
閉鎖病棟
山本周五郎賞受賞
精神科病棟で発生した殺人事件。隠されたその動機とは。優しさに溢れた感動の結末――。現役精神科医が描く、病院内部の人間模様。

JASRAC （出）許諾第0905230-901

百万《ひやくまん》遍《べん》 古都《こと》恋情《れんじよう》 （上）

新潮文庫 は－30－9

平成二十一年六月一日発行

著者 花《はな》村《むら》萬《まん》月《げつ》

発行者 佐藤隆信

発行所 株式会社 新潮社

郵便番号 一六二―八七一一
東京都新宿区矢来町七一
電話 編集部(〇三)三二六六―五四四〇
読者係(〇三)三二六六―五一一一
http://www.shinchosha.co.jp

価格はカバーに表示してあります。

乱丁・落丁本は、ご面倒ですが小社読者係宛ご送付ください。送料小社負担にてお取替えいたします。

印刷・大日本印刷株式会社 製本・加藤製本株式会社

ISBN978-4-10-101329-9 C0193